NIKE ANDEER

Nur die Toten schweigen

GOLDMANN
Lesen erleben

Buch

Bei der Kaffeerösterei Stadler wird ein Container abgeladen. Doch statt des bestellten bolivianischen Rohkaffees enthält er feuchte Wolle. Stadlers Chemiker Franz Trendler entnimmt eine Probe und staunt nicht schlecht: Die Wolle ist mit einer kokainhaltigen Flüssigkeit getränkt. Aus Angst, in eine größere Sache verwickelt zu werden, informiert Stadler nicht die Polizei, sondern beauftragt die Forscherin Mena Reglin damit, die Herkunft des Containers zu recherchieren. Kaum hat Mena mit ihren Nachforschungen begonnen, merkt sie, dass sie an einen gefährlichen und höchst brutalen Gegner geraten – und die Sache vielleicht eine Nummer zu groß für sie ist …

Autorin

Nike Andeer wurde in Nordrhein-Westfalen geboren und lebt heute in der Nähe von München. »Nur die Toten schweigen« ist nach »Schuld vergeht nicht« der zweite Roman aus der Krimiserie um die junge Wissenschaftlerin Mena Reglin.

Mehr von Nike Andeer:

Schuld vergeht nicht. Kriminalroman

Nike Andeer

Nur die Toten schweigen

Kriminalroman

GOLDMANN

Dieses Buch ist auch als E-Book erhältlich.

MIX
Papier aus verantwortungsvollen Quellen
FSC® C014496

Verlagsgruppe Random House FSC® N001967
Das FSC®-zertifizierte Papier *Pamo House* für dieses Buch
liefert Arctic Paper, Mochenwangen GmbH.

1. Auflage
Originalausgabe Oktober 2015

Gestaltung des Umschlags und der Umschlaginnenseiten:
UNO Werbeagentur, München
Umschlagfoto: Sandra Cunningham/Trevillion Images
Umschlaginnenseiten: FinePic®, München
Redaktion: Regine Weisbrod
BH · Herstellung: Str.
Satz: IBV Satz- u. Datentechnik GmbH, Berlin
Druck und Bindung: GGP Media GmbH, Pößneck
Printed in Germany
ISBN: 978-3-442-48056-2
www.goldmann-verlag.de

Besuchen Sie den Goldmann Verlag im Netz

1

1.1

Peter Bindrich blickte auf seine Armbanduhr und grinste. »Gleich ist Feierabend, Sepp. Das Wochenende kann kommen!«

»Soll schlechtes Wetter geben! Dabei hatte ich eigentlich eine Motorradtour geplant«, antwortete Sepp Turner mürrisch.

»Die kannst du dir abschminken! Oder hast du Scheibenwischer an deinem Helm?« Bindrich zog gerade seine Arbeitshandschuhe aus, als ihr Vorarbeiter Bernd Wichelmann in den Umkleideraum schoss.

»He, ihr zwei! Bevor ihr Leine zieht, seht ihr euch noch den Container an, der vorhin angeliefert worden ist. Wenn Herr Dr. Stadler am Montag kommt, wird er wissen wollen, ob alles seine Ordnung hat. Er traut den Brüdern in Bolivien nicht mehr, seit der letzte Kaffeecontainer bloß zu achtzig Prozent gefüllt war.«

Bindrich stöhnte theatralisch. »Hat das nicht Zeit bis Montag, Bernd? Der Stadler kommt doch nie vor zehn in die Rösterei.«

»Aber Dr. Trendler kommt eher, und der braucht eine Probe der Kaffeebohnen in seinem Labor!« Mit diesen Worten drehte Wichelmann sich um und verschwand in der Lagerhalle.

»Der Wichtel muss sich mal wieder wichtigmachen!«, schimpfte Turner.

»Wenn wir den Container nicht kontrollieren, hängt er uns beim Stadler hin! Und dann heißt es: Lohnerhöhung ade!« Verärgert zog Bindrich die Arbeitshandschuhe wieder an, griff nach Kneifzange und Schraubenschlüssel und machte sich mit seinem Kollegen auf den Weg zum Container.

Nachdem die Verplombung des Containers entfernt war und Turner die Schrauben der Containertür zu lösen begann, kniff er verwundert die Augen zusammen.

»Du, Peter! Der Kasten hier sieht aber ganz anders aus als die, die uns die Südamerikaner sonst schicken.«

Bindrich tat diesen Einwand mit einem Lachen ab. »Container ist Container! Die wandern durch die ganze Welt. Jetzt haben die Bolivianer eben den genommen.«

»Er riecht auch komisch«, meldete Turner, während er die Containertür öffnete.

»Vielleicht hat einer hineingekackt«, spottete Bindrich.

Sein Kollege schüttelte den Kopf. »Das ist ein ganz eigenartiger Geruch, süßlich und … Teufel noch mal, schau dir das an!«

Bindrich trat neben Turner, und als er in den Container blickte, fiel ihm der Kiefer herab.

»Aber das ist doch …« Er brach mitten im Satz ab, zog seine Arbeitshandschuhe aus und fummelte sein Handy aus der Hosentasche. Da Wichelmann ihnen verboten hatte, während der Arbeit Anrufe zu empfangen oder zu tätigen, musste er das Gerät erst einschalten, bevor er mit bebenden Fingern die Nummer ihres Vorarbeiters wählen konnte.

Es dauerte einige Augenblicke, bis dieser sich meldete. »Wichelmann!«

»Du, Bernd, das musst du dir anschauen!«, rief Bindrich erregt.

»Was gibt's denn?« Wichelmann klang ungehalten, denn er hatte eben Feierabend machen wollen.

»Du musst dringend herkommen! Bei dem Container ist irgendwas schiefgelaufen.«

»Bin schon unterwegs!« Keine drei Minuten später kam Wichelmann schnaufend um die Ecke.

Unterdessen hatten Bindrich und Turner sich in dem nur zum

Teil beladenen Container umgeschaut und standen nun zwischen Paletten, die mit dunklen Plastikfolien abgedeckt waren.

»Welcher Hirni hat uns das geliefert?«, schimpfte Wichelmann und wurde dann etwas leiser. »Habt ihr schon nachgeschaut, was in den Paletten ist?«

»Wir haben noch keine aufgemacht. Auf alle Fälle sind es keine Kaffeebohnen«, erklärte Bindrich.

Turner benützte die Kneifzange als Schere, um an einer Stelle die Plastikfolie zu durchtrennen. Darunter kam flauschige Wolle zum Vorschein.

»Boah, stinkt das Zeug! Das ist ja ekelhaft«, rief Wichelmann.

Turner griff in die Wolle und zerrte eine Handvoll davon heraus. »Das ist ja ganz feucht! Es fühlt sich auch nicht weich an, sondern hart wie Stroh.«

»Dr. Stadler wird toben, wenn er das erfährt. Wartet, ich werde ihn gleich anrufen.« Wichelmann holte sein Handy heraus und sprach kurz darauf aufgeregt hinein: »Hier ist Wichelmann, Herr Dr. Stadler. Wir haben ein Problem mit dem heute erhaltenen Container. Da muss was schiefgelaufen sein, denn er ist nicht mit Rohkaffee, sondern mit einer Art Wolle gefüllt.«

»Lasst ihn stehen! Ich kümmere mich am Montag darum«, antwortete Dr. Stadler, um im nächsten Moment hinzuzufügen: »Halt! Nehmt eine Probe von dem Zeug und bringt es ins Labor. Dr. Trendler soll es gleich am Montag analysieren. Vielleicht kriegen wir auf diesem Weg heraus, wem der Inhalt des Containers gehört. Ende!«

Wichelmann vernahm das Knacken, mit dem sein Chef die Verbindung unterbrach, und gab sogleich den Auftrag Stadlers weiter. »Dr. Stadler sagt, wir sollen eine Probe von dem Zeug in Dr. Trendlers Labor bringen. Danach könnt ihr Feierabend machen. Schönes Wochenende!«

Die beiden Arbeiter sahen ihrem Vorgesetzten nach, der mit

langen Schritten dem Tor zur Straße zustrebte. Als er weg war, schüttelte Turner den Kopf. »Ich mag es, wenn der Wichtel alleweil wir sagt, wenn er uns meint.«

»Lass ihn! Er ist nun einmal so. Nimm lieber das Zeug, das du in der Hand hältst, und bring es ins Labor. Ich kümmere mich um die Papiere und verschließe danach den Container. Nicht dass wieder ein paar Bengel über den Zaun klettern und ihn ausplündern.« Bindrich verzog das Gesicht. Vor ein paar Jahren war ihm genau das passiert, und er hatte von seinen Vorgesetzten eine kräftige Kopfwäsche erhalten.

»Also dann, Peter! Ein schönes Wochenende!« Turner schwenkte die seltsame Wolle und verschwand damit in Richtung des Verwaltungsgebäudes, während Bindrich noch einmal den Container betrat und nach den Begleitpapieren suchte. Als er sie nicht in der üblichen Halterung und auch nicht am Boden darunter fand, winkte er verärgert ab.

»Heute suche ich nicht mehr. Das können wir genauso gut am Montag erledigen«, sagte er, verschloss den Container und zog die Schrauben wieder fest.

1.2

In einer modernen, aber durchaus repräsentativen Villa im Augsburger Südwesten musterte Professor Irmbert Claaßen seine beiden Mitarbeiterinnen über den Rand seines Sektglases hinweg. Sowohl Isabelle Scherzle, eine schlanke, hochgewachsene Frau mit rötlichen Haaren und Sommersprossen im Gesicht, wie auch Mena Reglin hatten ausgezeichnete Arbeit geleistet. Mena sah in ihrem zartgrünen T-Shirt und den weißen Jeans an diesem Tag besonders attraktiv aus.

Ihr Gast schien sich der Anziehungskraft der schönen Blondine ebenfalls nicht entziehen zu können, denn er stieß immer wieder mit ihr an und lobte ihre Arbeit über den grünen Klee. Plötzlich stockte Dr. Stadler, griff in seine Jackentasche und zog das auf Vibration geschaltete Handy hervor.

Um was es ging, konnte Claaßen nicht erkennen, doch klang sein Gast ziemlich verärgert. Doch schon nach kurzer Zeit beendete Andreas Stadler das Gespräch, steckte sein Handy ein und wandte sich mit einer um Entschuldigung bittenden Geste an ihn. »Ab einer gewissen Hierarchiestufe ist man immer im Dienst. Aber das wissen Sie ja selbst.«

Irmbert Claaßen nickte lächelnd und hob dann sein Sektglas in Mena Reglins Richtung. »Heute wollen wir Schnaps Schnaps und Dienst Dienst sein lassen!«

»Ich bin froh, dass ich diesen Auftrag termingerecht abschließen konnte«, antwortete Mena und trank einen Schluck. Eigentlich mochte sie keinen Sekt, doch bei dieser Feier musste sie mit ihrem Chef und dessen Auftraggeber anstoßen.

»Sie sind schneller fertig geworden, als ich erwartet habe, und die Ergebnisse sind ausgezeichnet. Das wird uns bei der weiteren Entwicklung unserer Unternehmensstruktur sehr zugutekommen«, lobte Dr. Stadler sie. Doch im nächsten Moment schüttelte er wieder den Kopf. »Entschuldigen Sie bitte, ich komme einfach nicht davon los. Es ärgert mich, dass man uns einen falschen Container geliefert hat. Wenn das so weitergeht, müssen wir uns doch noch auf die Suche nach einem neuen Lieferanten für unseren Premiumkaffee machen.«

»Sie können gerne auf unser Institut zurückgreifen«, bot Professor Claaßen ihm an.

»Vielleicht werde ich das. Es ist zu dumm, dass es bis Montag dauern wird, bis wir uns um den falschen Container kümmern können. Die Leute, die wir dafür bräuchten, sind leider alle im Wochenende.«

»… das sie sich gewiss auch verdient haben«, mischte sich Mena Reglins Kollegin Isabelle Scherzle ins Gespräch. »Oder wollen Sie Ihren Angestellten das freie Wochenende streichen?«

»Gott bewahre!«, antwortete Stadler lachend. »Außerdem brächte es nichts, wenn unsere Leute arbeiten würden. Bei den Firmen, die uns den verkehrten Container eingebrockt haben, sitzen sie gewiss auch nicht mehr an ihrem Schreibtisch. Aber lassen wir das jetzt! Heute feiern wir Frau Dr. Reglins Studie. Die ist weitaus mehr wert als ein fehlgeleiteter Container. Zum Wohl!«

Da Stadler ihr erneut das Glas hinhielt, stieß Mena kurz mit ihm an und trank einen weiteren Schluck des säuerlich schmeckenden Getränks.

»Wo ist übrigens Ihr Freund?«, fragte Professor Claaßen sie. Obwohl er mit Mena per Du war, verwendete er bei Anlässen wie diesem die distanzierte Anredeform.

»Claudius ist nach Dubai geflogen. Der dortige Scheich plant einen neuen Klinikkomplex und verlangt dafür die modernsten Geräte. Die liefert derzeit nur Claudius' Firma«, erklärte Mena, die es sehr bedauerte, dass ihr Freund ausgerechnet an der Feier des abgeschlossenen Millionenauftrags nicht an ihrer Seite sein konnte. In den letzten Monaten hatte sie oft fünfzehn, sechzehn Stunden in ihrem Büro gesessen, um die komplexen Analysen zu tätigen, die Stadlers Firmenimperium neue Geschäftsfelder erschließen sollten. Daher hatten sie und Claudius einander nur an einigen Wochenenden und dann auch höchstens für ein paar Stunden sehen können.

»Sie können ja nach Claudius' Rückkehr feiern«, meinte Claaßen. »Da in den nächsten Wochen keine dringende Arbeit ansteht, wären eine oder zwei Wochen Urlaub für Sie wirklich angebracht.«

»Das ist keine schlechte Idee – falls Claudius sich von seiner Firma loseisen kann. Morgen werde ich auf alle Fälle mit Noreen zum Legoland nach Günzburg fahren. Das habe ich ihr schon vor zwei Monaten versprochen, aber bis jetzt ist nichts daraus geworden.« Mena lächelte etwas gequält, denn in den letzten Wochen hatte sie Claudius' Tochter arg vernachlässigt. Aber das würde sie nachholen.

»Sie werden deshalb entschuldigen, dass ich heute etwas eher gehe. Ich muss Noreen von ihrer Mutter abholen. Sie war die letzte Woche bei ihr.«

»Aber das ist doch selbstverständlich!« Claaßen nickte Mena zu und stieß dann noch einmal mit Stadler an.

»Darauf, dass sich der vermisste Container bald findet!«

»Das hoffe ich doch sehr. Wir verfügen zwar noch über einen gewissen Vorrat unseres Premiumkaffees, aber der reicht nicht mehr lange. Ich werde am Montag mit dem Empfänger des falsch gelieferten Containers Kontakt aufnehmen, damit die Sache schnellstens aus der Welt geschafft werden kann.« Stadlers erster Ärger war verraucht, zumal er davon ausging, dass sich die Sache leicht lösen lassen würde.

Nun hob er sein Glas und sah Mena an. »Auf Ihre Analysen! Sie werden das Geld, das wir in sie investiert haben, rasch wieder hereinholen und eine gute Rendite erwirtschaften.«

»Das hoffe ich!«, sagte Mena. »Immerhin speist sich der Ruf unseres Instituts aus seinen Erfolgen.«

»Um Erfolge zu erzielen, braucht man die richtigen Mitarbeiter.« Claaßen hob sein Glas Mena und Isabelle entgegen. Mit diesen beiden Mitarbeiterinnen konnte er wahrlich zufrieden sein. Vor einigen Wochen hatte er zudem einen Praktikanten eingestellt, der den beiden Frauen zuarbeiten sollte. Es handelte sich um den Sohn eines Freundes, der nach dem Abschluss seines Studiums eine Stelle gesucht hatte.

»Ich gehe jetzt! Auf Wiedersehen, Herr Dr. Stadler. Herr Professor, Isabelle – bis Montag!«

»Bis Montag, Mena!«, rief Isabelle ihrer Kollegin nach, während diese mit energischen Schritten dem Ausgang zustrebte, und wandte sich dann Claaßen zu. »Ich mache dann auch Feierabend, Herr Professor!«

»Schönes Wochenende, Frau Scherzle!« Claaßen winkte Isabelle kurz zu und widmete sich dann Stadler, der beschlossen hatte, erst wieder am Montagmorgen an die Container zu denken.

»Was sollen wir unternehmen, nachdem uns die Damen so schnöde im Stich gelassen haben? Wenn Sie Lust haben, kommen Sie mit mir! Ich kenne ein angenehmes Lokal, in dem man sich gut unterhalten kann. Oder wollen Sie nach Hause?«

Stadler schüttelte lachend den Kopf. »Dafür ist es noch zu früh am Abend! Außerdem unterhalte ich mich gerne mit Ihnen. Wollen Sie mir nicht Frau Reglin für ein paar Monate überlassen? Ich glaube, sie würde in unserer Firma gründlich aufräumen! Manchmal fühlt man sich dort wie in einer Behörde. Die Leute tun das, was sie schon immer gemacht haben, und fürchten Änderungen wie die Pest!«

»Sie können unser Institut damit beauftragen, die Strukturen in Ihrer Firma zu analysieren. Das ist aber auch schon alles. Mena Reglin gebe ich nicht her.« Claaßen lachte, denn genau wie sein Gast sah er das kleine Wortgefecht als Scherz an. Bei einem aber blieb er eisern: Auf Mena Reglin wollte er unter keinen Umständen verzichten.

1.3

Einige Kilometer außerhalb von Augsburg hatten die Angestellten der Firma Breitle ebenfalls Feierabend gemacht. Trotzdem tat sich noch etwas auf dem Gelände. Der Firmeninhaber Korbinian Breitle, ein untersetzter Mann Ende dreißig, ging mit zwei Begleitern auf einen Container zu, der in einer Ecke des Lagerplatzes stand. Obwohl er einen Anzug aus gutem Tuch und einen Hut trug, schien er arbeiten zu wollen, denn er hielt eine Kneifzange und einen großen Schraubenschlüssel in der Hand.

Die beiden anderen Männer passten noch weniger auf einen Firmenlagerplatz: ein hochgewachsener Mann in teuren Jeans, Cowboystiefeln mit Schlangenlederbesatz und einem roten Seidenhemd und ein etwas kleinerer in einem Anzug nach englischem Muster, mit italienischen Maßschuhen und einer dezent gemusterten Krawatte samt goldener Krawattennadel.

Breitle zwickte die Bleiplombe an dem Container ab. Noch während er die Verschlussschrauben aufdrehte, wandte er sich zu seinen beiden Begleitern um. »Wie viel wird diesmal für mich herausspringen? Ich brauche das Geld innerhalb von zwei Tagen! Es werden ein paar Kredite fällig, die ich bedienen muss.«

»Die Summe wird Ihnen ausgehändigt, sobald der Wert der Ware ermittelt worden ist«, antwortete der Jeansträger.

»Können Sie mir nicht wenigstens eine ungefähre Zahl nennen, damit ich meinem Kreditgeber sagen kann, ich sei in absehbarer Zeit wieder flüssig?« Breitles Stimme klang nahezu flehend, doch seine beiden Geschäftspartner gingen nicht auf sein Ansinnen ein.

»Machen Sie endlich den Container auf!« Es waren die ersten Worte, die der Mann im Anzug sprach, und sie klangen wie ein Befehl auf dem Kasernenhof.

Breitle schraubte weiter, legte die gelösten Muttern neben sich auf den Boden und öffnete die Tür. »Da ist unser Schatz!«, sagte er theatralisch – und keuchte im nächsten Moment erschrocken auf. »Das gibt es doch nicht!«

»Was ist los?« Der Mann in den Jeans schob ihn beiseite, warf selbst einen Blick in den Container und begann zu fluchen. »Säcke! Das sind nicht unsere Paletten!«

»Das kann nicht sein! Vielleicht sind die Paletten unter den Säcken!« Ungeachtet seines teuren Anzugs begann Korbinian Breitle, die Säcke umzuschichten. Diese staubten stark, und er musste niesen. Schließlich gab er auf und wandte sich mit resignierter Miene zu den beiden anderen Männern um.

»Da muss was schiefgelaufen sein. Wenn das aufkommt …!«

»Sie sollen nicht schwätzen, sondern handeln! Wo sind die Begleitpapiere des Containers?«, fragte der Mann in Anzug und Krawatte scharf.

Breitle wies auf ein größeres Haus in der Nähe. »Die sind in meinem Büro, Herr Meyer!«

»Dann setzen Sie sich gefälligst in Bewegung!« Der Jeansträger hatte das Kommando übernommen und trieb Breitle vor sich her. Sein Begleiter warf noch einen letzten vernichtenden Blick auf den Container, dann wandte er sich achselzuckend um und folgte den beiden.

1.4

»Hier bitte, die Papiere!« Breitles Finger zitterten, als er dem Mann, den er unter dem Namen Tobias Meyer kannte, die Unterlagen reichte. Dieser sah sie sich an und deutete dann auf den dunklen Bildschirm des Computers in Breitles Büro.

»Das sind die richtigen! Eigenartig. Schalten Sie das Ding da an. Ich muss was nachsehen.«

Breitle tat, wie ihm geheißen, und überließ sogleich Tobias Meyer den Platz an seinem Computer. Routiniert loggte dieser sich ein und verfolgte anhand der Frachtliste den Weg des Containers von Bolivien bis zu dieser Firma.

»Es gibt mehrere Stellen, an denen der Container vertauscht worden sein kann. Zuletzt kam er mit vier anderen nach Rotterdam. Wenn einer der anderen der unsere war, könnten wir den Empfänger herausfinden. Notierst du, Alex?«

Sofort ergriff Alex Meyer, wie der Mann im Anzug sich hier nannte, Breitles aufgeschlagenes Notizbuch, riss eine leere Seite heraus und nickte. »Ich bin so weit!«

»Der Container ist für die Kaffeerösterei Stadler in Friedberg bestimmt!«

»Darum hat der Kasten so nach Kaffee gerochen«, sagte der Anzugträger.

»Ihr meint, die beiden Container wurden vertauscht?«, fragte Breitle mit bleicher Miene. »Das wäre eine Katastrophe! Wenn die mitbekommen, was wirklich drin ist …«

»Machen Sie sich etwa in die Hose?«, fragte Tobias Meyer spöttisch. »Sie wussten von Anfang an, dass diese Sache nicht ohne Risiko ist. Wenn die Daten der Transportfirma stimmen, hat die Kaffeefirma den Container erst heute Nachmittag erhalten. Die Mitarbeiter werden ihn also nicht vor Montag öffnen. Bis dahin sollten wir ihn von dort weggeholt haben.«

»Aber wie denn?« Breitle schüttelte verzweifelt den Kopf. »Das ist ein tonnenschwerer Container und kein Bierkasten, den Sie in Ihren Kofferraum stellen können!«

Tobias Meyer klopfte Breitle auf die Schultern. »Lassen Sie uns nur machen. Wir haben ganz andere Möglichkeiten als Sie.« Noch während er es sagte, zog er sein Handy aus der Tasche. Noch im Hinausgehen wählte er eine Nummer. Erst nach einigen Minuten kam er zurück ins Büro.

»Die Sache ist angelaufen! Wenn nichts querkommt, ist der Container noch heute Nacht in unserem Besitz.«

»Und was machen wir mit dem Container, der draußen steht?«, fragte Breitle.

»Den lassen Sie am Montag von diesen Kaffeekochern abholen«, schlug Alex Meyer vor.

Sein Begleiter schüttelte den Kopf. »Ich halte es für klüger, wenn der Container nicht mit Breitle in Verbindung gebracht wird. Immerhin lassen wir uns das Zeug aus Bolivien ohne Begleitpapiere schicken, um genau das zu verhindern. Es ist am besten, wenn das Ding irgendwo weit weg von hier auf einem Autobahnparkplatz gefunden wird. Darum kümmere ich mich ebenfalls. Herr Breitle, Sie sollten heute Nacht hierbleiben, um unseren Leuten das Tor zu öffnen.«

»Aber ich wollte heute mit meiner Frau nach London fliegen, um ein Musical anzuschauen«, wandte Breitle ein.

Der Herr im Anzug wollte etwas sagen, da hob sein Freund die Hand. »Lass Breitle fliegen, Alex! Ich bleibe hier und warte auf die Lieferung. Das ist Ihnen doch recht, Herr Breitle?« Sein Ton ließ keinen Widerspruch zu.

»Natürlich bin ich einverstanden!«, erklärte Breitle erleichtert, denn seine Frau konnte recht ungehalten werden, wenn etwas nicht nach ihrem Willen ging. Außerdem war sie im vierten Monat schwanger und daher noch stimmungsabhängiger als sonst. Er sagte sich, dass er etwaige Spuren möglichen Einbrechern würde zuschreiben können.

»Dann ist es gut!« Tobias Meyer setzte sich vor den Computerbildschirm, rief ein Online-Pokerspiel auf, das Breitle auf Favoriten gelegt hatte, und sah sich unverhohlen dessen Spielprotokoll an. »Vierzigtausend Miese in dieser Woche? Wenn das die Regel ist, sollten Sie dieses Spiel besser sein lassen.«

»Ich hatte halt eine Pechsträhne!«, log Breitle, der in den letzten Monaten weitaus mehr als nur vierzigtausend beim Onlinepokern verloren hatte.

»Dann werde ich das mal in die Hand nehmen und ein paar Euro für Sie verdienen. Ich weiß nämlich, wie man das macht!« Tobias Meyer lachte und tippte seinen ersten Einsatz ein.

Als Breitle die Summe las, wurde ihm schwindlig. Wenn der Mann in den auffälligen Jeans so weitermachte und verlor, hatte er am Montag mehr Schulden bei seinen Spielpartnern und der Pokerplattform, als er in seinem Leben abzahlen konnte.

»Kommen Sie!«, forderte Alex Meyer ihn auf. »Ihre Frau wartet darauf, mit Ihnen nach London fliegen zu können, und ich habe zu tun.«

Breitle nickte unglücklich und trottete hinter Alex her. So sah er nicht mehr, dass Tobias Meyer die ersten zehntausend als Gewinn verbuchen konnte und erneut hoch einstieg.

1.5

Das Haus, in dem Korbinian Breitle mit seiner Frau Marilyn lebte, war im alpenländischen Stil erbaut worden und lag etwas außerhalb von Ottmaring an einem Hang, der es vor dem Ostwind schützte. Mena fand das Gebäude mit den vielen Garagen, dem überdachten Swimmingpool und dem großen Wintergarten schlichtweg übertrieben. Doch Bescheidenheit hatte noch nie zu Marilyn Breitles Wesenszügen gehört.

»Die Hütte könnte mir gefallen«, meinte der Taxifahrer, der Mena hierhergefahren hatte, mit unverhohlenem Neid.

»Mir wäre sie ein bisschen zu groß. Da drinnen braucht man ja ein Telefon, um die Bewohner zum Essen zu rufen. Ein schlichter Gong schafft das nicht mehr«, spottete Mena und stieg aus.

»Macht fünfzehn Euro!«

Mena drückte dem Taxifahrer einen Zwanziger in die Hand. »Hier, als Anzahlung! Bitte warten Sie auf mich. Es wird hoffentlich nicht lange dauern.«

»Es ist Ihr Geld«, erklärte der Mann entspannt.

Mena ging auf das pompöse Eingangstor zu, das von zwei fast lebensgroßen Löwenstatuen flankiert wurde, und drückte auf den Klingelknopf. Dieser war aus Bronze und so groß wie ein Zweieurostück. Auch hier haben die Breitles es lieber mit dem Klotzen als dem Kleckern gehalten, dachte Mena, während sie wartete. Schon klangen die ersten Takte des Bayerischen Defiliermarsches auf, dann meldete sich eine Frauenstimme.

»Wer da?«

»Mena Reglin! Ich will Noreen abholen«, sagte Mena.

»Sie hätten schon vor anderthalb Stunden hier sein müssen!«, erwiderte eine Frauenstimme barsch.

»Es hieß, dass ich Noreen zwischen achtzehn und neunzehn Uhr abholen soll. Jetzt ist es zehn vor sieben«, antwortete Mena in ähnlich scharfem Tonfall. Es war jedes Mal das Gleiche. Zuerst tat Marilyn Breitle so, als könne sie es nicht erwarten, ihre Tochter wiederzusehen, und dann wollte sie das Kind so schnell wie möglich wieder loswerden.

Kurz darauf trat Marilyns Hausdame mit dem Kind an der Hand aus dem Gebäude und öffnete die kleine Pforte neben dem Eingangstor.

»Hier ist das Biest!«, rief sie und schob die Kleine so heftig nach draußen, dass Mena Noreen regelrecht auffangen musste, damit das Mädchen nicht hinfiel.

»Glauben Sie nicht, dass wir dieses kleine Ungeheuer so bald wieder hier haben wollen! Frau Breitle wird sich bei Gericht beschweren, dass Sie und Ihr Liebhaber das Kind gegen sie aufhetzen«, keifte die Hausdame.

»Niemand hetzt Noreen auf!«, antwortete Mena aufgebracht. »Wo ist übrigens ihr Koffer?«

»Den bringe ich gleich!« Die Hausdame schlug die Pforte zu

und verschwand. Währenddessen musterte Mena das Mädchen fragend.

»Hast du wirklich etwas angestellt?«

Noreen schüttelte feixend den Kopf. »Natürlich nicht! Mama hat sich nur fürchterlich aufgeregt, weil sie heute nach London fliegen will und ich ihrer Hausdame angeblich beim Kofferpacken im Weg war. Sie ist fast ausgeflippt, als du um fünf noch nicht da gewesen bist. Dabei ist ihr Liebhaber noch gar nicht da!«

»Korbinian Breitle ist nicht der Liebhaber, sondern der Ehemann deiner Mutter«, wies Mena die Kleine zurecht.

Noreen war eine hübsche Fünfjährige mit brünettem Haar und großen haselnussbraunen Augen, aber auch eine kleine Egoistin, mit der nicht immer leicht auszukommen war. Da ihre Mutter sie nicht in den Kindergarten geschickt hatte, hatte sie auch nie gelernt, auf andere Rücksicht zu nehmen. Für Mena war es daher immer eine Gratwanderung, wie sie die Kleine behandeln sollte.

Noch während sie überlegte, was sie nun am besten sagen sollte, erschien die Hausdame wieder, öffnete kurz die Pforte und warf ihnen den Koffer vor die Füße. Bevor Mena reagieren konnte, war sie auch schon wieder in Richtung Haus verschwunden.

»So eine blöde Kuh!«, entfuhr es Mena.

Noreen nickte eifrig. »Die ist genauso hystisch wie meine Mama!«

»So etwas sagt man nicht über andere Leute. Außerdem heißt es hysterisch«, korrigierte Mena die Kleine, hob den Koffer auf und brachte ihn zum Taxi.

»Lange hat das ja nicht gedauert«, sagte der Fahrer, während er den Koffer im Kofferraum verstaute. »Wo soll es jetzt hingehen?«

Mena nannte ihm die Adresse, öffnete dann die Tür, damit Noreen einsteigen konnte, und schnallte sie an. Da sie selbst seit ihrer Scheidung kein Auto mehr besaß, dachte sie, dass sie doch besser Claudius' Vorschlag annehmen und sich von ihm ein Auto zur Verfügung stellen lassen sollte. Das würde sie so ausstatten, dass Noreen sicher sitzen konnte. Für einen normalen Kindersitz war das Mädchen schon zu groß, aber für die Sicherheitsgurte in diesem Wagen noch zu klein.

»Fahren wir morgen ins Legoland?«, fragte die Kleine aufgeregt.

»Aber klar, das habe ich dir doch versprochen!«, antwortete Mena.

»Auch mit dem Taxi?«

»Nein, da nehmen wir den Bus.«

Mena entging nicht, dass Noreen eine Schnute zog. Doch es wurde Zeit, dass die Kleine auch das richtige Leben kennenlernte. Bis vor ein paar Monaten hatte das Mädchen ganz bei der Mutter gelebt, und die wäre allein bei dem Gedanken, mit einem Bus fahren zu müssen, in Ohnmacht gefallen. Doch auch seit Claudius das Sorgerecht besaß, war nicht alles optimal gelaufen. Sie muss in den Kindergarten und sich an andere Kinder gewöhnen, dachte Mena, während das Taxi sie und die Kleine zu ihrer Wohnung brachte.

1.6

Am Samstagmorgen bogen gegen 4:15 Uhr zwei große Lkw in die Straße ein, die zur Kaffeerösterei Stadler führte. Sie fuhren langsam an einigen Firmen vorbei. Als das beleuchtete Schild der Kaffeerösterei vor ihnen auftauchte, kam ihnen ein Mann auf einem Motorrad entgegen und winkte.

Die Lkw blieben stehen, und der Fahrer des vorderen kurbelte das Seitenfenster herunter. »Wo steht der Container, Ralf?«

Der Motorradfahrer wies auf das linke Ende des Firmengeländes. »Dort drüben! Ihr müsste euch beeilen! Hier fährt jede halbe Stunde ein Wachdienst vorbei. Bis der kommt, sollten wir weg sein.«

»Das schaffen wir!«, antwortete Kevin Jünger und fuhr wieder an. Sein Fahrzeug zog einen leeren Tieflader, während es sich bei dem Gefährt hinter ihm um einen leistungsstarken Kranwagen handelte.

Ralf Longerich fuhr den beiden Lkw auf seinem Motorrad voraus, bis sie auf der Höhe des Containers angelangt waren, der auf der anderen Seite des Firmenzauns stand. Dort wartete er, bis der Kran ausgefahren wurde, ließ sich von diesem hochheben und stand kurz darauf auf dem Container. Mit raschen Griffen befestigte er die vier Ketten an den Transportösen des Kastens und winkte dem Mann am Kran zu, den Container hochzuheben.

Einen Augenblick lang sah es so aus, als würde der Container sich drehen und den Zaun niederwalzen. Dann aber schwebte er hoch genug, um darübergelenkt zu werden. Es brauchte noch ein wenig Fingerspitzengefühl des Kranführers, schon lag der Container auf dem Lkw-Anhänger. Ralf Longerich stieg ab und wies Kevin Jünger an aufzubrechen. Hinter diesem setzte sich der Kranwagen in Bewegung. Nach einem letzten Blick in die Runde drehte Longerich den Gashebel seines Motorrads auf, überholte beide Lkw und winkte den Fahrern mit einer Hand zu.

Da entdeckte er einen Mann in einem grauen Parka, der auf dem Gehsteig dahinschlurfte. Eben bückte er sich, hob eine Flasche auf, sah sie prüfend an und steckte sie in den Rucksack, den er in der Hand hielt.

»Was machen wir mit dem Kerl?«, fragte er Kevin Jünger, der das Fenster auf der Fahrerseite heruntergekurbelt hatte.

»Sorge dafür, dass er nichts erzählen kann!«, forderte Jünger ihn auf.

Longerich nickte, drehte erneut das Gas auf und fuhr auf den Mann zu. Als dieser sich zu ihm umdrehte, steuerte Longerich das Motorrad auf den Gehsteig und versetzte dem potenziellen Zeugen einen heftigen Tritt. Der Flaschensammler stolperte auf die Straße, sah im nächsten Augenblick Jüngers Lkw auf sich zukommen und stieß einen entsetzten Schrei aus, der rasch erstarb.

Zur Sicherheit fuhr auch der Lenker des Kranwagens mit seinen voluminösen Reifen über den verkrümmten Körper und gab dann Gas. Kurz darauf waren die drei Fahrzeuge im Zwielicht des sich ankündigenden Tages verschwunden. Eine Viertelstunde später kam das Auto des Wachdienstes am Firmengelände vorbei, und die Männer darin stellten zufrieden fest, dass dort alles in friedlicher Stille lag. Da der Wagen gleich in die nächste Seitenstraße abbog, entging ihnen der schrecklich zugerichtete Tote. Der wurde erst einige Stunden später gefunden, und da waren Kevin Jünger, Ralf Longerich und ihr Kumpan längst über alle Berge.

1.7

Das schlechte Wetter, welches für das Wochenende vorhergesagt worden war, ließ nicht nur die Motorradtour von Stadlers Lageristen Sepp Turner ins Wasser fallen, sondern auch Menas und Noreens Ausflug ins Legoland. Stattdessen saßen die beiden vor dem Fernsehgerät und sahen sich DVDs mit Märchenfilmen an. Zwischendurch telefonierten sie mit Noreens Vater und aßen

Pfannkuchen mit sehr viel Honig. Noreen musste sich hinterher Gesicht und Hände waschen und sich umziehen, war aber bester Laune.

»In der nächsten Woche wird das Wetter sicher besser sein«, sagte Mena am Samstagabend zu Noreen.

»Wenn nicht, können wir ja wieder Filme anschauen«, antwortete die Kleine.

Mena lachte. »Dafür müsste ich erst ein paar neue DVDs besorgen. Aber jetzt solltest du langsam zu Bett gehen. Morgen Vormittag schlafen wir lange, frühstücken dann ausgiebig …«

»So lange dürfen wir nicht schlafen! Hast du vergessen, dass Tante Toni uns zum Mittagessen eingeladen hat? Sie kocht soooo gut! Ich werde vielleicht gar nicht frühstücken, damit ich mehr bei ihr essen kann.« Noreen klang so ernsthaft, dass Mena erneut lachen musste.

»Entschuldige, das hätte ich fast vergessen. Also werden wir den Wecker auf sieben Uhr stellen, ein kleines Frühstück zu uns nehmen und gegen zwölf Uhr zu Toni fahren.«

»Tante Toni macht für mich Tortellini à la Noreen mit extra viel Tomatensoße«, erklärte das Mädchen weiter.

Menas Mundwinkel zuckten vor Vergnügen. Ihre Schwester war fasziniert von dem Kind und sprach andauernd davon, bald selbst Mutter werden zu wollen. Nicht zum ersten Mal fragte sich Mena, wie es sein würde, Tante zu sein. Zwar mochte sie Kinder, fand aber, dass Noreen gelegentlich sehr anstrengend sein konnte. Bei Toni zeigte die Kleine sich nur von ihrer allerbesten Seite. Aber wenn sie quengelte, artete dies zu einem Drama aus. Schuld daran trug nicht zuletzt die Mutter, die das Kind bis vor einem guten halben Jahr vergöttert und es nach ihrer zweiten Heirat und erneuten Schwangerschaft wie ein lästiges Gepäckstück dem Vater überlassen hatte. Zum Glück kehrte Noreen nicht mehr so oft die Prinzessin heraus wie in den ersten

Wochen in Claudius' Obhut. Gelegentlich aber fiel sie in alte Verhaltensmuster zurück und wurde von jetzt auf gleich fuchsteufelswild, wenn etwas nicht ihren Vorstellungen entsprach.

Mena war nach wie vor unschlüssig, ob sie als Ersatzmutter für Noreen geeignet war. In den letzten Wochen hätte sie das der vielen Arbeit wegen rundheraus verneint. Aber wenn die Kleine ihr allerliebstes Lächeln aufsetzte, wollte sie sie am liebsten für immer behalten. So war es auch jetzt.

»Ich freue mich auf Tante Toni! Die versteht etwas von Mode!«, erklärte Noreen gewichtig.

»Und ich nicht, willst du wohl damit sagen«, antwortete Mena lachend.

»Nicht so viel wie Tante Toni. Sie versteht sogar mehr als die Verkäuferinnen in den Shops, bei denen meine Mama sich ihre Klamotten besorgt.«

Das war ein hohes Lob für ihre Zwillingsschwester, dachte Mena, denn Marilyn Breitle kaufte nur bei den besten Modehäusern in London, Paris, Rom und New York ein. Mena begriff ohnehin nicht, wieso ein Mensch eines einzigen Kleides wegen über den Atlantik flog. Wenn Marilyn Breitle glänzen wollte, war ihr nichts zu viel, und sie wollte immer glänzen.

Mena beschloss, Claudius' Exfrau aus ihren Gedanken zu verbannen, und forderte Noreen auf, sich für die Nacht fertigzumachen. Fröhlich gehorchte die Kleine und musste mehrmals ermahnt werden, dass man beim Zähneputzen nicht sprechen sollte. Noreen war jedoch zu aufgedreht, um still zu sein, und es dauerte eine Weile, bis sie endlich im Bett lag. Selbst dort plapperte sie munter weiter, während Mena, erschöpft von der harten Arbeit in den letzten Wochen, bereits mit dem Schlaf kämpfte.

1.8

Am Sonntag regnete es noch immer, und Mena verwarf ihren Plan, mit dem Bus zu ihrer Schwester zu fahren. Noreen und sie hätten ein paar Hundert Meter bis zur Haltestelle laufen müssen, und dann etwa genauso viel vom Königsplatz zu Tonis Wohnung. Dafür war der dünne Mantel in Noreens Koffer jedoch nicht geeignet.

»Ich werde deinem Papa sagen müssen, dass du einen richtigen Regenmantel und Gummistiefel brauchst«, meinte Mena, als sie die Wohnung verließen.

»Dabei muss Tante Toni mich beraten. Die versteht etwas davon«, antwortete die modebewusste kleine Dame.

»Das wird sie sicher gerne!« Mena nahm Noreen bei der Hand und schritt auf das Taxi zu, das sie bestellt hatte. Es war der gleiche Fahrer, der sie zu Breitles Villa gebracht hatte. Er erkannte sie sofort und grinste.

»Das war wohl nichts mit dem Legoland, was?«

»Dafür regnete es zu stark!«, erklärte Noreen, während sie sich von Mena anschnallen ließ. »Aber bei Mena zu Hause war es fast genauso schön. Wir haben uns Filme angesehen, mit bösen Hexen, Geistern und Aliens! Das war sogar besser als im Kino. Da rascheln die Leute dauernd mit ihren Chipstüten, und ich verstehe nur die Hälfte«, erklärte sie altklug.

Bald hatten sie die Straße erreicht, in der Menas Zwillingsschwester lebte. Noch bevor Mena auf die Klingel drücken konnte, erklang bereits das Summen des Türöffners. Toni hatte sie offenbar kommen sehen.

»Gleich sind wir da!«, sagte Mena und stieg die Treppe zu Tonis Wohnung hoch. Die Tür stand offen, und sie konnten eintreten. Während sie ihre Jacken ablegten und die Schuhe auszogen, schaute Toni kurz aus der Küche heraus.

»Schön, dass ihr schon da seid! Antipasti stehen auf dem Tisch, und die Tortellini sind gleich fertig.«

»Wir haben großen Hunger!«, antwortete Noreen, flitzte zu Toni hin und umarmte sie.

Mena folgte ihr etwas langsamer und lächelte, als sie bemerkte, dass ihre Zwillingsschwester ähnliche Jeans trug wie sie und ihre Bluse die gleiche Farbe aufwies. Wer sie so sah, konnte sie wirklich nur anhand der dunkel gefärbten Strähne in Tonis blonden Haaren auseinanderhalten.

»Du siehst gut aus!«, sagte Mena und küsste ihre Schwester auf die Wange.

»Dir sieht man die viele Arbeit an! Du solltest endlich mal ein wenig kürzertreten. Warum arbeitest du bei deinem Institut nicht in Teilzeit? Dann könntest du Claudius unterstützen, und der würde sich sicher freuen!« Toni verstand nicht, weshalb ihre Schwester bei so einem prachtvollen Mann nicht ganz auf ihre Arbeit verzichtete und den Schreibkram in der Firma Kaiser übernahm.

»Claudius könnte sich eine Sekretärin sparen«, tadelte sie Mena.

Ihre Schwester hob lachend die Rechte. »Aber Toni! Soll er etwa Gabi entlassen? Sie hat schon bei seinem Vater gearbeitet und würde mit ihren zweiundfünfzig Jahren sicher keinen passenden Job mehr finden.«

»So habe ich das nicht gemeint!« Toni warf Mena einen, wie sie hoffte, vernichtenden Blick zu, musste dann aber wieder in die Küche und sich um ihre Soße kümmern.

Lächelnd folgte Mena ihr. »Hans ist nicht da?«

»Der ist nach Finnland geflogen! Dort wird ein neues Kreuzfahrtschiff eingerichtet, und er muss den Arbeitern auf die Finger schauen.«

Toni klang zufrieden, denn dieser Auftrag hatte ihrem Ehemann den Aufstieg zum zweiten Geschäftsführer seiner Firma ermöglicht. Natürlich war er nun häufiger auf Geschäftsreisen als früher, dafür aber freuten sie sich doppelt, wenn sie wieder ein paar Tage miteinander verbringen konnten.

»Schade, dass er nicht da ist. Er kommt ausgezeichnet mit Noreen aus.«

»Das tue ich auch«, antwortete Toni ein wenig gekränkt.

»Auf alle Fälle kochst du bessere Nudelgerichte als Hans«, erklärte Mena mit zuckenden Lippen. »Noreen und ich möchten uns nun die Hände waschen.« Sie musste rasch ins Bad, denn sie konnte sich das Lachen kaum mehr verkneifen. Während sie zuerst Noreen half und sich dann selbst die Hände wusch, entdeckte sie auf der Ablage einen Schwangerschaftstest. Sollte ihre Schwester tatsächlich bereits schwanger sein, oder hatte diese den Test nur in der Hoffnung gekauft, es bald zu werden? Mena beschloss, Toni keinerlei Anlass mehr zum Ärgern zu geben. Ihre Schwester war sensibler als sie und hatte nah am Wasser gebaut.

In der Essecke hatte Toni bereits den Tisch gedeckt. Noreens Portion war einem Kind angemessen, aber die Nudeln waren mit viel Soße und geriebenem Parmesan bedeckt. Zum Trinken gab es für Noreen Saft und für die beiden Frauen Rotwein aus dem Gargano sowie Mineralwasser zum Einmischen, denn im Gegensatz zu Toni trank Mena Wein selten pur.

»Ich hoffe, es wird euch munden«, begrüßte Toni ihre Schwester und Noreen, als diese aus dem Badezimmer zurückkehrten.

»Bei dir schmeckt es immer!«, erklärte Mena.

Auch Noreen nickte eifrig. »Oh ja!«

»Dann setzt euch und esst!«

»Auf gut Deutsch heißt das: Haut rein!« Mena zwinkerte Noreen zu und reichte ihr das Besteck. Auch sie griff beherzt zu, und Tonis Sorge, den beiden könnte es vielleicht doch nicht zusagen, schwand rasch.

»Ich glaube, diesmal habe ich es gut hingekriegt«, lobte sie sich selbst.

»Ich würde sagen: ausgezeichnet!«, erklärte Mena mit Nachdruck. »Ich kenne kein Lokal, das besser italienisch kocht als du. Wenn dein Modegeschäft mal nicht mehr rentabel sein sollte, könntest du unbesorgt ein Restaurant aufmachen. ›Ristorante Antonia‹ – das wäre doch was! Ich käme jeden Tag zu dir zum Essen.«

»Ich auch!«, rief Noreen und wälzte eine Tortellini so ausgiebig in der Soße, dass diese über den Tellerrand spritzte und einen roten Fleck auf der Tischdecke hinterließ.

»Dann müsste ich aber die Preise erhöhen, sonst kommt mich das Waschen der Tischdecken zu teuer«, antwortete Toni und lächelte vergnügt. »Bislang sieht es nicht so aus, als würde mein Modegeschäft pleitegehen. Es kommen sogar Kundinnen aus München zu mir, denen das Angebot dort zu nuttig ist!«

»Was ist nuttig?«, wollte Noreen wissen.

Toni verdrehte ratlos die Augen.

Da griff Mena ein. »Es bedeutet, dass an der Kleidung alles übertrieben ist.«

»So wie bei meiner Mama! Die ist dann auch nuttig«, erwiderte die Kleine munter.

»Das solltest du ihr besser nicht sagen! Es ist kein schönes Wort, sondern genauso hässlich wie dumm oder böse«, antwortete Mena besorgt. Sie kannte Noreen und wusste, dass sich der niedliche Engel sehr rasch in einen kleinen Teufel verwandeln konnte.

»Jetzt esst weiter!«, drängte Toni, um die Gedanken des Mädchens auf andere Dinge zu lenken.

Noreen wälzte die nächste Tortellini in der Soße und freute sich über den Fleck, den sie diesmal auf dem Tischtuch machte. »Der ist noch größer als der andere!«, erklärte sie stolz.

»Trotzdem solltest du versuchen, keine Soßenflecken zu machen. Sonst lädt Toni uns nicht mehr ein«, mahnte Mena die Kleine.

»Als wenn da ein Soßenfleck etwas ausmachen würde!«, wandte Toni ein. »Ich freue mich doch, dass es Noreen schmeckt. Was macht ihr eigentlich Montag? Hast du Urlaub und kannst dich um Noreen kümmern?«, fragte sie Mena.

Ihre Schwester schüttelte den Kopf. »Ich dachte, ich nehme sie wieder mit ins Institut und gebe ihr Papier und ein paar Stifte, damit sie sich beschäftigen kann.«

»Aber das ist doch viel zu langweilig für einen ganzen Tag!«, rief Toni aus. »Außerdem wirst du hinter deinem Computerbildschirm hocken und ihre Anwesenheit über deiner Arbeit ganz vergessen.«

»Ich werde höchstens vor dem Bildschirm sitzen«, korrigierte Mena Toni lächelnd.

»Aber du wirst dich dabei nicht um Noreen kümmern können! Weißt du was? Bring sie früh am Morgen zu mir. In meinem Geschäft wird es ihr gewiss besser gefallen als in eurem trockenen Institut.« Toni betrachtete Noreen mit einem so sehnsüchtigen Blick, dass Mena schon ein Ungeheuer hätte sein müssen, um nicht auf diesen Vorschlag einzugehen.

»Also gut! Das heißt, wenn Noreen einverstanden ist.« Mena sah die Kleine fragend an und erhielt ein Grinsen zur Antwort.

»Ich bin gerne bei Tante Toni. Sie kocht besser als du!«

»Da hörst du es!«, trumpfte Toni auf.

»Dann ist es abgemacht!« Diese Lösung war Mena nicht unrecht. Zwar hatte sie ihren letzten Großauftrag abgeschlossen, doch viel Zeit für die Kleine würde sie tatsächlich kaum aufbringen können. Toni hingegen würde Noreen nach Strich und Faden verhätscheln.

»Noreen muss allerdings brav sein!«, schränkte sie ihr Zugeständnis wieder ein wenig ein. »Bist du das?«

Die Kleine begriff, dass es Mena ernst damit war, und nickte. »Ich bin doch immer brav!«

»Am Montagabend werde ich Toni danach fragen«, sagte Mena lächelnd und aß weiter.

»Wann kommt Claudius zurück?«, wollte Toni wissen und stellte, ohne eine Antwort abzuwarten, unvermittelt die Frage, die sie am meisten bewegte. »Wann heiratet ihr endlich?«

»Deine Tortellini schmecken wirklich ausgezeichnet«, sagte Mena trocken.

1.9

An diesem Montag kam Dr. Stadler früher als sonst in die Firma, weil er das Rätsel des vertauschten Containers lösen wollte. Doch als er auf den Lagerplatz hinaustrat, sahen sich die Lageristen Bindrich und Turner dort gerade mit ungläubigen Mienen um.

»Wo ist der Container?«, fragte Stadler.

Bindrich breitete hilflos die Arme aus. »Der ist weg, Herr Dr. Stadler. Einfach weg! Am Freitag hat er noch hier am Zaun gestanden.«

»Aber das ist doch nicht möglich!«, stieß Stadler hervor. »Ein Container kann nicht einfach verschwinden.«

»Aber es ist so! Wenn Sie schauen wollen? Da sind noch die Abdrücke, die der Container hinterlassen hat.« Bindrich zeigte auf ein paar Schleifspuren auf dem Asphalt.

»Die könnten auch von einem früheren Container stammen«, wandte Stadler ein, wobei er sich insgeheim eingestand, dass die Spuren tatsächlich frisch aussahen. »Wo ist überhaupt Wichelmann?«

»Bernd ist noch nicht da«, berichtete Bindrich.

»Das sehe ich selbst! Aber er muss sich um den Container kümmern. Zu was ist er hier Vorarbeiter?« Stadler verlor die Geduld mit seinen Leuten und überlegte, ob er die Polizei einschalten sollte. Doch außer den Worten der beiden Lagerarbeiter hatte er keinen Beweis für die Anlieferung und das geheimnisvolle Verschwinden des Containers.

Da fiel Turner etwas ein. »Ich habe am Freitagnachmittag eine Probe aus dem Container in Dr. Trendlers Labor gebracht.«

»Bei Trendler also!« Stadler wandte sich dem Verwaltungsgebäude zu. Da Trendler noch nicht in seinem Labor war, suchte er erst einmal sein Büro auf. Seine Sekretärin war ebenfalls noch nicht anwesend, und so gab es auch keinen frischen Kaffee für ihn. Nur der Anrufbeantworter blinkte stumm. Er schaltete das Gerät ein und kniff im nächsten Moment die Augen zusammen. Der Anruf stammte von der Autobahnpolizei, die ihm mitteilte, dass ein gestohlener Lkw-Anhänger mit einem für seine Firma bestimmten Container auf einem Parkplatz bei Hildesheim gefunden worden sei.

Nun verstand Stadler gar nichts mehr. Er setzte sich an seinen Computer, schaltete ihn ein und ließ sich die Entfernung nach Hildesheim anzeigen. Es waren etliche Hundert Kilometer, und er fragte sich, wie der Container dorthin gelangt sein konnte. War es überhaupt seiner?

Der Signalton seines Telefons beendete seine Grübeleien.

»Hier Stadler.«

»Herr Dr. Stadler, hier ist Wichelmann! Ich bin eben gekommen und habe gehört, dass der Container verschwunden sein soll!«

Sein Lagerleiter klang nahezu panisch, fand Stadler, als hätte der Mann Angst, persönlich für diesen Umstand haften zu müssen.

»Das haben mir Bindrich und Turner bereits mitgeteilt!«, antwortete er schärfer als gewollt. »Aber mittlerweile haben sich neue Entwicklungen ergeben. Die Autobahnpolizei hat angerufen, dass ein für uns bestimmter Container bei Hildesheim gefunden worden wäre. Kümmern Sie sich darum!«

»Wie?«, fragte Wichelmann erschrocken.

»Indem Sie hinfahren und nachsehen, ob es wirklich unser Container ist oder wieder ein vertauschter. Ich gebe Ihnen die Daten durch!« Nachdem Stadler dies getan hatte, legte er mit einer heftigen Bewegung auf. Nun hätte er einen starken Kaffee gebraucht und dachte mit einer gewissen Selbstironie daran, dass er wie so viele andere Firmenchefs ohne seine Sekretärin verdammt hilflos war.

1.10

Der Aufenthalt in London wurde für Korbinian Breitle zur Folter. Dabei war das Musical wunderbar, das Hotel erstklassig und das Essen in den Restaurants ein Traum. Breitle dachte jedoch die ganze Zeit an den vertauschten Container und kämpfte mit sich, ob er nicht seine beiden Geschäftspartner anrufen sollte. Doch das hatten diese ihm strikt untersagt. Er wusste daher nicht, ob es ihnen gelungen war, den richtigen Container an sich zu bringen. Dabei benötigte er dringend das Geld, das Tobias und Alex Meyer ihm für dieses Geschäft geboten hatten. Als er am Montagmorgen im Hotel mit seiner Kreditkarte bezahlte, schwitzte er Blut und Wasser. Seine Frau hatte ihre eigene Karte daheim vergessen und trotzdem den Samstag dazu benützt, all das in London zu besorgen, ohne das sie angeblich nicht mehr leben konnte. Nun konnte er nur hoffen, dass sein Kreditrahmen noch nicht überschritten worden war.

Als die Dame an der Rezeption ihm seine Kreditkarte mit

einem freundlichen Lächeln zurückreichte, atmete Breitle auf. Es hätte sich nicht gut gemacht, wenn er auf einmal als nicht kreditwürdig gegolten hätte. Er rang sich ein paar höfliche Abschiedsworte ab und drängte in Gedanken seine Frau, endlich aufzutauchen. Das Taxi, das sie zum Flughafen bringen sollte, wartete bereits auf sie. Das Flugzeug würde das nicht tun, und die Zeit wurde bereits knapp.

Endlich ließ Marilyn sich sehen. Sie trug einen neuen Mantel, der ihre schwangeren Formen sanft umspielte. Mit einem gewissen Ärger dachte Breitle an die Summe, um die das Ding ihn ärmer gemacht hatte. Dabei würde seine Frau es in spätestens zwei Monaten nicht mehr tragen. Sie wird erneut nach London oder gar nach New York fliegen wollen, um sich neu einzukleiden, fuhr es ihm durch den Kopf. Dabei waren die Schränke in mehreren Zimmern seiner Villa bis zum Bersten mit ihren Klamotten vollgestopft.

»Hast du dem Pagen gesagt, dass er unser Gepäck holen soll, mein Lieber?«, fragte Marilyn.

Ihr Mann schüttelte den Kopf, holte es aber rasch nach und sah kurz darauf erleichtert, dass die Koffer, darunter auch zwei neue für die hier erworbenen Sachen, im Taxi untergebracht wurden. Er würde nie begreifen, weshalb Frauen so viele Kleider, Schuhe, Handtaschen und Schmuckstücke benötigten.

Hoffentlich ist daheim alles gut gegangen, dachte er, während sie zum Flughafen fuhren. Ohne das Geld, das mir die Meyers angeboten haben, bin ich verloren! Dabei hatte er das unangenehme Gefühl, dass diese Summe bei weitem nicht ausreichen würde, um Marilyns Bedürfnisse zu befriedigen, geschweige denn, um seine Schulden abzudecken.

Noch während Breitle überlegte, wie er an mehr Geld kommen konnte, erreichten sie den Flughafen. Er bezahlte den Taxifahrer und ärgerte sich, dass er selbst einen Gepäckwagen besorgen und die nicht gerade geringe Anzahl an Koffern zum Check-in-Schalter fahren musste. Mit mühsam aufrechterhaltener Höflichkeit zahlte er die Summe, die ihm die freundliche Dame am First-Class-Schalter für das Übergepäck abverlangte, und war schließlich froh, als die Maschine abhob und der Heimat entgegenflog.

1.11

Zu Hause nahm Breitle sich nicht die Zeit, ins Haus zu gehen, sondern wechselte nur das Auto und fuhr zu seiner vier Kilometer entfernten Firma. Als er in sein Büro stürmte, war der Bildschirm dunkel, und auf der Tastatur lag ein verschlossener Briefumschlag. Breitle riss ihn auf, zog den Zettel heraus, der darin steckte, und las ihn durch.

»Der Container ist hier! Der Inhalt wird heute noch verarbeitet«, stand da.

Erleichtert trat Breitle zum Fenster und sah hinaus. Tatsächlich stand ein anderer Container an der Stelle, an der er und seine beiden Partner den falschen entdeckt hatten. Damit, so sagte er sich, war ihm die versprochene Summe sicher.

In der Hoffnung, dass sich nun doch alles zum Besseren wenden würde, sah er zu, wie ein Kleinbus auf den Firmenhof einbog und die fünf Männer ausstiegen, die für die Wollwäsche verantwortlich waren. Seine Partner hatten sie für ihn ausgesucht und ihm erklärt, dass sie auf Vierhundertfünfzig-Euro-Basis arbeiten würden. Zeugnisse oder andere Arbeitspapiere von ihnen hatte er nicht zu Gesicht bekommen.

Auch die Anlage zum Waschen der Wolle hatte er sich auf Meyers Anraten besorgt, ebenso die Geräte zum Abfüllen der aus der Wolle herausgelösten Stoffe. Worum es sich dabei handelte, hatten seine Partner ihm nicht verraten. Es musste jedoch etwas ganz Spezielles sein, denn niemand zahlte ihm fünfhunderttausend Euro für ein solches Geschäft, wenn er damit nicht mehrere Millionen verdienen konnte.

Da nun alles problemlos zu laufen schien, sandte Breitle eine kurze Mail ab, in der er den Empfänger drängte, ihm schnellstmöglich den Katalog zu schicken. Mit dem Katalog war das Geld gemeint, das Alex und Tobias ihm geboten hatten. Breitle war klar, dass die Namen nicht echt waren. Auch die Art, wie sie auftraten, erschien ihm gespielt.

Als er kurz darauf auf den Lagerplatz kam, hatten die fünf Arbeiter den Container bereits geöffnet, und ihr Vorarbeiter, der zu Breitles Amüsement den Namen Tanzbär trug, wies mit besorgter Miene hinein.

»Irgendjemand hat den Container aufgemacht und hineingeschaut!«

Breitle zuckte zusammen. Angesichts der Summen, die hier flossen, war dies kein Geschäft, von dem jemand anderes wissen durfte. »Ist die Sendung beschädigt?«, fragte er ängstlich.

»Die Plane einer Palette ist aufgeschnitten und in der Wolle herumgekramt worden. Vielleicht hat man auch etwas herausgenommen.«

Das war fatal. Breitle fragte sich, inwieweit die Männer über die ganze Sache Bescheid wussten. Er durfte kein Risiko eingehen und zuckte daher in gespielter Gelassenheit mit den Schultern.

»Das war zu erwarten! Wir würden das auch tun, wenn ein falscher Container bei uns auftaucht.« Er zwang sich zu einem Lächeln und wies die Männer an, mit der Wollwäsche zu beginnen.

»Fangt ihr schon mal an! Ich muss kurz eine SMS schreiben«, wies Tanzbär seine Mitarbeiter an und trat beiseite.

Breitle beobachtete, dass er ein teures Smartphone aus der

Tasche zog und einen kurzen Text eintippte. Womöglich verfügte der Mann über bessere Kontakte zu den Initiatoren des Geschäfts als er. Darüber ärgerte Breitle sich, und er nahm sich vor, so bald wie möglich mit Alex und Tobias Meyer darüber zu sprechen.

Zunächst sah er noch zu, wie die Arbeiter die Paletten mit Gabelstaplern in die Halle fuhren, in der die Wollwaschanlage untergebracht war. Dann drehte er sich um und kehrte in sein Büro zurück. Eine neue Mail war eingetroffen.

»Kataloge sind unterwegs. T. Meyer.«

Wenigstens etwas, dachte Breitle und schob die Tatsache, dass der Container geöffnet worden war, erst einmal beiseite.

1.12

Nach den anstrengenden Wochen wurde es Mena im Institut direkt langweilig, und so nutzte sie die Zeit, ihr Büro aufzuräumen. In den Ecken lag stapelweise Papier herum, das sie während ihrer Recherchen für Stadlers Konzern ausgedruckt hatte. Dessen Großvater hatte mit einer schlichten Kaffeerösterei in Friedberg angefangen, und dort befand sich auch der nominelle Firmensitz. Die Zentrale hatte Stadler inzwischen nach München verlegt. Für Menas Analysen hatte der Kaffee jedoch nur eine untergeordnete Rolle gespielt, denn Stadler besaß mittlerweile eine Fabrik für Milchprodukte in Alpennähe, eine Nudelfabrik in Süditalien und seit kurzem eine Großbäckerei in Dessau sowie etliche weitere Unternehmen im ganzen Land. Ihre Untersuchungen hatten Synergien zwischen den einzelnen Firmenteilen entdecken und neue Absatzmärkte ausfindig machen sollen.

Mena war davon überzeugt, gute Arbeit geleistet zu haben.

Nun aber hieß es, von diesem Projekt Abschied zu nehmen. Daher schleppte sie die Papierstapel in den Keller des Gebäudes, verstaute sie dort in Kartons und beschriftete diese. Zwar hatte sie alle Ergebnisse auf verschiedenste Speichermedien gezogen, doch es konnte sein, dass sie den einen oder anderen Ausdruck für eine andere Untersuchung benötigte.

»Lass das doch Frithjof machen! Immerhin habe ich ihn eingestellt, damit er dich und Isabelle unterstützt«, erklärte Professor Claaßen, als Mena zum dritten Mal die Treppe heraufkam.

Frithjof Kathen war der neue Praktikant im Team, das neben Mena, dem Professor und Isabelle Scherzle noch zwei studentische Hilfskräfte umfasste.

»Ich habe gerade die Zeit, alles so aufzuräumen, wie ich es für übersichtlich halte. Außerdem tut nach den langen Tagen am Computer ein wenig Bewegung gut.«

»Ich will nicht, dass du zu schwer trägst und dir die Hexe ins Kreuz schießt!«

Mena lachte. »Das wird sie schön bleiben lassen! Aber ich muss wirklich etwas mehr für meine Kondition tun. Wenn der Weg zur Arbeit nicht so stark befahren wäre, würde ich statt mit dem Bus mit dem Rad fahren.«

»Wie wäre es mit Urlaub? Derzeit könnten Isabelle und ich das Kind auch allein schaukeln. Nicht dass ich etwas gegen einen solchen Hammerauftrag wie den von Stadler hätte. Diese Geldspritze tut uns ganz gut.« Claaßen lachte leise, denn auch wenn derzeit ein wenig Flaute herrschte, hatte ihr Institut für zeitgeschichtliche Forschungen bislang gut verdient. Dies war in erster Linie Mena zu verdanken, aber auch er hatte einige harte Nüsse geknackt und war gut dafür entlohnt worden.

»Urlaub wäre nicht schlecht. Ich würde damit aber gerne warten, bis sich Claudius ein paar Tage freimachen kann. Derzeit ist er zu beschäftigt.«

»Treibt er sich immer noch in Dubai herum?«, fragte Claaßen.

»Ja. Anschließend fliegt er nach Russland. Die wollen bei Moskau eine hochmoderne Klinik einrichten, und er versucht, den Verantwortlichen seine medizinischen Gerätschaften schmackhaft zu machen.«

»Du könntest ihn mit ein paar Analysen unterstützen. Er wäre dir sicher nicht böse – und jetzt hast du Zeit dafür!« Claaßens Vorschlag kam nicht ganz uneigennützig. Wenn Mena und Claudius Augustus Kaiser heiraten würden, wollte er, dass die Wissenschaftlerin weiter in seinem Institut tätig blieb und ihre Talente nicht dadurch vergeudete, für ihren Ehemann neue Geschäftsmöglichkeiten zu recherchieren.

Mena war dies bewusst, und sie wollte diese Arbeit auch nicht aufgeben. Allerdings hatte sie bis jetzt Privates und Geschäftliches strikt getrennt und hier im Institut keine Untersuchungen für Claudius' Firma vorgenommen. Doch da Claaßen ihr dies nun angeboten hatte, würde sie es tun.

»Ich werde mich mal ein wenig in seine Geschäfte einklinken, höre aber sofort auf, wenn richtige Arbeit kommt«, erwiderte sie und wollte in ihr Büro gehen.

»Ich glaube, dass auch die Analysen für Claudius richtige Arbeit sind!«, rief Claaßen ihr nach.

An ihrer Tür drehte Mena sich noch einmal um. »Das bestreite ich nicht! Trotzdem hat die Arbeit für das Institut Vorrang. Wenn also etwas Neues hereinkommt, werde ich mich daraufstürzen.« Mit diesen Worten zog Mena sich in ihr Arbeitszimmer zurück und machte sich ans Aufräumen der restlichen Unterlagen.

Wenig später steckte Frithjof Kathen den Kopf zur Tür herein. »Frau Dr. Reglin, wenn Sie mich brauchen, kann ich jederzeit etwas für Sie tun.«

Mena musterte den jungen Mann mit dem halblangen Haar und der Brille aus dünnem Metallgestänge und schüttelte insgeheim den Kopf über den Professor, der ihn zu ihr geschickt hatte. Dabei gab es im Institut genügend andere Arbeit, die erledigt werden musste.

»Danke, Frithjof! Aber ich bin so weit fertig. Vielleicht hat Isabelle etwas für dich zu tun.« Ebenso wie alle anderen duzte sie den jungen Mann, während dieser es bei ihr, dem Professor und Isabelle Scherzle trotz mehrfacher Aufforderung nicht wagte.

»Ich werde Frau Scherzle fragen«, antwortete Frithjof.

»Und wenn nicht sie, dann hat sicher Professor Claaßen einen Auftrag für dich!« Mena lächelte, sagte sich aber, dass Claaßen den Praktikanten zu ihr geschickt hatte und es daher nur gerecht war, wenn er ihn nun an den Hals bekam.

Nachdem Frithjof das Zimmer wieder verlassen hatte, beschloss Mena, den letzten Packen Papier erst am nächsten Tag in den Keller zu bringen. Stattdessen rief sie die wichtigsten Internetseiten auf, die sie für ihre Analysen benötigte. Dank ihrem ausgezeichneten Übersetzungsprogramm konnte sie die russischen Texte in brauchbares Deutsch umwandeln.

In den folgenden Stunden las und kopierte Mena unzählige Seiten, die das geplante Klinikprojekt in Russland betrafen. Sie begriff rasch, dass sie Claudius gut beraten konnte, und schickte ihm eine diesbezügliche Mail. Sie schloss mit den Worten »Noreen und ich vermissen dich« und setzte noch ein kleines rotes Herz dahinter.

Danach stellte sie die ersten Dateien für ihren Freund zusammen. Einmal meldete sich ihr Firewall-Programm, und sie verbrachte eine halbe Stunde damit, den Trojaner, der sich in ihre Programme einschleichen wollte, zu isolieren und an seine Quelladresse zurückzuschicken. Dabei stellte sie sich grinsend vor, was der Hacker sagen würde, wenn er plötzlich seinen Computer durch das eigene Spähprogramm verseucht fand.

Es machte ihr Spaß, den Spieß umzudrehen, und so hackte sie sich in weitere Seiten jenes Computers ein. Das Spähprogramm war gut, womöglich war es für das russische Militär entwickelt worden. Doch sie war kein heuriger Hase und hatte nach ihren Erfahrungen mit der verbrecherischen Wissenschaftlerin Susanne Fehse-Biskop ihre Firewall neu konzipiert. Daher war sie sicher, dass sich so leicht kein Fremder in ihren Computer einhacken konnte.

Die Daten, die sie aus dem anderen Computer zog, waren von überallher zusammengestohlen worden. Mit einem leisen Schnauben überlegte Mena, ob einer der russischen Geheimdienste ihre Suche im russischen Netz bemerkt und geplant hatte, dies auszunützen. Die Daten, die auf ihrem Rechner gespeichert waren, nutzten zwar dem russischen Militär wenig, konnten aber russischen Firmen einen unfairen Vorteil verschaffen.

Nicht zuletzt aus diesem Gedanken heraus sah Mena es als ausgleichende Gerechtigkeit an, wenn sie sich im Fundus ihres virtuellen Gegners bediente. Strafe muss sein, dachte sie, als sie schließlich die Verbindung zu dem anderen Computer beendete und über die Daten auf ihrem eigenen Gerät noch einmal ihr Virenschutzprogramm laufen ließ.

1.13

Bernd Wichelmann saß so verkrampft hinter dem Steuer, dass seine Schultern schmerzten. Der Auftrag, den Dr. Stadler ihm erteilt hatte, war ganz anders als die tägliche Routine in der Firma. Dort konnte er an seinem Schreibtisch sitzen, seinen Untergebenen die Arbeit zuteilen und Entscheidungen seinen Vorgesetzten überlassen. Auf die Weise war er die letzten Jahre gut durchgekommen. Nun aber lastete die Verantwortung für einen Container mit wertvollem Inhalt allein auf seinen Schultern.

Während er mit einem Firmenfahrzeug die Autobahn in Richtung Norden fuhr, kämpfte er mit der Angst, der Container wäre ausgeräumt und etliche Tonnen guten bolivianischen Hochlandkaffees gestohlen worden. Auch wenn die Versicherung zahlen würde, musste die Produktion unterbrochen werden, bis neuer Kaffee aus Südamerika angeliefert wurde.

Die einzelnen Autobahnabfahrten waren wie Wegmarken auf seiner Strecke. Unwillkürlich zählte er mit: Ausfahrt 70, 69, 68, 67. Nun kam der Rasthof Harz und die Ausfahrt Rhüden. »Nummer 66«, murmelte Wichelmann. Der nächste Parkplatz musste es sein.

Aus Angst, die Einfahrt zu übersehen, wagte er es nicht einmal mehr, einen langsam fahrenden Lkw zu überholen. Nach quälenden Minuten kam endlich das Schild, und Wichelmann schaltete den Blinker ein.

Der Parkplatz war teilweise abgesperrt, und ein blau uniformierter Mann trat auf seinen Wagen zu. Es dauerte einen Augenblick, bis Wichelmann sich erinnerte, dass die Polizei in den meisten Bundesländern blau gekleidet war und nicht mehr in Grün und Beige wie noch in Bayern. Er zwinkerte nervös mit den Augen, als er das Seitenfenster herunterfahren ließ und den Uniformierten ansprach.

»Grüß Gott! Mein Name ist Wichelmann. Herr Dr. Stadler schickt mich. Hier soll ein Container gefunden worden sein, der für uns bestimmt war.«

»Ah, Sie kommen von den Stadler-Werken!« Die Miene des Polizisten entspannte sich, und er forderte Wichelmann auf, ein Stück weiter vorne zu parken. Dieser tat es, stieg aus und war bereits auf halbem Weg zu dem Lkw-Aufleger, der ohne Zugmaschine auf dem Parkplatz stand. Da fiel ihm ein, dass er den

Wagen nicht abgeschlossen hatte, und er eilte zurück, um es nachzuholen. Wenig später stand er vor dem Aufleger und musterte den Container.

Der Polizist gesellte sich zu ihm. »Wir haben nur anhand der innen liegenden Begleitpapiere herausgefunden, dass der Kasten für Ihre Firma bestimmt ist. Sollte es je eine Aufschrift gegeben haben, so ist diese abgerissen worden. Kann ja vorkommen! Ich habe in Hamburg gesehen, wie Container verladen werden. Die Leute sind zwar vorsichtig, aber ein Zettel, der nicht richtig angebracht ist, der kommt rasch weg.«

»Aber trotzdem dürfte ein Container nicht falsch ausgeliefert werden. Sein Empfänger steht doch im Computer!«, wandte Wichelmann ein.

»Auch da kann es Fehler geben. Es braucht nur einer eine falsche Zahl in den Computer eingeben, und schon kommt der Container ganz woanders hin. Seien Sie froh, dass Sie nicht bis nach China müssen, um ihn abzuholen.« Der Polizist grinste, als wäre alles ein Heidenspaß, während Wichelmann der Schweiß auf die Stirn trat.

»Was machen wir jetzt?«, fragte er den Beamten ratlos.

»Der Tieflader ist wahrscheinlich vor ein paar Tagen in Polen gestohlen worden und bleibt erst mal in Polizeigewahrsam. Sie sollten daher einen neuen Lkw mit entsprechendem Aufleger besorgen, dazu einen Kranwagen, der den Container umladen kann.«

»Aber das kostet ein Heidengeld!«

Der Polizist zuckte mit den Schultern. »Ihre Firma hat doch sicher eine Transportversicherung. Von der kriegen Sie das Geld zurück.«

»Aber ich müsste es zuerst auslegen. So viel habe ich nicht bei mir und kann die Summe auch nicht vom Firmenkonto abheben. Dafür reichen meine Befugnisse nicht aus.«

Da Wichelmann so aussah, als wolle er die ganze Verantwortung auf ihn schieben, nahm der Polizist eine abwehrende Haltung an.

»Dann sorgen Sie dafür, dass jemand kommt, der die Sache deichseln kann! In vierundzwanzig Stunden muss der Container weg sein. Seien Sie froh, dass wir ihn nicht beschlagnahmen! Immerhin ist der Auflieger, auf dem er steht, gestohlen worden.« Damit wandte der Beamte Wichelmann den Rücken zu und ging auf einen Lkw zu, der eben auf dem Parkplatz einfuhr.

Wichelmann rief Dr. Stadler an und erklärte ihm hastig, dass die Polizei ihn angewiesen habe, den Container schnellstens wegzubringen. »Aber ich habe nicht das Geld, um einen Lkw und einen Kranwagen anfordern zu können«, schloss er mit kläglicher Stimme.

»Dann sagen Sie den Leuten, bei denen Sie die Fahrzeuge mieten, dass sie bezahlt werden, sobald der Container bei uns auf dem Hof steht«, antwortete Stadler ungeduldig und beendete das Gespräch. »Es war wohl ein Fehler, Wichelmann zum Vorarbeiter zu machen. Er zeigt weder Eigeninitiative noch Rückgrat«, murmelte er, während er die Wand mit der Deutschlandkarte anstarrte. Hildesheim lag nahe bei Hannover. Warum war der Container ausgerechnet dort gefunden worden? Der in Polen gestohlene Lkw-Auflieger ließ vermuten, dass er nach Osteuropa hätte geschafft werden sollen.

»Auch wenn es guter Hochlandkaffee ist, könnte ein Dieb damit keine Reichtümer erwerben«, sinnierte er und erinnerte sich an den verschwundenen Container mit der eigenartigen Wolle. Von der hatten seine Leute eine Probe genommen. Nun war er gespannt, was sein Chemiker herausgefunden hatte. Da er sich die Ergebnisse selbst anschauen wollte, verließ er sein Büro und erklärte seiner Sekretärin, dass er ins Labor gehen würde.

1.14

Franz Trendler war Lebensmittelchemiker in Stadlers Kaffeerösterei, war aber schon seit geraumer Zeit unzufrieden und studierte daher die Stellenanzeigen eines Online-Portals. Er war so in diese Tätigkeit vertieft, dass er gar nicht wahrnahm, dass sein Chef zur Tür hereinkam.

Da die Probe mit der Wolle achtlos in einer Ecke lag, war sie mit Sicherheit noch nicht analysiert worden, sagte Stadler sich und ärgerte sich über seinen Angestellten. Mit zwei Schritten stand er hinter Trendler und warf über dessen Schulter hinweg einen Blick auf den Bildschirm.

»Sind das Ihre neuesten Ergebnisse?«, fragte er sarkastisch.

Trendler fuhr erschrocken zusammen und klickte die Internetseite mit Stellenangeboten weg. Das Computerspiel, das dann auftauchte, verriet allerdings, dass die Laborarbeit im Augenblick bei ihm nur geringe Priorität eingenommen hatte.

»Haben Sie sich dieses Zeug dort angesehen, das Wichelmann am Freitag hat heraufbringen lassen?«

Unter Stadlers scharfem Tonfall zog Trendler den Kopf ein. »Dazu bin ich noch nicht gekommen.«

»Dann hoffe ich, dass Sie jetzt dazu kommen! Ich will wissen, was das ist.« Stadlers zornige Miene brachte Trendler dazu, aufzuspringen und die Probe zu holen.

»Ich halte es für Wolle«, meinte er nach dem ersten Augenschein. »Allerdings stammt sie nicht von Schafen, sondern eher von Ziegen.«

»Mir geht es weniger um die Ziegenwolle, sondern darum, ob und womit sie getränkt ist!«, wies Stadler ihn zurecht.

Trendler nickte und machte sich an die Arbeit. An der Ausstattung des Labors gab es nichts zu bekritteln, denn Stadler hatte dafür gesorgt, dass alles auf dem neusten Stand war. Mehr aus Trotz denn aus innerer Überzeugung ging der Chemiker mit aller Sorgfalt vor. Doch irgendwann kniff er überrascht die Augen zusammen und vollzog rasch hintereinander mehrere Tests. Als er damit fertig war, sah er mit angespannter Miene zu seinem obersten Chef auf.

»Wenn die Ergebnisse stimmen, ist diese Wolle mit einer kokainhaltigen Lauge versetzt.«

Stadler sah seinen Chemiker fassungslos an. »Was sagen Sie? Die Wolle ist voller Rauschgift?«

»Vereinfacht kann man es so sagen. Wenn man die Lauge extrahiert, gewinnt man etwa ein Viertel des Gewichts der Wolle als reines Kokain.« Wohl zum ersten Mal seit langem hatte Trendler zeigen können, dass er mehr verstand, als nur Kaffeebohnen zu mahlen und zu untersuchen, ob sie mit Schadstoffen belastet waren.

Stadler hingegen war schockiert. Wenn die Analysen seines Chemikers stimmten, konnte jemand aus vier Tonnen dieser imprägnierten Wolle eine Tonne reines Kokain gewinnen. Zwar wusste er nicht, wie viel Wolle in dem Container gewesen war, doch für die Rauschgiftschmuggler musste der Verdienst exorbitant sein. Seine Hand schwebte bereits über Trendlers Telefon, als er sie wieder zurückzog. Wenn er die Polizei informierte, musste er damit rechnen, dass diese das gesamte Werk auf den Kopf stellte, und das wegen eines einzigen vertauschten Containers. Dabei war nicht einmal sicher, dass man ihm glauben würde, davon nichts gewusst zu haben. Immerhin bezog er regelmäßig Kaffee aus Südamerika. Kurz entschlossen drehte er sich zu dem Chemiker um.

»Die Sache bleibt vorerst unter uns! Verstanden?«

»Aber Sie können die Leute, die dieses Zeug ins Land schmuggeln, doch nicht einfach davonkommen lassen«, rief Trendler aufgebracht.

»Wer sagt Ihnen, dass ich das will? Aber zunächst einmal brauchen wir mehr Fakten als nur ein wenig kontaminierte Wolle. Diese Informationen werde ich besorgen.«

»Und wie?«, fragte Trendler.

»Keine Sorge! Ich weiß schon, wer mir die liefert.« Stadler beschloss, noch am selben Tag Professor Claaßen anzurufen und einen Termin mit ihm zu vereinbaren. Dessen Team mit Mena Reglin an der Spitze würde dem Weg, den die Container genommen hatten, nachspüren und sowohl den Lieferanten wie auch den Empfänger ausfindig machen. Wenn er dann zur Polizei ging, verfügte er über genug Informationen, mit denen die Beamten zuschlagen konnten.

1.15

Auf der Terrasse einer Villa mit Blick auf den Starnberger See saßen die beiden Männer, die Korbinian Breitle unter den Namen Alex und Tobias Meyer kannte. Sie trugen nun statt Anzug und Krawatte beziehungsweise Jeans und Seidenhemd normale Freizeitkleidung und stießen miteinander an. Der Flasche teuren Highlandwhiskys nach, die auf dem kleinen Tisch vor ihnen stand, musste es einen besonderen Grund dafür geben.

»Es ist die größte Lieferung, die wir bis jetzt erhalten haben. Der Gewinn dürfte im zweistelligen Bereich liegen«, meinte Alex, der normalerweise sehr gediegen auftrat.

»Vielleicht sogar für jeden von uns«, gab Tobias zur Antwort. »Wir haben zwar einige Kosten, aber die fallen kaum ins Gewicht.«

»Hast du die Sache mit der Rückholung unseres Containers mit in deine Berechnungen einbezogen?«, fragte Alex.

»Natürlich! Die kommt uns nicht einmal so teuer. Tanzbär

und Jünger wussten, wo sie zwei Lkw besorgen konnten, ohne dass es jemand aufgefallen wäre. Die Idee mit dem polnischen Aufleger war ideal! Alle werden denken, dass die Brüder aus dem Osten dahinterstecken.« Tobias lachte amüsiert, denn die Idee stammte von ihm selbst.

»Es gefällt mir nicht, dass wir unsere eigenen Leute eingesetzt haben«, wandte Alex Meyer ein. »Wir hätten es wie bei anderen Aktionen von Fremden durchführen lassen sollen.«

»Es musste schnell gehen, und wir hatten mit Tanzbär, Jünger und Longerich die zuverlässigsten Männer zur Verfügung.«

»Und was ist mit dem Toten? Ich hätte nicht erwartet, dass es zu solch einem Zwischenfall kommen würde«, erklärte Alex bedrückt.

»Es war richtig von Jünger, den Penner auszuschalten. Er hätte der Polizei zu viel verraten können. Jetzt nehmen die Bullen an, der Mann wäre betrunken auf die Straße gefallen und dort unter die Hinterräder eines Lkw-Zugs geraten, ohne dass dessen Fahrer etwas davon mitbekommen hätte.« Tobias Meyer, der eigentlich Reinhart Mittag hieß, sah seinen Freund Manuel Feierabend betont von oben herab an.

Dieser brachte einen weiteren Einwand. »Eine der Paletten war aufgerissen! Wenn eine Probe entnommen und analysiert worden ist, kann uns das noch eine Menge Ärger einbringen. Der Zoll achtet dann schärfer auf Warenlieferungen aus gewissen Weltgegenden, als er es ohnehin schon tut.«

»Das stimmt allerdings!« Mittag überlegte kurz und bleckte dann die Zähne wie ein angriffslustiger Hund. »Ich werde mir etwas einfallen lassen müssen! Immerhin kennen wir die Firma, an die unser Container irrtümlicherweise geliefert worden ist. Ich werde sehen, was ich über sie herausfinden kann.«

Er trank aus und wollte gerade ins Haus gehen, als sich sein Mobiltelefon mit der ersten Strophe des Songs *Summer Wine* von

Nancy Sinatra und Lee Hazlewood meldete. Mit einem leisen Schnauben hob er das Handy ans Ohr.

»Hier Mittag!« Danach schwieg er erst einmal und hörte seinem Gesprächspartner zu. Nach einer Weile nickte er unbewusst.

»Selbstverständlich übernehme ich den Fall! Ich bin doch froh, wenn ich wieder etwas zu tun habe. Schicken Sie mir die Unterlagen zu. Ich werde mich bis zum ersten Verhandlungstag einlesen. Auf Wiedersehen!«

»Was ist los?«, fragte sein Partner, als das Gespräch beendet war.

»Im Amtsgericht Weilheim brauchen sie einen Pflichtverteidiger für einen Ganoven, der die schiefe Bahn einfach nicht verlassen will. Die Bullen haben ihn bei einem Überfall geschnappt, und da er angeblich kein Geld hat, holen sie uns.«

Manuel Feierabend verzog das Gesicht. »Müssen wir uns wirklich noch solche Arme-Leute-Prozesse antun?«

»Natürlich! Jetzt erst recht«, gab Mittag zurück. »Die Leute sollen uns ruhig als Anwälte ansehen, die davon leben, arme Hunde ohne Geld vor Gericht zu verteidigen. Umso weniger fallen unsere anderen Geschäfte auf. Außerdem lernen wir auf diese Weise Klienten kennen, die irgendwann für uns interessant sein können. Das hat sich doch bis jetzt bewährt.«

»Das stimmt allerdings!« Feierabend trank seinen Whisky aus und stand ebenfalls auf. »Ich schaue mal, was für Mails mittlerweile eingetrudelt sind. Wenn du etwas über diese Kaffeerösterei herausbringst, informierst du mich.«

»Selbstverständlich!«

Die beiden verließen die Terrasse und ließen die Whiskyflasche stehen. Die Villa war Anfang des zwanzigsten Jahrhunderts erbaut worden und wirkte von außen ein wenig vernachlässigt. Doch das war Tarnung, denn mit den Einnahmen aus ihrem

Anwaltsbüro konnten Mittag und Feierabend nicht viel Staat machen. Die Villa hatte Reinhart Mittag geerbt, so dass es in dieser Beziehung auch keine lästigen Fragen vom Finanzamt geben konnte.

Mittag machte einen Umweg über die Küche, schmierte sich dort ein Butterbrot und belegte es mit einer dicken Schicht besten Beluga-Kaviars. Er aß noch, als er sich an seinen Computer setzte und ein Suchprogramm startete. Sein Kontakt zu Leuten, die es mit dem Gesetz nicht allzu genau nahmen, zahlte sich aus, denn für die eine oder andere Vergünstigung waren Häftlinge gerne bereit, mit Geld oder Wissen zu bezahlen.

Daher brauchte Mittag nicht lange, um eine Menge über Dr. Stadlers Firmengeflecht zu erfahren. Hatte er bis jetzt geglaubt, es handle sich dabei um eine schlichte Kaffeerösterei, sah die Sache nun anders aus. Mit verkniffener Miene und einigen Ausdrucken in der Hand ging er in das Arbeitszimmer seines Freundes hinüber.

»Dieser Stadler ist ein schwererer Brocken, als ich es mir vorgestellt hatte. Er besitzt nicht nur diese Kaffeerösterei, sondern eine ganze Reihe von florierenden Unternehmen«, erklärte er und legte die ausgedruckten Seiten auf den Tisch.

Feierabend las sie durch und warf sie dann mit einer ärgerlichen Geste auf den Tisch. »Warum konnte dieser verdammte Container nicht zu einer Autofirma oder etwas Ähnlichem gebracht werden? Zwar dürfte Stadler in seiner Kaffeerösterei kein richtiges Labor eingerichtet haben, doch in mindestens zwei anderen Firmen könnte er eine Wollprobe analysieren lassen. Dann stecken wir bis zum Hals in Schwierigkeiten!«

»Ich weiß nicht ... In jedem Fall müssten wir uns eine andere Methode einfallen lassen, wie wir das Zeug ins Land bringen. Dabei war die jetzige einfach ideal. Die Wolle wird an Breitle geliefert und dort von dem Kokain geschieden. Da dies durch unsere eigenen Leute geschieht, kann niemand die Nase reinstecken, ohne dass er erwischt wird. Das will ich nicht aufgeben. Also müssen wir uns etwas einfallen lassen, um ungeschoren aus dieser besch… Situation herauszukommen.« Mittag ballte die Faust und starrte durch das Fenster hinüber zum See, ohne diesen wahrzunehmen.

»Irgendetwas muss uns einfallen«, wiederholte er. Zwar hielt er die Gefahr, durch den vertauschten Container aufzufliegen, für gering. Doch wenn die Sache aufkam, verloren sie den leichten Verdienst, den sie auf diese Weise erzielen konnten.

»Außerdem müssen wir uns um Breitle kümmern«, meinte er nach einer kurzen Denkpause. »Er wird mir zu gierig. Doch mir fällt sicher etwas ein, wie ich ihm den Mund stopfen kann.«

2

2.1

Mena Reglin lauschte Dr. Stadlers Ausführungen und wurde das Gefühl nicht los, dass er ihr einen wichtigen Punkt verschwieg. Nichts verriet ihr, weshalb er wegen eines einzigen fehlgeleiteten Containers einen solchen Aufstand machen wollte. Ihrer Meinung nach hätte es gereicht, sich bei der Transportfirma zu beschweren.

Auch Professor Claaßen schien es so zu sehen. »Wir sollen also für Sie herausfinden, woher dieser eine Container kommt und wo er hinsollte«, hakte er nach, als Stadler seine Erklärungen beendet hatte.

Der Unternehmer nickte heftig. »Sie bringen es auf den Punkt! Aber mir geht es auch um die Frage, weshalb unser Container bei Hannover aufgefunden worden ist. Wer auch immer ihn dort abgestellt hat, wollte den anderen Container in seinen Besitz bringen. Ich fragte mich, warum man meine Firma nicht einfach angerufen und erklärt hat, man hätte einen falschen Container geliefert bekommen. So aber scheint mir, als wolle der Betreffende nicht, dass man herausfindet, wer er ist.«

»Haben Sie einen Verdacht?«, fragte Mena.

»Wenn ich einen hätte, wäre ich nicht zu Ihnen gekommen!«, antwortete Stadler etwas zu laut. Er wollte nicht mehr preisgeben, denn seiner Ansicht nach reichten die Fakten, die er auf den Tisch gelegt hatte, vollkommen aus, um der Sache auf den Grund zu gehen.

»Hier sind die Kopien der Frachtpapiere meines Containers,

und das hier ist die Aufschrift auf den Paletten des falschen Containers, soweit meine Leute sich daran erinnern konnten«, sagte er und schob die Blätter zu Claaßen hinüber.

Dieser nahm sie entgegen und reichte sie Mena. »Das wird dein Job werden! Tut mir leid, dass du die Analysen für Claudius unterbrechen musst. Aber das hier ist eilig.«

»Mir ist es sehr wichtig!«, bekräftigte Stadler. »Und ich möchte noch etwas hinzufügen: Diese Untersuchungen sind topsecret! Wir wissen nicht, wer hinter dieser Sache steckt. Vielleicht ist es sogar die Russenmafia! Koscher ist die Sache auf jeden Fall nicht.«

Seine Aussagen verstärkten Menas Vermutung, dass er mehr wusste, als er zugegeben hatte. Einen Moment überlegte sie, ob sie nachfragen sollte, verkniff es sich aber. Wenn er es für geboten hielt, einige Punkte zu verschweigen, so hatte dies einen Grund – und hinter den würde sie auch so kommen.

»Ich soll also die Sache übernehmen?« Ihre Frage galt Claaßen, der sofort nickte.

»Mir wäre es lieb, wenn du es tun würdest. Herr Dr. Stadler ist ein wichtiger Kunde unseres Instituts, und wir sollten ihm so bald wie möglich Resultate liefern.«

»Ich werde mein Bestes tun. Waren das alle Daten, die Sie uns geben können?« Mena hoffte, Stadler doch noch etwas zu entlocken, doch der nickte nur.

»Das ist alles! Es freut mich, dass Sie für mich tätig werden. Ich werde mich jetzt verabschieden, denn ich muss den Linienflug nach Mailand um 15:20 Uhr erreichen.«

Stadler stand auf und reichte zuerst Claaßen und dann Mena die Hand. »Auf Wiedersehen und viel Erfolg!«

»Auf Wiedersehen!« Mena sah ihm nach, wie er mit energischen Schritten das Besprechungszimmer verließ, und wandte sich dann an ihren Chef.

»Irgendetwas ist faul an dieser Geschichte! Stadler weiß mehr, als er erzählt hat.«

»Den Eindruck habe ich auch«, sagte Claaßen nachdenklich. »Obwohl er betont forsch aufgetreten ist, hat er Angst.«

»Wenn tatsächlich die Russenmafia dahintersteckt, kann man das verstehen. Außerdem habe ich vorhin etwas gelesen, was mit dem Fall zusammenhängen könnte.«

Mena winkte ihrem Chef, ihr zu folgen, trug Stadlers Unterlagen in ihr Büro und rief dort die Website der *Augsburger Allgemeinen* auf. »Auf der Zufahrtsstraße zu dem Gewerbegebiet, an der Stadlers Kaffeerösterei liegt, wurde am Samstagmorgen ein Toter gefunden, der von einem Lkw überfahren worden ist. Die Polizei bittet Zeugen, sich zu melden. Könnte das mit dem verschwundenen Container zusammenhängen?«

»Das ist allerdings möglich«, meinte Claaßen, nachdem er einen Blick auf die Meldung geworfen hatte.

»Mir wäre es lieber, Stadler hätte den Verlust des Containers der Polizei gemeldet. Die würde wegen dieses Toten energischer nachforschen.«

Angesichts des Toten verstärkte sich Menas mulmiges Gefühl, doch Stadler hatte Diskretion verlangt, und gegen diese Forderung durften weder sie noch Professor Claaßen verstoßen. Sie überflog die Begleitpapiere des richtigen Containers, aber die waren in Ordnung. Von dem falschen Container gab es als Anhaltspunkt nur ein paar Stichworte, die Stadlers Arbeiter aufgeschrieben hatten.

»Was meinst du, Irmbert? Soll ich mal zu Stadlers Kaffeemühle fahren und mit den drei Lagerarbeitern reden?«, fragte sie.

Claaßen überlegte kurz und schüttelte dann den Kopf. »Ich würde es nicht tun, ohne Stadler mit einzubeziehen, und der will es derzeit nicht.«

»Also mache ich mich mit dem Bruchteil der möglicherweise

vorhandenen Fakten an die Arbeit!« Mena fauchte leise, denn um ein optimales Ergebnis zu erzielen, brauchte sie so viele Informationen wie möglich.

»Ein paar Anhaltspunkte hast du ja, denen du nachgehen kannst. Sobald du weitere Informationen benötigst, werden wir bei Stadler nachhaken.« Claaßen passte es auch nicht, dass Mena sich mit einer so dünnen Faktenlage zufriedengeben musste, doch auch in diesem Fall war der Kunde König. »Wenn Stadler uns Informationen verschweigt, muss er damit rechnen, dass es länger dauert, bis wir ihm Ergebnisse liefern können. Das geht auf seine Kosten«, setzte er mit einem Achselzucken hinzu.

Mena antwortete mit einem wenig erfreuten Auflachen. »Das stimmt!«

»Wenn du Hilfe brauchst, kannst du Frithjof einspannen. Der ist nicht nur dazu da, Aktenordner von einem Zimmer zum anderen zu tragen. Zum Beispiel kann er dir einfache Sucharbeiten im Netz abnehmen.« Claaßen nickte Mena noch einmal aufmunternd zu und verließ ihr Büro.

Während Mena noch einmal die Informationen durchging, die Stadler ihr geliefert hatte, legte sie sich die nächsten Schritte zurecht. Bei denen konnte der Praktikant ihr tatsächlich helfen.

2.2

Doch zunächst suchte Mena die Küche auf, denn sie benötigte dringend einen Kaffee. Außerdem hatte sie Hunger und schaute im Kühlschrank nach, ob sie dort etwas fand. Claaßen brachte hie und da Joghurts mit, und auch sie und Isabelle füllten das Ding gelegentlich auf. Das musste allerdings schon länger her sein, denn sie fand nur ein paar Landjäger, die sie ohne Brot und Senf vertilgte.

Mena kaute gerade an der letzten Wurst, als Frithjof Kathen hereinkam, den Kühlschrank öffnete, hineinschaute und empört schnaubte.

»Meine Würste sind weg!«

»Die Landjäger haben dir gehört? Entschuldigung, das wusste ich nicht!«, gestand Mena mit vollem Mund.

Der junge Mann zog den Kopf ein. »Es sollte kein Vorwurf sein, Frau Dr. Reglin. Sie können die Würste gerne essen.«

»Die habe ich schon gegessen!«, antwortete Mena und betrachtete den jungen, noch etwas unfertig aussehenden Praktikanten mit einer Mischung aus Schuldbewusstsein und Amüsement. »Weißt du was, Frithjof? Du gehst jetzt zum Metzger und besorgst für uns alle etwas zum Essen. Danach kannst du im Internet ein paar Informationen für mich suchen.«

Mena zog ihren Geldbeutel heraus und reichte dem Praktikanten einen Zwanzigeuroschein. Sie wollte die Küche bereits verlassen, als ihr noch etwas einfiel.

»Wie gut kannst du mit Kindern umgehen?«

Frithjof schluckte. »Ich weiß nicht …«, antwortete er unsicher.

»Ich habe meinem Freund versprochen, auf seine Tochter aufzupassen, solange er auf Geschäftsreise ist. Gestern und heute konnte ich die Kleine zu meiner Schwester geben, doch die muss morgen nach Hamburg zu einer Modenschau und kann das Mädchen nicht mitnehmen. Keine Sorge! Noreen ist ein liebes Ding und wird dir keine Probleme bereiten.« Mena bedauerte, dass die Kleine bisher noch nicht in einem Kindergarten angemeldet war. Es hätte ihr einiges an Stress erspart.

»Keine Sorge, Frithjof! Ich helfe dir, wenn du es allein nicht schaffst.« Menas Kollegin Isabelle Scherzle kam fröhlich und munter wie ein Zeisig in die Küche, ließ sich einen Kaffee heraus und öffnete den Kühlschrank. Angesichts der gähnenden Leere darin schnaubte sie enttäuscht.

»Ich glaube, da müssen wir wieder etwas hineintun!«

»Ich habe schon Frithjofs Landjäger weggegessen. Jetzt soll er zum Metzger gehen und uns etwas besorgen«, erklärte Mena.

Der Praktikant sah es als Aufforderung an, sich in Bewegung zu setzen, und schoss so schnell davon, dass Isabelle lachen musste. »Mit dem haben wir einen Fang getan!«, meinte sie, als sie sich wieder etwas beruhigt hatte.

»Frithjof ist besser, als er selbst glaubt. Er muss nur ein wenig Selbstbewusstsein tanken«, warf Claaßen ein, der ebenfalls in die Küche gekommen war.

»Das kann er schon morgen beweisen, wenn er auf Noreen aufpassen muss«, antwortete Isabelle lachend. »Was das Selbstvertrauen angeht, so kann er sich bei ihr ein paar Scheiben abschneiden.«

»Noreen ist ein Persönchen, das genau weiß, was es will. Ich schätze, Frithjofs Selbstvertrauen wird durch den Kontakt mit ihr nicht wachsen«, wandte Claaßen lächelnd ein.

»Sollte ich vielleicht doch besser schauen, ob ich jemand finde, der sich um sie kümmert?«, fragte Mena.

Claaßen schüttelte den Kopf. »Warum denn? Es ist eine interessante Aufgabe für unseren jungen Freund, denn er muss endlich lernen, Verantwortung zu übernehmen.«

»Bei Noreen?«, spottete Isabelle.

»Bei Frauen im Allgemeinen!« Claaßen bedachte seine zwei Mitarbeiterinnen mit einem mahnenden Blick. Beide waren es gewohnt, eigenständig zu arbeiten, daher mochten sie auf jemanden wie Frithjof einschüchternd wirken.

»Ich habe unseren Praktikanten losgeschickt, um Brotzeit zu holen«, erklärte Mena. »Ich habe nämlich seine Würste gegessen.«

»Wir müssen dringend unseren Kühlschrank füllen. Sonst verhungern wir noch während der Arbeit!«, witzelte Isabelle.

Als Antwort holte Claaßen einen Hunderter aus seiner Geldbörse und drückte ihn ihr in die Hand. »Das kannst du gleich übernehmen! Geh in den nächsten Supermarkt und kauf ein!«

»Ich?« Isabelle schluckte, denn im ersten Moment hielt sie diesen Vorschlag für eine Schikane.

»Sieh es so: Du kannst dir aussuchen, was in den Kühlschrank kommt«, warf Mena ein.

Isabelle wollte schon fragen, ob nicht Frithjof diesen Job übernehmen könnte, doch ein Blick auf ihren Chef belehrte sie eines Besseren. Er hatte ja recht, es war nicht fair, den Praktikanten beinahe ausschließlich als Laufburschen zu verwenden und ihm damit die Chance zu verwehren, sich mit der eigentlichen Arbeit im Institut vertraut zu machen.

»Ist gut, Irmbert! Ich tigere gleich los. Beschwert euch aber nicht, wenn ihr wenig von dem findet, was ihr selbst mögt. Ich kaufe nämlich genau das, was mir schmeckt!«

»Bring auch Kaffee mit. Unser Vorrat neigt sich dem Ende zu. Wer ist diesmal mit dem Zahlen dran?«, fragte Mena.

»Du!«, antwortete Isabelle amüsiert. »Also rück die Euro raus!«

Das tat Mena auch, nahm dann ihre Kaffeetasse und kehrte in ihr Büro zurück. Bevor sie einen Schluck trank, startete sie die erste Suchroutine und speicherte die Ergebnisse ab.

Da wurde die Tür geöffnet, und Claaßen trat ein. »Schon bei der Arbeit?«

»Nur ein Suchlauf, der wahrscheinlich nicht viel bringen wird«, meinte Mena.

»Jede Arbeit beginnt mit den Vorbereitungen.« Claaßen blickte über ihre Schulter hinweg auf den Bildschirm und wies auf eine Zeile.

»Da hast du ja schon Stadlers ersten Kaffeelieferanten. Wenn du Glück hast, stammt die Sendung von ihm.«

Mena verglich das Ergebnis auf dem Bildschirm mit der Begleitliste, die sie von Stadler erhalten hatte, und schüttelte den Kopf. »Sieht nicht so aus! Dieses Anbaugebiet liegt in Äthiopien und nicht in Südamerika.«

»Tatsächlich! Das sehe ich jetzt erst. Lass Frithjof diese einfacheren Recherchen durchführen. Es schadet nichts, wenn er dabei ein wenig ins Schwitzen kommt.« Claaßen schwieg einen Augenblick und wirkte auf einmal sehr ernst. »Du tust mir einen Gefallen damit, wenn du ihn richtig beschäftigst. Isabelle gewöhnt sich sonst an, ihn springen zu lassen, wie es ihr gefällt. Das tut ihm nicht gut – und ihr auch nicht.«

»Wie meinst du das?«

»Anfangs ist Isabelle selbst gegangen, wenn sie Druckerpapier oder Speicherkarten haben wollte. Doch seit Frithjof da ist, schickt sie nur noch ihn. Ich habe ihn sogar schon dabei beobachtet, wie er ihr Kaffee ins Zimmer brachte.«

»Du kannst auch mich schimpfen! Immerhin habe ich ihn vorhin losgeschickt, um etwas zu essen zu besorgen«, sagte sie schuldbewusst.

Claaßen hob die Hand zu einer beruhigenden Geste. »Du bist immerhin meine Stellvertreterin. Isabelle hingegen befindet sich noch in der Ausbildung. Da sollte sie nicht den Chef herauskehren.«

»Das will ich auch nicht«, meinte Mena lächelnd.

»Deswegen sollst du Frithjof unter deine Fittiche nehmen. Wenn er für dich arbeitet, muss Isabelle wieder einiges selbst erledigen. Das tut ihr ganz gut, glaube mir!« Nun lächelte Claaßen ebenfalls.

»Es gibt einen besonderen Grund, warum mir der junge Bursche am Herzen liegt«, fügte er hinzu. »Frithjof ist der Sohn eines guten Freundes. Seine Zeugnisse sind exzellent, und ich würde ihn nach seiner Praktikantenzeit gerne in unser Team aufnehmen. Dafür muss er sich zumindest ein gewisses Grundwissen aneignen.«

Mena blinzelte ihrem Chef spitzbübisch zu. »Womit wir wieder bei der Vetternwirtschaft wären.«

»Nenne es, wie du willst! Aber mir ist ein junger Bursche, den ich von Kindheit an kenne, nun einmal lieber als jemand, den ich noch nicht einschätzen kann – bei gleicher Qualifikation, versteht sich! Die muss Frithjof sich hier noch erwerben.«

»Ich werde das meine dafür tun«, antwortete Mena und trank einen Schluck Kaffee. Dann deutete sie auf den Bildschirm.

»Jetzt habe ich den Lieferanten gefunden, der Stadler diesen Container geschickt hat. Vielleicht kann ich den Weg nachvollziehen, den das Teil genommen hat.«

»Sei aber vorsichtig!«, warnte Claaßen. »Sollte wirklich die Russenmafia dahinterstecken, kann das Ganze verdammt heiß werden.«

»Ich hoffe, ich kann es weit genug abkühlen«, sagte Mena und rief eine weitere Seite auf.

2.3

Korbinian Breitle kontrollierte noch einmal sämtliche Kontoauszüge und musste sich eingestehen, dass das Geld trotz der Finanzspritze von Tobias und Alex Meyer auch in diesem Monat nicht reichen würde. Ein halbes Dutzend größerer Geschäfte hing noch in der Schwebe und würde erst in einem bis zwei Monaten Profit bringen. Da er weitere Unternehmungen angeleiert und Anzahlungen geleistet hatte, waren zwei seiner Geschäftskonten bereits am äußersten Kreditrahmen angelangt. Sein Privatkonto befand sich ebenfalls im Minus. Doch noch immer standen einige Zahlungen an, die zu verzögern oder gar zu verweigern er sich nicht leisten konnte.

Am meisten ärgerte Breitle sich über die hundertdreißigtausend Euro, die er im letzten Monat beim Internetpoker verloren hatte. Es wären sogar noch mehr gewesen, hätte Meyer nicht mit einer absoluten Glückssträhne vierzigtausend Euro gewonnen. Den deutschen Gesetzen zufolge war diese Art von Spiel illegal, und er müsste demnach nichts bezahlen. Aber die Macher des Spiels befanden sich irgendwo im Ausland, wo ihnen die deutsche Gesetzgebung am Hintern vorbeiblasen konnte. Wenn sie verbreiteten, dass er seine Schulden nicht mehr bedienen konnte, würden sich die meisten seiner Geschäftspartner von ihm zurückziehen. Außerdem gab es Gerüchte, dass Schulden bei solchen Portalen auch handgreiflich eingetrieben wurden.

Einige Augenblicke lang dachte Korbinian Breitle daran, dass sein Großvater und sein Vater das Unternehmen als Import- und Exportfirma aufgebaut und dabei größere Risiken gescheut hatten. Ihm aber hatte es nie gereicht, zwanzig Tonnen von jener Ware einzukaufen und mit fünf bis fünfzehn Prozent Gewinn weiterzuverkaufen. Wenn er etwas unternahm, sollte es sich richtig lohnen. Doch gerade das tat es jetzt nicht.

»Ich muss bis zum nächsten Monat durchhalten. Dann kommt wieder einiges herein«, sprach er sich selbst Mut zu und loggte sich bei seiner Bank ein, um ein paar Summen so zu verschieben, dass er die dringlichsten Schulden be- oder wenigstens anzahlen konnte.

Doch sosehr er auch mit seinen Konten jonglierte, es reichte nicht einmal für seine Pokerschulden.

In letzter Verzweiflung rief Breitle das Konto seiner Frau auf. Dort hatte Marilyn mehr als vierhunderttausend Euro gebunkert, die teilweise noch von ihrer Abfindung bei der Scheidung stammten. Die schwarzen Zahlen übten einen geradezu hypnotischen Einfluss auf ihn aus. Ohne lange zu überlegen, räumte er das Konto seiner Frau leer. Dennoch, so sagte er sich, war Marilyn noch immer flüssig, denn die Bank hatte ihrem Konto einen Kreditrahmen von fünfzigtausend Euro eingeräumt, und bis der aufgebraucht war, hatte er längst genug Geld verdient, um ihr Konto wieder auffüllen zu können.

Breitle tätigte die wichtigsten Überweisungen, schob dann einige tausend Euro auf sein Spielkonto beim Internetpokerportal und sah nach, ob es eine Spielrunde gab, bei der er einsteigen konnte. Dies war der Fall, und so setzte er schon kurz darauf eine größere Summe. Er konnte seine Gegner bluffen und den Einsatz gewinnen. Dies sah er als gutes Zeichen an und bluffte erneut. Diesmal war die gewonnene Summe noch höher, und Breitle schöpfte Hoffnung, bereits an diesem Tag genug gewinnen zu können, um durch den Monat zu kommen.

2.4

Mena Reglin merkte rasch, dass es nicht einfach war, die Spur eines einzelnen Containers zu verfolgen. Täglich wurden in den Hafenstädten Südamerikas Hunderttausende Container verladen und Richtung Europa verschifft. Dass es dabei trotz modernster Computersysteme gelegentlich zu Irrläufern kam, war verständlich. Doch dies wurde zumeist rasch bemerkt und die Container an die richtigen Empfänger geschickt. Auf einen zweiten Fall, bei dem ein Container heimlich vom Firmengelände weggeholt wurde und spurlos verschwand, stieß Mena bei ihren Nachforschungen nicht.

»Es ist, als würde man eine Nadel im Heuhaufen suchen«, seufzte sie ein paar Tage später, als das Team wieder einmal zusammensaß, um sich auszutauschen. Um Noreen kümmerte sich eine der Studentinnen, die sich im Institut einen Zuschuss zu ihrem Studium verdiente.

»Mir war klar, dass es schwer sein würde, diese Sache aufzuklären. Vielleicht ist es auch unmöglich. Wenn du es wünschst, werde ich das Stadler mitteilen«, bot Professor Claaßen an.

»Ich habe bis jetzt noch jeden Auftrag zu Ende geführt«, antwortete Mena. »Daher habe ich Frithjof auf die Transportunternehmen angesetzt, die in der fraglichen Zeit Container nach Deutschland gebracht haben. Vielleicht findet er einen Hinweis.«

»Ich bin noch ganz am Anfang«, wandte der Praktikant ein, »denn es sind sehr viele Daten abzugleichen. Viele Schiffe, die von südamerikanischen Häfen kommen, legen nicht in Deutschland an, sondern zum Beispiel in Rotterdam. Von dort aus werden die Container mit Bahn oder Lkw nach Deutschland gebracht.«

»Wir dürfen die Binnenschiffe nicht vergessen«, erklärte Mena. »Die können die Container von Rotterdam aus bis Regensburg transportieren. Erst dort werden sie auf Lastwagen verladen.«

»Die Binnenschiffe werden auf Lkw verladen?« Mit dieser Bemerkung wollte Isabelle Scherzle die im Raum herrschende Anspannung ein wenig lockern.

Mena setzte ihre Ausführungen fort, ohne darauf einzugehen. »Außerdem müssen wir auf die englischen Häfen achten. Auch dort werden für Deutschland bestimmte Container auf Lkw umgeladen. Fähren bringen die Fahrzeuge dann nach Calais, Belgien oder in die Niederlande, und von diesen Häfen aus fahren die Lkw zu ihren Bestimmungsorten.«

»Das sieht nach sehr viel Arbeit aus«, kommentierte Claaßen. »Ich werde bei Stadler anfragen, wie hoch er das Budget für die Nachforschungen ansetzen will. Sonst wird er irgendwann enttäuscht sagen, wir sollen aufhören, weil wir sowieso nichts herausfinden.«

»Stadler ist ein ausgezeichneter Kunde, und wir dürfen ihn nicht enttäuschen«, erklärte Mena mit Nachdruck. »Doch wir brauchen einen tragfähigen Punkt, an dem wir ansetzen können.«

»Was schlägst du vor?«, fragte Claaßen.

Mena zog die Weltkarte, die auf dem Tisch lag, näher zu sich heran und zeigte mit dem Zeigefinger auf Bolivien. »Von hier kam der Kaffee, der in dem vertauschten Container transportiert wurde. Stadler sollte einen weiteren Container voll Kaffeebohnen bestellen, und zwar über dasselbe Transportunternehmen. Vielleicht können wir so den Weg, den der andere Container genommen hat, nachvollziehen. Es würde die Datenmenge, die wir durchsuchen müssen, auf mindestens ein Zehntel reduzieren.«

»Das ist kein schlechter Gedanke!«, fand Claaßen. »Ich werde Stadler den Vorschlag unterbreiten. Du machst in der Zwischenzeit weiter, und Frithjof soll dir helfen. Er ist ja hier nicht zur Erholung da, sondern zum Arbeiten.«

Der Stich galt weniger dem jungen Mann als vielmehr Isabelle Scherzle, die es sehr bequem gefunden hatte, Frithjof als Laufburschen zu verwenden. Da dies nicht mehr so ging, wie sie es sich vorstellte, hatte sie sich bereits bei Claaßen beschwert.

Frithjof Kathen schluckte. »Ich werde mich bemühen, alles zu tun, was mir aufgetragen wird.«

»Genau das wirst du nicht tun!«, erklärte Claaßen streng. »Deine Aufgabe ist es, Mena zu unterstützen. Wir können es uns nicht leisten, einen Kunden wie Stadler zu verprellen. Daher werden wir ihm ein Ergebnis präsentieren, und wenn ihr zwei dafür in Südamerika in einen Container steigen müsst und erst in Stadlers Kaffeerösterei wieder herauskommen könnt.«

Während Frithjof den Kopf einzog, musste Mena lachen. »Das ist eine lustige Vorstellung, Irmbert. Aber du hast mich auf eine

Idee gebracht. Stadler soll jemanden nach Bolivien schicken und einen Spezialsender in dem entsprechenden Container platzieren lassen. Damit können wir dessen Weg über Satellit kontrollieren.«

»Es sieht aus, als hätte ich mit Dr. Stadler nachher einiges zu besprechen«, meinte Claaßen lächelnd. »Allerdings bringt ihm dieser Vorschlag erneute Nebenkosten.«

Mena sah ihren Chef auffordernd an. »Wenn er wirklich glaubt, die Russenmafia könnte hinter der ganzen Sache stecken, wird er darauf eingehen. Die Herrschaften sind nicht für ihre humane Art bekannt.«

»Zumindest hat sie noch niemand für den Friedensnobelpreis vorgeschlagen«, witzelte Isabelle Scherzle.

Sie ärgerte sich, weil ihr bisheriger Handlanger nun für Mena arbeiten sollte. Dann dachte sie an die studentischen Hilfskräfte und sagte sich, dass diese ihr einige Nebenarbeiten abnehmen konnten.

Isabelles Bemerkung wurde auch diesmal ignoriert. Stattdessen teilte Claaßen ihr eine Recherche zu, die sie im Auftrag des Bayerischen Rundfunks durchführen sollte. Früher, als das Institut noch unter Professor Barins Leitung gestanden hatte, hatte Mena solche Jobs übernommen. Doch mittlerweile traute Claaßen es auch Isabelle zu, solche Analysen erfolgreich durchzuführen. Er reichte ihr die Unterlagen, die sie dafür benötigte, und stand auf.

»Ich werde jetzt mit Stadler reden. Ihr macht inzwischen weiter.«

»Klar!« Mena nickte ihrem Chef lächelnd zu und sah dann Frithjof an. »Auf geht's! Sonst müssen wir wirklich noch in den Container.«

»In den von Big Brother?«, fragte Isabelle anzüglich.

»Da stecken wir dich rein und testen aus, wie lange es dauert, bis du die anderen Insassen mit deinen schlechten Scherzen so genervt hast, dass sie schreiend Reißaus nehmen«, antwortete Mena bissig.

Isabelle grinste. »Wenn ich gut dafür bezahlt werde, mache ich den Job!«

»Wie wäre es mit dem Dschungelcamp?«, fragte Claaßen amüsiert. »Isabelle könnte dort testen, wie lange es dauert, um ausreichend Nahrung für all die C-Promis und Exstars im Madenschlamm zu erwühlen.«

»Kommt auf das Honorar an«, gab Isabelle munter zurück. »Ich stelle mir so hunderttausend Euro für den Big-Brother-Container vor und eine halbe Million fürs Dschungelcamp.«

»So viel bekommen nicht einmal die echten Promis, die dort mitmachen«, platzte Frithjof heraus.

»Was ist schon so ein Promi gegen mich? So, aber jetzt muss ich weiterarbeiten. Hoffentlich hat Fini Kaffee gemacht. Ich könnte einen vertragen.«

»Nicht nur du!«, meinte Mena und stand auf. »Komm, Frithjof, erst holen wir uns Kaffee, dann setzen wir uns wieder auf die Spur des Containers im Heuhaufen.« Sie brachte es so trocken hervor, dass alle lachen mussten.

2.5

Während Mena im Institut mit Frithjofs Hilfe auf der Suche nach den vertauschten Containern eine Unmenge an Daten durchforstete und Korbinian Breitle beim Internetpoker seine Geldsorgen zu beenden suchte, saß der Anwalt Reinhart Mittag seinem neuesten Klienten gegenüber. Es handelte sich um einen Mann mittleren Alters, der bereits mehrfach wegen verschiedenster Delikte im Gefängnis gesessen hatte. Auch jetzt war die

Chance, ohne einen längeren Aufenthalt in einer Strafvollzugsanstalt davonzukommen, äußerst gering.

»Ich hätte einen Promi überfallen sollen und keine Supermarktkassiererin! Dann würden sich die großen Anwälte darum reißen, mich verteidigen zu können. So aber habe ich Sie zugewiesen bekommen«, sagte er mit bitterem Spott zu Mittag, weil dieser dafür bekannt war, in den Duellen mit den Staatsanwälten meist den Kürzeren zu ziehen.

Reinhart Mittag kannte seinen miserablen Ruf als Anwalt, lächelte aber nur. An diesem Tag trug er nicht Jeans und Seidenhemd, sondern einen leicht abgeschabten dunkelgrauen Anzug und eine Krawatte. Dazu hatte er einen Aktenkoffer bei sich, den er nun umständlich öffnete.

»Sie werden mit mir vorliebnehmen müssen«, sagte er achselzuckend zu dem Häftling. »Mit Ihrem Vorstrafenregister brauchen Sie verdammt viel Glück, um an der Höchststrafe vorbeizukommen.«

»Mit Ihnen als Anwalt kann ich das vergessen!«, sagte der Ganove bissig. »Aber es ist klar, dass die Justiz mir so einen Blindgänger wie Sie zuweist. Die brauchen wieder einmal ein Bauernopfer, um allen zu beweisen, dass es vor Gericht mit rechten Dingen zugehen würde. Wenn ich ein Prominentensöhnerl wär – mit der gleichen Latte auf dem Kerbholz – und die Supermarktverkäuferin zusammengeschlagen hätt, um Geld für Drogen zu bekommen, wären mir der beste Anwalt und das Verständnis des Richters sicher.«

»Ganz so ist es auch nicht«, antwortete Mittag noch immer lächelnd. Er nahm sein Notizbuch und einen Druckbleistift zur Hand und machte sich ein paar Notizen.

»Ich muss noch ein wenig mehr von Ihnen wissen, wenn ich Sie verteidigen soll«, sagte er und hielt dem anderen das Notizbuch vors Gesicht.

»Schönen Gruß von Mike«, stand dort.

Der Häftling kniff die Augen zusammen, sagte aber nichts, sondern blickte nur ganz kurz zur Decke, an der ein Kameraobjektiv und Mikrofone zeigten, dass die Vollzugsbeamten jederzeit alles mithören und sehen konnten.

»Der Name stimmt nicht ganz. Es heißt Wandlinger, Johann Wandlinger. Sie können Jonny zu mir sagen«, meinte er.

»Wandlinger, Johann!« Noch während Mittag es sagte, radierte er den anderen Text aus und schrieb den Namen an die Stelle. Er spürte förmlich die Unruhe des Gefangenen, wollte aber nicht, dass irgendjemand merkte, dass hier nicht nur ein Gespräch zwischen einem Untersuchungshäftling und seinem Anwalt stattfand.

»Ich werde schauen, was ich für Sie tun kann«, sagte er, nachdem er das Notizbuch wieder auf den Tisch gelegt hatte. Mittag war froh, dass hier kein Gitter oder eine Glasscheibe zwischen ihnen war. Es hätte es ihm erschwert, wenn auch nicht unmöglich gemacht, seine eigenen Pläne mit Wandlinger zu verfolgen.

»Wenn Sie etwas brauchen, lassen Sie es mich wissen«, fuhr er fort und schrieb dabei das Wort *Zigaretten* auf die aufgeschlagene Seite seines Notizbuches.

»Ich könnte ein paar Zigaretten brauchen!«, sagte Wandlinger denn auch sofort.

»Ich habe hier noch eine volle Schachtel. Sie ist nicht einmal geöffnet!« Mittag nahm die Zigaretten aus dem Aktenkoffer und hielt sie kurz in die Höhe.

»Ist doch erlaubt?«, fragte er niemandem im Besonderen.

Als er die Schachtel zu Wandlinger hinüberschob, sah diese wirklich aus wie neu. Der Häftling runzelte enttäuscht die Stirn, denn er hatte auf eine in der Schachtel versteckte Botschaft gehofft.

»Ich habe dann so weit alles, was ich für den Fall brauche. Sie müssen nur noch unterschreiben, dass Sie mit mir als Pflichtverteidiger einverstanden sind.« Damit reichte Mittag dem anderen ein Formblatt. Dieser hob mit einer komisch-verzweifelten Geste die Hände.

»Dafür brauch ich einen Kugelschreiber. Oder soll ich mir in den Finger beißen und mit Blut unterschreiben?«

Mittag kramte in seinem Aktenkoffer und zog einen futuristisch aussehenden Kugelschreiber heraus. »Hier! Wenn Sie auf die Kappe drücken, sind nackte Mädchen zu sehen.«

Wandlinger grinste und sah sich nacheinander mehrere hübsche Frauen an, die nur mit High Heels bekleidet posierten. Auf einmal schluckte er, denn statt eines nackten Mädchens war für wenige Augenblicke eine Aufschrift zu sehen.

Botschaft in Zigarettenschachtel. Nach Lesen vernichten! Danach erschien der nächste weibliche Nackedei, und Wandlinger begriff endgültig, dass Reinhart Mittag anscheinend eine ganz eigene Spezies von Strafverteidiger war. Er unterschrieb mit neuer Hoffnung und hielt den Kugelschreiber noch eine Weile in der Hand.

»Kann ich den haben? Die Mädels sind wirklich heiß!«

Mittag schüttelte den Kopf und nahm ihm den Stift ab. »Tut mir leid, aber der war zu teuer. Ich könnte Ihnen beim nächsten Mal einen anderen mitbringen.«

»Dann sollten die Frauen aber genauso gut sein«, sagte Wandlinger grinsend. Irgendwas ging hier vor, und es war nicht zu seinem Nachteil.

»Was meinen Sie, wie viel ich kriegen werde?«, fragte er ansatzlos.

»Bei der Vorstrafe werden es schon ein paar Jahre sein. Darauf müssen Sie sich einrichten. Über die Strategie vor Gericht bin ich mir noch nicht im Klaren. Ehrliche Reue, eine einfache Frau überfallen zu haben, wäre allerdings hilfreich!«

Wandlinger grinste breit. »Was meinen Sie, wie sehr ich es bereue!« Vor allem, dass man mich erwischt hat, setzte er in Gedanken hinzu.

Mittag stand auf und reichte ihm die Hand. »Ich werde für Sie tun, was ich kann.«

Es klang wie ein Versprechen, und Wandlinger nahm es auch als solches auf. Leicht kopfschüttelnd sah er zu, wie der Anwalt das Sprechzimmer verließ. Statt seiner kam ein Vollzugsbeamter herein und wies auf die gegenüberliegende Tür.

»Auf geht's, Wandlinger. Dein Ausgang ist da!«

Wandlinger nahm die Zigarettenpackung und wollte in die Richtung. Da streckte der Wärter die Hand aus.

»Anschauen lassen! Es könnt ja eine Feile drinstecken.«

Mit einer gewissen Anspannung überließ Wandlinger dem Mann die Zigarettenschachtel. Der musterte sie von allen Seiten und reichte sie dann wieder zurück.

»Du hast Glück, Wandlinger! Die Schachtel ist noch zu. Wär sie angebrochen, hätt ich sie konfiszieren müssen. Es hätt ja eine Botschaft darin sein können.«

Der Vollzugsbeamte lachte wie über einen guten Witz, während Wandlinger ihm am liebsten einen Kinnhaken versetzt hätte. Er nahm sich zusammen und folgte dem Vollstreckungsbeamten bis zur Zellentür. Dort wartete er, bis dieser sie geöffnet hatte, und trat ein. Während hinter ihm die Tür wieder geschlossen wurde, riss er die Zellophanhülle der Zigarettenschachtel auf und öffnete diese vorsichtig. Als er die erste Zigarette herauszog, sah er, dass diese in dünnes Seidenpapier gehüllt war. Er wickelte sie aus, glättete das Papier und sah mehrere klein geschriebene Zeilen vor sich.

Es war die Schrift seines Freundes Michael – genannt Mike – Görges.

»Vertraue Mittag!«, stand da. »Er wird dir einen Kugelschreiber bringen, der als Sender und Empfänger verwendet werden kann. In der Gefängnisbibliothek gibt es sicher ein Buch über Morsezeichen.« Darunter war noch der Kringel zu sehen, den Mike als Unterschrift verwendete.

Wandlinger ärgerte sich, dass Mittag ihm den besagten Kugelschreiber nicht gleich überlassen hatte. Vor allem musste er verhindern, dass irgendjemand diese Botschaft las. Er zerriss das kleine Stück Seidenpapier in winzige Fetzen und schluckte diese hinunter. Dabei dachte er, dass er noch nie so ungeduldig auf den nächsten Besuch eines Anwalts gewartet hatte wie diesmal.

2.6

Reinhart Mittag grüßte den Beamten am Eingang freundlich. »Grüß Gott, Herr Landl. Es geht Ihnen hoffentlich gut.«

»Ich kann nicht klagen. Und Ihnen?«

»Man lebt und nährt sich von Fällen wie dem von Wandlinger«, gab Mittag mit leicht säuerlicher Stimme zurück. »Ich habe ihm übrigens eine Schachtel Zigaretten gegeben und ihm einen Kugelschreiber versprochen, auf dem ein paar nackte Frauen zu sehen sind. Einen wie den hier!« Noch während Mittag es sagte, zog er seinen Stift aus der Aktentasche und ließ den Beamten ein paar der Bilder sehen. Dieser grinste noch breiter.

»Eigentlich ist das ja verboten! Da er aber noch nicht rechtmäßig verurteilt ist, kann er ihn haben.«

»Danke! Also dann bis morgen! Bis dahin habe ich mir Wandlingers Akte angesehen und kann mit ihm über den Fall sprechen. Heute war es bloß ein Kennenlernen.« Mittag steckte lächelnd den Stift wieder ein und verließ das Gebäude. Wenig später stieg er in einen alten Mittelklassewagen, den er sich extra für solche Auftritte besorgt hatte, und steuerte diesen in Richtung Starnberger See. Dort bog er jedoch nicht zu seinem Heimatort ab, sondern fuhr einige Kilometer weiter zu einem Restaurant direkt am See, stellte den Wagen ab und trat auf die Terrasse. Die meisten Tische waren besetzt, nur ganz hinten war noch einer frei.

Mittag setzte sich, wartete, bis die Kellnerin kam, und bestellte sich ein Glas alkoholfreies Bier und den Schweinsbraten von der Mittagskarte. Danach holte er einen Schnellhefter aus dem Aktenkoffer und blätterte ihn durch, als sei er jemand, der auch während der Mittagszeit seine Arbeit nicht loslassen konnte.

Kurz darauf fiel ein Schatten auf ihn. Mittag blickte auf und sah einen großen, schlanken Mann vor sich, der sich betont lässig gab.

»Ist's gestattet?«, fragte dieser und setzte sich zu Mittag, bevor der Anwalt antworten konnte.

»Und, wie steht es mit Jonny? Haben Sie mit ihm geredet?« Der Mann sprach leise, aber gepresst und verriet dadurch, dass er nicht ganz so lässig war, wie er vorgab.

Die Kellnerin erschien und stellte Mittag das Getränk hin. Der neu hinzugekommene Gast schnupperte kurz und verzog das Gesicht. »Dass man so etwas trinken kann! Fräulein, ich hätte auch gern ein Bier, aber kein kastriertes wie das da.«

»Gern!«

Während die Kellnerin im Inneren des Lokals verschwand, trank Mittag einen Schluck und musterte sein Gegenüber freundlich lächelnd. »Wenn Jonny Wandlinger nicht zu dumm dazu ist, dürfte er Ihre Nachricht bereits gelesen haben.«

»Der Jonny ist nicht auf den Kopf gefallen und weiß, auf welcher Seite das Brot gebuttert ist. Aber man muss ihm auf jeden Fall klarmachen, dass er das Maul halten soll. Ich bin zwar ordentlich entlassen worden und schau auch zu, dass ich nicht mehr auffällig werde. Aber wenn Jonny meinen Namen nennt, hab ich die Bullen am Hals und einen Haufen Scherereien mit meiner Arbeitsstelle und meinem Vermieter.«

Mittag nickte scheinbar verständnisvoll und spottete dabei insgeheim über sein Gegenüber. Wie es aussah, hielt sich Michael Görges, der in einschlägigen Kreisen als Mike bekannt war, für ein großes Tier in der Gangsterszene. Seine Arbeitsstelle diente ihm dabei als Tarnung. In Wahrheit lebte er vom Zwischenhandel mit Drogen und stand damit auf der Liste jener, die Mittag zu Geschäftspartnern in seinem wachsenden Abnehmernetz machen wollte.

»Ich habe Wandlinger einen Stift wie diesen hier versprochen!« Damit holte Mittag den Stift erneut hervor, drückte die nackten Frauen weg und zeigte Görges den kleinen Bildschirm, der gerade mal groß genug für einen kurzen Satz war.

»Das ist weniger auffällig als ein Handy«, sagte er. »Wenn man hier dreht, kann man weiterlesen, aber auch zurückblättern. Ein Knopfdruck hier, und der Text ist verschwunden, und die nackten Weiber sind wieder da!«

Mike Görges nahm den Stift an sich, sah sich aber mehr die Nacktfotos an als die Textzeile. »Nicht übel, das Teil! Wo haben Sie das her?«

»Ein Mitbringsel aus Hongkong. Die Chinesen dort basteln einem alles zusammen, was man haben will!« Mittag lächelte noch immer. In den Augen seines Gegenübers war er ein Anwalt, der gegen Geld Nachrichten in den Knast schmuggelte und Häftlinge mit Dingen versorgte, die nicht unbedingt gesetzeskonform waren. Doch gerade die Arbeit mit den Knastbrüdern verhalf seinem Partner und ihm dazu, genau die Leute zu finden, die sie für ihre Geschäfte benötigten.

»Solche Stifte könnten wir brauchen«, meinte Görges, als er den Kugelschreiber zurückgab.

»Natürlich kann man keinen ganzen Roman damit schicken, aber für den Hausgebrauch reicht es«, erklärte Mittag.

Görges sah ihn misstrauisch an. »Und was ist für Sie der Hausgebrauch?«

»Zum Beispiel, Leute daran zu erinnern, dass sie gewisse Namen verschweigen!« Mittag klang noch immer freundlich, während Görges seine Nervosität nicht mehr verbergen konnte. Da nun die Kellnerin das Bier für Görges und den Braten für Mittag brachte, verstummte das Gespräch.

»Wollen Sie auch etwas essen?«, fragte die Kellnerin.

»Was gibt's denn?«, fragte Görges und erhielt ein dickes Heft in die Hand gedrückt. Er wählte einen Hirschbraten, der seinen in letzter Zeit gestiegenen Einkünften entsprach.

Erst als auch er sein Essen erhalten hatte, setzten die beiden Männer ihre Unterhaltung fort. Görges' Gesicht wurde lang, als er erfuhr, dass er mit Wandlinger nicht direkt, sondern nur über den Anwalt Kontakt aufnehmen konnte.

»Das habe ich mir eigentlich anders vorgestellt«, sagte er ärgerlich.

Mittag sah ihn ernst an. »Ich riskiere auch so schon meine Zulassung als Anwalt. Daher will ich nichts tun, was mir als Mittäterschaft bei einer Straftat angekreidet werden kann.«

»Das verstehe ich!« Mühsam schluckte Görges seinen Ärger hinab und fragte, wann der Anwalt wieder mit seinem Freund zusammenkommen würde.

»Bereits morgen«, erklärte Mittag. »Wenn Sie also eine Nachricht für Jonny haben, sollten Sie sie mir jetzt übergeben. Telefon und E-Mails traue ich nicht. Es könnten auch andere Leute als die NSA mithören!«

»Sie erwischen mich auf dem falschen Fuß«, stöhnte Görges, nahm aber dann doch von Mittag ein Blatt Papier entgegen und schrieb mehrere Zeilen auf.

»Ist es so in Ordnung?«, fragte er angespannt.

Mittag las den Text durch und nickte. »Das ist unverfänglich genug. Jeder, der das liest, wird annehmen, dass es sich um ein paar Zigaretten oder Kaugummis handelt, die in den Knast geschmuggelt werden sollen. Spätestens morgen hat Jonny es, und ich werde ihm klarmachen, dass Schweigen Gold und Reden Silber ist.«

»Reden ist eher Blei«, erklärte Görges, und es klang verdammt ernst.

2.7

Professor Irmbert Claaßen trat in Menas Arbeitszimmer und fand diese über einem Stapel Papier gebeugt, während Frithjof Kathen eben den Drucker nachfüllte.

»Ihr seid ja fleißig!«, begann der Institutsleiter das Gespräch.

»Wir drucken die Begleitzettel einiger Container aus, die in etwa um die fragliche Zeit aus Bolivien gekommen sind. Auf Papier ist es leichter, sie miteinander zu vergleichen, als auf dem Bildschirm«, erklärte Mena, denn sie wollte nicht, dass Claaßen dachte, sie würden unnütz Papier verschwenden.

»Und? Schon was gefunden?«, fragte der Professor.

»Nichts, was uns weiterhelfen könnte. Einige Container haben ganze Weltreisen hinter sich. Sie wurden von Bolivien nach Chile gebracht, dort auf einen südkoreanischen Frachter geladen und über den Pazifik und den Indischen Ozean rund um Afrika verschifft«, antwortete Mena genervt.

»Andere wurden über den Amazonas zum Atlantik und von dort nach Europa gebracht. Ich sortiere die gerade«, mischte sich Frithjof ein.

»Gibt es keine Suchroutinen dafür?«, fragte Claaßen verwundert.

»Die haben wir alle eingesetzt. Doch weiter können wir den Fokus nicht verringern, wenn wir nicht Gefahr laufen wollen, ausgerechnet den Container, um den es geht, aus den Augen zu verlieren.«

Mena bleckte kurz die Zähne, denn sie und Frithjof hatten mehr als zehntausend Container verfolgt und konnten nur hoffen, dass der letzte Suchlauf erfolgreich verlaufen war.

»Ich habe mit Dr. Stadler gesprochen«, erklärte Claaßen. »Er ist damit einverstanden, einen mit einem Sender versehenen Container von Bolivien nach Europa transportieren zu lassen. Dabei wird er verlangen, dass dieser den gleichen Weg nimmt wie der letzte, weil angeblich ein Teil der Kaffeelieferung unterwegs beschädigt worden ist. Ihr kriegt den Startschuss, sobald die Sache in die Wege geleitet wurde.«

»Dann wissen wir wenigstens, ob diese Container westwärts oder ostwärts um die Erde geschafft werden«, meinte Mena erleichtert.

»Allerdings treffen sich die Routen der Containerfrachter bei den Kanarischen Inseln«, gab Frithjof zu bedenken. »Einige legen sogar auf Gran Canaria, Teneriffa oder auch weiter nördlich auf Madeira an. Dort werden sie teilweise auf andere Schiffe umgeladen.«

»Zeig!«, rief Mena und streckte die Hand aus.

Frithjof reichte ihr zwei Ausdrucke. »Hier, das ist die *Mærsk Carrier*. Sie ist um Afrika herumgefahren, weil sie zu groß ist, um den Suezkanal zu benutzen. Die *Finkenwerder* der HAPAG war von Macapá in der Amazonasmündung nach Hamburg unterwegs. Beide haben in La Palma auf Gran Canaria angelegt. Dabei wurden einige Container der *Carrier* auf die *Finkenwerder* umgeladen.«

»Wenn wir jeden Hafen berücksichtigen müssen, an dem sich Schiffe getroffen haben und Container umgeladen wurden, sind wir alt und grau, bevor wir auch nur eine Spur finden«, rief Mena entsetzt. Sie nahm die beiden Blätter an sich, las sie durch und blickte dann mit entschlossener Miene zu Claaßen auf.

»Vielleicht hilft es uns aber auch. Denn damit müssen wir uns nicht auf jedes Schiff konzentrieren, das von einem südamerikanischen Hafen nach Europa ausgelaufen ist, sondern nur auf die, die Container für Süddeutschland geladen hatten.«

»Damit könnte uns aber der falsche Container entkommen. Denke daran, dass Stadlers Container bei Hannover gefunden wurde«, wandte der Professor ein.

»Was ist, wenn der Container dort nur abgeladen wurde, um eine falsche Spur zu legen?«, fragte Mena.

»Aber dann hätten sie ihn doch gleich ins Ausland bringen können«, platzte Frithjof heraus.

»Hätten sie das wirklich? Wir haben zwar den Schengen-Raum für den freien Reiseverkehr zwischen den meisten EU-Staaten. Aber die Lastwagen werden noch immer an den Grenzen kontrolliert. Oder bist du noch nie von Italien nach Österreich auf der Brennerautobahn gefahren? Dort stauen sich die Lkw oft Dutzende von Kilometern weit und warten darauf, abgefertigt zu werden.«

Instinktiv spürte Mena, dass sie eine Spur aufgenommen hatte, die es wert war, verfolgt zu werden.

»Es gibt noch etwas von Stadler«, erklärte da Claaßen. »Er will, dass wir – mit aller Vorsicht natürlich – der Russenmafia nachspüren.«

»Die Russenmafia als solche gibt es nicht, sondern mehrere miteinander konkurrierende Verbrechersyndikate aus Osteuropa«, erklärte Mena. »Aber wenn wir die auch noch ausforschen sollen, können wir die Suche nach dem Container vergessen. Außerdem sind wir ein Forschungsinstitut und keine Abteilung der Kriminalpolizei, die Verbrechen aufdecken will!«

»Ich dachte mir, dass vielleicht Frithjof …«, sagte Claaßen, wurde aber sofort von Mena unterbrochen.

»Frithjof kann nicht nach den Banditen suchen. So gut ist er noch nicht ausgebildet! Wenn irgendjemand sein Forschen bemerken würde, könnte seine Spur bis zu unserem Institut zurückverfolgt werden. Was dann passieren könnte, will ich lieber nicht berechnen.«

Um Claaßens Mund spielte ein verständnisvolles Lächeln. »So meine ich es auch nicht! Ich dachte, dass Frithjof sich um die Container kümmern könnte. Das schafft er sicher. Dann kannst du diesen Brüdern nachspüren.«

»Mit legalen Mitteln bekomme ich nichts heraus, denn diese Brüder, wie du sie nennst, sind mit allen Wassern gewaschen«, wandte Mena ein.

Claaßens Lächeln verstärkte sich. »Aber du bist, wie man in Bayern so schön sagt, auch nicht auf der Brennsuppe dahergeschwommen.«

Mena musste lachen. »Es wird auf jeden Fall ein harter Fight. Ich werde sehr vorsichtig sein müssen, damit mich die Brüder nicht beim Schnüffeln erwischen.«

»Das ist auch besser so!« Für einen Augenblick verzog Claaßen das Gesicht. Der Mann, der das Institut vor ihm geleitet hatte, wie auch ein Kollege Menas waren vor einigen Monaten ums Leben gekommen, nachdem eine verbrecherische Wissenschaftlerin entdeckt hatte, dass ihr von diesem Institut aus nachgespürt wurde.

Zu dem Zeitpunkt war Frithjof noch nicht beim Team gewesen. Nun sann er ein paar Augenblicke nach und schüttelte dann verwirrt den Kopf. »Ich frage mich, warum Dr. Stadler so auf die Russenmafia versessen ist. Die haben doch in Osteuropa und am Schwarzen Meer genug Chancen, Waren ins Land zu schmuggeln. Da brauchen sie nicht über Deutschland zu gehen.«

»Vielleicht war der vertauschte Container für Bayern bestimmt«, wandte Mena ein. Doch auch sie fand es eigenartig, wieso Stadler ausgerechnet auf die osteuropäischen Verbrecherorganisationen kam. Es konnte sich genauso gut um eine Schmuggelaktion handeln, die von Deutschland aus gelenkt wurde.

2.8

Nach seinem Gespräch mit Mike Görges hatte Reinhart Mittag Zeit, im Internet einigen Aspekten nachzugehen, die ihm auf der Seele lagen. Als gegen Abend sein Partner auftauchte, fragte er Feierabend, was es Neues gäbe.

»Ich war in Memmingen wegen eines Erbschaftsstreits. Ein Freund meines Vaters hat mir die Sache vermittelt. Er meinte, ich könnte die tausend Euro, die das einbringt, gut gebrauchen!« Feierabend klang spöttisch. Auch wenn ihre Bekannten annahmen, ihre Anwaltskanzlei würde sie gerade mit Müh und Not ernähren, so verfügten sie durch ihre Nebengeschäfte über so viel Geld, dass sie sich für den Rest ihres Lebens auf eine Karibikinsel zurückziehen konnten.

»Und wie ist es bei dir gelaufen?«, fragte er Mittag.

Der lachte amüsiert auf. »Ich habe den Kontakt zwischen Görges und Wandlinger hergestellt. Görges liegt viel daran, dass jener seinen Namen vor Gericht verschweigt.«

»Müssen wir solche krummen Sachen überhaupt noch machen?«, fragte Alex.

»Durch diese *krummen Sachen* können wir uns die Leute aussuchen, die wir für unsere Geschäfte brauchen.«

»Ich bin der Meinung, wir sollten uns mehr im Hintergrund halten und eine andere Organisation mit der Durchführung betrauen. Es ist mühsam, aus einigen Dutzend Kriminellen die herauszufiltern, die für uns in Frage kommen, und dann über andere den Kontakt zu ihnen herzustellen. Ich kenne einige Mittelsmänner osteuropäischer Syndikate, die dafür geeignet wären.«

Feierabend klang nachdenklich, denn auch wenn sie bisher gut verdient hatten, so sah er doch die Probleme, die durch eine Entdeckung auf sie zukommen würden.

Sein Partner schüttelte heftig den Kopf. »Ich arbeite ungern mit ausländischen Banditen zusammen. Sie leben in einer anderen Kultur und hätten keine Angst vor uns. Im Gegensatz dazu fürchten unsere Leute die großen Bosse im Hintergrund. Bei Russen, Arabern oder anderen Banditen aus der Ferne müssten wir damit rechnen, dass sie versuchen, das Geschäft ganz zu übernehmen.«

»Da hast du auch wieder recht«, antwortete Feierabend mürrisch. »Wenn die jemand umlegen, können sie in ihre Heimat fliehen. Aus Russland kriegst du keinen Kriminellen heraus, es sei denn, Putin will es.«

»Selbst wenn unsere Mörder ausgeliefert und hier in einer Staatspension unterkommen, hätten wir nichts mehr davon«, erklärte Mittag und deutete auf seine Notizen. »Außerdem haben wir jetzt ein anderes Problem. Breitle hat in zwei Tagen schon wieder vierzigtausend Euro beim Internetpoker verloren. Ich habe ein paar Recherchen über seine finanziellen Verhältnisse angestellt. Bei seiner Spielsucht und der Verschwendungssucht seiner Ehefrau ist er in weniger als einem halben Jahr insolvent!«

»Das wäre ärgerlich!«, rief Alex.

»Es wäre fatal!«, korrigierte Mittag ihn. »Er ist einer der wenigen, die uns persönlich kennen.«

»Es kennen uns einige.«

»Aber nur wenige als Alex und Tobias Meyer«, erklärte Mittag ernst. »Wir können es uns nicht leisten, dass Breitles Firma zusammenkracht. Dann würden sich einige für die seltsame Wollwaschanlage interessieren, die er vor einem Jahr hat einrichten lassen.«

»Wir könnten sie abbauen lassen«, schlug Feierabend vor.

»Könnten wir, aber das Problem bliebe bestehen. Breitle braucht Geld, und er wird alles tun, um daran zu kommen, notfalls auch durch einen Deal mit der Staatsanwaltschaft. Es muss einen anderen Weg geben.«

»Was ist, wenn wir ihm einen Kredit verschaffen, damit er flüssig bleibt? Leisten könnten wir es uns.«

Mittag schüttelte den Kopf. »Selbst wenn du ihm zehn Millionen gibst, wäre er in zwei Jahren wieder so pleite wie jetzt, denn er ist hoffnungslos spielsüchtig. Außerdem würde er sich daran gewöhnen, von uns gesponsert zu werden, und noch mehr Geld verschwenden. Wir müssen uns etwas anderes einfallen lassen.«

»Und was?«, fragte Alex.

»Das werde ich mir noch überlegen!« Mittag lachte dabei, doch es war kein Lachen, das etwas Gutes versprach.

2.9

Nach einer weiteren Woche hatte Mena Reglin die Zahl der in Frage kommenden Container auf zwanzig reduziert. Einer davon musste Stadlers Container gewesen sein, ein anderer der spurlos verschwundene. An diesem Tag saß sie entspannter als in der letzten Zeit an ihrem Schreibtisch, überprüfte die Routen der zwanzig Container und sah dabei gelegentlich Noreen zu, die in einer Ecke saß und mit Begeisterung die Rückseite überflüssiger Ausdrucke bemalte.

»Ist es schon drei?«, fragte die Kleine plötzlich.

Mena warf einen kurzen Blick auf die Anzeige ihres Bildschirms und schüttelte dann den Kopf. »Nein, Mäuschen! Es ist noch nicht einmal zwei. Wir müssen noch mindestens eine Stunde warten, bis dein Papa kommt.«

»Claudius kommt heute zurück?«, fragte Claaßen, der eben ins Zimmer getreten war.

»Seine Maschine ist pünktlich am Münchner Flughafen gelandet, und er dürfte bereits auf dem Weg nach Augsburg sein«, antwortete Mena und wies auf Noreen. »Unsere Kleine kann es kaum erwarten, den Papa wiederzusehen. Immerhin war er drei Wochen weg.«

»Für ein Kind können drei Wochen eine Ewigkeit sein«, erwiderte Claaßen lächelnd. »Ich wollte dir nur sagen, dass der mit einem Funksender versehene Container seit heute unterwegs ist. Du kannst seinen Weg über Satellit verfolgen!«

»Den Job soll Frithjof übernehmen. Ich kann heute nicht länger bleiben, denn ich habe Claudius und Noreen versprochen, den Nachmittag mit ihnen zu verbringen.« Mena klang ein wenig schuldbewusst, obwohl sie allein in den letzten drei Monaten über hundertfünfzig Überstunden angehäuft hatte.

Claaßen hielt die Sache nicht für so dringend, dass Mena nicht einmal zwei Stunden früher gehen konnte, und nickte. »Ich wünsche euch viel Spaß heute Abend!« Da dies etwas schlüpfrig klang, berichtigte er sich. »Ihr werdet ja sicher essen gehen und euch einiges zu erzählen haben.«

»Claudius und Noreen sicher, ich aber weniger, denn ich trete Institutsinterna ungern anderen gegenüber breit.« Mena klang etwas schärfer als gewollt, und so hob Claaßen beschwichtigend die Hände.

»So habe ich es nicht gemeint! Aber ihr seid immerhin drei Wochen getrennt gewesen, und es ist auch außerhalb des Instituts das eine oder andere passiert.«

»Eher weniger«, gab Mena mit einem schiefen Lächeln zu. »Ich habe die meiste Zeit hinter meinem Computer gehockt und Noreen entweder bei Toni gelassen oder hier in die Obhut unserer beiden Unikräfte gegeben. Frithjof konnte sich nicht weiter um das Mädchen kümmern, weil ich ihn für die Arbeit gebraucht habe.«

»Wofür ich dir sehr dankbar bin! Er ist inzwischen sicherer geworden, und es sieht so aus, als könnte ich ihn behalten. Übrigens hat auch Isabelle einen gewaltigen Schritt nach vorne getan. Da du zu beschäftigt warst, als dass sie dich wegen jeder Kleinigkeit hätte fragen können, musste sie sich selbst durchbeißen und ist dabei nicht schlecht gewesen.«

Claaßen klang zufrieden, denn auf diese Weise hatte sich die Kompetenz seines Instituts in den letzten Wochen erheblich erhöht. »Du hast das gut gemacht!«, lobte er Mena mit einem tiefen Gefühl der Zufriedenheit.

»Es kommt auch auf den Chef an«, antwortete sie. »Du kannst uns motivieren und gehst nicht gleich in die Luft, wenn wir mit einer Frage kommen, die du für bescheuert hältst.«

Mena spielte damit auf Claaßens Vorgänger Barin an, der in seiner cholerischen Art manches Stück Porzellan zerschlagen hatte.

Auch Claaßen erinnerte sich an Barin und legte Mena die rechte Hand auf die Schulter. »Sei vorsichtig bei allem, was du tust! Wir sind immer noch ein Forschungsinstitut und kein Geheimdienst oder die Kriminalpolizei. Wenn du etwas entdeckst, das dir nicht geheuer erscheint, sollen sich andere darum kümmern. Mein Freund Benjamin Huber ist ein höheres Tier bei der Kriminalpolizei in München. Ich überlege mir schon, ob ich ihn einweihen soll.«

»Obwohl Stadler es nicht will?«, fragte Mena.

Da klingelte ihr Telefon. Als sie abhob und sich meldete, war Claudius am Apparat.

»Hallo, Mena! Ich bin ein bisschen früher als geplant in Augsburg angekommen. Kannst du dich trotzdem loseisen?«, fragte er mit fröhlicher Stimme.

Mena wechselte einen kurzen Blick mit Claaßen, nickte dann aber unbewusst. »Ich mache gleich Schluss! Wo stehst du?«

»Direkt vor der Tür, auch wenn es gerade einem Autofahrer mit Münchner Nummernschild nicht gefällt!« Ein durchdringendes Hupen machte es Mena schwer, ihren Freund zu verstehen.

»Claudius ist da!«, sagte sie zu Claaßen.

»Papa!« In dem Augenblick hatte Noreen Buntstifte und Papier vergessen und sauste zu Mena hin. »Komm, wir gehen!«

»Erst muss ich meinen Computer abschalten und hier aufräumen«, antwortete Mena.

»Das Aufräumen übernehme ich«, bot Claaßen ihr an.

Da Noreen kaum mehr zu halten war, nahm Mena das Angebot gerne an. Kaum war ihr Bildschirm dunkel, stand sie auf, verabschiedete sich von ihrem Chef und fasste Noreens Hand.

»Dann bis morgen!«, sagte sie noch.

»Heute ist Freitag, und diesmal drängt die Arbeit nicht so, dass wir auch am Samstag kommen müssten«, meinte Claaßen belustigt.

»Dann eben bis Montag!« Mit diesen Worten verschwand Mena und verließ mit Noreen zusammen das Institut.

Claudius wartete draußen neben dem Wagen und begrüßte Mena liebevoll. Anschließend hob er seine Tochter hoch und gab ihr einen Kuss. »Da bin ich wieder, Kleines! Bist du auch schön brav gewesen?«

»Natürlich!«, behauptete Noreen.

Immerhin hatte Toni sie, wenn sie bei ihr war, beinahe angehimmelt, und Frithjof war sofort gesprungen, wenn sie einen Wunsch geäußert hatte. Nur Mena hatte ihr gelegentlich Paroli geboten, doch die durfte das.

»Stimmt das auch?«, fragte Claudius, der seine Tochter genau kannte.

»Halbwegs!« Mena zwinkerte ihm zu.

»Dann bin ich ja zufrieden!« Claudius öffnete die hintere rechte Tür und setzte Noreen in den Wagen, während Mena auf dem Beifahrersitz Platz nahm.

»Habt ihr zwei schon gegessen?« Da Mena über ihre Arbeit gelegentlich die Mittagspause übersah, war Claudius' Frage berechtigt.

Doch diesmal nickte sie. »Noreen und ich haben Tortellini mit Tomatensoße gegessen. Toni hat mir gestern Abend zwei Portionen gemacht, die ich in der Mikrowelle aufgewärmt habe.«

Claudius grinste breit. »Das Erste, was wir uns nach unserer Hochzeit leisten werden, ist eine kompetente Haushälterin, die auch kochen kann. Oder sollen wir gleich einen Koch nehmen?«

»Wie wäre es außerdem mit einem Butler und einer Zofe für Noreen und mich?«, spottete Mena.

»So feudal wie Noreens Mutter sind wir dann doch nicht«, gab Claudius gut gelaunt zurück. »Übrigens habe ich mir den Rest des Tages frei gehalten. Wir können noch einen kleinen Ausflug machen, irgendwo gemütlich zu Abend essen und dann zu mir fahren. Oder willst du diese Nacht zu Hause schlafen?« Es klang etwas anzüglich.

Mena verstand, was er meinte. Zuerst wollte er dafür sorgen, dass Noreen rechtschaffen müde wurde und bald schlafen ging, damit sie beide Zeit füreinander hatten.

Sie zwinkerte ihm zu. »Du hast sicher einiges zu erzählen, und da wird es spät werden. Daher schlafe ich bei euch. Schließlich muss ich morgen nicht zur Arbeit.«

2.10

Während Mena mit Claudius und Noreen einen angenehmen Nachmittag und Abend verlebte, saß Korbinian Breitle schlecht gelaunt in seinem mit edlem Wurzelholz ausgestatteten Wohnzimmer und stierte vor sich hin. Mit einer fahrigen Bewegung füllte er ein Wasserglas bis zur Hälfte aus einer Flasche besten Birnengeistes und trank es in einem Zug leer. Sein verschleierter Blick verriet, dass es nicht das erste Glas an diesem Abend war.

Marilyn Breitle saß auf der anderen Seite der Couch und zog eine Miene wie sechs Wochen Regenwetter. »Musst du dich ausgerechnet jetzt besaufen, wo wir doch gleich nach München ins Theater fahren wollen?«

»Bleib mir mit deinem Theater vom Leib!«, antwortete ihr Mann bissig. »Ich hab heute keine Lust.«

»Aber ich will hin!«, rief Marilyn aufgebracht.

»Du kannst auch einmal daheimbleiben! Es wär besser mit deinem dicken Bauch.« Bislang hatte Breitle seine Frau stets umschmeichelt, daher ärgerte sie sich umso mehr über seinen Tonfall.

»Ich will dieses Stück sehen – und wenn du dich noch so aufführst! Fahren kannst du in deinem Rausch sowieso nicht mehr. Annette, ruf doch den Begleitservice an! Sie sollen mir einen schweren Mercedes schicken. Wenn ihr Rolls-Royce frei ist, wäre mir der noch lieber.«

»Sehr gerne, gnädige Frau!« Die Hausdame, die Mena vor etlichen Tagen wie eine lästige Hausiererin abgefertigt hatte, wusste genau, was ihre Herrin zu hören wünschte. Mit energischen Schritten verließ sie das Zimmer, um draußen zu telefonieren.

Während Marilyn ihre Nase zur Decke streckte, um ihrem

Mann zu zeigen, was sie von seinen Manieren hielt, schnaubte dieser erbittert.

»Du wirst in nächster Zeit ein bisserl weniger Geld ausgeben können als bisher. Ich habe derzeit einen leichten Engpass, bis die nächsten Zahlungen eintreffen.«

Marilyn glaubte, nicht recht zu hören. »In diesem Nest hier kann ich kein Geld ausgeben!«, fauchte sie. »Oder glaubst du, ich will das Gleiche anziehen wie diese Landpomeranzen?«

Ihr Mann musterte sie erbost, aber auch mit einem gewissen Stolz. Trotz ihrer mittlerweile erkennbaren Schwangerschaft sah sie mit ihrem ebenmäßigen Gesicht, den großen, wenn auch jetzt zornig blitzenden Augen und dem blonden Haar immer noch verführerisch aus. Ihr dunkelblaues Abendkleid war das feinste, was man für Geld kaufen konnte, und doch würde sie es nur noch ein paar Wochen tragen. In der Hinsicht musste sie sich ändern, dachte er und sah sie streng an.

»Augsburg ist eine große Stadt, und es gibt hier ebenso gute Läden wie in New York oder anderswo. Die Frau meines Anwalts schwört auf *Tonis Boutique*. Besser kann man sich nicht anziehen, sagt sie.«

»Ich kaufe doch meine Kleidung nicht in demselben Laden wie die Frau deines Rechtsverdrehers!«, rief Marilyn empört.

Da kehrte ihre Hausdame zurück. »Der Wagen steht in einer Viertelstunde vor der Tür. Es ist der Rolls-Royce!« Es klang triumphierend, denn damit hatte sie bei ihrer Herrin einiges gut.

Marilyn Breitle nickte zufrieden und sah auf die Uhr. »In einer Viertelstunde? Da müssen wir uns beeilen, meine Stola auszuwählen. Es kann heute Abend kühl werden.«

Ohne ihren Mann eines weiteren Blickes zu würdigen, verließ sie den Raum. Ihre Hausdame folgte ihr wie ein Schatten, während Breitle sein Glas bis zum Rand füllte und den scharfen Schnaps wie Wasser trank.

»Die Weiber sind deppert! Statt eines Hirns haben die bloß ein Modemagazin im Kopf«, brummte er und schenkte nach.

Einen Augenblick lang dachte er darüber nach, wie befriedigend es gewesen war, dem erfolgreicheren, aber langweiligen Claudius Augustus Kaiser die Ehefrau auszuspannen. Überdies hatte er das Geld, welches dieser Marilyn bei der Scheidung zahlen musste, gut für seine Geschäfte brauchen können. Nun aber wurde Marilyn ihm langsam zu kostspielig.

»Sie darf einfach nicht mehr so viel Geld ausgeben«, setzte er sein einseitiges Gespräch fort. Doch auch das würde ihm nichts mehr helfen, wenn er nicht bald eine frische Geldquelle anzapfen konnte.

»Die beiden Meyer könnten ruhig mehr dafür zahlen, dass ich ihr Zeug aus Südamerika kommen lasse!«

Kaum hatte sich dieser Gedanke in seinem Kopf festgesetzt, stand er auf, wankte in sein Arbeitszimmer und nahm ein Handy aus einer Schublade. Zwar hatten Alex und Tobias Meyer ihn angewiesen, sie nur wegen wichtiger Dinge anzurufen. Doch was war wichtiger als sein Geld?, fragte er sich, während er die Tastenkombination drückte, die die geheime Nummer der beiden Partner aufrief.

Es dauerte einen Moment, bis sich jemand meldete. »Wer da?«

»Breitle am Apparat! Wissen Sie, Herr Meyer, was Sie mir zahlen, ist mir zu wenig. Ich …«

»Ich komme morgen bei Ihnen vorbei!«, unterbrach Reinhart Mittag Breitle und beendete die Verbindung. Dann drehte er sich zu seinem Partner um. »Wie erwartet wird Breitle zu gierig. Wir müssen etwas unternehmen.«

»Und was?«, fragte Feierabend.

»Ich werde mich so schnell wie möglich mit Mike Görges treffen. Er kennt gewiss jemanden, der jemanden kennt«, gab Mittag mit einem bösen Lächeln zurück.

»Lehnen wir uns dabei nicht zu weit aus dem Fenster?«, wandte Feierabend ein.

»Auf alle Fälle weniger, als wenn wir Breitle weitermachen lassen!« Diesmal lächelte Mittag nicht, doch seine Miene verhieß nichts Gutes für den Mann.

2.11

Mena blickte auf die schlafende Noreen und drehte sich dann lächelnd zu Claudius um. »Sie sieht aus wie ein Engelchen!«

»Schlafend vielleicht, wach aber ist sie eher ein Teufelchen. Irgendwie erinnert sie mich an Dr. Jekyll und Mister Hyde«, antwortete ihr Freund.

»Pfui! So etwas sagt man nicht über die eigene Tochter«, schalt Mena ihn, konnte ihn allerdings verstehen. Es war fast unmöglich gewesen, die Kleine zu Bett zu bringen, dabei zeigte die Uhr bereits eine Stunde vor Mitternacht.

»Sie war nun mal recht aufgedreht. Immerhin hat sie dich ein paar Wochen lang nicht gesehen«, nahm Mena Noreen in Schutz.

»Da ich etwa die Hälfte des Jahres unterwegs bin, habe ich wenig Lust, die kleine Madame bei jeder Rückkehr so zu erleben! Wenn es nicht anders wird, lasse ich sie nicht mehr zu Marilyn. Jedes Mal wenn Noreen von meiner Ex zurückkommt, ist sie unausstehlich«, erwiderte Claudius aufgebracht.

Er hatte sich auf einen angenehmen Abend gefreut und auch auf ein inniges Beisammensein mit Mena. Doch bis vor wenigen Minuten hatte Noreen ihnen einen Strich durch die Rechnung gemacht.

»Ich will Marilyn nicht verteidigen, aber es ist doch schon ein paar Tage her, seit ich Noreen von ihr geholt habe. Leider konnte ich mich wegen dringender Aufgaben im Institut nicht so um sie kümmern, wie ich es gerne getan hätte. Da ist es ganz natürlich, dass sie über deine Rückkehr begeistert ist!« Mena klang etwas kleinlaut, denn das Institut war nicht gerade der ideale Spielplatz für die Kleine gewesen.

»Wir sollten sie so rasch wie möglich in einen Kindergarten schicken«, setzte sie eilig hinzu.

Claudius nickte. »Das ist gewiss das Beste. Trotzdem werde ich mit meinem Anwalt reden, ob wir Noreens Besuche bei ihrer Mutter einschränken können.«

»In ein paar Monaten ist Breitle junior auf der Welt. Ich glaube nicht, dass Marilyn dann noch viel Interesse an Noreen hat.«

So ganz glaubte Mena selbst nicht daran, denn sie kannte Claudius' Exfrau gut genug. Es stand zu befürchten, dass diese auf Noreens Besuche bestand, und sei es nur, um nach außen hin das Bild einer idealen Mutter abzugeben.

»Der Teufel soll Marilyn holen!«, knurrte Claudius, um dann über sich selbst zu lachen. »Den Gefallen tut er uns wahrscheinlich nicht. Aber wir sollten uns von ihr nicht den Abend verderben lassen! Ich würde sagen, wir trinken ein Schlückchen Wein und sehen zu, was die Nacht sonst noch bringt.«

»Höchstens Wein mit ein bisschen Wasser vermischt!«, antwortete Mena.

Claudius nickte und ging ihr voraus in das Wohnzimmer, das er im Landhausstil hatte einrichten lassen. Dort holte er zwei Gläser und eine Flasche Rotwein, während Mena Mineralwasser besorgte. Als die Mischung aus Wein und Wasser zu beider Zufriedenheit ausgefallen war, stießen sie miteinander an.

»Auf deine erfolgreiche Reise!«, erklärte Mena.

»Zu deren Erfolg du mit deinen Informationen einiges beigetragen hast«, antwortete Claudius lächelnd.

»Ich freue mich, dass ich dir helfen konnte.«

»Das hier ist ein kleines Geschenk für dich!« Mit diesen Worten holte Claudius einen breiten Armreif aus massivem Gold aus einer Schublade und legte ihn Mena an.

Diese musterte das Schmuckstück ein wenig irritiert. »Das war doch sicher sauteuer!«

Claudius lachte. »So schlimm war es auch nicht! Marilyn hätte getobt, wenn ich ihr nicht mehr mitgebracht hätte. In der Hinsicht bin ich froh, dass nun Korbinian Breitle für ihre kostspieligen Wünsche aufkommen darf. Ich schätze, sie wird ihn über kurz oder lang ruinieren.«

»Was deiner gekränkten Männerseele gefallen dürfte, nicht wahr?«, spottete Mena und schmiegte sich enger an ihn. »Ich habe dich vermisst!«

»Ich dich auch!« Claudius schlang die Arme um sie und berührte dabei ihre Brüste. Nach einem kurzen Zusammenzucken drängte sich Mena noch fester an ihn.

»Wie es aussieht, habe ich dich richtig vermisst!«

»Wenn das eine Aufforderung sein soll, mit dir ins Bett zu gehen, sage ich nicht Nein«, antwortete Claudius noch immer lächelnd. »Noreen hat uns lange genug abgehalten.«

Er nahm Mena auf die Arme und trug sie zur Tür hinaus. In diesem Haus musste er nicht fragen, wo das Schlafzimmer war, wie beim ersten Mal in ihrer Wohnung. Bislang hatten sie sich immer dort geliebt, daher freute es ihn, dass es heute in seinem eigenen Haus sein würde. Als er sein Schlafzimmer betrat, fiel ihm auf, dass dort noch die Möbel standen, die er bei seiner Heirat mit Marilyn gekauft hatte. Bei dem Gedanken machte er kehrt und trug Mena in eines der Gästezimmer. Es war kleiner, aber anheimelnd, und er lächelte zufrieden.

»Warum hast du mich hierher gebracht?«, fragte sie verwundert.

»Weil ich drüben erst neue Betten kaufen muss. Die hat nämlich Marilyn ausgesucht, und ich wollte nicht, dass du darin liegen musst.«

»Wie taktvoll!«, meinte Mena lächelnd.

»Ich will mir diese Nacht nicht durch die Erinnerung an meine Exfrau verderben lassen!« Noch während er es sagte, begann Claudius, Mena auszuziehen.

»Stellt ein Mann eigentlich Vergleiche an, wenn er mit verschiedenen Frauen geschlafen hat?«, fragte Mena neugierig. Diesem Thema nachzuspüren wäre sicher interessanter, als nach alten, verbeulten Containern zu suchen.

»Ich kann mich nicht mehr so richtig erinnern, wie Marilyn im Bett war, also kann es nicht besonders gewesen sein. Einmal, so glaube ich, hatte sie sogar Lockenwickler in den Haaren!«

»Das muss ja ein fürchterlich erotischer Anblick gewesen sein«, rief Mena lachend und ging nun ihrerseits daran, Claudius aus seiner Kleidung zu schälen. Was sie sah, gefiel ihr immer noch. Claudius war ein gutaussehender Mann mit kurz geschnittenen dunklen Haaren und einem angenehmen, wenn auch energisch wirkenden Gesicht. Trotz der vielen Stunden, die er an seinem Schreibtisch oder auf Reisen verbringen musste, hatte er eine sportliche Figur, ohne jedoch übertriebene Muskelpakete aufzuweisen. Sein Brustkorb war breit genug, um sich anlehnen zu können, und dass er recht kräftig war, hatte er bewiesen, indem er sie durchs halbe Haus getragen hatte.

»Du wirkst ein wenig kritisch«, meinte er, als sie ihn für sein Gefühl etwas zu lange musterte.

»Mache ich so ein Gesicht?«, fragte sie lachend. »Dabei dachte ich eben, dass du ein perfekter Mann bist.«

»Oh, danke! Aber du hast nicht so ausgesehen, als würdest

du das denken!« Claudius atmete erleichtert auf, half ihr aus ihrem Büstenhalter und zog sie an sich. Einige Augenblicke lang genoss er ihren nackten Körper so dicht an dem seinen, dann küsste er sie.

»Du bist genau das, was ich heute brauche!«, flüsterte er anschließend und begann, ihre schlanken, aber weiblichen Formen mit den Fingern nachzuzeichnen. Es kitzelte ein wenig, dennoch schnurrte Mena wie ein Kätzchen. Es ist schön, bei Claudius zu sein, dachte sie.

Plötzlich erklang draußen ein Geräusch, und für einen Moment befürchtete sie, Noreen wäre aufgewacht und würde sie und Claudius suchen. Das Aufbrummen eines Motors zeigte ihr jedoch, dass jemand sehr spät mit einem Auto unterwegs war, und sie entspannte sich wieder.

In der nächsten Stunde vergaß sie Noreen ebenso wie die Autos, die an Claudius' Villa vorbeifuhren.

Als sie etliche Zeit später eng aneinandergeschmiegt im Bett lagen, fühlten sie sich beide glücklich und waren davon überzeugt, dass keine Macht der Welt ihre traute Zweisamkeit zerstören könnte.

2.12

Korbinian Breitle sah nervös zu, wie Tobias Meyer auf seiner Gold Wing auf den Firmenhof einfuhr. Dabei war Samstag und niemand anwesend, der ihr Treffen hätte beobachten können.

Das schwere Motorrad erregte Breitles Neid. Zwar hatte er selbst mehrere Motorräder in seiner Garage stehen, doch das hier war der Rolls-Royce unter den Zweiradfahrzeugen. Der Begriff Rolls-Royce erinnerte ihn an seine Frau, und er verzog das Gesicht. Marilyn befand sich immer noch in München, wohnte dort aber nicht bei einer ihrer Freundinnen, sondern im Hotel *Vier Jahreszeiten*.

»Entweder muss sie sparen lernen oder ich erheblich mehr Geld einnehmen«, murmelte er und ging nach unten, um seinen Gast zu begrüßen.

Mittag hatte mittlerweile sein Motorrad abgestellt und kam freundlich lächelnd auf ihn zu. »Grüß Gott, Herr Breitle! Wie Sie sehen, ist die Sache mit dem vertauschten Container inzwischen bereinigt worden.«

»Weiß man schon, was da schiefgelaufen ist? Nicht dass so etwas noch einmal passiert.«

Mittag zuckte mit den Achseln. »Wahrscheinlich ein Tippfehler bei der Bedienung eines Containerkrans. So was kommt vor.«

»Wollen wir es hoffen!« Breitle knurrte wie ein Kettenhund und erinnerte sich dann, weshalb er das Gespräch mit seinem Auftraggeber gesucht hatte. »Ich bin der Meinung, dass Sie mich für mein Risiko zu schlecht bezahlen!«

»Dafür, dass Sie eigentlich überhaupt nichts tun müssen, ist eine halbe Million nicht gerade wenig!« In Mittags Stimme schwang eine Warnung an Breitle, es nicht zu übertreiben.

Dieser dachte jedoch an seine sich im tiefroten Bereich befindenden Konten und schüttelte den Kopf. »Ich gebe meinen guten Namen dafür her und habe die Wollwaschanlage mit allem, was damit zusammenhängt, am Hals.«

»Für die Wollwaschanlage haben Sie keinen einzigen Cent zahlen müssen. Auch der Lohn für die Bedienungsmannschaft kommt aus unserer Kasse!« Mittags Tonfall wurde schärfer, doch sein Gegenüber gab nicht nach.

»Ich will mehr Geld! Sonst ist es aus mit den Lieferungen aus Südamerika.« Das, dachte Breitle sich, war sein größter Trumpf. Die anderen brauchten ihn und sollten ihn daher auch entsprechend bezahlen.

»Was stellen Sie sich vor?«, fragte Mittag.

Breitle hatte nicht erwartet, dass der andere so rasch nachgeben würde. Er leckte sich nervös über die Lippen und sah sein Gegenüber scharf an. »Ich habe so an die zwei Millionen gedacht!«

»Zwei Millionen? Wovon träumen Sie, wenn Sie im Bett liegen und schlafen?«, entfuhr es Mittag.

»Ich bin sicher, dass Sie und Ihr Bruder bei jeder Sendung um einiges mehr verdienen. Was ist das eigentlich für Zeug? Kokain wahrscheinlich! Was anderes würde sich nicht lohnen. Keine Angst, ich hänge Sie schon nicht hin. Die Leute sind doch selber schuld, wenn sie so was nehmen.«

Breitle lachte abgehackt, ließ aber sein Gegenüber nicht aus den Augen. Auch wenn er in letzter Zeit mit seinen Geschäften Pech gehabt hatte, so war er erfahren genug, um das kurze Aufblitzen in Mittags Augen zu bemerken. Die Sache lohnte sich also wirklich, und er bedauerte, nicht drei Millionen verlangt zu haben.

Mittag musterte den gierigen Geschäftsmann und zwang sich ein Lächeln auf. »Lassen Sie uns in Ihrem Büro weiterreden. Sie haben doch sicher eine Flasche guten Cognacs im Schrank. Mit einem Drink in der Hand lässt es sich besser verhandeln.«

»Ich gehe von meiner Forderung nicht ab! Entweder kriege ich zwei Millionen, oder Sie können sehen, wo Sie Ihr Zeug aufbereiten!«, erklärte Breitle, kaum dass sie in seinem Büro Platz genommen hatten.

Er fühlte sich im Aufwind. Mit zwei Millionen würde er fürs Erste wieder flüssig sein, und wenn dann ein paar seiner Geschäfte erfolgreich verliefen, hatte er in einem halben Jahr so viel Geld, dass selbst Marilyn es nicht mehr ausgeben konnte.

Mittags Lächeln wurde kälter. »Über eine gewisse Summe mehr können wir reden. Zwei Millionen sind jedoch illusorisch!«

»Zwei Millionen! Keinen Cent weniger«, bekräftigte Breitle.

»Zwei Millionen?« Mittag sagte es, als wäre es ein unanständiges Wort. »Ich glaube, ich könnte jetzt wirklich einen Drink gebrauchen!«

»Den kriegen Sie!«, antwortete Breitle und stand auf. Doch als er an den kleinen Wandschrank trat und diesen öffnete, war er leer.

»Den hätte meine Sekretärin längst nachfüllen müssen«, sagte er mürrisch, ohne daran zu denken, dass er am Vortag die Flasche geleert und in den Abfall geworfen hatte.

»Ich muss nach unten und etwas holen!« Mit diesen Worten verließ er das Büro.

Kaum war er draußen, da zog Mittag die oberste Schublade des Schreibtisches auf und fotografierte mit seinem Handy in aller Eile die Papiere, die dort lagen. Dass Breitle sich Zeit ließ, um seinen Gast ihm eigenen Saft schmoren zu lassen, kam ihm dabei zugute. Mittag las kein einziges der Blätter auch nur an, sondern arbeitete so schnell, dass es auf langjährige Übung hinwies.

Als er draußen Schritte hörte, schloss er die Schublade wieder, steckte sein Handy ein und betrachtete scheinbar aufmerksam die Weltkarte, die Breitle auf der gegenüberliegenden Wand hatte aufziehen lassen. Kleine Fähnchen markierten die Länder, mit denen der Unternehmer Geschäfte machte.

»Nicht schlecht, Herr Breitle! Sie haben wirklich viele Kontakte«, sagte Mittag, als sein Gastgeber wieder ins Zimmer kam.

Breitle lächelte geschmeichelt. »Wenn man im Export- und Importgeschäft etwas verdienen will, sind die Kontakte das Wichtigste. Darum sind Sie und Ihr Bruder ja auch zu mir gekommen und nicht zum Beispiel zu dem Krankenhausnachttopffabrikanten Kaiser.«

Das müsste Marilyns Exmann hören, dachte Breitle zufrieden,

während er zwei große Gläser mit Waldhimbeergeist füllte und eines davon Mittag reichte. Dieser nahm es und stieß mit ihm an.

»Da haben Sie recht. Deswegen sind wir zu Ihnen gekommen«, sagte er mit einem seltsamen Lächeln und trank genussvoll den teuren Schnaps, während Breitle den Inhalt seines Glases wie Wasser hinunterschüttete.

Mittag registrierte es und machte sich seine Gedanken. Auch wenn man als Geschäftsmann immer wieder mal ein Glas trinken musste, so war Alkohol kein guter Partner. Er zerstörte das Einschätzungsvermögen, und das war bei Breitle bereits in hohem Maße getrübt.

»Ich werde mit meinen Partnern über Ihre Forderung sprechen, Herr Breitle«, erklärte er, nachdem er sein Glas abgestellt hatte.

»Da gibt es nichts zu reden!«, antwortete Breitle selbstbewusst. »Entweder Sie zahlen pro Lieferung zwei Millionen – oder Sie können Ihr Geschäft aufgeben.«

»Ich werde es ausrichten! Aber jetzt muss ich gehen. Auf Wiedersehen, Herr Breitle. Ich melde mich in den nächsten Tagen!« Mittag reichte dem Geschäftsmann die Hand und verließ das Büro. Als er wenig später auf seiner Gold Wing in Richtung Starnberger See fuhr, dachte er über mehrere Alternativen nach, mit denen er es vermeiden konnte, zwei Millionen an Breitle zu bezahlen.

3

3.1

Am Montagmorgen kontrollierte Mena als Erstes die Route des markierten Containers. Er stand auf einem Lagerplatz der bolivianischen Stadt Patacamaya und wartete darauf, zu einem der nächstgelegenen Häfen transportiert zu werden. Weit war er also noch nicht gekommen.

Mit einem Achselzucken wandte Mena ihrem Computer den Rücken zu und ging in die Küche, um sich einen Cappuccino zu holen. Professor Claaßen hatte kürzlich einen Automaten aufstellen lassen, so dass die lästige Suche nach jemand, der Kaffee aufbrühte, entfiel. Zwar musste das Gerät jeden Abend gesäubert werden, aber den Job übernahm ihre studentische Aushilfe Fini.

In der Küche traf sie die Studentin an, als diese gerade den Kühlschrank einräumte. Fini sah sich lächelnd zu ihr um. »Professor Claaßen hat mich gebeten, übers Wochenende ein paar Lebensmittel zu besorgen, damit im Kühlschrank nicht wieder gähnende Leere herrscht.«

»Der Professor hat doch erst vor ein paar Tagen Isabelle zum Einkaufen geschickt«, wunderte Mena sich.

»Frau Scherzle trinkt ihren Kaffee schwarz und hat daher vergessen, Milch mitzubringen. Außerdem legt Herr Professor Claaßen Wert auf länger haltbare Lebensmittel als Frischwurstaufschnitt.«

»Isabelle liebt drei Dinge, schwarzen Kaffee, Wurstsemmeln und Schokoladenkekse. Ich bezweifle, ob sie weiß, dass es auch noch etwas anderes gibt«, antwortete Mena, während sie sich einen Cappuccino aus der Maschine ließ.

Fini grinste amüsiert, wurde aber sofort wieder ernst. »Der Professor hatte mir eine Liste mit Dingen mitgegeben, die ich besorgen sollte.«

»Aber sicher nicht in deiner Freizeit!« Da im Institut das Du üblich war, sprach Mena auch die Studentin so an, obwohl diese zu ihr Frau Dr. Reglin sagte. Sie sollte das Fini nun endlich abgewöhnen.

»Bei Professor Claaßen reicht es, wenn du ihn mit Herr Professor anredest. Den Rest kannst du duzen. Ich bin Mena!« Damit streckte Mena Fini die Hand hin. Diese starrte darauf, wischte sich dann die rechte an ihrem T-Shirt ab und ergriff zögernd die dargebotene Hand.

»Ich bin Josefine, aber alle sagen Fini zu mir!«

»Dann machen wir das auch. Wir sind ein zwangloser Haufen, wie du sicher schon bemerkt hast. Außerdem haben wir genug Arbeit und wollen keine Zeit durch übertriebene Titulierererei verlieren. Oder glaubst du, ich bekäme den Markierstift schneller, wenn ich zu Frithjof sagen würde: ›Können Sie mir bitte den Markierstift herüberreichen, Herr Kathen?‹«

Jetzt musste Fini lachen. »Nein, das glaube ich nicht.«

»Was ist mit mir?«, fragte Frithjof, der eben zur Tür hereingekommen war, und sprach sofort weiter. »Ich habe übers Wochenende ein paar Informationen über die Russenmafia und vergleichbare Verbrechersyndikate gesammelt!« Dabei wies er auf eine Mappe mit Ausdrucken. Als er diese auf die Arbeitsplatte legen wollte, schüttelte Mena den Kopf.

»Frithjof, das hier ist die Küche! Wenn du mir etwas zeigen willst, dann lass dir einen Kaffee heraus und komm in mein Arbeitszimmer. Dort können wir die Sachen in Ruhe durchgehen. Zwischen Tür und Angel bringt das nichts. Ich gehe jetzt in mein Zimmer, und du kommst in ein paar Minuten mit den Ausdrucken und deinem Kaffee nach.«

»Den Kaffee sollte besser ich bringen, sonst verschüttet Frithjof ihn noch. Er muss immerhin seinen Ordner tragen!« Fini zwinkerte dem Praktikanten zu, damit er die Bemerkung nicht falsch auffasste, und stellte seine Tasse unter die Auslassöffnung der Kaffeemaschine.

»Was darf's denn sein?«, fragte sie dann.

»Normalen Kaffee mit einem Schuss Milch und zwei Stücken Zucker!«, gab Frithjof zurück und folgte Mena.

Mena trank einen Schluck Cappuccino und prüfte ihre E-Mails. Hinter ihr trat Frithjof nervös von einem Bein auf das andere und war sichtlich erleichtert, als sie auf den zweiten Bürostuhl im Zimmer zeigte.

»Setz dich!«, sagte sie. »Oder willst du mir die Sachen im Stehen erklären?«

Frithjof saß so schnell auf dem Stuhl, dass Mena kaum mit dem Schauen mitkam. Danach rollte er diesen zu ihr hin, schob ihre Tastatur zur Seite und legte seine Mappe vor sie hin.

»Ich habe einiges über Verbrechen herausgebracht, die ausländischen Syndikaten zugesprochen werden«, erklärte er voller Eifer. »Dabei ist mir eines aufgefallen: Die Sache mit Stadlers Container, der bei Hildesheim gefunden wurde, passt nicht ins Konzept dieser Banden. Diese hätten ihn entweder irgendwo versenkt oder in Flammen aufgehen lassen, um zu verhindern, dass man ihn findet und eventuelle Spuren sichert.«

»Versenken geht bei so einem großen Container schlecht, und ob es sich gelohnt hätte, ein paar Tonnen bolivianischen Hochlandkaffee zu verbrennen, weiß ich nicht«, antwortete Mena zweifelnd.

Ihr ging Frithjof etwas zu forsch vor. Außerdem hatte sie die

Untersuchung einer möglichen Beteiligung osteuropäischer Banden selbst vornehmen wollen.

»Ich weiß nicht, ob es klug war, dass du daheim im Internet herumgeackert und Informationen gesammelt hast. Im schlimmsten Fall hat das jemand gemerkt, und du stehst bereits auf der schwarzen Liste dieser Brüder!«, fuhr sie mit gepresster Stimme fort.

»Ich dachte … ich …«, stotterte Frithjof.

»Deinen Einsatz in allen Ehren! Aber gerade bei einer solchen Sache muss man sehr vorsichtig sein. Wenn tatsächlich eine international agierende Verbrecherorganisation dahintersteckt, ist denen ein Menschenleben wenig wert.«

»Ich war vorsichtig!«, versicherte Frithjof.

»Das bezweifle ich nicht. Die Computer hier im Institut sind jedoch doppelt und dreifach gesichert. Daher kann man die Nachforschungen, die wir betreiben, nicht bis zu uns nachverfolgen. Bei einem privaten PC ist das anders. Wenn jemand aufgefallen ist, dass du seiner Organisation nachgespürt hast, kann er mittlerweile bereits den Standort deines Computers und damit deine Adresse ermittelt haben.«

»Wen machst du gerade zur Schnecke, Mena? Ach ja, Frithjof!« Von beiden unbemerkt hatte Professor Claaßen das Zimmer betreten und blickte auf Frithjofs Ordner herab.

»Was ist das?«, fragte er.

»Die Informationen hat Frithjof übers Wochenende zusammengetragen«, erklärte ihm Mena. »Deswegen rede ich auch mit ihm. Es ist nicht ungefährlich, das von einem ganz normalen Home-PC aus zu machen.«

»Da hast du allerdings recht!« Der Professor blätterte die Mappe kurz durch und verzog das Gesicht. »Es soll nicht sehr gesund sein, in die Grundplatte eines Hochhauses einbetoniert zu werden, habe ich mir sagen lassen. Das machen die gerne, weil die Toten zumeist erst beim Abriss der Bauten entdeckt werden, und das dauert mindestens einige Jahrzehnte.«

»Ich wollte doch nur …«, begann Frithjof und wurde diesmal von Claaßen unterbrochen.

»… beweisen, dass du mehr draufhast, als Mena und Isabelle dir zutrauen. Das verstehe ich sogar! Ich hätte es in deinem Alter vielleicht genauso gemacht. Doch Mena hat recht! Diese Suche war zu gefährlich. Zu Hause kannst du in Facebook-Einträgen nachforschen oder in der Online-Version einer Fachzeitschrift blättern, aber keine Banditen dieses Kalibers verfolgen. Selbst hier im Institut würde ich das nur unter Vorbehalt erlauben. Wir sind ein Forschungsinstitut und keine Nebenstelle des BND.«

Mena hatte Claaßen noch nie so ernst erlebt. Jetzt tat ihr Frithjof leid, der mit hängenden Schultern auf seinem Stuhl saß und aussah, als würde er am liebsten anfangen zu heulen.

»Wenn du nichts dagegen hast, werde ich die Daten auswerten und untersuchen, ob Frithjof jemandem aufgefallen ist«, sagte sie zu Claaßen.

Dieser nickte und versetzte Frithjof eine leichte Kopfnuss. »Hilf Mena dabei! Wenn du das nächste Mal am Wochenende arbeiten willst, dann sag es vorher. Sowohl Mena als auch ich hätten dich davor gewarnt, es zu tun.«

»Ja … ich …« Frithjof brachte kein klares Wort heraus und war sichtlich froh, als Claaßen das Zimmer wieder verlassen hatte.

Mena schob ihm den Ordner zu und zog ihre Tastatur wieder heran. »So, und jetzt zeigst du mir deinen ersten Ausdruck«, sagte sie. »Dieser Sache gehen wir systematisch nach. Wenn du wirklich in ein Hornissennest gestochen hast, werden wir die entsprechenden Behörden informieren, damit sie sich darum kümmern. Vielleicht hast du aber auch Glück und bist unbemerkt geblieben. Wetten darauf würde ich allerdings nicht.«

3.2

Das Wochenende über hatte Reinhart Mittag die Fotos ausgewertet, die er heimlich in Breitles Büro geschossen hatte, aber noch nichts unternommen. Doch genau wie ihm war seinem Partner Feierabend klar, dass sie nicht auf Breitles Erpressung eingehen durften.

»Der Kerl muss weg! Aber was wird dann aus seiner Firma?«, fragte Feierabend bei einem späten Frühstück am Montag.

Mittag angelte sich ein gekochtes Ei, legte es auf sein Frühstücksbrettchen und teilte es mit einem gezielten Schlag seines Messers in zwei Hälften. »Das wäre die einfachste Lösung. Aber so geht es nicht. Zuerst müssen wir seine Firma in die Hand bekommen.«

»Es ist eine Unverschämtheit von ihm, zwei Millionen von uns zu fordern! Doch wie es aussieht, werden wir sie bei der nächsten Lieferung zahlen müssen«, wandte Feierabend ein.

»Bis der nächste Container geliefert wird, haben wir noch drei Wochen Zeit. Bis dahin ist mir etwas eingefallen. Doch jetzt muss ich mich beeilen! Ich habe heute wieder einen Termin mit Wandlinger. Inzwischen kann er mit seinem Bildschirmstift umgehen und müsste mir die Namen nennen können, die ich von ihm haben will. Er ist der Meinung, dass Görges hinter meiner Forderung steckt, und so soll es auch bleiben. Dennoch werde ich ihn benutzen, um Görges ebenfalls ins Boot zu holen!«

Mittag klang selbstgefällig. Bis jetzt war es ihm und seinem Partner gelungen, den Anschein ehrlicher Anwälte aufrechtzuerhalten, gleichzeitig aber ihre Kontakte zum organisierten Verbrechen auszubauen. Mit jeder Kokainlieferung, die ohne Probleme ins Land gelangte, wurden er und Feierabend um ein paar Millionen Euro reicher. Da sie das Geld nicht hier in Deutschland versteuern konnten und wollten, wanderte es auf verschlungenen Pfaden auf ein Konto in der Karibik. Angeblich gehörte es einem dort ansässigen Trust, der seinen Anwälten, sprich ihnen, sämtliche Verfügungsgewalt darüber verliehen hatte.

»Wir sollten bald aufhören, denn wir haben inzwischen genug Geld, um uns ein schönes Leben machen zu können«, schlug Feierabend vor.

»Was ist genug?«, fragte Mittag spöttisch. »Hier in Deutschland können wir es nicht ausgeben, und um woanders eine große Rolle spielen zu können, ist es zu wenig. Außerdem fühle ich mich zu jung, um auf Jamaika oder Barbados den Frührentner zu spielen.«

»Das will ich eigentlich auch nicht. Aber ich habe Angst, dass noch einmal so ein Fehler passiert wie mit den vertauschten Containern!« Feierabend klang besorgt, doch sein Partner lachte nur.

»So etwas passiert nur einmal im Millennium. In einem oder in zwei Jahren können wir uns überlegen, uns vom Geschäft zurückzuziehen. Dann hat jeder von uns seine hundert bis zweihundert Millionen Euro auf der hohen Kante. Wenn wir es geschickt anfangen, können wir hier in Deutschland als Repräsentanten unserer eigenen Firmen auftreten. Dass diese uns gehören, wird keiner erfahren.«

»Zweihundert Millionen wären nicht schlecht. Von der Rendite könnten wir wirklich leben«, sagte Feierabend und stellte sich diese Summe vor. Dann aber seufzte er. »Bei Breitles Forderungen werden wir dieses Geld nicht so schnell verdienen.«

»Lass mich nur machen!«, antwortete Mittag und beendete sein Frühstück. Er verließ den Raum, und als er zurückkehrte, trug er wieder den altmodischen Anzug und hielt den angeschlagenen Aktenkoffer in der Hand.

»Ich fahre jetzt zu Wandlinger ins Gefängnis. Es muss für Görges so aussehen, als würde er hinter der Sache stecken, nicht wir«, sagte er zu seinem Partner.

»Welche Sache?«, fragte Feierabend.

»Hinter dem Problem Breitle. Ich werde mich darum kümmern, es zu lösen.« Nach diesen Worten verschwand Mittag, und kurz darauf vernahm sein Partner, wie der alte Mittelklassewagen aus der Garage gefahren wurde und das Motorengeräusch sich kurz darauf in der Ferne verlor.

3.3

Im Gegensatz zu Mittags erstem Besuch erwartete Wandlinger ihn voller Spannung. Auch wenn er für die nächste Zeit im Knast festsaß, so konnte er seine Geschäfte über den Anwalt weiterführen. Mittag hatte zehn Prozent vom Gewinn verlangt, doch Wandlinger war sicher, ihn austricksen zu können. Wichtig für ihn war es, jemand zu haben, der ihn über das informierte, was draußen geschah, und der seine Anweisungen an seinen Partner Görges weitergeben konnte.

Auch an diesem Tag schob er dem Anwalt ein zusammengefaltetes Stück Papier zu, das dieser unter seinen Akten verschwinden ließ.

Dann sah er Mittag fragend an. »Wann wird mein Prozess starten?«

»Die Staatsanwaltschaft meint, dass es noch ein paar Monate dauern wird, weil sich neue Erkenntnisse ergeben hätten«, antwortete Mittag in bedauerndem Ton.

Für Wandlinger hieß es, dass man etwas Neues ausgegraben hatte, das ihm schaden konnte. »Können Sie herausfinden, was das ist?«

»Als Ihr Anwalt werde ich Akteneinsicht beantragen!«

»Tun Sie das!« Wandlinger verzog verärgert das Gesicht, denn wenn die Kriminalpolizei zu viel über ihn herausfand, war es mit seinen einträglichen Geschäften vorbei.

Das war auch Mittag klar. Vorerst besprach er mit seinem Klienten die Strategie, mit der er ihn vor Gesicht verteidigen wollte, deutete ihm dabei aber an, dass er bald neue Informationen über den kleinen Bildschirm des Kugelschreibers erhalten würde.

»Ich tu für Sie, was ich kann«, erklärte er zuletzt und reichte Wandlinger die Hand. Danach wandte er sich zum Gehen, hielt jedoch in der Tür noch einmal an. »Ich habe wieder Zigaretten für Sie! Diesmal ist es Ihre Sorte und nicht die meine.«

Der Gefängnisbeamte, der vor der Tür stand, streckte die Hand aus. »Die muss ich vorher untersuchen, damit ich sicher sein kann, dass kein Kassiber ins Gefängnis geschmuggelt wird. Das ist nicht gegen Sie gerichtet, Herr Mittag. Aber jemand könnte Ihnen die Zigaretten zugesteckt haben.«

»Tun Sie nur Ihre Pflicht!« Mittag reichte dem Wärter die Zigarettenschachtel. Im Gegensatz zu der ersten, die er Wandlinger gegeben hatte, war diese völlig harmlos. Dies musste auch der Vollzugsbeamte erkennen, obwohl er die Schachtel förmlich zerlegte und dabei mehrere Zigaretten auseinanderbrach. Das Letzte war eine kleine Schikane, die Mittag kaltließ, während Wandlinger empört schnaubte.

»He, das sind meine Zigaretten!«

»Was wollen Sie? Ist doch nichts passiert«, meinte der Wärter spöttisch und gab Mittag die Zigaretten zurück. Dieser reichte sie Wandlinger und verließ den Raum.

Draußen im Auto konnte er sich ein Grinsen nicht verkneifen. Man musste solchen Beamtenseelen immer mal wieder die Gelegenheit geben, sich wichtig zu fühlen. Nur so konnte man sie von den relevanten Dingen ablenken. Er startete den Wagen, fuhr einige Kilometer und hielt dann auf einem Supermarktparkplatz an.

Nun erst las er den Zettel, den Wandlinger ihm zugesteckt hatte. Es handelte sich um die Namen mehrerer Geschäftsfreunde des Häftlings, denen Mittag Anweisungen überbringen sollte. Noch war die Sache relativ harmlos und ging nicht über Hehlerei und den Verkauf von Drogen hinaus. Eine Information war für Mike Görges bestimmt, und den wollte Mittag noch am gleichen Tag treffen. Daher nahm er ein im Ausland schwarz gekauftes Prepaidhandy zur Hand und rief den Mann an. Nur eine Stunde später saßen sie zusammen auf der Terrasse eines Landgasthofs südlich von Augsburg.

»Was sagt Jonny?«, fragte Görges geradeheraus.

Mittag reichte dem Mann den Zettel. Dieser überflog ihn und sah verärgert auf. »Zehn Prozent vom Gewinn bloß dafür, ein paar Briefe hin- und herzutragen? Ist das nicht ein wenig viel?«

»Bedenken Sie das Risiko, das ich eingehe. Wenn mein Anteil an dieser Sache aufgedeckt wird, verliere ich meine Zulassung als Anwalt und werde vielleicht sogar Ihr Zellengenosse«, erklärte Mittag mit einem sanften Lächeln.

»Meinetwegen!«, knurrte Görges.

»Was meinetwegen? Dass ich zehn Prozent bekomme oder mit Ihnen eine Zelle teile?«, fragte Mittag. Er erhielt ein Brummen zur Antwort, das beides bedeuten konnte.

»Jonny hat im Knast einen Lieferanten für guten Stoff aufgetrieben, an den ich mich wenden soll«, murmelte Görges mehr für sich.

Mittag nahm es mit einem Lächeln zur Kenntnis. Dieser Lieferant waren sein Partner Feierabend und er. Um mehrere Tonnen Kokain an die kleinen Dealer zu verteilen, brauchten sie etliche Zwischenhändler, die das größte Risiko trugen. Er selbst und sein Partner hatten dafür gesorgt, dass nur sehr wenige ihrer

Handlanger sie persönlich kannten, denn jeder, der etwas von ihnen wusste, konnte zur Gefahr für sie werden.

»Ich konnte einige Minuten unbeobachtet mit Jonny sprechen«, sagte er leise. »Es gibt Probleme! Irgendjemand muss ihn bei der Kripo hingehängt haben, und er hatte schon Angst, Sie könnten es gewesen sein!«

»Ich? Ist Jonny übergeschnappt? Wir sind die besten Partner, die es gibt!«, fuhr Görges auf.

»Da ich die Polizeiakten eingesehen habe, konnte ich ihm den Verdacht ausreden. Es muss jemand aus dem Import-Export-Geschäft sein. Wie es aussieht, hat dieser mit einem Kumpel von euch hochwertige Antiquitäten als angebliche Imitate ins Land geschmuggelt. Jetzt hat der Kerl Geldsorgen und versucht, sein Wissen bei der Staatsanwaltschaft zu versilbern. Solche Abmachungen sind zwar nicht sauber, aber verschaffen der Kripo Informationen, an die sie sonst nicht herankäme.«

Damit war der Köder ausgelegt. Ein Ganove wie Görges konnte es sich nicht leisten, dass irgendjemand zur Polizei ging und Leute beschuldigte, mit denen er zu tun hatte.

»Wer ist dieser angebliche Kumpel?«, fragte Görges mit mühsam beherrschter Stimme.

Mittag nannte einen Namen, den er bei Breitle entdeckt hatte, und amüsierte sich, weil dieser Trottel die Belege für eine solche Transaktion in seinem Schreibtisch liegen gelassen hatte. An seiner Stelle hätte er so ein brisantes Papier längst vernichtet.

»Ich werde mich darum kümmern!« Görges' Stimme versprach nichts Gutes für Breitle.

Nun hätte Mittag dem Mann gerne ein paar Anweisungen erteilt, wie mit Breitle zu verfahren sei, doch er musste den Anwalt spielen, der Nachrichten ins Gefängnis und heraus schmuggelte, ohne sich Gedanken über die Geschäfte seiner Klienten zu machen.

»Ich werde bald wieder Kontakt zu Jonny aufnehmen. Soll ich ihm etwas von Ihnen übermitteln?«, fragte er.

Görges dachte kurz nach und nickte. »Ich möchte mehr über den Kerl wissen, der ihn verraten hat.«

»Das kann ich machen«, versprach Mittag.

»Wir treffen uns übermorgen Abend in Schongau. Dann können Sie es mir sagen!«

»Ich will nicht zu oft mit Ihnen gesehen werden«, wandte Mittag ein.

»Sie haben wohl Angst, was? Aber Sie haben sich auf die Sache eingelassen und werden mitspielen!«

Es wirkte wie eine Drohung, doch Mittag lächelte darüber. Für ihn zählte nur, dass seine eigenen Leute nicht mit dem Ableben von Korbinian Breitle in Verbindung gebracht werden konnten. Was danach mit Görges zu geschehen hatte, musste er sich noch überlegen.

3.4

Marilyn Breitle hatte sich in der letzten Zeit über die Sparappelle ihres Mannes sehr geärgert. Anscheinend begriff Korbinian nicht, dass sie sich gerade wegen ihrer Schwangerschaft etwas gönnen musste. Von ihrer Münchner Lieblingsmodedesignerin hatte sie sich ein halbes Dutzend aufregender Umstandskleider anfertigen lassen und saß nun zusammen mit ihrer Freundin Kathy Leiner in einem ausgezeichneten Restaurant.

Kathy sah halb bewundernd, halb mit Schaudern zu, wie Marilyn nacheinander eine Auster und eine Trüffelpraline in den Mund steckte und mit einem Rhabarbersaft hinunterspülte.

»Das kann doch nicht schmecken!«

Marilyn sah sie verwundert an. »Warum nicht? Mir schmeckt

es ausgezeichnet. Herr Ober, noch einen Rhabarbersaft. Oder nein, bringen Sie mir lieber ein Glas Champagner!« Das Letzte galt dem Herrn im schwarzen Anzug, der bereitstand, die Wünsche der Gäste zu erfüllen. Während er nach einem »Sehr wohl, Madame!« verschwand, sah Kathy Leiner ihre Freundin kopfschüttelnd an.

»Als schwangere Frau solltest du keinen Alkohol trinken.«

»Champagner ist doch kein Alkohol! Ein Glas davon tut mir im Gegenteil sehr gut!«, gab Marilyn lachend zurück. »Aber reden wir jetzt über Korbinian. Ich sage dir, lange schaue ich da nicht mehr zu. Wenn er sich nicht ändert …« In den nächsten Minuten erfuhr Kathy, wie sehr ihre Freundin sich über ihren Ehemann geärgert hatte.

»Ich weiß nicht, was mit Korbinian los ist!«, erklärte Marilyn theatralisch. »Er ist direkt langweilig geworden und denkt nur noch an seine dummen Geschäfte. Früher war er ganz anders. Da sind wir zusammen nach New York oder sonst wohin geflogen. Letztens in London hat er die Zähne nicht mehr auseinandergebracht und wollte mir sogar verbieten, mir einen neuen Pelzmantel zu kaufen. Dabei brauche ich den dringendst!«

Kathy wusste, dass ihre Freundin ein halbes Dutzend teurer Pelzmäntel besaß, ging aber nicht darauf ein, um Marilyn nicht zu verärgern. »Männer sind nun einmal so! Zuerst hängen sie an einem wie Kletten, und dann ist ihnen ihr Beruf wichtiger. In meiner Ehe war das genauso. Zuerst hatten wir drei Monate Honeymoon, danach hatte er nur noch seine Umsätze im Kopf. Ein halbes Jahr später waren wir wieder geschieden, und ich musste meinen Unterhalt vor Gericht erstreiten. Es hat mich die Hälfte des mir zugesprochenen Geldes an Anwaltshonorar gekostet, dafür aber hat mein Ex gewaltig geblutet!« Kathy hörte sich so zufrieden an, dass Marilyn direkt neidisch wurde.

»Nach meiner ersten Ehe bin ich mit einem Bettel abgefunden

worden«, klagte sie. »Dabei ist Claudius sicher nicht ärmer als Korbinian.«

»Du hättest meinen Anwalt gebraucht. Der hätte Kaiser Augustus schon zum Zahlen gebracht«, meinte Kathy munter.

Obwohl Marilyn aus Erzählungen ihrer Freundin wusste, dass diese nach der Scheidung um einiges weniger erhalten hatte als sie selbst, nickte sie eifrig. »Den hätte ich wirklich gebraucht! Der Trottel, den Korbinian mir empfohlen hatte, hat sich von Claudius' Anwalt hereinlegen lassen. Es wäre alles Betriebskapital, hieß es, und hätte nichts mit Claudius' persönlichem Vermögen zu tun.«

Marilyn seufzte und schwieg einige Augenblicke, da eben der Ober mit dem Glas Champagner herankam. Doch kaum war der Mann wieder gegangen, redete sie weiter.

»Irgendwie bereue ich die Scheidung von Claudius doch. Er verdient Geld wie irre und würde mich nicht mit lächerlichen Sparappellen belästigen, so wie Korbinian es in letzter Zeit tut!«

»Bist du immer noch in Claudius verliebt?«, fragte Kathy. Sie hatte ihren Exmann in dem Augenblick vergessen, in dem sie den Scheck mit ihrer Abfindung erhalten hatte.

»Verliebt? Ich? In den? Natürlich nicht«, rief ihre Freundin theatralisch.

»Aber sein Geld hättest du gerne«, sagte Kathy und fand, dass Claudius gut genug aussah und auch reich genug war, um ihr selbst zu gefallen. »Wie ist es eigentlich mit ihm? Lebt er allein, oder hat er wieder eine Frau?«, fragte sie.

»Verheiratet ist er nicht, aber mit einem richtigen weiblichen Nerd liiert. Es ist eine von denen, die nie hinter ihrem Computer hervorkommen. Sie sieht auch nicht besonders aus. Ihre Haare sind gewöhnlich, ihre Figur zu mager, und da sie nie an die frische Luft kommt, ist sie so blass wie ein gerupftes Huhn!« Marilyn gefiel es, Mena Reglin in ein möglichst schlechtes Licht zu rücken, und berichtete, dass diese sich auch um ihre Tochter kümmern müsse.

»Claudius hat nie Zeit, weil er andauernd unterwegs ist, und ich kann Noreen ja leider im Moment nicht zu mir nehmen. Ich habe mit meiner Schwangerschaft zu viel zu tun. Sie ist nicht ohne Komplikationen, musst du wissen.«

Da Kathy selbst noch nie schwanger gewesen war, interessierte sie sich wenig für die Berichte von morgendlicher Übelkeit und Hitzewallungen, die Marilyn nun vor ihr ausbreitete. Sie hörte aber zu, da ihre Freundschaft sich in Einladungen wie dieser und in gemeinsamen Shoppingtouren zu Europas Hauptstädten auszahlte.

Auch an diesem Tag wurde es wieder eine lange Rechnung, als Marilyn dem Ober ihre Kreditkarte reichte und ihm erklärte, er sollte fünfzig Euro Trinkgeld mit abziehen.

»Sehr wohl, gnädige Frau«, antwortete dieser und ging.

»Der hat aber einen sehr eingeschränkten Wortschatz«, spottete Kathy. »Oder hast du von ihm schon einmal etwas anderes als ›Sehr wohl, gnädige Frau‹ gehört?«

»Ja! ›Bitte sehr, gnädige Frau!‹«, antwortete Marilyn kichernd.

Wenig später kehrte der Kellner mit der Kreditkarte zurück und reichte sie Marilyn. »Bitte sehr, gnädige Frau!«, sagte er und verzog keine Miene, als beide Frauen hellauf lachten.

Da Marilyn ihr Konto schon länger nicht mehr kontrolliert hatte, wusste sie nicht, dass ihr Kreditrahmen fast erschöpft war. Nun überlegte sie, ob sie ins Hotel zurückkehren und sich hinlegen oder mit Kathy zusammen die nette Bar aufsuchen sollte, die vor kurzem in der Maximilianstraße aufgemacht hatte. Nach kurzem Abwägen entschied sie sich für Letzteres. Ihre Freundin kam gerne mit, denn sie hoffte mehr über den bleichen, weiblichen Nerd zu erfahren, den Claudius Augustus Kaiser als Ersatz für die betörend schöne Marilyn eingefangen hatte.

3.5

Während Mena Reglin im Augsburger Institut für zeitgeschichtliche Forschung bolivianischen Kaffeekontainern nachspürte und gleichzeitig überprüfte, inwieweit Frithjof Kathens Recherchen brauchbar waren, saß Mike Görges auf der Terrasse einer feinen Villa hoch auf dem Steilufer über der Mosel. In der einen Hand hielt er ein Glas mit einem ausgezeichneten Whisky und in der anderen eine Havanna. Sein Gegenüber, ein schlanker Mann mit silbergrauen Haaren rauchte ebenfalls eine teure Zigarre, blies den Rauch aber achtlos in die Luft.

»Korbinian Breitle will also einen Deal mit den Kriminalbehörden eingehen?«, fragte er wie beiläufig.

Görges nickte. »Ja, so sieht es aus. Ein guter Freund hat mich gewarnt. Er weiß es aus erster Hand!«

»Wegen hoher Schulden, sagen Sie?«

Erneut nickte Görges. »Sie müssen ziemlich heftig sein. Deswegen hofft er auf eine Belohnung.«

»Warten Sie einen Augenblick!« Der silbergraue Herr stand auf und ging ins Haus. Dort nahm er eines von mehreren Handys, die auf einer Anrichte lagen, wählte eine Nummer und wartete, bis sich jemand meldete.

»Hi, Silvius, ich bin's. Kannst du mir einen Gefallen tun und nachsehen, wie es um die Finanzen eines gewissen Korbinian Breitle steht? Hier die Adresse!« Er nannte diese und hörte dann einige Zeit nichts. Schließlich klang die Stimme seines Gesprächspartners wieder auf.

»Ich kann dir keine Zahlen nennen, Rüdiger. Aber es steht so schlecht um Breitle, dass Insolvenz zu befürchten ist. Wenn du dir etwas von ihm hast besorgen lassen, solltest du es schnellstens holen. Sonst ist es womöglich verloren.«

»Danke für die Auskunft, Silvius! Sie hilft mir sehr. Sehen wir uns nächste Woche in Kampen?«

»Ich bin dort! Auf Wiedersehen, Rüdiger.«

»Auf Wiedersehen!« Der silbergraue Herr beendete das Gespräch und kehrte auf die Terrasse zurück.

»Ihre Auskunft ist richtig. Korbinian Breitle pfeift, um es salopp zu sagen, aus dem letzten Loch!«

Görges grinste breit. »Das kann Ihnen verdammt wehtun! Immerhin hat Breitle für Sie Antiquitäten in Millionenhöhe ins Land geschmuggelt, die aber als Schund ›Made in China‹ versteuert worden sind.«

Jetzt riss es den silbergrauen Herrn herum. »Das ist ... Woher wissen Sie das?«

»Ich weiß es eben! Es wird nicht leicht für Sie sein, diese Prachtvilla hier aufgeben und in eine Acht-Quadratmeter-Zelle umziehen zu müssen. Dazu ist auch noch der gesellschaftliche Status verschwunden, die Mitgliedschaft in exklusiven Vereinigungen, die Freundschaft von Wirtschaftsbossen und Politikern – und vor allem die Anerkennung der Sammler, die nicht erfreut sein werden, wenn die Polizei kommt und ihnen ihre teuer erworbenen Schätze wegnimmt.«

Es gefiel Görges, seinen Gastgeber zu quälen, verkörperte dieser doch etwas, das er selbst niemals würde erreichen können, nämlich Reputation. Dabei war der Kunsthändler im Grunde auch nur ein Gauner, der den Staat beschiss, indem er Millionenwerte am Zoll vorbeischmuggelte.

»Wissen Sie, ich würde wegen Breitle ebenfalls Probleme bekommen, und das will ich ebenso wenig wie Sie«, sagte er. »Ich kenne ein paar Burschen, die uns dieses Problem vom Hals schaffen könnten, aber das kostet etwas!« Damit war der Köder gelegt, und Görges fragte sich, ob der Kunsthändler darauf eingehen würde. Zwar konnte er Breitle auch so zur Hölle schicken.

Ihm war es jedoch lieber, dafür bezahlt zu werden, und dieser Mann vor ihm hatte Geld.

»Nennen Sie eine Summe!« Die Aufforderung kam wie aus der Pistole geschossen, denn der Kunsthändler hatte zu viel zu verlieren, um sich Skrupel leisten zu können.

»Zwanzigtausend!«, sagte Görges zögernd. Als sein Gegenüber sofort »Okay!« sagte, ärgerte er sich, weil er keine höhere Zahl genannt hatte.

»Also gut! Ich besorge ein paar gute Kumpels, die es für das Geld erledigen. Aber ich möchte die Scheine auf die Kralle haben!«

Der Kunsthändler zögerte einen Augenblick, verließ dann erneut das Zimmer und kehrte mit zwei Geldbündeln zurück, von denen jedes zwanzig Fünfhunderteuroscheine enthielt.

»Hier! Aber enttäuschen Sie mich nicht! Ich habe ebenfalls Freunde.«

Obwohl Rüdiger Niebold bei diesen Worten lächelte, verstand Görges die Warnung. Der andere war mit Männern in hohen Positionen befreundet und konnte ihm daher bereits mit ein paar beiläufigen Worten schaden.

»Warum sollte ich Sie enttäuschen?«, meinte er grinsend. »Breitle hat auch bei mir was gut. Und jetzt besten Dank für Schnaps und Zigarren. Ich habe zu tun. Auf Wiedersehen!«

»Besser nicht!«, murmelte Niebold und beschloss, sich für die nächste Zeit zwei Bodyguards zuzulegen. Er traute Görges nicht.

3.6

Die Informationen, die Görges durch Reinhart Mittags Vermittlung von Wandlinger erhalten hatte, besagten, dass er jede Aktion mit dem Anwalt absprechen müsse. Dies passte ihm zwar nicht, doch ging es darum, Beweise, die möglicherweise in Breitles Nachlass gefunden werden konnten, vorher zu beseitigen.

Daher traf er sich mit Mittag erneut in einem der vielen Landgasthöfe im Voralpenland und wählte einen Sitzplatz, an dem niemand sie belauschen konnte. »Was gibt es Neues von Jonny?«, fragte er statt einer Begrüßung.

»Dem geht es gut. Ich konnte ihm ein Geschäft vermitteln, das ihm hunderttausend Euro Gewinn eingebracht hat«, antwortete Mittag zuvorkommend.

»Einhunderttausend!« Görges ärgerte sich darüber, denn seine eigenen Geschäfte gingen derzeit schleppend. »Dann haben Sie ja ganz schön abgesahnt. Worum ging es eigentlich?«, fuhr er fort.

Mittag setzte sein sanftestes Lächeln auf. »Um Schnee, wie man in euren Kreisen sagt. Ein Klient musste dringend größere Mengen davon loswerden. Ich habe Jonny gefragt, ob er Interesse daran hat, und er nannte mir seine Kontaktpersonen. Mein Klient setzte sich mit diesen in Verbindung, das Geschäft kam zustande, und Jonny erhielt hunderttausend Euro Vermittlungsgebühr. Wenn er in zwei, drei Jahren wegen guter Führung entlassen wird, besitzt er gleich einen Grundstock, auf dem er aufbauen kann.«

»Kokain, sagen Sie? Das könnte ich auch loswerden!« Görges neigte sich näher zu Mittag hin und fasste ihn bei der Schulter. »Denken Sie darüber nach. Sie könnten dadurch reich werden!«

»Ich hätte nichts dagegen!« Mittag trank einen Schluck Bier und blickte dann scheinbar interessiert auf das Panorama der Berge, die sich im Süden wie eine blaue Wand von Horizont zu Horizont erstreckten. Das Gespräch verlief nach Wunsch. Sein Partner und er benötigten dringend weitere Zwischenhändler für das Kokain. Doch um richtig zu verdienen, mussten sie Breitles Firma in die Hand bekommen.

»Jonny lässt Sie grüßen! Er will, dass sämtliche Beweise, die Breitle gesammelt hat, mit ihm zusammen verschwinden. Das wird ein anderer Klient von mir übernehmen. Sie müssen nur mit ihm in Kontakt bleiben, damit die Aktionen abgesprochen werden.«

»Sie wissen, dass Breitle dran glauben muss?«, fragte Görges verwundert und schüttelte im Geist den Kopf über Leute wie den Kunsthändler Niebold und Mittag, die nach außen hin so seriös auftraten und im Grunde größere Schurken waren als er selbst.

Mittag sah ihn mit ernster Miene an. »Jeder muss einmal sterben, der eine früher und der andere später. Wenn Breitle Beweise gegen Jonny und einige andere in der Hand hat, ist auch der Weg zu mir nicht mehr weit. Daher muss ich mich schützen. Breitle ist selbst schuld, wenn ihm etwas zustößt.«

»So kann man das natürlich auch sehen«, spottete Görges. »Und wie soll der Kontakt zu Ihrem Klienten laufen? Wieder über Sie?«

»Nein!« Mittag schüttelte den Kopf. »Hier ist ein Handy. Sobald Ihre Vorbereitungen abgeschlossen sind, drücken Sie die Tastenkombination 040404, und Sie haben die Verbindung. Danach muss die Sache innerhalb von vierundzwanzig Stunden abgeschlossen sein. Ist das klar?«

»Aber ja doch!« Görges überlegte, ob er versuchen sollte, mehr über diesen Klienten, aber auch über Reinhart Mittag herauszubringen, verschob dies jedoch auf später. Jetzt musste er sich erst einmal die zwanzigtausend verdienen, die Rüdiger Niebold ihm bezahlt hatte.

»Geben Sie mir drei Tage«, sagte er.

Da reichte Mittag ihm einen Zettel. »Hier ist der übliche Tagesablauf von Breitle. Er fährt derzeit jeden Morgen um Punkt neun Uhr von seinem Wohnhaus bei Ottmaring los. Bis zu seinem

Firmengelände in Kissing sind es fünf Kilometer. Fast drei davon führen durch den Wald. Dort gibt es eine scharfe Kurve. Es sollte wie ein Unfall aussehen!« Mittag hatte sich diesen Plan genau überlegt und hätte ihn sogar selbst ausführen können. Allerdings überließ er solche schmutzigen Arbeiten lieber Leuten wie Görges.

Dieser starrte auf den Zettel und fand sogar eine Karte des Fahrwegs eingezeichnet.

»Sie sind mir ja ein ganz Gerissener«, meinte er zu Mittag und beschloss, sich Niebolds zwanzigtausend allein zu verdienen. »Ich werde mir morgen die Gegend anschauen und Ihren Klienten im Lauf des Tages anrufen«, sagte er zuletzt und winkte der Kellnerin zu, sie solle ihm noch ein Bier bringen.

Mittag nickte zufrieden. Einer seiner Leute, die das Kokain für ihn destillierten, hatte ihm die Nummern von Breitles Firmenschlüsseln besorgen können. Daher würden sie nicht mit Gewalt in dessen Geschäftsräume einbrechen müssen, um an die Papiere zu gelangen, die er verschwinden lassen musste.

3.7

Mena Reglin trat zwar nicht direkt auf der Stelle, war aber bei früheren Untersuchungen weitaus schneller vorangekommen. Die Verfolgung des in Bolivien losgeschickten Containers erwies sich als langwierige Angelegenheit, da das Ding immer wieder für einige Tage irgendwo lag, bis ein Frachter es übernahm. Dafür konnte sie bei Frithjofs Spüraktion gegen die osteuropäischen Verbrechersyndikate halbwegs Entwarnung geben. Die meisten seiner brisanten Ergebnisse hatte er von verschiedenen Stellen der Kriminalpolizei erhalten, denen der gute Ruf des Instituts bekannt war. Der Rest konnte einige Hornissen aufscheuchen, musste es aber nicht tun.

»Gibt es etwas Neues von Dr. Stadler?«, fragte Mena an diesem Morgen bei der Teamsitzung ihren Chef.

Claaßen schüttelte den Kopf. »Dr. Stadler befindet sich derzeit in Polen. Dort will er eine Kuchenfabrik errichten lassen, bei der es Schwierigkeiten zu geben scheint. Daher hat er derzeit für die Containersache keinen Kopf.«

»Was hört man von der Polizei über diesen Fall?«

»Auch nicht viel. Der Lkw-Tieflader, auf den Stadlers Container gefunden wurde, gehört einer deutschen Spedition und war ebenso gestohlen worden wie das polnische Kennzeichen.«

»Was weiß man über den Toten, der in der Nähe von Stadlers Firma gefunden wurde?«

»Es hat sich kein Zeuge gemeldet. Außerdem ermittelt die Kripo in diesem Fall nicht gerade mit Nachdruck.« Claaßen hätte Mena gerne bessere Neuigkeiten mitgeteilt. Doch wie es aussah, kaute sie derzeit auf einer verdammt harten Nuss herum.

Als er ihr das sagte, lächelte sie etwas gequält. »Das Problem ist weniger die ›Nuss‹, sondern die Tatsache, dass der präparierte Container so lange braucht. Er hat es bis jetzt gerade mal bis zum Panamakanal geschafft und wartet dort auf ein Schiff, das ihn nach Europa bringt. Es gibt zwar einen Haufen Containerfrachter, aber die großen nehmen nur selten einzelne Container mit, sondern in der Regel ganze Gruppen. Außerdem sind die zu groß für den Panamakanal.«

»Ist es sicher, dass der vertauschte Container durch den Panamakanal geschafft wurde?«, fragte Isabelle.

Mena nickte. »Ich habe den Weg von drei von Stadlers früheren Kaffeecontainern verfolgen können. Alle drei wurden durch den Panamakanal geschleust.«

Claaßen beugte sich interessiert vor. »Und dieser bewusste Container?«

»Gerade da ist das Problem, weil ich nicht weiß, wo die Container vertauscht wurden. Dadurch ist es unmöglich herauszufinden, wohin der falsche Container hätte geliefert werden sollen.« Es ärgerte Mena, dass sie so schlecht vorankam. In ihren Albträumen sah sie sich bereits gescheitert. Doch aufgeben wollte sie nicht.

Claaßen sagte sich, dass Mena dringend ein Erfolgserlebnis brauchte, wenn er nicht wollte, dass sie den Job frustriert hinwarf und ihr weiteres Leben als Claudius Kaisers Ehefrau und Mitarbeiterin führte. Gegen das Heiraten hatte er ja nichts, nur sollte sie auch danach dem Institut erhalten bleiben.

»Wo ist eigentlich Frithjof?«, fragte Claaßen, der den Praktikanten bei der Teamsitzung vermisste.

»Er sagte mir, er müsste noch etwas besorgen«, berichtete Mena.

Da hob Isabelle die Hand. »Mir hat er erklärt, er wolle zu Stadlers Kaffeerösterei fahren, um mit den Leuten, die mit dem falschen Container zu tun hatten, zu reden. Es könnte ja sein, dass sie sich an etwas erinnern, das uns weiterhelfen kann.«

»Er hält sich anscheinend für James Bond, was?«, rief Mena aufgebracht. »Wenn er noch länger glaubt, Extratouren unternehmen zu müssen, bin ich dagegen, dass er bei uns bleibt. Er hat mir mit seiner Russenmafia bereits einiges an überflüssiger Arbeit beschert! Auch hätte er mich über sein Vorhaben informieren müssen. Es könnte schließlich sein, dass ich ebenfalls Fragen an Stadlers Angestellte habe!«

Auch Claaßen ärgerte sich darüber, dass der junge Mann immer wieder etwas auf eigene Faust unternahm. Wenn er sich auf diese Weise im Team profilieren wollte, war er auf dem Holzweg. Vertrauen erringen würde er auf diese Weise nicht.

»Ich werde mir den Burschen kräftig zur Brust nehmen«, versprach er Mena. »Schließlich hat Stadler klar und deutlich gesagt, dass wir nicht in seiner Firma nachforschen sollen!«

»Nimm ihn dir bitte kräftig zur Brust! Wenn er sich auf Dauer als nicht teamfähig erweist, können wir ihn nicht brauchen!« Mena klang scharf und verriet Claaßen, dass sie sich keine weiteren Extratouren des jungen Mannes bieten lassen würde.

Der Professor fragte sich bedrückt, wie er den Frieden im Team wiederherstellen konnte. Zwar hätte er Frithjof Kathen gerne behalten, doch letztlich war Mena ihm wichtiger.

»Sprechen wir über die Anfrage des NDR, die du nebenbei mit erledigen könntest«, wechselte er das Thema und schaffte es, dass sich Mena und Isabelle wieder für ihre Arbeit interessierten.

3.8

Während Mena sich über Frithjof Kathen ärgerte, fuhr dieser mit seinem Kleinwagen bei der Kaffeerösterei Stadler vor und parkte das Gefährt vor dem Gebäude. Mit einer Aktentasche bewaffnet trat er ein und sah sich einer jungen Frau gegenüber, die aus ihrem Büro herauskam und ihn forschend musterte.

»Grüß Gott!«, sagte sie.

Er grüßte höflich. »Ich komme vom Augsburger Institut für zeitgeschichtliche Forschungen. Wir haben schon mehrfach für den Stadler-Konzern gearbeitet.«

»Das ging aber meistens über die Firmenzentrale«, erwiderte die Angestellte verwundert.

»Das schon, aber manchmal sind Recherchen vor Ort nötig. Deshalb würde ich gerne mit Herrn Wichelmann sprechen.« Frithjof brachte dies so überzeugend vor, dass die junge Frau keinen Verdacht schöpfte, der Besuch wäre nicht mit ihrem obersten Chef abgesprochen.

»Herrn Wichelmanns Büro liegt hinten im Lagergebäude.

Sie müssen nur durch die Tür dort und geradeaus weitergehen. Dann sind Sie auf dem Lagerplatz und sehen bereits die Halle.«

»Danke!« Frithjof folgte der Anweisung und stand kurz darauf auf dem Hof. Dort waren zwei Männer dabei, mit Säcken beladende Paletten aus einem Container herauszuholen. Er trat auf sie zu und grüßte.

»Ja, wer sind denn Sie?«, fragte der ältere.

»Mein Name ist Frithjof Kathen. Ich soll aufklären, weshalb jener Container falsch geliefert worden ist.«

»Ich bin der Bindrich Peter und habe mit meinem Kollegen Turner«, der Sprecher wies auf seinen Kollegen, »den vertauschten Container entdeckt.«

»Wenn das so ist, können Sie mir ein paar Fragen beantworten.« Frithjof war froh, gleich zu Beginn auf Leute getroffen zu sein, die damals dabei gewesen waren.

»Aber gern!«, antwortete Bindrich.

»Ist Ihnen bei dem vertauschten Container irgendetwas aufgefallen?«

Bindrich schüttelte den Kopf. »Das war ein ganz normaler Container, so wie alle anderen auch.«

»Haben Sie den Container aufgemacht? Wissen Sie, was darin war?«, fragte Frithjof weiter.

»Freilich haben wir ihn aufgemacht! Sonst hätten wir ja nicht gemerkt, dass es der falsche ist.«

»Und was war drinnen?« Frithjof fühlte sich wie ein Jagdhund, der eine Spur aufgenommen hatte, die längst verloren geglaubt war.

»Wolle!«, erklärte Bindrich. »Es war Wolle darin. Der Turner hat es auch gesehen.«

»Ja, so war's«, bestätigte der zweite Lagerist.

»Was für Wolle?«, bohrte Frithjof weiter.

»Keine Ahnung! Das kann Ihnen höchstens Dr. Trendler sagen. Das ist unser Standortchemiker. Aber der ist heute nicht da.«

»Eigentlich ist er die ganze Woche nicht da, weil er sich auf einem Weiterbildungskurs befindet«, ergänzte Turner die Aussage seines Kollegen.

Frithjofs Hochstimmung schwand. Ohne die Informationen des Chemikers kam er hier nicht weiter. »Hat dieser Dr. Trendl diese Wolle untersucht?«, fragte er.

»Ob er sie untersucht hat, weiß ich nicht«, antwortete Bindrich mit einem Achselzucken. »Mein Kollege Turner hat ihm eine Probe ins Labor gebracht. Zu dem Zeitpunkt war unser Chemiker allerdings schon im Wochenende. Außerdem heißt er Trendler, nicht Trendl. Er ist ein Preuß!« Genau wie du, dachte Bindrich für sich.

Frithjof hatte das dumpfe Gefühl, dass er vergebens hierhergekommen war. Von den Angestellten hatte er nicht mehr erfahren, als im Institut bereits bekannt war, mit Ausnahme der Probe, die zu Dr. Trendler gebracht worden war. Warum hatte Stadler dies im Institut nicht erwähnt?, fragte er sich. Um mehr darüber zu erfahren, fragte er Bindrich, wie er den Chemiker erreichen könne.

»In dieser Woche nicht«, meinte der Arbeiter kopfschüttelnd. »Da müssen Sie am nächsten Montag kommen.«

»So lange habe ich nicht Zeit«, drängte Frithjof.

Bindrich zuckte nur mit den Schultern. »Da kann ich Ihnen auch nicht helfen. Und jetzt müssen wir weiterarbeiten. Der Wicht, äh, der Herr Wichelmann wird stocksauer, wenn wir den Container nicht bis Mittag entladen haben.« Damit drehte er sich um und ließ Frithjof einfach stehen.

Dieser wandte sich jetzt dem Büro des Vorarbeiters zu. Bernd Wichelmann hatte ihn bereits gesehen und musterte ihn missbilligend.

»Tag! Was wollen Sie?«

»Ich komme von dem Augsburger Institut, das schon mehrfach für die Stadler-Gruppe Untersuchungen angestellt hat«, stellte Frithjof sich vor.

»Und was wollen Sie hier?«, wiederholte Wichelmann seine Frage gereizt.

»Es geht um diesen Container, der vertauscht worden ist. Einer Ihrer Arbeiter sagte, es wäre eine Probe des Inhalts genommen worden. Ich würde gerne wissen, was diese Probe ergeben hat.«

Wichelmanns Gesicht blieb abweisend. Von Stadler, aber auch von Dr. Trendler hatte er gehört, dass die Sache unterm Deckel gehalten werden sollte.

»Ich weiß nicht einmal, ob wirklich eine Probe genommen wurde. Wenn, ist sie längst weggeworfen worden.«

»Können Sie mir sagen, wie ich Dr. Trendler erreiche?«, fragte Frithjof weiter.

»Dr. Trendler ist derzeit außer Haus«, gab Wichelmann knapp zurück.

Frithjof spürte, dass er gegen Mauern lief. Einen letzten Versuch wollte er ihm Hauptgebäude der Firma unternehmen. Daher verabschiedete er sich von Wichelmann und kehrte dorthin zurück. Die junge Dame, die ihn zum Lagerverwalter geschickt hatte, war jedoch nirgends zu sehen. Kurz entschlossen klopfte Frithjof an die nächste Tür, doch es tat sich nichts. Erst als er das kleine Schild las, das neben der Tür an der Wand klebte, merkte er, dass es die Besenkammer war.

»Ködel!«, schalt er sich selbst und versuchte es bei der Tür daneben. Auch hier hörte er kein Herein. Als er sie trotzdem öffnete, sah er einen penibel aufgeräumten Schreibtisch. Wie es aussah, war die Person, die hier arbeitete, entweder ebenfalls auf einem Fortbildungskurs oder im Urlaub.

Erst bei der dritten Tür hatte Frithjof Erfolg. Doch als er den Mann, der dort am Schreibtisch saß, nach Dr. Trendlers Handynummer fragte, schüttelte der den Kopf.

›Tut mir leid, aber ich kenne bloß Dr. Trendlers Nummer hier in der Firma. Die hilft Ihnen jedoch nichts, weil er nicht da ist.«

»Danke! Entschuldigen Sie die Störung«, sagte Frithjof und verließ das Zimmer. Wenig später saß er in seinem Auto und lenkte es nach Augsburg. Seine Gedanken drehten sich darum, was der Professor und Mena Reglin zu seiner Extratour sagen würden. Er hatte gehofft, neue Erkenntnisse mitbringen zu können, stattdessen hatte er sich für sein Gefühl schlichtweg blamiert.

3.9

Als Frithjof Kathen eine knappe Stunde später das Institutsgebäude betrat, blickte Isabelle Scherzle über ihn hinweg, als bestände er aus Luft. Nervös ging er zu Menas Büro weiter, klopfte zaghaft und öffnete die Tür.

»Guten Tag, Frau Dr. … Ich …«

Mena sah auf und bemerkte sogleich seine Unsicherheit. Irgendwie tat er ihr leid, daher verkniff sie sich die zornigen Worte, mit denen sie ihn zur Schnecke hatte machen wollen. Noch kleiner, als er bereits war, konnte auch sie ihn nicht zusammenfalten.

»Ich habe gehört, du warst bei Stadlers Kaffeerösterei, um mit den Männern zu sprechen, die den falschen Container gesehen haben«, sagte sie.

»Es war sinnlos!« Frithjof ließ die Schultern noch mehr hängen und berichtete, wie er überall aufgelaufen war.

»Das war anscheinend Don Quijotes Kampf mit den Windmühlen«, murmelte Mena vor sich hin. Dann musterte sie Frithjof aufmerksam. »Dein Besuch in der Kaffeerösterei war trotzdem aufschlussreich. Ich hatte von Anfang an das Gefühl, dass Stadler uns etwas Wichtiges verschweigt. So hat er nicht gesagt, dass der Inhalt des falschen Containers aus Wolle bestand. Auch das mit der Probe ist mir neu. Ich glaube nicht, dass Dr. Trendler sie weggeworfen hat, ohne sie zu untersuchen. Seine Ergebnisse haben Stadler dazu gebracht, uns mit der Suche nach dem falschen Container zu beauftragen. Daher muss einiges mehr dahinterstecken, als er uns mitgeteilt hat!«

»Aber was?«, rief Frithjof mit hilfloser Geste.

»Das müssen wir herausfinden!«, antwortete Mena mit einem angriffslustigen Lächeln. »Nach allem, was wir bis jetzt wissen, müssen beide Container in Südamerika gefüllt worden sein, vielleicht sogar im selben Land. Frithjof, setz dich an deinen Computer und suche im Netz nach südamerikanischer Wolle. Vielleicht findest du sogar ein paar deutsche Importeure.«

»Das mache ich!« Erleichtert verließ Frithjof Menas Büro und eilte in den Raum, der ihm zugeteilt worden war.

Professor Claaßen sah ihn und kam zu Mena ins Zimmer. »Unser James Bond ist wieder da«, meinte er mit sarkastischem Unterton.

»Ich würde sagen, wenig James und null Bond. Zum Geheimagenten ist unser Freund nicht geboren. Allerdings hat er in Erfahrung gebracht, dass die Sache mit den vertauschten Containern größer sein muss, als Stadler uns weismachen wollte. Die Russenmafia, von der dieser gesprochen hat, könnte Wirklichkeit sein.«

»Aber dann hätte er zur Polizei gehen müssen anstatt zu uns«, wandte Claaßen ein.

»Ist er aber nicht, und das zeigt mir, dass Stadler Angst hat. In dem falschen Container soll Wolle gewesen sein, und ich habe

Frithjof beauftragt, bei dieser Information einzuhaken. Vielleicht kriegen wir auf diese Weise einen Hinweis.«

»Wir suchen also die Nadel nicht im Heu-, sondern im Wollhaufen«, erwiderte Claaßen mit einem verkrampften Grinsen. »Allerdings sollten wir vorsichtig sein! Nicht dass erneut jemand glaubt, unser Institut wäre samt den Angestellten entbehrlich.«

Mena zog den Kopf ein. Der verrückten Wissenschaftlerin Susanne Fehse-Biskop war es vor etlichen Monaten beinahe gelungen, das gesamte Team auszurotten. Ihr damaliger Vorgesetzter Barin und ihr Kollege Jander hatten ihr Leben verloren, während sie selbst mit mehr Glück als Verstand davongekommen war.

»Nein, das möchte ich auch nicht mehr erleben«, sagte sie leise und startete den nächsten Suchlauf.

3.10

Für Reinhart Mittag war es mit Breitles Tod allein nicht getan, denn er benötigte dessen Unternehmen als Anlaufpunkt für seine südamerikanische Ware. Daher fuhr er am Nachmittag des Tages, bevor Görges zuschlagen wollte, zu Breitles Firma und ließ sich beim Chef melden. Da er als Tobias Meyer auftreten wollte, glich er wieder einem Westernfan, der seinem Cowgirl imponieren wollte.

Breitle empfing ihn erwartungsvoll und goss gleich zwei Gläser Waldhimbeergeist ein. »Und? Haben Sie mit Ihrem Kompagnon gesprochen?«, fragte er erwartungsvoll.

»Das habe ich! Zwei Millionen – wie ausgemacht!«, antwortete Mittag.

»Das will ich schriftlich haben!«, stieß Breitle hervor.

»Sie sollten den Vertrag aber nicht das Finanzamt sehen lassen«, mahnte Mittag ihn lächelnd.

»Sehe ich so deppert aus?« Breitle zog ein Schreibtischfach auf und reichte Mittag einen Block.

»Machen Sie es handschriftlich. Das reicht mir!«

Mittag nickte zustimmend und schrieb, dass er und sein Partner an Breitle für jeden Container, den dieser für sie aus Südamerika kommen ließ, die Summe von zwei Millionen Euro zahlen würden. Breitle nahm das Schreiben entgegen und legte es in ein Schreibtischfach.

»Es gibt noch eine Sache zu klären«, sagte Mittag. »Mein Partner und ich wollen jederzeit auf diesen Container zugreifen können. Sie werden daher einem mit uns befreundeten Anwalt umfassende Vollmachten erteilen. Den entsprechenden Vertrag habe ich in doppelter Ausführung bei mir.«

Er reichte Breitle die Unterlagen und sah zu, wie dieser den Text aufmerksam las. Offensichtlich fand er nichts, was ihn störte.

»Wo soll ich unterschreiben?«, fragte der Unternehmer und wollte seinen Namenszug direkt unter den Text setzen.

»Hier!«, erklärte Mittag und wies auf eine vorgezeichnete Linie fast am unteren Rand des Blattes. Breitle nickte und unterschrieb dort, wo Mittag es verlangte.

»Damit wären wir so weit! Heben Sie dieses Papier und unseren Vertrag über die zwei Millionen gut auf. Nicht dass sie dem Finanzamt in die Hände fallen und die Burschen dort glauben, sie hätten einen großen Fang gemacht«, mahnte Mittag den Unternehmer.

Breitle grinste. »Alles, was offiziell ist, liegt dort in meinem Safe. Solche Sachen wie die hier bewahre ich in meinem Schreibtisch auf. Es handelt sich um eine Spezialanfertigung. Der müsste schon gesprengt werden, um daran zu gelangen!«

»Dann ist es gut!« Mittag verkniff sich ein Lächeln, denn er besaß längst einen Ersatzschlüssel. So vorsichtig, wie Breitle tat, war er nicht, denn er hatte schon mehrfach seinen Schlüsselbund herumliegen lassen, wenn er mit seinen Arbeitern und Angestellten gesprochen hatte. Dem Spion, den er in Breitles Firma eingeschmuggelt hatte, war es nicht schwergefallen, die Herstellerfirmen und die Nummern der Schlüssel aufzuschreiben. Es würde ein Leichtes sein, die verhängnisvollen Papiere zurückzuholen und durch andere zu ersetzen.

»Wann kann ich mit der nächsten Lieferung rechnen?«, fragte Breitle, da ihn seine Gläubiger drängten, seine Schulden zu bezahlen.

»Ich schätze, in zwei Wochen. Sobald wir die Ware haben, bekommen Sie das Geld«, versprach Mittag.

Breitle schüttelte den Kopf. »Ich will es, sobald der Container auf meinem Lagerplatz steht. Eher bekommen Ihre Leute ihn nicht!«

»Auch gut!« In dem Augenblick wünschte Mittag sich, diesen gierigen Mann selbst um die Ecke bringen zu können. Doch das war Görges' Aufgabe – und der galt in Gaunerkreisen als äußerst zuverlässig.

Als Mittag kurz darauf auf seiner Gold Wing davonfuhr, sah Breitle ihm durchs Fenster nach. Dann setzte er sich wieder an den Schreibtisch und las das Schreiben, in dem Tobias und Alex Meyer ihm pro Container zwei Millionen Euro garantierten, mehrfach durch. Er hoffte, dass noch sehr viele Container kommen würden. Bereits der erste konnte ihm die schlimmsten Schulden vom Hals schaffen, der zweite würde ihm bereits etwas Betriebskapital liefern, und ab dem dritten konnte er sein Unternehmen ausbauen, bis es das von Claudius Kaiser an Ertrag übertraf.

»Marilyn wird es freuen«, sagte er im Selbstgespräch und überlegte, ob er das Blatt mit nach Hause nehmen und ihr nach ihrer Rückkehr aus München zeigen sollte. Der Gedanke, dass sie wahrscheinlich sofort einige Hunderttausend Euro für sich fordern würde, brachte ihn jedoch davon ab. Daher legte er das Schreiben zurück zu dem anderen Vertrag, den er mit Tobias Meyer geschlossen hatte. Laut diesem konnte das Anwaltsbüro »Mittag und Feierabend« bestimmen, was mit dem südamerikanischen Container geschah.

Nun fragte Breitle sich, ob die beiden Anwälte in den Schmuggel eingeweiht waren oder glaubten, es würde sich dabei um ein reguläres Importgeschäft handeln. Doch solange er sein Geld bekam, spielte das keine Rolle.

Ein Blick auf die Uhr verriet Breitle, dass es Zeit war, Feierabend zu machen. Er überließ es seiner Sekretärin, die letzten Mails des Tages zu beantworten, und stieg in den flotten Sportwagen, der noch zu über zwei Dritteln der Bank gehörte. Als er diesmal in Richtung Ottmaring fuhr, tat er es mit einem besseren Gefühl als all die Wochen zuvor.

3.11

Reinhart Mittag fuhr nach Hause, wechselte dort seine auffällige Kluft gegen einen grauen Anzug und setzte sich an den Computer. Als Erstes legte er den Vertrag, den er mit Breitle wegen des Verfügungsrechts über die Container geschlossen hatte, ins Papierfach, ließ es einziehen und druckte auf den noch freien Platz über der Unterschrift eine Verfügung, die seiner Anwaltskanzlei die völlige Kontrolle über Breitles Firma verlieh.

Sein Kollege Feierabend kam herein und sah ihm dabei zu. »Und, wie war es?«, fragte er.

Statt einer Antwort reichte Mittag ihm den ergänzten Vertrag. »Sobald wir den in Breitles Schreibtisch deponiert haben, ist die

Sache geritzt! Der Idiot hat nicht einmal gemerkt, dass der Vertrag um ein ganzes Jahr zurückdatiert ist. Zusammen mit einigen anderen Papieren, die ich vorbereitet habe, wird es so aussehen, als hätte er seine Firma zu über fünfzig Prozent an das Konsortium in der Karibik verkauft, dessen Deutschlandgeschäfte wir angeblich wahrnehmen!«

»Fallen wir damit nicht auf?«, fragte Feierabend. »Immerhin waren wir als Anwälte bis jetzt kleine Lichter. Wenn wir jetzt plötzlich einen Riesenkonzern vertreten …«

»Wir werden das sicher nicht an die große Glocke hängen«, spottete Mittag. »Und falls man uns wirklich darauf ansprechen sollte, hatten wir einfach Glück, auch mal einen großen Fisch an Land zu ziehen.«

»Hoffentlich geht das alles gut«, antwortete Feierabend seufzend. Dann wurde er wieder konkret: »Brichst du in Breitles Firma ein, oder soll einer unserer Leute das übernehmen?«

Mittag suchte noch ein paar Papiere zusammen, bevor er Antwort gab. »Die Sache ist mir zu brisant, um sie von anderen erledigen zu lassen. Daher werde ich heute kurz nach Mitternacht in Breitles Firma einsteigen.«

»Ist das nicht zu riskant?«, fragte sein Partner.

»No risk, no fun!« Mittag lachte und reckte den Daumen nach oben. »Wenn die Sache gelaufen ist, gehört Breitles Firma zu siebzig Prozent uns! Dafür übernehmen wir zwar seine Schulden, können aber tun, was uns beliebt. Vielleicht arbeiten wir dann sogar mit Leuten wie Rüdiger Niebold zusammen. Kunstwerke zu verschieben verspricht ein gutes Geschäft.«

»Mir wird es ein bisschen zu viel«, wandte Feierabend ein. »Als wir das Ganze angefangen haben, dachte ich nicht, dass es bis zu Mord gehen würde.«

»Breitle ist selbst schuld!«, spottete Mittag. »Warum ist er so gierig? Jetzt bekommt er die Quittung dafür.«

Seine Augen glitzerten gierig. Nach dem harten, trockenen Jurastudium hatte er auf eine erfolgreiche Anwaltskarriere gehofft, war aber mehrfach ausgebremst worden. Nun sah er endlich die Chance, es all denen zu zeigen, die ihm die besten Aufträge weggeschnappt und ihm nur die schlecht bezahlte Pflichtverteidigung von Ganoven wie Wandlinger überlassen hatten.

Feierabend verließ seinen Partner. Als er wieder in seinem Büro saß und den Akt des Falles durchlas, den er übernommen hatte, verstand er Mittag. Der Stundenlohn, den er dafür erhielt, lag noch unter dem, den sie ihrer Putzfrau zahlen mussten.

3.12

Um Mitternacht brachen sie auf. Feierabend fuhr Mittag in die Nähe von Breitles Firma und sollte ihn eine gute Stunde später an einer anderen Stelle abholen. Den letzten Kilometer ging der Anwalt zu Fuß. Mit einer grauen Mütze und einem grauen Mantel bekleidet war er selbst im Schein der Straßenlaternen nur als flüchtiger Schemen wahrzunehmen.

Von seinem Spion in Breitles Firma wusste Mittag, in welchem Rhythmus die Mitarbeiter des Wachdienstes ihre Runden durch das Gewerbegebiet machten, daher beeilte er sich und erreichte das Gelände, bevor deren Auto vorbeikam. Der Nachschlüssel für die Eingangspforte passte, ebenso der zum Haus. Als das Auto der Sicherheitsfirma draußen anhielt und der Fahrer mit einem starken Scheinwerfer das Firmengelände ausleuchtete, befand Mittag sich längst im Haus. Er wartete, bis der Wagen weiterfuhr, zog dann eine kleine LED-Taschenlampe aus dem Mantel und stieg zu Breitles Büro hoch.

Auch an dieser Stelle passte einer der Nachschlüssel, und als er mit dem nächsten den Schreibtisch öffnen konnte, war die

Sache so gut wie erledigt. Als Erstes tauschte Mittag den Vertrag, den er Breitle gegeben hatte, mit dem aus, dessen Text er ergänzt hatte. Dann nahm er das Zahlversprechen über zwei Millionen wieder an sich und kontrollierte peinlich genau sämtliche Firmenpapiere, um ja nichts zu übersehen. Ein Teil davon wanderte in die Innentasche seines Mantels und wurde durch Schreiben ersetzt, die er selbst verfasst hatte. Jeder, der die Unterlagen durchsah, musste annehmen, dass Breitle wegen seiner Finanzprobleme bereits seit mehreren Monaten mit einem gewissen Konzern aus der Karibik zusammengearbeitet hatte.

Als Letztes nahm er sich den Tresor hinter Breitles Schreibtisch vor. Mittag war zwar kein Safeknacker, hatte aber einen Zettel mit mehreren Nummern in Breitles Schreibtisch entdeckt.

Als eine davon passte, schüttelte er über den leichtsinnigen Geschäftsmann den Kopf. Ein Einbrecher hätte jedoch eine herbe Enttäuschung erlitten, denn in dem Safe befanden sich nur ein paar einzelne Geldscheine und mehrere Stapel Papiere.

Da die Zeit für die nächste Runde des Wachdienstes nahte, schaltete Mittag seine Taschenlampe aus, wartete, bis das Auto wieder weitergefahren war, und sah dann die Dokumente durch. Ein paar zeugten von Geschäften, die von anderen, darunter dem bekannten Kunsthändler Rüdiger Niebold, zum Schmuggel wertvoller Antiquitäten und Kunstgegenständen getätigt worden waren. Da diese Unterlagen weder dem Zoll noch den Steuerbehörden in die Hände fallen durften, nahm Mittag sie mit. Für ihn selbst und seinen Partner waren die Papiere von hohem Wert, denn sie verliehen ihnen die Macht über diese Leute.

Zufrieden richtete Mittag alles wieder so her, dass niemand Verdacht schöpfen konnte, und verließ Breitles Firma. Eine gute Viertelstunde später saß er im Auto seines Partners und streichelte die Stelle seines Mantels, unter der sich die erbeuteten Papiere befanden.

»Jetzt bin ich endgültig ein Ganove!«, meinte er grinsend zu Feierabend. »Allerdings glaube ich nicht, dass irgendjemand aus einem schlichten Einbruch jemals mehr herausgeholt hat als ich.«

»Mir reicht es, wenn wir tatsächlich weiterhin Zugriff auf Breitles Firma haben«, antwortete sein Partner und sah dann die Straße hinunter, die zu Breitles Wohnhaus führte. »Jetzt kommt es nur darauf an, ob wir uns auf Görges verlassen können oder ob er nur ein Schaumschläger ist. Wenn Breitle morgen in seine Firma kommen sollte und die ausgetauschten Verträge entdeckt, ist der Teufel los!«

»Jetzt mach dir nicht in die Hosen!«, erwiderte Mittag. »Görges hat seine Ganovenehre. Wenn er sagt, dass er Breitle aus dem Weg räumt, dann macht er das auch.«

3.13

Am nächsten Tag fuhr Mike Görges frühmorgens mit einem Klappfahrrad in den Wald, den Breitle auf seinem Weg von seinem Wohnhaus zu seiner Firma durchqueren musste. Er stellte seinen Drahtesel an einem Forstweg in der Nähe der scharfen Kurve ab, neben der mehrere Kreuze anzeigten, dass nicht jeder Autofahrer sie unbeschadet bewältigt hatte. Dann nahm er den Korb von seinem Gepäckträger und suchte Pilze. Auffällig war nur, dass er dabei in der Nähe jener Kurve blieb und immer wieder auf seine Armbanduhr schaute.

Kurz vor neun kehrte Görges zur Kurve zurück und versteckte sich hinter ein paar Büschen. Dabei behielt er den Teil der Straße, den Breitle herankommen musste, im Auge. Mehrere

Autos fuhren dicht hintereinander vorbei, und er hoffte, dass Breitle nicht ganz plötzlich hinter einem größeren Wagen oder Lkw auftauchen würde und er ihn zu spät sah. Während er immer wieder die Straße entlangblickte, zog er einen länglichen Gegenstand sowie ein kleines Zielfernrohr aus seinem Korb und baute beides zusammen.

Das Dröhnen eines PS-starken Motors ließ Görges aufhorchen. Nur Sekunden später schoss ein dunkelgrüner Sportwagen die Straße heran. Mit einem spöttischen Lächeln hob der Mann seine Waffe und blickte durch die Zielvorrichtung. Es war Breitle, das Gesicht war im Visier gut zu erkennen. Breitle hatte ein strammes Tempo eingeschlagen und würde bald bremsen müssen, wenn er die Kurve unbeschadet bewältigen wollte.

Langsam zählte Görges von fünf herunter und drückte bei eins auf einen Knopf. Ein Laserstrahl schoss nach vorne und traf Breitles Augen. Dieser verriss das Steuer und raste ungebremst gegen einen Baum. Wie ein Donnerschlag hallte der Aufprall durch den Wald. Autoteile flogen durch die Luft, und dann begann der Wagen zu brennen.

Ein weiterer Blick durch das Zielfernrohr verriet Görges, dass sein Opfer leblos in dem zerfetzten Wagen hing und bereits von den Flammen erfasst wurde. Rasch baute er seine Waffe auseinander, versteckte sie unter den im Wald gefundenen Pilzen und klemmte den Korb wieder auf dem Gepäckträger fest. Nach einem letzten Blick auf das brennende Auto radelte er auf dem Forstweg davon und erreichte nach einem knappen Kilometer das Ende des Waldes. Eine Straße führte daran vorbei, und dort, wo der Forstweg einmündete, befand sich ein Wanderparkplatz. Eben bog ein unauffälliger Mittelklassewagen von der Straße ab und blieb auf dem Parkplatz stehen. Görges klappte das Fahrrad zusammen und verstaute es samt Korb mit der Waffe im

Kofferraum. Nachdem er diesen verschlossen hatte, stieg er ins Auto und grinste.

»Alles bestens erledigt!«

»Gut!«, antwortete der Fahrer und steuerte seinen Wagen wieder auf die Straße. Während die beiden Männer den Ort des Geschehens immer weiter hinter sich ließen, klang am anderen Ende des Waldes die Sirene eines Streifenwagens auf, dessen Besatzung von einem Autofahrer, der das verunglückte Fahrzeug entdeckt hatte, alarmiert worden war.

3.14

Marilyn Breitle saß beim Frühstück im Hotel, als ihr Handy klingelte. Verärgert über die Störung meldete sie sich.

»Hier ist Marilyn Breitle!«

Am anderen Apparat war ihre Hausdame. Sie klang panisch. »Gnädige Frau, Sie müssen sofort zurückkommen! Es hat einen fürchterlichen Unfall gegeben.«

»Einen Unfall? Was ist denn passiert?«

»Ihr Mann! Herr Breitle! Er ist mit seinem Wagen gegen einen Baum gefahren.«

»Ist er schwer verletzt?«

Marilyn hörte das Aufschluchzen der anderen Frau. »Herr Breitle konnte nicht mehr gerettet werden. Er ist tot!«

»Tot?« Marilyns Hand sank herab, und sie starrte in den prachtvollen Frühstücksraum des Hotels, ohne irgendetwas zu sehen. Vor ein paar Wochen wäre sie bei dieser Nachricht zusammengebrochen. Mittlerweile aber hatte Korbinian einige Dinge getan, die sie zutiefst gekränkt hatten. Sie war nicht zuletzt deshalb nach München gefahren, um ihm zu zeigen, dass es so nicht weiterging.

Sie brauchte eine Weile, bis sie wieder einen klaren Gedanken fassen konnte. Doch sie empfand keine Trauer, sondern ärgerte sich über ihren Mann. Wie kam er dazu zu sterben, während sie sein Kind trug und wirklich keine Aufregung vertragen konnte? Ihr kamen die Tränen.

Der Ober, der in respektvoller Entfernung darauf wartete, dass sie ihm ihre Wünsche bezüglich des Frühstücks mitteilte, eilte zu ihr. »Gnädige Frau, was ist geschehen? Passt etwas mit dem Frühstück nicht?«

Marilyn hob den Kopf und sah ihn mit zuckenden Lippen an. »Ich habe eben erfahren, dass mein Mann verstorben ist!«

»Oh Gott, wie schrecklich! Darf ich mir erlauben, Ihnen mein aufrichtiges Beileid auszusprechen?«

»Sie dürfen!« Marilyn schniefte und tupfte dann ihre Tränen mit einem Spitzentaschentuch ab. Gleichzeitig fand sie, dass ihre derzeitige Garderobe nicht zu einer trauernden Witwe passte.

»Können Sie meine Modedesignerin holen lassen, Viktor? Außerdem brauche ich den Rolls-Royce des Begleitdienstes für heute Nachmittag sechzehn Uhr!«

»Sehr wohl, gnädige Frau!« Der Ober verschwand, um an der Rezeption Bescheid zu sagen.

Ein paar Augenblicke lang tupfte Marilyn noch ihre Augen ab, sagte sich dann aber, dass sie tapfer sein musste, und widmete sich wieder ihrem Frühstück. Kurz darauf kam der Ober zurück, um sie zu bedienen.

Eine halbe Stunde später – Marilyn hatte gerade wieder ihre Suite betreten – klopfte es an die Tür. Es war ihre Modedesignerin. Sie brachte drei halbfertige Kleider mit, die innerhalb weniger Stunden umgeändert werden konnten.

Als Marilyn das erste davon anzog und sich im Spiegel sah, fand sie, dass sie eine wunderschöne Witwe abgab.

»Das Modell nehme ich auf jeden Fall schon mal«, sagte sie zu der ihr Aussehen lobenden Frau. Diese nickte zufrieden, denn es war ihr teuerstes Stück.

Marilyn erstand schließlich auch noch die beiden anderen Kleider und verlangte, dass die drei bis um fünfzehn Uhr geliefert werden sollten.

»Mit einem Kleid werden wir fertig werden«, antwortete die Frau. »Aber ob wir alle schaffen, kann ich nicht versprechen.«

»Ich brauche sie aber bis dorthin!«, rief Marilyn aufgebracht.

»Wir werden unser Möglichstes tun.« Die Modedesignerin beschloss, ihre Angestellten über Mittag durcharbeiten zu lassen, gleichzeitig aber einen saftigen Aufschlag auf die Rechnung zu setzen. Wenn Frau Breitle die Kleider unbedingt so schnell haben wollte, sollte sie kräftig dafür zahlen.

»Ich muss jetzt gehen«, fügte sie hinzu, nachdem sie alle Änderungen, die gemacht werden mussten, notiert hatte, und verließ das Zimmer mit einem höflichen Gruß.

Marilyn fand, dass sie Trost brauchte, und rief ihre Freundin Kathy Leiner an. Diese befand sich gerade bei ihrem Hairstylisten, versprach aber, direkt im Anschluss zu kommen.

Unterdessen rief Marilyn noch einmal ihre Hausdame an und erfuhr nun Näheres über den Unfall. Ihr Mann war wie jeden Werktagmorgen aufgebrochen, um zur Firma zu fahren, hatte aber auf der Straße im Wald die Kontrolle über den Wagen verloren und war gegen einen Baum geprallt.

»Wahrscheinlich hat es ihm pressiert, und er war zu schnell«, setzte die Frau im vorwurfsvollen Ton hinzu.

Marilyn wusste, dass ihr Mann einen sportlichen Fahrstil bevorzugte, und so glaubte sie das unbesehen. Sie erklärte der Hausdame, dass sie spätestens um achtzehn Uhr zu Hause sein würde, und suchte anschließend das Hotelrestaurant auf. Wenig später erschien auch Kathy Leiner, und sie konnten gemeinsam essen.

Mittlerweile hatte Marilyn sich so weit gefasst, dass sie nur noch gelegentlich ein Taschentuch für ihre Tränen brauchte. Sie nahm es Korbinian sehr übel, dass er sie fahrlässig als hilflose Witwe zurückgelassen hatte. Alleine würde sie seine Firma niemals führen können, und sie kannte auch niemanden, der sonst dafür in Frage kam.

Auf einmal stieß sie einen tiefen, aber zufriedenen Seufzer aus. Das musste ihr Exmann für sie übernehmen! Schließlich hatte er allein schon wegen Noreen eine gottverdammte Verpflichtung, sich um sie zu kümmern. Claudius Kaiser war ein ausgezeichneter Geschäftsmann und würde dafür sorgen, dass sie auf ihrem gewohnten Niveau weiterleben konnte.

Um sechzehn Uhr meldete ein Hotelpage, dass der Rolls-Royce bereitstände und das Gepäck bereits eingeladen sei. Marilyn war inzwischen zu der Überzeugung gelangt, dass Claudius zwar langweilig sein mochte, eine zweite Heirat mit ihm ihr aber den Luxus erhalten würde, den sie brauchte. Mit dem festen Entschluss, den weiblichen Nerd, der sowieso nie hinter seinem Computer hervorkam, auszustechen und Claudius für sich zurückzugewinnen, stand sie auf und wandte sich an ihre Freundin.

»Leider muss ich jetzt fahren«, sagte sie. Dabei genoss sie Kathy Leiners Neid, dass sie eine Witwe war, die das Vermögen ihres Ehemanns erbte, und nicht wie ihre Freundin eine geschiedene Frau, die mit ein paar lumpigen hunderttausend Euro abgefunden worden war.

3.15

Als Mena am nächsten Morgen das Institut betrat, war Professor Claaßen bereits anwesend. Er stand in der Küche und hatte sich einen Kaffee aus der Maschine geholt, die Tasse aber im Automaten stehen lassen, weil er intensiv in einer Zeitung las.

»Hast du es schon gehört?«, fragte er Mena, als diese seine Tasse beiseiteräumte, um einen Cappuccino aus dem Automaten zu holen.

»Was?«, fragte Mena verwundert.

»Der Unternehmer Korbinian Breitle ist gestern Vormittag tödlich verunglückt.«

»Korbinian Breitle? Das ist doch der Ehemann von Claudius' Exfrau!«, stieß Mena hervor und tastete nach ihrem Handy.

Diese Nachricht musste sie ihrem Freund mitteilen. Als sie seine Nummer anwählte, meldete er sich sofort.

»Hallo, Mena, entschuldige, dass ich dich noch nicht angerufen habe. Aber bei mir geht es drunter und drüber. Marilyns Ehemann ist tödlich verunglückt, und da sie niemanden hat, der ihr helfen kann, hat sie mich gebeten, ihr beizustehen. Daher können wir leider nicht wie geplant am Wochenende nach Rothenburg ob der Tauber fahren und die dortigen Aufführungen ansehen. Ich habe Noreen zu Marilyn geschickt, damit diese auch an etwas anderes zu denken hat als an ihren toten Ehemann.«

»Das verstehe ich«, antwortete Mena leise. Trotzdem war sie enttäuscht. Es gab auf der Welt noch genügend andere Männer, an die Marilyn Breitle sich hätte wenden können. Da sie der Frau ebenso wenig traute wie einer Kreuzotter, war sie sicher, dass Berechnung dahintersteckte.

»Ist etwas, Mena?«, fragte Claaßen, weil die junge Frau blass geworden war.

Mena blickte mit verkniffener Miene zu Boden. »Ich habe Claudius gerade angerufen. Jemand, den er kannte, ist bei einem Unfall ums Leben gekommen. Er hilft jetzt der Witwe und muss daher unseren Wochenendausflug absagen!«

Obwohl sie sich bemühte, gelassen zu klingen, war Claaßen überzeugt, dass irgendetwas zwischen ihr und ihrem Freund nicht stimmte.

»Wenn du jemanden brauchst, mit dem du reden willst, kannst du jederzeit zu mir kommen«, bot er an.

»Danke! Ich weiß dein Angebot zu schätzen, aber es ist wirklich nichts. Aber jetzt muss ich an meine Maschine! Sonst ist der Container, den Stadler auf unseren Wunsch losgeschickt hat, bereits angekommen, ohne dass ich seinen Weg verfolgt habe!«

Damit verließ Mena den Raum. Sie vergaß dabei ihre Kaffeetasse, und das bestärkte Claaßen in seiner Einschätzung, dass etwas geschehen sein musste, das ihr Probleme bereitete. Doch solange Mena nicht bereit war, darüber zu sprechen, konnte er nichts für sie tun.

4

4.1

Mena konnte sich nicht erinnern, dass ihr die Nudeln ihrer Zwillingsschwester einmal nicht geschmeckt hätten. An diesem Tag aber war es passiert. Dabei hatte Toni genauso gut gekocht wie sonst. Sie hatte sich wahrscheinlich sogar noch mehr Mühe gegeben, weil sie instinktiv gespürt hatte, dass es Mena nicht gut ging. Sie tadelte ihre Schwester auch nicht, weil diese nur lustlos im Essen herumstocherte, sondern legte ihr die Hand auf den Arm.

»Dich bedrückt etwas stark, Kleines!«

An anderen Tagen hätte Mena Toni mit Nachdruck darauf hingewiesen, dass sie die Ältere sei, aber diesmal seufzte sie nur. »Bedrücken ist vielleicht etwas zu viel gesagt«, meinte sie dann. »Es ist nur so: Ich war heute auf der Beerdigung von Korbinian Breitle. Natürlich nur ganz hinten, wie es sich für jemanden gehört, der mit dem Toten weder verwandt noch bekannt war.«

»Und dort ist etwas vorgefallen!«, schloss Toni aus ihren Worten.

»Nicht direkt vorgefallen«, antwortete Mena. »Die Witwe hat sich an Claudius gehängt, als wäre er ihre einzige Stütze auf Erden. Dabei hat sie ihn für Breitle sitzen lassen und ihn bei der Scheidung eiskalt abgezockt. Doch jetzt tut sie so, als …«

»… wäre er für sie der Mittelpunkt der Welt!«, vollendete Toni den Satz. »Ich kann mir denken, dass dich das ärgert. Aber im Augenblick kannst du nichts machen. Als trauernde Witwe fliegt ihr nun einmal das Mitleid zu. Dagegen ist auch Claudius nicht immun. Ich glaube aber nicht, dass du dir Sorgen machen musst. Er weiß, was für ein Biest Marilyn ist, und lässt sich kein zweites Mal mehr einfangen. Und vor allem weiß er, was er an dir hat! Und jetzt iss! Oder möchtest du in ein paar Tagen wie ein Hungerhaken aussehen?«

Mena lächelte gequält. »Natürlich nicht! Ich habe mich einfach über diese Raffinesse geärgert. Wie sie Noreen an sich gedrückt hat! Dabei war ihr die Kleine in den letzten Monaten so lästig, dass sie nicht einmal die ihr zugesprochenen Besuchstermine wahrgenommen hat. Jetzt spielt sie die Rolle der trauernden, schwangeren Witwe mit Kind. Aber ich sage dir eines: Wenn Claudius auf sie hereinfällt, ist er für mich gestorben!«

Zuletzt wurde Mena wieder schärfer, und so versuchte Toni, sie zu beruhigen. »Jetzt schütte nicht das Kind mit dem Bade aus! Natürlich hat Claudius im Moment Mitleid mit ihr, und es schmeichelt wahrscheinlich auch seinem Ego als Mann, dass Marilyn sich voll und ganz auf ihn verlässt. Wie Hans gestern sagte, soll er ihr bei den Geschäften helfen, die ihr Mann angeleiert hat. Sie selbst hat nämlich keinen blassen Dunst davon.«

Mena musterte ihre Schwester scharf. »Darüber hat Hans mit dir gesprochen? Woher weiß er das?«

»Von Claudius! Die sind sich gestern in der Stadt begegnet.« Noch während Toni es sagte, merkte sie, dass es keine glückliche Auskunft war, denn ihre Schwester verzog das Gesicht.

»Zu mir hat Claudius nichts gesagt! Dabei könnte ich ihm sicher helfen, Breitles Geschäfte zu analysieren. Ich habe dem Typen vor ein paar Wochen schon einmal aus einem Gefühl heraus nachgespürt und halte nicht alle seine Handelspartner für koscher. Einmal gab es einen Container mit mehreren Paletten chinesischen Tands, wie man ihn in jedem Ostasienshop kaufen kann. Die Summe, mit der dieser Container versichert war, passte aber nicht zum Inhalt. Ich habe mich schon gewundert, dass dieser Container nicht unterwegs verschwunden ist und Breitle sich die Versicherungssumme hat auszahlen lassen.«

Als Mena darüber nachdachte, fiel ihr auf, dass sie noch mehr seltsame Geschäfte bei Breitle beobachtet hatte. »Ich glaube, Claudius braucht mich dringend, um dieses Kuddelmuddel zu durchforsten.«

Während Toni erleichtert nickte, bemerkte Mena, dass sie während des Gesprächs weitergegessen hatte und ihr Teller fast leer war. Sie zeigte darauf und zwinkerte ihrer Zwillingsschwester zu. »Deine Pasta schmeckt so gut, dass mir nicht einmal der Gedanke an Marilyn Breitle den Appetit verschlagen hat.«

»Das wäre dieses Miststück auch nicht wert!«, antwortete Toni und drohte Claudius in Gedanken alles Schlechte an, falls er ihre Schwester wegen der überspannten Witwe vernachlässigen würde.

4.2

Obwohl sie noch nicht mit Claudius gesprochen hatte, beschloss Mena, sich über die Import- und Exportfirma Breitle zu informieren. Kaum hatte sie am nächsten Tag die Route des zu verfolgenden Containers ergänzt und ein paar Wahrscheinlichkeitsrechnungen ablaufen lassen, änderte sie ihre Suchmaske ab und rief alle relevanten Daten über Breitles Unternehmen ab. Dabei kam ihr zugute, dass ihr Institut über Zugriffsmöglichkeiten verfügte, die weit über die normaler Internetuser hinausreichten.

Natürlich kam sie auf diese Weise nicht an den aktuellen Kontostand der Firma heran und ebenso wenig an die Verträge, die Breitle mit seinen Kunden geschlossen hatte. Doch sie konnte etliche Daten ermitteln und analysieren. Wenn sie das, was sie herausfand, hochrechnete, hatte Breitle in letzter Zeit mehrere erfolgreiche Geschäfte getätigt. Als sie jedoch eine Schufa-Anfrage machte, kniff sie überrascht die Augen zusammen. Breitles Firma stand alles andere als gut da. Sie war im Gegenteil hoch verschuldet, und es wurde davor gewarnt, ihr weitere Kredite zu gewähren.

»Da passt einiges nicht zusammen«, murmelte sie und startete einen weiteren Suchlauf. Mena war so auf ihre Arbeit konzentriert, dass sie Frithjof nicht bemerkte, der vorsichtig in ihr Zimmer trat. Der junge Mann warf einen Blick auf den Bildschirm und pfiff überrascht durch die Zähne.

»Vorsicht! Das ist ein verdammt übles Glückspielportal!«

Mena zuckte erschrocken zusammen und blickte zu ihm auf. »Woher kennst du das?«

»Ein Kumpel von mir hatte sich dort angemeldet. Er dachte, er könnte einen Haufen Geld machen. Zuletzt aber hatte er fünfzehntausend Euro Schulden, und die Betreiber dieses Portals haben ihn mit nicht gerade lauteren Methoden unter Druck gesetzt. Er kam daraufhin zu mir und zu zwei anderen Freunden, um uns anzupumpen. Wir haben das Geld mit Müh und Not zusammengebracht, ihn aber hoch und heilig versprechen lassen, dass er nie mehr spielt.«

Das war eine Seite an Frithjof, die Mena noch nicht kannte. Für einen Studenten war es sicher nicht einfach gewesen, so viel Geld zusammenzubringen, selbst wenn er von zu Hause unterstützt wurde.

»Und? Hat er sein Versprechen gehalten?«, fragte sie.

Frithjof schüttelte mit trauriger Miene den Kopf. »Er hat seine Schulden bei dem Portal bezahlt und weitergespielt. Einen Monat später hatte er bereits wieder zwölftausend Euro Schulden und wollte uns erneut anpumpen. Aber wir drei waren immer noch klamm und haben in der Zeit Getränkeflaschen aus den

Mülleimern geholt, um mit dem Pfand unsere WG-Zimmer bezahlen zu können.«

»Und was hat euer Freund dann gemacht?«

»Er hat uns beschimpft und erklärt, dass wir es nicht wert seien, von ihm Freunde genannt zu werden. Danach kündigte er an, in Privatinsolvenz zu gehen, damit wir von dem Geld, das wir ihm geliehen hatten, nichts mehr sehen würden. Das hat er schließlich auch getan.«

Mena nickte kurz und fragte dann weiter. »Mich interessiert dieses Spielportal. So etwas ist in Deutschland doch verboten!«

»Ist es auch!«, erklärte Frithjof. »Doch was wollen die Behörden unternehmen, wenn der Betreiber auf den Bahamas oder auf einer anderen Insel mit ähnlich freizügigen Gesetzen sitzt? Das Finanzamt kann höchstens Spielgewinne versteuern, wenn es welche gibt.«

Mena starrte auf ihren Bildschirm und rief das Spielportal auf. Zuerst lief ein Video, das den Mitspielern leichten Gewinn versprach, wenn sie nur gut genug waren. Es gab auch ein Probespiel, bei dem man seine Fähigkeiten austesten konnte. Nach kurzem Überlegen startete Mena es und wurde mit einem Dutzend anderer Probespieler verbunden, die gleich ihr zu dem Portal gefunden hatten.

Das Spiel dauerte etwa eine Stunde, danach hätte Mena hypothetisch vierhundert Dollar und damit die zweithöchste Summe gewonnen gehabt. Danach erschien ein Schriftbalken.

»Wenn mitspielen wollen du, richtig anmelden du müssen dich!«

»Die Grammatik haben sie von Yoda aus Star Wars gelernt«, kommentierte Frithjof mit verkniffener Miene.

Im selben Augenblick erschien die Anmeldemaske. Mena betrachtete sie kurz und klickte sie dann weg. Danach sah sie sich wieder zu Frithjof um.

»Ich wünschte mir einen Weg herauszubringen, wie die einzelnen Spieler stehen. Mit meinen Möglichkeiten komme ich nicht weit, denn dafür fehlt mir die Erfahrung mit Anwendungen dieser Art.«

»Du meinst die Infos über Gewinne oder Verluste? Dafür muss man sich anmelden und eine erste Session spielen. Ich habe es damals bei meinem Kumpel gesehen. Er hat mir einige Stars dieses Spieles gezeigt, die angeblich bereits weit über eine Million Dollar gewonnen haben sollen. Weshalb interessiert dich das?«

»Wegen Breitle«, antwortete Mena. »Seine Schufa-Auskunft ist verheerend. Dabei soll er in letzter Zeit mit mehreren seiner Geschäfte Profit gemacht haben.«

»Da müssten wir schon seine Bankdaten haben, aber an die kommen wir nicht ran, es sei denn, wir taufen uns in NSA um!« Frithjof überlegte kurz und grinste dann. »Ich könnte mich bei dem Spielportal anmelden. Allerdings bräuchte ich mindestens tausend Dollar Startkapital. Soll ich den Professor fragen?«

»Lieber nicht!«, antwortete Mena. »Immerhin ist es nicht unser Job, Breitles Geschäfte zu analysieren. Wir müssen immer noch nach diesen vertauschten Containern suchen.«

Kaum hatte Mena es gesagt, klatschte sich Frithjof mit der flachen Rechten gegen die Stirn. »Ich Rindvieh! Gestern bin ich bei meiner Suche auf Breitles Namen gestoßen. Es ging um einen Container, der aus Südamerika zu ihm geschickt wurde. Ich wollte noch nachsehen, wann das war, aber da wurde ich abgelenkt und habe nicht mehr daran gedacht.«

»Dann mach das jetzt! Da Breitle aus allen Weltgegenden Waren bezogen und weiterverkauft hat, wäre es ein arger Zufall, wenn es unser Container wäre. Irmbert hat mir erlaubt, für Claudius tätig zu sein. Da dieser sich um Breitles Firma kümmern muss, ist er für Informationen sicher dankbar.«

»Ich bin schon unterwegs!« Frithjof verschwand in sein Arbeitszimmer, während Mena mehrere Analysen startete. Da diese keine neuen Ergebnisse brachten, rief sie erneut das Spielportal auf. Es reizte sie zu erfahren, ob Breitle gespielt hatte und, wenn dem so war, ob er dabei gewonnen oder verloren hatte.

Das Gehalt, das das Institut Mena zahlen konnte, war nicht üppig, reichte aber aus, um sich gelegentlich ein kleines Extra zu gönnen. Daher machte sie die tausend Dollar locker, die als Mindesteinsatz für das eigentliche Spiel galten, las noch einmal die Spielregeln durch und meldete sich an. Sie fand rasch eine Gruppe, bei der sie einsteigen und mitspielen konnte. Von den anderen Spielern sah sie nur Fotos und deren Karten, sobald diese aufgedeckt wurden.

Zunächst wurde um kleinere Summen gespielt, aber dann versuchten einige Mitspieler, die anderen durch Bluffen und höhere Einsätze zu übertrumpfen. Mindestens drei weitere Spieler wurden von der Spielleidenschaft gepackt und riskierten zu viel. Mena hingegen blieb kühl und setzte nur, wenn sie sicher war, auch zu gewinnen. Zweimal musste sie dabei bis an die Grenzen ihres Einsatzes gehen, hatte aber Glück, dass die anderen entweder aufgaben oder die schlechteren Karten hatten.

Eine Stunde später zog sie sich mit einem Gewinn von gut zweitausend Dollar aus dem Spiel zurück und klickte die Leiste mit den Stars des Spiels an, die bislang am meisten gewonnen hatten. Die Summen waren teilweise gigantisch, und sie fragte sich, um welche Einsätze hier gespielt wurde.

Etwas schwieriger war es, die Verlierer des Spielportals herauszufinden, denn die war für Mitspieler des ersten Levels wie sie nicht einsehbar. Mena musste ihre ganze Erfahrung und zusätzliche Software aufwenden, um diese Liste angezeigt zu bekommen. Die Summen, die man darauf vermerkt hatte, waren nicht ganz so hoch wie die der Gewinne, in der Menge aber weitaus häufiger und ergaben zusammen eine schwindelerregend große Menge Geld.

Da die Spieler einander nur mit Nicknamen kannten, war es für Mena nicht einfach, Breitle zu finden. Schließlich stieß sie auf den Begriff »Marilyns Lover« und spürte ihm nach. Da die Bankdaten nur teilweise verdeckt waren, brachte sie beides mit Breitle zusammen und durchsuchte sein Spielerprofil. Als sie seine Verluste aufgelistet sah, schnaubte sie verblüfft.

Der Mann hatte in einem Jahr weit über zwei Millionen Dollar beim Internetpoker verloren. Ein solcher Betrag war selbst für einen erfolgreicheren Geschäftsmann wie ihn nur schwer zu verkraften.

Mena wollte schon zum Telefonhörer greifen, um Claudius zu informieren, zog die Hand dann aber zurück. Sie war immer noch verletzt, weil Claudius sich um Marilyn und Breitles Firma kümmerte, ohne ihr Bescheid zu sagen. Dabei wusste er genau, dass sie ihm dabei hätte helfen können.

4.3

An diesem Tag fühlte Claudius Augustus Kaiser sich nicht wohl in seiner Haut. Er saß seiner Exfrau gegenüber, die mit ihren Tränen wie eine weinende Madonna wirkte und trotz ihrer Schwangerschaft immer noch verführerisch schön war. Noreen hatte sich an sie geschmiegt und sah so traurig aus, als wäre der eigene Vater gestorben.

»Ich bin so froh, dass du mir beistehst!«, erklärte Marilyn eben mit einem seelenvollen Augenaufschlag.

»Aber das ist doch selbstverständlich«, antwortete Claudius.

»Das ist es nicht! Wenn ich daran denke, wie weh ich dir getan habe. Kein anderer Mann würde das für mich tun.« Ein erneuter

Augenaufschlag begleitete Marilyns Worte. Sie hatte den Kampf begonnen, Claudius zurückzugewinnen, und wollte ihn mit allen Mitteln führen.

»Ich werde anschließend in die Firma deines Mannes fahren und mir die Unterlagen ansehen. Hast du die Schlüssel?«, fragte Claudius.

Marilyn nickte und brach erneut in Tränen aus. »Ich habe Korbinians Schlüssel von der Polizei erhalten. Zum Glück sind sie bei dem schrecklichen Unfall heil geblieben. Annette, kannst du sie bitte bringen?«

»Aber selbstverständlich, gnädige Frau!« Die Hausdame war in Marilyns Pläne eingeweiht und fand, dass Claudius weitaus besser zu ihrer Chefin passte als deren verunglückter, derb wirkender Ehemann.

Freundlicher als je zuvor reichte sie Claudius die Schlüssel und erklärte ihm, welcher zu Breitles Schreibtisch gehören musste. Dann wandte sie sich Marilyn zu.

»Bevor ich es vergesse: Vorhin hat wieder dieser Anwalt Feierabend von der Three Isles Investment Group angerufen und um einen Termin gebeten. Es geht um Geschäfte, die Herr Breitle anscheinend mit dieser Firma getätigt hat!«

Marilyn sah Claudius bittend an. »Würdest du dich darum kümmern? Ich fühle mich dazu nicht in der Lage.«

»Das kann ich verstehen«, erklärte Claudius und stand auf. »Ich fahre jetzt los! Sicher werden auch Geschäftsbriefe und Anrufe gekommen sein. Ich hoffe, Korbinians Sekretärin hat sich darum gekümmert.«

Bis zu Breitles Tod hatte Claudius diesen nur beim Nachnamen genannt. Nun aber benutzte er dessen Vornamen, um Marilyn nicht zu verletzen.

In ihren beiden Ehen hatte Marilyn gelernt, wann es besser war, die Männer ihren Geschäften nachgehen zu lassen. Daher nickte sie zustimmend und erklärte Claudius noch einmal, wie dankbar sie ihm sei, dass er sie in dieser schwierigen Lage nicht im Stich ließ.

»Allein wäre ich vollkommen hilflos!«, setzte sie mit schwacher Stimme hinzu.

Da Claudius sie kannte, glaubte er es ihr unbesehen. Marilyn hatte niemals auch nur das geringste Interesse an seinen Geschäften gezeigt, und er nahm nicht an, dass es in ihrer zweiten Ehe anders gewesen war.

»Wenn Noreen dir lästig wird, bitte ich Mena, sie zu holen«, bot er an, doch diese fiel ihm sogleich ins Wort.

»Als wenn mein Kind mir jemals lästig gewesen wäre!«, rief sie ebenso theatralisch wie wahrheitswidrig. »In meiner Trauer ist sie mein einziger Trost.«

Und der Haken, mit dem ich dich fangen werde, setzte sie in Gedanken hinzu. Dafür würde sie die Kleine richtig einwickeln müssen, damit sie den weiblichen Nerd vergaß.

»Sei aber brav!«, forderte Claudius seine Tochter auf und verließ die prachtvolle Villa, die für sein Gefühl den unangenehmen Dunst des Neureichen verströmte.

Claudius fuhr mit dem festen Willen los, Mena anzurufen und mit ihr über alles zu sprechen. Doch bevor er dazu kam, erscholl der Klingelton seiner Freisprechanlage. Ein Blick auf den Bordcomputer zeigte ihm, dass es sich um einen wichtigen Kunden handelte. Daher nahm er das Gespräch an und sagte sich, dass er Mena am Abend anrufen konnte.

Zwischen Breitles Villa und seinem Firmengelände lagen nur wenige Kilometer, aber Claudius musste dabei jenes Waldstück durchqueren, in dem Marilyns zweiter Mann verunglückt war. Es war ein seltsames Gefühl, an den Bäumen vorbeizufahren, die Breitle zum Verhängnis geworden waren. Da er zu sehr auf den ramponierten Baum achtete, gegen den Breitles Sportwagen gekracht war, hätte er beinahe selbst die Kurve verpasst und musste scharf bremsen. Als er die gefährliche Stelle passiert hatte, atmete er erleichtert auf.

»Konzentriere dich auf die Straße«, rief er sich selbst zur Ordnung und drosselte sein Tempo, obwohl die Straße wieder geradeaus führte. Ein junger Bursche in einem Mittelklassewagen überholte ihn forsch und zeigte ihm dabei den Stinkefinger.

»Idiot!«, rief Claudius erschrocken, da ihnen ein anderes Auto entgegenkam. Dessen Fahrer musste scharf bremsen und betätigte mehrmals die Lichthupe.

Das Licht blendete Claudius, und er hielt krampfhaft das Lenkrad fest, um nicht das Steuer zu verreißen. Konnte Korbinian Breitle etwas Ähnliches zugestoßen sein?, fragte er sich. Ein rücksichtsloser Autofahrer und ein exzessiver Gebrauch der Lichthupe – schon war ein Unglück geschehen. Claudius fuhr nachdenklich weiter und erreichte kurz darauf das Gelände der Breitle Import und Export GmbH.

4.4

In der Firma war nicht viel los. Zwei Männer luden einen Container aus und teilten die Ware nach Kunden auf. Als Claudius seinen Wagen vor dem Hauptgebäude anhielt und ausstieg, blickten sie nur kurz auf.

Claudius fiel ein Neubau ins Auge, der so aussah, als würde derzeit dort nicht gearbeitet. Für eine Lagerhalle war das Gebäude zu klein. Ein Bürogebäude oder eine Werkstatt konnte es auch nicht sein, denn es hatte nur kleine, dicht unter dem Dach sitzende Fenster und machte einen abweisenden Eindruck.

Er fragte sich, zu welchem Zweck Marilyns Ehemann das seltsame Gebäude gebaut hatte. Die Antwort darauf würde er am ehesten in dessen Büro erhalten. Mit entschlossener Miene trat er ein und stieg die Treppe in das Stockwerk hinauf, in dem Marilyns Auskunft zufolge das Büro ihres Mannes lag. Er entdeckte die entsprechende Tür, befolgte aber das Schild, das Besucher aufforderte, durch die Nebentür zu gehen, und sah sich Breitles Sekretärin gegenüber.

Die Frau war nicht mehr ganz jung und sichtlich schlechter Laune. »Was wollen Sie?«, herrschte sie Claudius an. »Derzeit ist hier alles geschlossen! Wenn Sie was vom Chef wollen, der ist verunglückt. Warten Sie gefälligst, bis alles beim Nachlassgericht geklärt ist.«

»Frau Breitle schickt mich! Sie hat mir Generalvollmacht erteilt, in ihrem Sinne wirken zu können.« Claudius zog das entsprechende Schreiben aus der Jackentasche und reichte es der Frau. Diese nahm es, las den Namen und begriff erst jetzt, wer vor ihr stand.

»Sie sind der erste Ehemann der Frau Breitle!«

»Ich hoffe nicht, dass das gegen mich spricht«, antwortete Claudius bissig. »Da Marilyn mich gefragt hat, ob ich ihr helfen kann, ist es für mich eine Selbstverständlichkeit, es zu tun.«

Unwillkürlich nickte die Sekretärin. »Es ist auf jeden Fall besser, als wenn sich die Frau des Chefs selbst darum kümmern würde. Die hat nämlich keinen blassen Schimmer davon, wie es hier zugeht.«

»Ich bis jetzt auch nicht«, erwiderte Claudius wahrheitsgemäß. »Aber ich hoffe, dass Sie mir helfen, mich zurechtzufinden.«

»Was den laufenden Betrieb betrifft, da habe ich mich um alles gekümmert. Schwieriger steht es mit den Geschäftsabschlüssen, die jetzt anstehen. Für die habe ich keine Vollmachten.«

Die Frau schien tüchtig, stellte Claudius erleichtert fest. Vermutlich war sie sogar in der Lage, den Betrieb ohne Störung weiterzuführen, was ihm sehr recht wäre, denn er hatte selbst zu viel am Hals, als dass er sich wochenlang mit Breitles Firma hätte beschäftigen können.

»Einen Tag werden die neuen Abschlüsse hoffentlich noch warten können«, meinte er. »Immerhin ist der Firmeninhaber verunglückt, und da ist es logisch, dass es nicht ohne gewisse Verzögerungen weitergehen kann. Wenn Sie mich jetzt in Herrn Breitles Büro führen und mir seine Unterlagen zeigen könnten, wäre ich Ihnen dankbar.«

»Da ist noch etwas!«, sagte die Sekretärin, als sie die Tür des Chefbüros öffnete. »Ein Herr Feierabend von der Three Isles Investment Group hat bereits mehrfach angerufen. Er habe von Herrn Breitles Ableben gehört und fordere einen zeitnahen Termin, um zu erfahren, wie es mit der Firma weitergehen soll. Schließlich habe sein Auftraggeber bereits eine entsprechende Summe bei Herrn Breitle investiert. Wie das gegangen sein soll, weiß ich nicht, denn ich habe nichts davon mitbekommen. Allerdings hat Herr Breitle in letzter Zeit öfter Besuch von Gästen erhalten, die er selbst unten abgeholt und direkt in sein Büro geführt hat. Ich habe diese Leute stets nur von weitem gesehen.«

Claudius merkte der Frau an, dass sie sich ärgerte, weil ihr Chef Geheimnisse vor ihr gehabt hatte. »Wenn dieser Anwalt noch einmal anrufen sollte, sagen Sie ihm, dass ich morgen Vormittag Zeit für ihn habe, und zwar hier«, sagte er und trat ins Zimmer.

4.5

Der Gedanke an Korbinian Breitle und dessen Firma fraß sich in Mena Reglins Gedanken fest und zwang sie, weiter zu recherchieren. Schon bald stellte sie fest, dass der Container, den Breitle in Bolivien bestellt hatte, fast zeitgleich mit Stadlers über den Ozean transportiert worden war. An drei Stellen hatten sich die Wege berührt, und einmal waren sie sogar auf das gleiche Schiff geladen worden. Dies herauszufinden war ein Kunststück, wie es nur wenigen gelang. Professor Irmbert Claaßen war entsprechend beeindruckt und nannte Mena das Herz des Instituts.

»So schwierig war es dann doch nicht«, wehrte Mena sein Lob verlegen ab.

»Du solltest dein Licht nicht unter den Scheffel stellen«, antwortete Claaßen gut gelaunt. »Oder sagt man in der modernen Zeit, du sollst die Datei nicht schamhaft wegklicken? Das hast du nämlich nicht nötig! Jeden Tag werden Millionen Container verschifft. Zwei davon zu selektieren und ihren Weg minutiös nachzuvollziehen schaffen sonst nicht einmal die hoch spezialisierten Computercracks der Geheimdienste. Aber denen haben wir etwas voraus!«

»Und das wäre?«, fragte Mena.

»Das ist auch Intuition! Wir gehen hier nicht nach dem Lehrbuch vor, sondern folgen Querverweisen, die so versteckt sind, dass kein anderer sie entdeckt.«

»Frithjof und ich haben allerdings nach der sprichwörtlichen Nadel im Heuhaufen gesucht«, antwortete Mena lächelnd.

»Und auch eine gefunden! Gut gemacht«, lobte Claaßen.

Trotzdem zog Frithjof den Kopf ein. »Ich habe zwar herausgefunden, dass Breitle einen Container aus Südamerika erhalten hat, aber nicht geschaltet und es dann sogar wieder vergessen. Wenn Frau … äh, Mena mich nicht darauf angesprochen hätte, wären wir niemals so weit gekommen.«

»Wisst ihr, was das Tollste daran ist?«, fragte Mena mit einem angespannten Lächeln.

Der Professor sah sie neugierig an. »Nein! Was denn?«

»Der Breitle-Container hat meiner letzten Berechnung nach

die höchste Wahrscheinlichkeit, jener Container zu sein, der fälschlicherweise zu Stadlers Kaffeerösterei geliefert worden ist! Ich muss nur noch herausfinden, ob tatsächlich Wolle in diesem Container war.« Für Mena war dies der einzige Umstand, der ihre Analysen noch zum Kippen bringen konnte. Doch das herauszufinden war noch schwieriger, als den Weg des Containers nachzuvollziehen. Für Letzteres gab es eine Fülle an Daten, sei es von Häfen oder von Schiffen. Doch ein Container wurde an einer Stelle beladen und erst am Ende seiner Reise wieder geöffnet.

Dies erklärte sie dem Professor, der ihren Vortrag ohne Kommentar über sich ergehen ließ. Frithjof hingegen wedelte mit einem Blatt Papier.

»Das habe ich eben ausgedruckt. Es ist die Genehmigung für die Korbinian Breitle GmbH, eine neue Werkshalle zu bauen. Angeblich dient sie zur Lagerung besonders empfindlicher Importgüter!«

»Was heißt hier angeblich?«, fragten Mena und der Professor fast wie aus einem Mund.

»Weil dort irgendein Gerät eingebaut worden ist«, erklärte Frithjof aufgeregt. »Einer meiner Cousins ist nämlich Bauingenieur und hat mir damals einen Ferienjob in seiner Firma besorgt. Dort konnte ich die Pläne des Projekts sehen. Es besteht aus mehreren Kammern und hat Wasseranschlüsse sowie einen Tank, der leicht entleert werden kann.«

»Hast du eine Ahnung, wozu diese Maschine benutzt wird?«, fragte der Professor Mena. Diese schüttelte den Kopf.

»Nicht die geringste! Aber ich glaube, Frithjof hat jetzt seinen nächsten Job. Er soll versuchen herauszufinden, was für ein Gerät Korbinian Breitle da angeschafft hat.«

Mena nickte dem Praktikanten kurz zu und versuchte die einzelnen Punkte zu ordnen, die sie bislang zusammengebracht hatte. Noch waren es zu wenig Puzzleteile, um sich ein Bild zu machen. Die Angelegenheit wies zudem so viele Ungereimtheiten auf, dass es sie reizte, ihr ganz auf den Grund zu gehen. Sie war fest entschlossen, nicht aufzugeben, bis alle Rätsel gelöst waren.

»Hat sich Dr. Stadler wieder einmal gemeldet?«, fragte sie ihren Chef. »Sein Container ist unterwegs zu den Kanarischen Inseln. Dort soll er laut Plan noch einmal umgeladen werden. Es ist der vorletzte Platz, an dem sein damaliger Container vertauscht worden sein kann.«

Claaßen hob interessiert den Kopf. »Und was ist die letzte Stelle?«

»Antwerpen! Dort ist der vertauschte Container ausgeladen und auf einem Lkw weitertransportiert worden. Aber da halte ich eine Verwechslung für unwahrscheinlich, denn der Hafen wird penibel geführt.«

»Willst du damit sagen, dass auf den Kanaren mehr geschlampt wird als in Belgien?«, fragte Frithjof.

»Natürlich nicht! Aber es ist eher möglich, dass er beim Beladen eines Schiffes falsch abgestellt wurde, als dass der Fehler sich beim Ausladen einschleicht. Jeder Container hat einen elektronischen Begleitzettel. Wenn einer nun nicht auf Platz 836, sondern auf 837 abgestellt wurde, aber der alte Eintrag erhalten bleibt, wird der Container auf 836 an den Kunden geliefert, dem der Container auf 837 gehört, und umgekehrt.«

Claaßen grinste. »Das ist wahrlich höhere Containermathematik. Was gibt es eigentlich Neues über die Russenmafia?«

Mena zog ein wenig den Kopf ein. »Der haben wir nicht weiter nachgeforscht.«

»Frithjof soll nebenbei eine Abhandlung über die osteuropäischen Verbrechersyndikate erstellen. Ich habe das Gefühl, als würde Stadler das von uns erwarten. Wenn wir ihm gestehen, dass wir bis jetzt nur nach seinem vertauschten Container gesucht haben, zweifelt er die Rechnung an, die wir ihm stellen müssen.« Der Professor klang gereizt, denn die Manpower, die sie für ihre Untersuchungen einsetzen mussten, war enorm, und nicht jeder Kunde verstand dies und akzeptierte die dafür geforderte Summe.

»Ein Auftraggeber weigert sich, die fünftausend Euro zu zahlen, die ich von ihm verlangen musste«, setzte Claaßen hinzu, um Mena und Frithjof sein Dilemma zu erklären.

»Keine Sorge, Irmbert! Wenn wir mit der Containersache fertig sind, bekommt Stadler einen solchen Aktenordner, dass ihn selbst fünfundzwanzigtausend Euro nicht wundern werden«, antwortete Mena lachend.

»Derzeit sieht es eher so aus, als wenn seine Rechnung das Doppelte oder gar das Dreifache erreichen würde. Es sei denn, ihr findet die Lösung innerhalb weniger Tage!« Nicht zum ersten Mal fragte Claaßen sich, weshalb Stadler ihnen diesen Auftrag erteilt hatte. »Er hat Angst – und wir sollen herausfinden, vor wem er sich fürchten muss«, schloss er.

»Wenn Stadler sich in Gefahr sieht, sollten auch wir uns vorsehen. So intensiv, wie wir die Suche nach den Containern betrieben haben, ist sie sicher nicht unbemerkt geblieben. Dabei hatte ich nach der Sache mit Susanne Fehse-Biskop eigentlich genug von heißen Sachen!«

Mena fauchte leise, startete dann aber doch die nächste Analyse. Wenn Gefahr drohte, war es auch für sie besser zu wissen, aus welcher Ecke diese kommen konnte.

4.6

Reinhart Mittag saß auf der Terrasse seiner schönen, wenn auch etwas heruntergekommen wirkenden Villa über dem Starnberger See und schmierte sich ein Leberwurstbrot. Dabei sah er seinen Partner Feierabend fragend an. »Hast du Breitles Witwe endlich erreicht?«

Der schüttelte den Kopf. »Nein! Wie es aussieht, kümmert die Dame sich nicht selbst um die Firma, sondern hat einen Geschäftsmann damit beauftragt, es für sie zu tun. Kennst du einen Claudius Augustus Kaiser?«

»Claudius Kaiser?«, rief Mittag verblüfft. »Aber das war doch ihr erster Ehemann! Das Verhältnis zwischen dem Paar soll zuletzt grottenschlecht gewesen sein. Ihr zweiter Ehemann mochte Kaiser ganz und gar nicht und würde sich im Grab umdrehen, wenn er wüsste, dass seine Frau ausgerechnet diesen Kerl um Hilfe gebeten hat.«

»Weißt du noch mehr über ihn?«, fragte Feierabend.

Mittag überlegte kurz, legte dann das Brot beiseite und schüttelte den Kopf. »Nicht viel! Aber ich kann sehr schnell mehr über Kaiser herausfinden. Wartest du einen Augenblick?«

Bevor sein Partner Antwort geben konnte, stand er auf und verschwand im Haus. Als er nach wenigen Minuten wieder zurückkam, wirkte seine Miene verbissen.

»Kaiser besitzt eine Firma, die medizinische Geräte herstellt und in alle Welt vertreibt. Er gilt als ausgebuffter Geschäftsmann und könnte uns Schwierigkeiten bereiten. Daher müssen wir ihn schnellstens aus dem Spiel hinauskegeln. Ich werde heute noch zu meinem alten Freund Olaf fahren. Er ist Notar und wird aus dem Vertrag, den wir Breitles Witwe unterschieben wollen, eine beglaubigte Urkunde machen.«

»Die aber nicht bei Breitles Papieren gefunden wurde«, wandte Feierabend ein.

»Die Hauptsache ist, dass wir sie vorlegen können. Es ist trotzdem gut, dass du mich darauf aufmerksam gemacht hast. Einer meiner Klienten hat ein paar Jahre gesessen, weil er andere Handschriften zu gut nachmachen konnte. Er hat sicher nichts dagegen, sich ein paar tausend Euro zu verdienen. Dann haben wir eine unanfechtbare Urkunde in der Hand, von der der Notar der Witwe eine Fassung zukommen lassen kann!«

Während Mittag fröhlich grinste, überlegte sein Freund und Partner, ob er Einwände erheben sollte. Er unterließ es nach kurzem Erwägen. Immerhin hatte Mittag bislang Geschäfte angeleiert, die ihnen bereits etliche Millionen Euro eingebracht hatten. Wahrscheinlich würden sie in ein paar Jahren genug verdient haben, um als seriöse Verwalter ihres eigenen Firmengeflechts auftreten zu können.

»Es gibt noch ein Problem!«

Mittags Stimme ließ die Gedanken an die Zukunft, die sein Partner gerade hegte, wie Seifenblasen zerplatzen. »Was ist denn?«, fragte Feierabend besorgt.

»Es geht um die vertauschten Container! Wir dachten, es würde reichen, wenn wir den unseren zurückholen und dafür sorgen, dass dieser Kaffeesieder den seinen bekommt. Von einem Gewährsmann in Bolivien habe ich nun jedoch erfahren, dass sich jemand für den Absender unseres Containers interessiert. Das kann nur Stadler sein! Der Kerl hat in den letzten zehn Jahren etliche in Schwierigkeiten geratene Firmen in ganz Europa aufgekauft, saniert und zu einer Holding zusammengefasst, die guten Gewinn macht. Diese Kaffeesiederei …«

»Rösterei!«, wandte Feierabend ein.

»Ist doch egal! Auf jeden Fall stellt dieses Kaffeedings die Keimzelle von Stadlers Firmenimperium dar. Der Mann hat

Verbindungen in alle Welt und versucht jetzt herauszufinden, wem der Container gehört, der für ein paar Stunden auf seinem Lagerplatz stand. Das würde er nicht tun, wenn er nicht Verdacht geschöpft hätte. Immerhin war eine unserer Paletten aufgerissen. Ich nehme an, dass Stadlers Leute eine Probe genommen und analysiert haben.«

»Aber dann weiß er ja, dass es sich um eine Kokainlieferung gehandelt hat!«, rief Feierabend entsetzt.

»Das ist anzunehmen«, erklärte Mittag mit leiser Stimme.

»Dann müsste uns die Polizei doch längst auf den Fersen sein. Wir sollten so schnell wie möglich verschwinden! Mit dem Geld, das wir haben, kommen wir in der Karibik für den Rest unseres Lebens aus.« Feierabend war so aufgeregt, dass er seine Kaffeetasse umstieß.

Mittag schüttelte mit nachsichtiger Miene den Kopf. »Jetzt dreh nicht durch! Wie es aussieht, hat Stadler seine Entdeckung nicht an die Behörden weitergegeben. Wenn die Polizei etwas wüsste, hätte ich es erfahren. Daher haben wir eine Chance, die Sache zu unseren Gunsten umzubiegen. Sobald wir die völlige Kontrolle über Breitles Firma haben, kümmere ich mich darum. Im Gegenzug musst du für mich die Verteidigung des Sittenstrolchs übernehmen, dessen Prozess morgen beginnt. Sag dem Richter, ich wäre krank geworden. Er wird froh sein, dass er einen Idioten gefunden hat, der sich für ein paar Kröten den Hintern im Gerichtssaal plattdrückt.«

»Klar, das mache ich!« Feierabend schöpfte wieder Hoffnung, und so setzten die beiden ihr Frühstück fort.

Kurz darauf verließen sie das Haus. Mittag brachte seinen Partner noch bis zum Gericht, an dem dieser einen Ladendieb verteidigen sollte. Danach wählte er den kürzesten Weg zur Autobahn und wünschte sich dabei, er könnte mit seiner Gold Wing fahren. Doch die war für seine Auftritte als Tobias Meyer gedacht. Sobald sie offiziell die Vertretung einer großen Firma übernahmen, würde er endlich ein anderes Auto fahren, denn den alten Mittelklassewagen konnte jede Schnecke überholen.

4.7

Der mit Mittag befreundete Notar zierte sich zunächst. Da Mittag jedoch einen von Breitle unterschriebenen Vertrag vorlegen konnte und das Ganze mit dessen Tod und der Sorge seiner angeblichen Auftraggeber um ihre Investitionen begründete, stellte er schließlich die entsprechenden Urkunden aus. Die Gebühr dafür beglich Mittag mit einem Kuvert, in dem zweitausend Euro mehr steckten, als die Summe ausmachte. Zu viel wollte er seinem Freund nicht geben, um nicht dessen Misstrauen zu erregen.

Zufrieden, so billig davongekommen zu sein, kehrte er nach Hause zurück und bereitete dort seinen nächsten Schachzug vor. In seinen Jahren als Pflichtverteidiger hatte er genug Ganoven kennengelernt, auf die er zurückgreifen konnte. Er ärgerte sich jedoch, dass er sich zunehmend weit aus dem Fenster lehnen musste. Das machte ihn erpressbar, und deswegen wollte er diesmal nicht Wandlinger und Görges einspannen, sondern einen anderen Banditen. Er wechselte die Kleidung, setzte sich hinter das Steuer seines Wagens und fuhr nach München.

Nachdem er sein Auto in einem Parkhaus unweit des Marienplatzes abgestellt hatte, streifte er scheinbar ziellos durch die Stadt. Auf seinem Weg wechselte er mehrmals die U-Bahn und fuhr ein Stück mit dem Bus, bevor er ein kleines Lebensmittelgeschäft in einer Nebenstraße betrat. Ein älterer Mann und eine junge Frau standen hinter dem Ladentisch und sortierten Waren ein. Als sie Mittag eintreten sahen, wandte die Frau sich ihm zu.

»Grüß Gott, Sie wünschen?« Ihr war anzumerken, dass sie sich wunderte, denn Mittag sah ganz und gar nicht so aus wie die Kunden, die sonst den Laden aufsuchten.

»Mein Name ist Meyer mit e y, und ich will Claus sprechen.«

Die Frau zuckte zusammen und starrte ihn misstrauisch an. »Welchen Claus?«, fragte sie mit mühsam beherrschter Stimme.

»Claus Wenske! Du kennst ihn gut. Er hat mir dein Bild gezeigt und erklärt, dass ich ihn über dich erreichen kann. Es geht um ein Geschäft.«

Mittag lächelte freundlich, um die Frau zu beruhigen. Einen Augenblick kämpfte diese noch mit ihren Zweifeln, nahm dann ein Handy auf und wählte eine Nummer an.

Es dauerte eine Weile, bis sich jemand meldete. Die Frau sagte nur ein paar Worte, aber so leise, dass Mittag sie nicht verstand. Die Antwort schien ihr nicht zu gefallen, denn sie wandte sich mit einer heftigen Bewegung an Mittag.

»Claus wartet in einer Stunde in einer Kneipe an der Orleansstraße auf Sie, und zwar genau so lange, wie er braucht, um ein Bier zu trinken. Sie würden das Lokal kennen.«

»Danke! Ich werde dort sein!« Mittag verließ den Laden wieder und vernahm noch die erstaunte Frage das alten Mannes. »Wer war denn das?«

Was die junge Frau darauf antwortete, bekam er nicht mehr mit. Er ging zur nächsten Trambahnhaltestelle und wartete auf eine Straßenbahn, die ihn zum Ostbahnhof bringen würde.

Mittag erreichte die Gaststätte etwas früher als vereinbart und holte erst einmal sein Mittagessen nach. Noch während er die letzten Bissen zu sich nahm, betrat ein weiterer Gast den Raum. Es handelte sich um einen hochgewachsenen Mann mittleren Alters, der sein Gesicht hinter einem dichten blonden Schnurrbart und einer riesigen Sonnenbrille verbarg. Trotzdem erkannte Mittag Claus Wenske auf Anhieb. Wie es aussah, hatte der Mann

Angst davor, identifiziert zu werden. Nun blickte er suchend in die Runde, bestellte sich ein Bier und setzte sich in eine dunkle Ecke.

Mittag ließ ihn warten, denn er bemerkte Wenskes Nervosität und wollte diese noch ein wenig steigern. Erst als er fertig gegessen und einen Espresso getrunken hatte, stand er auf und ging zu dem Mann hin.

»Hallo, Claus!«, grüßte er.

Der starrte ihn misstrauisch an. »Sollten wir uns kennen?«

»Ich glaube nicht, dass ich mich so sehr verändert habe«, meinte Mittag spöttisch. »Oder sind deine Augen schlechter geworden?«

»Das Licht ist hier etwas düster«, antwortete Wenske. »Außerdem habe ich nicht erwartet, ausgerechnet Sie hier zu treffen.«

»Das ist ein Fehler! Man muss immer auf alles vorbereitet sein.« Mittag lächelte, wie er es immer tat, wenn er seine Gedanken und Gefühle verbergen wollte. »Wie geht es dir? Das letzte Mal habe ich dir immerhin zwei Jahre erspart. Aber darüber sollten wir uns woanders unterhalten.«

»Wo?«

»In meinem Auto! Ich bin in einer halben Stunde bei der Einmündung der Friedens- in die Rosenheimer Straße. Es ist ein grünes Auto!«

»Gab es keine bessere Farbe?«, fragte Wenske bissig.

»Mir gefällt sie!« Noch immer lächelnd reichte Mittag der Kellnerin einen Zwanzigeuroschein, hob die Hand, als sie herausgeben wollte, und verließ das Lokal.

Nach ein paar Minuten erreichte er den Ostbahnhof, nahm dort die erste S-Bahn in die Innenstadt und schaffte es tatsächlich, innerhalb einer halben Stunde mit seinem Auto in die Friedensstraße einzubiegen.

Wenske wartete bereits auf ihn. »Ich bin ja gespannt, was Sie mir zu sagen haben, wenn es hier im Auto sein muss. Oder haben Sie hier ein Abhörgerät und wollen mich aufs Glatteis führen?«, begann er, noch während er die Beifahrertür zuzog und sich anschnallte.

»Ich arbeite nicht mit der Polizei zusammen«, erklärte Mittag kühl. »Ganz im Gegenteil! Ich habe einen Job für dich. Einer meiner Klienten, dessen Namen ich besser für mich behalte, ist auf jemanden ziemlich sauer und würde zwanzigtausend dafür zahlen, wenn der Typ in die ewigen Jagdgründe eingeht.«

»Ein Mord also!« Wenske lachte nervös. »Sie machen Karriere! Bei mir war es nur das Einschmuggeln eines Handys in meine Zelle und die Beseitigung von Indizien, für das Sie sich übrigens fürstlich haben belohnen lassen. Ich bin überzeugt, dass auch hier das meiste Geld an Ihren Händen kleben bleibt. Daher sage ich: nicht für zwanzigtausend!«

»Wie viel dann?«, fragte Mittag und eröffnete damit das Feilschen.

Wenske überlegte kurz und streckte dann fordernd die Hand aus. »Hunderttausend! Keinen Cent weniger. Damit und mit den Ersparnissen, die ich habe, kann ich ein paar Jahre in einer einsameren Weltgegend auskommen.«

»Hunderttausend ist eine hübsche Summe«, sagte Mittag.

»Sie müssen sie ja nicht zahlen. Genauso gut können Sie mich irgendwo am Straßenrand absetzen und zusehen, ob Sie einen anderen finden.«

Wenske glaubte, Mittag in der Falle zu haben und mit ihm spielen zu können. Dabei hatte dieser durchaus Alternativen. Da waren Wandlingers Freunde, für die er Nachrichten in den Knast hinein- und auch wieder herausschmuggelte, sowie Mike Görges. Letzterer hatte bereits Breitle beseitigt. Doch Mittag war nicht bereit, nur auf eine Karte zu setzen.

»Also gut: hunderttausend! Dafür darf mein Klient ausgezeichnete Arbeit verlangen.«

»Keine Sorge, die kriegt er!«, antwortete Wenske grinsend. »Die erste Hälfte will ich vorab haben, die zweite, wenn der Job erledigt ist.«

»So habe ich es mir auch gedacht!« Mittags Lächeln hatte nichts Verbindliches mehr an sich. Kurz überlegte er, ob er Wenske damit beauftragen sollte, auch jene Angestellten von Stadler umzubringen, die von dem Fund wissen konnten. Da er jedoch noch nicht wusste, wie viele es waren, schob er dieses Vorhaben auf. Stattdessen lenkte er den Wagen aus der Stadt hinaus auf die A94, bog bei Parsdorf ab und hielt auf dem Parkplatz eines dortigen Unternehmens an.

Mit einer beiläufigen Geste holte er seinen Aktenkoffer vom Rücksitz, öffnete ihn und zählte mehrere Bündel Geldscheine ab. »Hier sind die fünfzigtausend«, sagte er und war froh, genug Geld mitgenommen zu haben.

Wenske starrte auf die Scheine und griff unbewusst unter seine Jacke, in der eine handliche Glock 39 steckte. Einige Augenblicke kämpfte er mit dem Wunsch, die Pistole zu ziehen, Mittag das ganze Geld abzunehmen und mit dessen Auto zu verschwinden. Allerdings hätte er damit nicht weniger Scherereien als nach dem geforderten Mord, und für den sollte er hunderttausend Euro erhalten. Mittag hingegen hatte höchstens siebzigtausend bei sich, und die Differenz von dreißigtausend Euro gab den Ausschlag.

»Wer ist der Glückliche, dem ich zu einem vorzeitigen Eintritt ins Paradies verhelfen soll?«, fragte er, während er das Geld entgegennahm und in seinen Jackentaschen verstaute.

»Der Mann heißt Dr. Andreas Stadler und ist der Inhaber mehrerer Firmen. Hier sind sein Bild und seine Adresse!« Mittag reichte ihm ein Foto und einen Zettel hinüber.

»Wie steht es mit Bodyguards oder Ähnlichem?«

»Bis jetzt gibt es keine. Die Sache sollte daher wenig Mühe

machen. Übrigens nimmt Stadler morgen Nachmittag an einer Veranstaltung in Bad Reichenhall teil. Von dort ist es nicht weit zum Salzburger Flughafen.«

»Ist das nicht ein wenig kurzfristig?«, fragte Wenske, der sich ungern unter Druck setzen ließ.

»Es wäre die beste Gelegenheit. Der Mann ist dort fremd, und die bayerischen und österreichischen Behörden sind nicht so gut Freund, dass sofort eine grenzübergreifende Fahndung erfolgen würde.«

»Ich beobachte die Leute lieber eine Weile«, entgegnete Wenske. »Das ist sicherer. Zudem kenne ich Bad Reichenhall nicht, und wenn ich einmal falsch abbiege, treffe ich womöglich auf eine Straßensperre der bayrischen Bullen. Ich brauche wenigstens eine Woche Zeit!«

Auch wenn es Mittag in der Seele brannte, Stadler loszuwerden, musste er sich geschlagen geben. »Also gut! Mache es, wie du es für richtig hältst«, sagte er unfreundlich.

Wenske hingegen grinste zufrieden. »Dann ist ja alles in bester Ordnung! Wenn Sie mich jetzt noch nach Grub fahren und mir das Geld für eine S-Bahn-Fahrkarte in die Innenstadt leihen könnten, wären wir die besten Freunde.«

Statt einer Antwort ließ Mittag seinen Wagen wieder an und bog in Richtung Grub ab. Da die Brücke über die S-Bahn-Schienen für Autos gesperrt war, musste er davor anhalten und Wenske zu Fuß weitergehen. Oben auf der Brücke winkte der Ganove noch einmal zurück, dann war er verschwunden.

Mit zwiespältigen Gefühlen kehrte Mittag zur A94 zurück, fuhr dann über den südlichen Autobahnring nach München und von dort aus über die A95 in Richtung Starnberg. Als er zu Hause ankam, glühte der Himmel im Westen rot wie Blut. Es erschien ihm wie ein Symbol. Bis zu Breitles Tod hatten sein Partner und er alle Aktionen ohne Gewalt durchgezogen. Doch ab jetzt mussten sie dafür sorgen, dass ihnen ihre Gegner nicht gefährlich werden konnten und keine Mitwisser auf die Idee kamen, mit den falschen Leuten zu reden.

4.8

Die nächste Woche verlief ungewohnt ruhig. Claudius war beinahe jeden Abend bei Marilyn und half ihr, wo es nur ging. Als er an diesem Abend vor der Villa anhielt, stand die Hausdame bereits am Eingang und öffnete ihm die Pforte.

»Die gnädige Frau hat heute ein eigenartiges Schreiben erhalten. Daher bin ich froh, dass Sie heute ein wenig früher gekommen sind«, sagte sie, als Claudius auf sie zutrat.

Eigentlich hatte Claudius nur eine Stunde bleiben wollen, um danach zu Mena zu fahren, die er in der letzten Zeit arg vernachlässigt hatte. Als er eintrat und Marilyn völlig aufgelöst auf der Couch sitzen sah, war er froh, dass er sich noch nicht bei Mena gemeldet hatte. Wie es aussah, war dies hier eine schlimme Sache, und er würde viel Zeit brauchen, um seine Exfrau zu beruhigen.

»Hallo, Marilyn! Was gibt es?«, fragte er mit einem gezwungenen Lächeln.

Marilyn sah mit einem verzweifelten Blick zu ihm auf. »Die Firma gehört mir nicht mehr! Korbinian, dieser Schuft, hat sie an eine Investmentfirma verkauft.«

»Wie kommst du darauf?«, fragte Claudius. »Ich habe bei der Sichtung der Firmenpapiere nichts gefunden, das auf einen Verkauf hinweist.«

Mit einer Geste des Abscheus reichte Marilyn ihm das Schreiben des Notars und die entsprechende Urkunde. »Hier, schau dir das an! Der Anwalt dieser Investmentfirma hat sich erneut gemeldet. Er will noch in dieser Woche einen Geschäftsführer für den Betrieb bestimmen. Es ist so, als wenn ich überhaupt nichts mehr zu sagen hätte!« Bei den letzten Worten schrie Marilyn hysterisch und trommelte mit den Fäusten auf die Couch. Claudius fing ihre Hände ein und hielt sie fest.

»Beruhige dich bitte! Du musst an dein ungeborenes Kind denken.«

»Das arme Würmchen! Enterbt, noch bevor es geboren wurde!«, rief Marilyn und sank schluchzend auf dem Sofa zusammen.

Während die Hausdame sie zu beruhigen versuchte, las Claudius das Schreiben des Anwalts, das des Notars und den Übereignungsvertrag durch. Auch wenn alles ziemlich überraschend gekommen war, konnte er keinen Haken daran entdecken. Der Anwalt erklärte, dass seine Auftraggeber und Korbinian Breitle übereingekommen wären, das Vertragskonstrukt geheim zu halten. Durch Herrn Breitles Tod hätte sich die Sachlage jedoch geändert, und er habe im Sinne des Teilhabers handeln müssen.

»Es sieht so aus, als wäre hier nichts zu machen. Dir und deinem ungeborenen Kind stehen noch dreißig Prozent Anteile an der Firma zu, die allerdings als stille Beteiligung angelegt sind. Das heißt, ihr habt mit dem operativen Ablauf der Geschäfte nichts mehr zu tun, sondern erhaltet nur den euch zustehenden Gewinnanteil.« Claudius atmete tief durch und sagte sich, dass er Marilyn die Wahrheit über ihren Mann erzählen musste. »Wie es aussieht, hat Korbinian sich nicht mehr anders zu retten gewusst. Vermutlich hat er im letzten Jahr einige Verluste hinnehmen müssen – auch wenn ich bisher nichts gefunden habe, was darauf hindeutet. Darüber hinaus aber hat er an den Pokerspielen eines Spielportals teilgenommen und dabei hohe Summen verloren.«

»Aber solche Spiele sind doch hier in Deutschland verboten! Wir müssen die Betreiber anzeigen, damit sie das Geld zurückzahlen«, rief Marilyn erregt.

»Es ist sinnlos, jemand anzuzeigen, der seinen Firmensitz auf Trinidad oder in der Südsee hat«, erklärte Claudius nachsichtig. »Allerdings interessieren sich die hiesigen Finanzbehörden für jene, die bei solchen Spielen mitmachen und gewinnen. Korbinian hat zwar ein Vielfaches dessen verloren, was er im Spiel zwischenzeitlich gewonnen hat. Trotzdem musst du mit Steuernachzahlungen in der Höhe von mehreren Hunderttausend Euro rechnen. Die Spielverluste kann man leider nicht dagegen anrechnen, weil die Spiele, wie du selbst sagtest, hier verboten sind.«

»Das ist ungerecht!«, stieß Marilyn hervor und hieb erneut mit den Fäusten auf die Couch ein. Claudius nahm sie in die Arme und wiegte sie wie ein kleines Kind, um sie zu beruhigen.

»Wenn du willst, werde ich als dein Vertrauensmann mit diesem – wie heißt er gleich wieder? Ah, Manuel Feierabend! – verhandeln.«

»Ja, das möchte ich!«, sagte Marilyn und brach erneut in Tränen aus. »Korbinian, dieser Schuft hat nicht nur die Firma verkauft, sondern auch noch mein Privatkonto geplündert. Ich hätte ihm niemals den Zugriff erlauben dürfen. Jetzt bin ich ärmer als eine Kirchenmaus!«

»Ich tue für dich, was ich kann!«, versprach Claudius.

»Du bist so gut zu mir!« Marilyn sah schmachtend zu ihm auf. Es war für sie überlebenswichtig, sich Claudius' Sympathie und Hilfsbereitschaft zu erhalten. Ohne eine kräftige Geldspritze von ihm würde sie in kurzer Zeit ihre Villa aufgeben und in eine kleine Wohnung ziehen müssen, in der sie selbst am Herd stehen und den Staubsauger bedienen musste.

»Claudius, ich bitte dich, Noreen eine Weile bei mir behalten zu dürfen. Und kümmere dich bitte um alles, was an schriftlichem Kram für mich anfällt. Ich kann es nicht!« Marilyn lächelte schmerzlich, hoffte aber gleichzeitig, dass Claudius sich großzügig zeigen und ihre dringendsten Schulden begleichen würde.

Damit er eine Ahnung davon bekam, wie schlecht es ihr nach dem Verlust des Ehemanns ging, forderte sie ihre Hausdame auf, alle Papiere zu bringen, die sie in der Villa gefunden hatten, damit er sie durchsehen konnte.

An diesem Abend kam Claudius nicht mehr dazu, Mena aufzusuchen, denn er fühlte sich verpflichtet, die ganzen Briefe und Akten durchzugehen. Ein ums andere Mal schüttelte er dabei den Kopf. Korbinian hatte bei seinen Geschäften förmlich Hasard gespielt. Es würde eine Menge Zeit und Aufwand kosten, jede Transaktion aufdecken zu können.

»Das wäre ein Job für Mena«, sagte er stöhnend und griff zum Telefon. Doch als er ihre Nummer wählte, hörte er nur das Besetztzeichen und legte wieder auf.

4.9

Mittlerweile hatten Mena und Frithjof die Route der beiden vertauschten Container minutiös nachverfolgen können. Damit wurde die Sachlage allerdings noch verwirrender, denn alle Fakten deuteten darauf hin, dass Korbinian Breitles Firma der Empfänger des vertauschten Containers war. An diesem Freitagnachmittag sortierten Mena und Frithjof noch einmal alle Informationen, die sie bislang gesammelt hatten.

»Ich wüsste zu gerne, was dahintersteckt«, sagte Frithjof nach einer Weile.

Mena sah ihn mit einem angespannten Lächeln an. »Genau deshalb machen wir diese Arbeit. Wir werden nämlich nur fürs

Wissen bezahlt. Allerdings haben wir noch nicht viel herausgefunden. Der Absender des falschen Containers ist eine bolivianische Exportfirma für Lamawolle, und Breitle war dafür bekannt, alles einzuführen, was nicht davonlief. Daher frage ich mich, was das Theater sollte, den einen Container von Stadlers Lagerplatz zu entführen und Stadlers richtigen Container in Südschweden zu platzieren.«

»Südschweden? Aber der Container wurde doch in der Nähe von Hannover gefunden«, rief Frithjof verwundert.

»Südschweden ist eines der Synonyme für Norddeutschland. Man kann ja nicht immer Preußen dazu sagen. Außerdem wären das die Berliner und die Bewohner von Brandenburg.« Mena schüttelte den Kopf über ihren Helfer, der bei der Vergabe des Humors mit Sicherheit nicht zweimal »Hier« geschrien hatte.

Nach einem erneuten Blick auf ihre Notizen wandte sie sich wieder Frithjof zu. »Wenn nicht irgendetwas oberfaul wäre, hätte Breitle Stadler anrufen und sagen können: Hör mal, ich habe hier einen Container, der anscheinend dir gehört. Kannst du ihn abholen lassen?«

»Was Breitle aber nicht getan hat. Stattdessen ist Stadlers Container, wie du sagst, in Südschweden aufgetaucht.« Frithjof versuchte nun selbst, witzig zu sein, doch diesmal hatte Mena keine Antenne dafür.

»Wenn meine Informationen stimmen, ist Stadlers fehlgeleiteter Container am Freitag, den 24. September gegen 14:45 Uhr bei Breitle angeliefert worden. Eine halbe Stunde später wurde Breitles Container zu Stadler gebracht. Das Wochenende stand bevor, und die Sache hätte am Montag bereinigt werden können. Warum ist das nicht geschehen?«

»Da müsstest du schon die Leute fragen, die den Container weggeholt haben!«, antwortete Professor Claaßen. Er war ins Besprechungszimmer getreten und hatte Menas letzte Bemerkung gehört. Nun sah er sie und Frithjof mit sehr ernster Miene an. »Es ist mir gelungen, an den Obduktionsbericht für Korbinian Breitle zu kommen.«

»Und? Was sagen die Forensiker?«, fragte Mena.

»Selbstmord ist unwahrscheinlich! Breitle muss kurz vor seinem Tod mit einem starken Laserpointer geblendet worden sein. Das hat man anhand der Verletzung seiner Netzhaut herausgefunden.«

»Unfall? Oder Mord?«, entfuhr es Mena. »Erinnert euch an den Toten, der in der Nähe von Stadlers Firma aufgefunden wurde. Die Polizei nimmt an, dass er im betrunkenen Zustand unter einen Lkw geraten ist. Aber was ist, wenn der Mann nicht gestolpert ist, sondern jemand nachgeholfen hat?«

»Du meinst, dieser Tote könnte mit dieser Sache zusammenhängen?« Claaßen überlegte kurz und nickte. »Das wäre möglich! Da Stadler den verschwundenen Container nicht der Polizei gemeldet hat, konnte diese auch keinen Zusammenhang herstellen.«

Mena notierte sich etwas, bevor sie eine Antwort gab. »Du sagst, Breitle wäre vor seinem Unfall geblendet worden. Wie groß ist die Wahrscheinlichkeit, dass ein entgegenkommender Autofahrer mit eingeschaltetem Fernlicht unterwegs war? Es war neun Uhr morgens und sonnig. Ich werde nachsehen, ob es Untersuchungen für solche Fälle gibt. Vielleicht sollten wir selbst ausprobieren, wie stark Fernlicht um die Zeit blenden kann.«

»Und wie?«, fragte Frithjof.

»Am besten vor Ort. Es ist von Augsburg aus nicht weit. Jemand sollte am Montag sein Auto mitbringen.«

»Das kann ich machen«, bot Frithjof an.

Da hob der Professor die Hand. »Unsere Geldgeber haben mir ein Dienstauto zur Verfügung gestellt. Bis jetzt habe ich es nicht gebraucht, aber ich werde es Montagmorgen mitbringen. Mich interessiert die Stelle, an der Breitle verunglückt ist. Außerdem will ich bei meinem Freund Huber wegen des toten Landstreichers anfragen. Sein Sohn ist bei der Münchner Kripo. Vielleicht weiß der etwas.«

»Danke!« Mena war froh, dass ihr Vorschlag angenommen worden war. Langsam hielt sie es nicht mehr aus, nur hinter dem Computer zu sitzen und nichts anderes tun zu können, als auf den Bildschirm zu starren.

4.10

Claus Wenske hatte sich in Augsburg ein billiges Zimmer genommen und sein Opfer eine knappe Woche lang beobachtet. Es ging ihm nicht nur darum, seinen Auftrag zu erledigen, sondern auch darum, nicht die geringste Spur zu hinterlassen. Daher hatte er mehrere Überlegungen, wie er Stadler umbringen konnte, bereits verworfen. Seine Erfahrung hatte ihn gelehrt, dass zu komplizierte Pläne die Eigenschaft besaßen, am ehesten zu scheitern.

Als Stadler am Freitagabend zu der Party eines befreundeten Baulöwen fuhr, folgte Wenske ihm in einem in der Nacht zuvor gestohlenen Auto, an dem er die ebenfalls gestohlenen Nummernschilder eines Firmenwagens angebracht hatte, welcher am Wochenende mit Sicherheit nicht verwendet wurde.

Zwei Stunden später verließ Stadler das Fest, wurde aber seinen heimlichen Verfolger nicht los. Wenske blieb außerhalb der Stadt unterschiedlich weit hinter dem Unternehmer zurück und fuhr erst in Augsburg näher an diesen heran. Als Stadler anhielt, bog er in eine Seitenstraße ein, stellte seinen Wagen ab und ging zu Fuß zurück. Von Stadler war nichts mehr zu sehen. Daher richtete er sich auf eine längere Wartezeit ein. Schließlich beschloss er, diese sinnvoll zu nutzen, und knackte Stadlers

Limousine. Insgeheim spottete er über die moderne Diebstahlsicherung, die einem Spezialisten wie ihm nichts entgegenzusetzen hatte. Nur Augenblicke später lag er flach auf der Rückbank und war von draußen nur für jemanden zu erkennen, der stehen blieb und sehr genau in den Wagen schaute.

Stadler blieb etwa zwei Stunden aus. In der Zeit hatte er eine Edelprostituierte aufgesucht, zu der er gelegentlich ging, und war entsprechend entspannt und guter Laune. Er öffnete den Wagen, setzte sich auf den Fahrersitz und fuhr fröhlich pfeifend los, ohne auch nur das Geringste von seinem blinden Passagier zu ahnen. Dieser wartete, bis sie die belebteren Straßen hinter sich gelassen hatten, richtete sich dann auf und presste den Lauf seiner Glock 39 in Stadlers Nacken.

»Vorsicht! Wir wollen doch nicht verunglücken«, sagte er, als der andere das Steuer verriss.

»Was wollen Sie von mir?«, fragte Stadler gepresst.

»Erst einmal, dass Sie auf die Autobahn in Richtung München fahren. Die nächsten Anweisungen bekommen Sie, wenn wir auf der Autobahn sind. Und versuchen Sie nicht, andere Autofahrer auf uns aufmerksam zu machen, und halten Sie Ihre Pfoten von der Freisprechanlage fern. Ich mag es außerdem nicht, wenn Sie zu langsam werden und glauben, Sie könnten aus dem Wagen springen. Meine Pistole würde sonst losgehen, und das wollen wir doch beide nicht.«

Wenske spürte, dass Stadler aufatmete. Anscheinend glaubte der Unternehmer, einem simplen Räuber zum Opfer gefallen zu sein, der ihm zwar sein Geld abnehmen, ihn aber laufen lassen würde. In diesem Glauben wollte er ihn gerne belassen.

Während sie durch die Nacht auf der A8 Richtung München und später Richtung Salzburg fuhren, verwickelte Wenske Stadler in ein Gespräch, als wäre er nur ein Anhalter, den der Unternehmer mitgenommen hatte.

»Was wollen Sie eigentlich von mir?«, fragte Stadler nach einer Weile.

»Ich muss dringend nach Österreich, habe aber kein Geld für ein Taxi«, erklärte Wenske.

Stadler zwang sich zu einem Lachen. »Und dafür brechen Sie einfach einen Wagen auf und zwingen den Fahrer, Sie dorthin zu bringen?«

»Ihrem Auto ist nichts passiert. Das werden Sie sehen, wenn wir angekommen sind«, sagte Wenske, um sein Opfer in Sicherheit zu wiegen.

Seine Taktik war erfolgreich. Hatte Stadler zuerst befürchtet, die Leute, denen der falsche Container gehörte, hätten ihn entführen lassen, wurde er zusehends ruhiger. Außerdem sprach der Mann, der ihm im Nacken saß, akzentfreies Deutsch und war daher wohl kaum ein Teil der Russenmafia.

»Wer sind Sie eigentlich?«, fragte Stadler weiter.

Wenske lachte leise auf. »Ich glaube, es ist besser, wenn Sie das nicht wissen. Wo sind wir überhaupt?«

»Die letzte Ausfahrt war Bernau«, antwortete Stadler.

»Da haben wir ja noch ein paar Kilometer bis Österreich!« Wenske lehnte sich gemütlich zurück und wartete, bis das Auto die Ausfahrt Traunstein passiert hatte.

»Die nächste fahren wir raus«, erklärte er.

»Das ist aber noch nicht Österreich«, wandte Stadler ein.

»Wir fahren über Freilassing dorthin!« Ein Druck mit dem Pistolenlauf verstärkte den Befehl.

Stadler gehorchte und verließ die Autobahn. Ein paar Kilometer weiter zwang Wenske ihn, in einen Waldweg abzubiegen.

»Hier können wir stehen bleiben«, meinte Wenske nach vielleicht zwanzig Metern. »Wir beide steigen jetzt mal aus und gehen nach vorne ins Scheinwerferlicht. Dort sehen wir, was ich von Ihnen brauchen kann.«

»Wenn Sie Geld wollen, haben Sie Pech. Ich habe höchstens fünfhundert Euro in der Tasche«, meinte Stadler.

»Kleinvieh macht auch Mist!«, sagte Wenske und drohte mit der Pistole.

Stadler stieg aus und überlegte kurz, ob er in den dunklen Wald hineinfliehen sollte. Doch da stand Wenske schon neben ihm und presste ihm den Pistolenlauf zwischen die Rippen.

»Auf geht's!«, erklärte der Bandit und trieb ihn ins Scheinwerferlicht.

»So, und jetzt legen Sie Ihre Geldbörse, Ihr Handy und alles, was Sie bei sich haben, auf den Boden!«

Wenske klang angespannt und verriet Stadler damit, dass es besser war, ihn nicht durch übertriebene Ziererei zu reizen. Daher leerte er seine Hosen- und Jackentaschen aus und trat ein paar Schritte zurück in der Erwartung, dass sein Entführer die Sachen an sich nehmen und mit dem Auto verschwinden würde. Stattdessen winkte Wenske ihm, ein Stück weiter in den Wald hineinzugehen.

Die Baumstämme warfen im Licht der Autoscheinwerfer surreale Schatten, als wären sie nicht von dieser Welt. Stadler stolperte über eine Wurzel und hielt sich nur mühsam auf den Beinen.

Nun bekam er es wieder mit der Angst zu tun. »Wenn Sie mehr Geld wollen – das können Sie haben! Wir brauchen bloß zum nächsten Bankautomaten fahren.«

»Glauben Sie, dass die tausend Euro, die Sie dort auf einmal abheben können, das Kraut fetter machen?«, antwortete Wenske lachend und wurde auf einen Schlag ernst. »Umdrehen!«

Stadler gehorchte, vernahm einen Schuss und fiel im nächsten Augenblick vornüber. Als er auf den Boden schlug, lebte er bereits nicht mehr.

Tief durchatmend beugte Wenske sich über Stadler und sah

zufrieden, dass er ihn gut getroffen hatte. Ohne sich weiter um den Toten zu kümmern, kehrte er zum Auto zurück, steckte die Geldbörse, das Handy und die anderen Utensilien ein, die Stadler dort abgelegt hatte, und setzte sich hinters Steuer.

Keine Minute später fuhr er in Richtung Freilassing. Den Toten, so sagte er sich, würde man frühestens am nächsten Tag entdecken, und bis dorthin war er bereits in weiter Ferne.

Unterwegs nahm er eines von Stadlers Handys, wählte die Nummer an, die Reinhart Mittag ihm genannt hatte, und amüsierte sich, als dieser sich verschlafen meldete.

»Ja bitte?«

»Job erledigt! Erwarte Resttransfer mit Western Union auf das folgende Konto«, erklärte Wenske und gab die Bankdaten durch. Das Konto hatte er sich vor ein paar Tagen extra dafür anlegen lassen.

Noch bevor Mittag antworten konnte, beendete Wenske das Gespräch und fuhr zufrieden lächelnd weiter.

4.11

Die Fahrt über die Salzach nutzte Claus Wenske, um seine Pistole und ein paar andere Dinge loszuwerden, die nicht bei ihm gefunden werden durften. Dabei dankte er dem Schengener Abkommen, mit dem die Grenzkontrollen zwischen Bayern und Österreich beendet worden waren.

Da Stadlers Wagen die Jahresmautplaketten für die meisten Nachbarländer aufwies, darunter auch für Österreich, fuhr er nach der Grenze auf kürzestem Weg zur Autobahn und schlug den Weg nach Wien ein. Eigentlich hatte er in Salzburg losfliegen wollen, doch so spät in der Nacht hob dort keine Maschine mehr ab.

Er erreichte den Flughafen Wien-Schwechat beim ersten Licht des neuen Tages, stellte den Wagen außerhalb des Flughafens ab und ließ sich von einem Taxi zum Terminal bringen. Unterwegs hatte er überlegt, mit Stadlers Handy einen Flug zu buchen, sich aber anders entschieden. Daher sah er sich um, entdeckte, dass der erste Flug des Tages nach Paris abging, und trat auf den Check-in-Schalter zu.

»Entschuldigen Sie, ist die Maschine bereits ausgebucht?«, fragte er mit einem verlegenen Lächeln. »Ich wollte gestern noch buchen, aber es war so viel Trubel, dass ich es vergessen habe.«

Die junge Frau überprüfte die Belegung des Flugzeugs und sah ihn freundlich an. »Sie haben Glück! Es ist noch ein Platz frei.«

»Kann ich den Flug gleich hier buchen?«, fragte Wenske.

»Eigentlich kassieren wir hier nur die Kosten für Übergepäck. Daher müssten Sie zu unserem Servicecenter gehen. Der ist aber um die Zeit noch nicht offen.« Noch während sie es sagte, belegte die Frau den Platz und bat Wenske um seinen Pass.

Er gab ihn ihr mit einem gewissen Unbehagen. Immerhin war er in Deutschland kein unbeschriebenes Blatt mehr, auch wenn derzeit keine Anklage gegen ihn vorlag.

»Zahlen Sie bar oder mit Kreditkarte?«, wurde er gefragt.

Nur zu gerne hätte Wenske Stadlers Kreditkarte verwendet. Dies hätte jedoch die Kriminalpolizei auf seine Spur bringen können. Aus diesem Grund zählte er die entsprechenden Scheine ab und reichte sie der Frau am Schalter.

»Ihr Gepäck?«, fragte diese.

»Ich habe nur Handgepäck«, gab er zur Antwort, verabschiedete sich und ging.

Als er einen offenen Shop fand, besorgte er sich eine Reisetasche und einige Utensilien, die er durch die Kontrolle bringen konnte. Nachdem er die kleinen Tuben und Flaschen vorschriftsmäßig in einem verschlossenen Plastikbeutel verstaut hatte, ging er zur Kontrolle, passierte diese anstandslos und wartete am Gate auf den Aufruf seines Fluges. Eines war ihm klar: In Paris würde er den Flughafen nicht verlassen, sondern sofort weiterfliegen und sich die nächsten Jahre in Deutschland und Europa nicht mehr sehen lassen.

4.12

Toni Wandschneider betrachtete ihre Zwillingsschwester mit einem strafenden Blick. »Du kannst Claudius auch einmal selbst anrufen! Die Zeiten, in denen eine Frau darauf warten musste, bis der Mann sich meldet, sind schon einige Jahrzehnte vorüber.«

Da Mena wusste, wann es keinen Sinn hatte, mit Toni zu streiten, nahm sie ihr Handy und tippte Claudius' Nummer ein.

»Zufrieden?«, fragte sie bissig, als sie das Gerät ans Ohr hob. Ein paar Sekunden später setzte sie es wieder ab.

»Claudius hat sein Handy ausgeschaltet. Es meldet sich nur die Mailbox.«

»Dann sprich drauf und erinnere ihn daran, dass er morgen mit uns zusammen nach Füssen fahren will«, drängte Toni.

Mit einem leichten Schnauben gehorchte Mena und steckte ihr Handy wieder weg.

»Wenn er sich nicht bald meldet, werde ich sauer!«, meinte sie.

Toni wiegte unschlüssig den Kopf. Zwar mochte sie Claudius, doch es ärgerte sie, dass er Mena seit Breitles Tod nur einmal kurz angerufen hatte und in der letzten Woche gar nicht mehr.

»Zwischen euch ist doch nichts vorgefallen?«, fragte sie besorgt.

»Nicht das Geringste«, antwortete Mena mit einem heftigen

Kopfschütteln. »Er hat eine Verabredung nach Breitles Tod abgesagt und sich danach nicht mehr gerührt. Mich ärgert es nicht zuletzt deshalb, weil ich ihm einiges über Breitles Geschäfte erzählen könnte.«

»Was denn?«, fragte Toni neugierig.

»Nichts Wesentliches!«, wich Mena einer klaren Antwort aus. »Es hätte es Claudius leichter gemacht, sich zurechtzufinden. Aber wenn er glaubt, es auf eigene Faust machen zu können, sei es ihm vergönnt.«

»Das klingt nicht so, als würdest du es ihm wirklich vergönnen«, meinte Toni.

»Ich finde es nicht richtig, dass er sich so sehr um seine Exfrau kümmert. Marilyn hat ihm vor zwei Jahren den Laufpass gegeben und sich diesen Breitle angelacht. Jetzt hat Claudius auch Noreen wieder zu ihr geschickt, obwohl ihr die Kleine noch vor ein paar Wochen so lästig war, dass sie sie nicht rasch genug loswerden konnte. Für mein Gefühl verlangt sie zu viel von Claudius. Sie hat doch sicher Verwandte, die ihr helfen könnten. Schließlich gehört ihr die Firma nur noch zu dreißig Prozent!«

Mena redete sich in Rage, und Toni begriff, dass Claudius einiges würde tun müssen, um ihre Schwester zu versöhnen.

»Auf jeden Fall ist Claudius morgen mit uns verabredet. Wenn du willst, sage ich Hans, dass er ihn daran erinnern soll. Immerhin sind die beiden eng befreundet!« Tonis Blick schweifte in Richtung ihres Schlafzimmers, in dem ihr Ehemann in den Samstagvormittag hinein schlief.

»Lass Hans schlafen! Er ist doch erst um vier Uhr heute Morgen aus Hamburg gekommen«, wandte Mena ein. »Außerdem hat Claudius sein Handy abgeschaltet. Hans könnte daher auch nur auf seine Mailbox sprechen.«

»Da hast du leider recht. Männer!, sage ich nur. Hans nehme

ich aus, der würde so etwas niemals tun.« Toni lächelte verzückt, denn in wenigen Monaten würden sie zu dritt sein. Unwillkürlich strich sie sich über den Bauch, der sich bald runden würde, und wandte sich wieder Mena zu.

»Was meinst du? Wäre es eine gute Idee, Umstandskleidung in mein Sortiment aufzunehmen? Die meisten Frauen wollen doch auch während ihrer Schwangerschaft hübsch aussehen.«

Menas Sinn für Umstandskleidung war derzeit unterentwickelt. Allerdings begriff sie, dass ihre Schwester gekränkt sein würde, wenn sie nicht darauf einging, und nickte. »Ich glaube, das wäre keine schlechte Idee!«

»Zwei meiner Kundinnen sind schwanger. Ich werde sie mal anrufen und fragen, ob sie Interesse haben. Wenn ja, entwerfe ich ein paar Kleider.« Da es so aussah, als wolle Toni ihren Worten sofort Taten folgen lassen, hob Mena protestierend die Hand.

»Halt! Erst sollten wir uns um das Essen kümmern. Du wolltest doch heute Rigatoni machen. Das passt übrigens auch zu dir, Riga-Toni!«

Toni bedachte sie mit einem vernichtenden Blick. »Was heißt hier wir? Hier koche nur ich! Du darfst mir höchstens den Kochlöffel halten. Bei deinen Kochkünsten wären die Nudeln entweder steinhart oder ein diffuser Brei.«

»Das ist eine Beleidigung!«, rief Mena in gespielter Empörung.

»Nein, eine Tatsache!«, konterte Toni. »Das Einzige, was du fertigbringst, sind angebrannte Spiegeleier – so wie letztens, als es mir nicht gut ging und du glaubtest, mich bekochen zu müssen. Seitdem ziehe ich den Pizzaservice vor!«

Da Pizzas vom Pizzadienst ungefähr das Letzte waren, was Toni sich ins Haus bringen lassen würde, war dieses Urteil vernichtend. Doch anders als ihre Zwillingsschwester fand Mena kein Vergnügen daran, am Herd zu stehen. Ihr reichte es, wenn das, was sie aß, halbwegs schmeckte und satt machte. Wenn sie etwas Besonderes essen wollte, so konnte sie dies bei ihrer Schwester oder gelegentlich in einem Restaurant tun.

»Wir sind ein Musterbeispiel dafür, dass eineiige Zwillinge keine genaue Kopie voneinander sind«, meinte sie gelassen. »Ich kann deine Freude fürs Kochen nicht nachvollziehen und ebenso wenig die für Mode.«

»Das macht nur dein Studium!«, klagte Toni. »Wärst du damals zu Hause geblieben, hätten wir uns nicht so auseinanderentwickelt.«

Das glaubte Mena nicht, denn sie hatte gerade deshalb auf ein Studium bestanden, um ihren eigenen Weg zu finden. Toni hingegen war zunächst bei der Mutter geblieben, bis diese einem neuen Lebensgefährten nach Mallorca gefolgt war, und hatte sich anschließend auf eigene Füße stellen müssen. Dennoch zählte ihr Shop mittlerweile zu den angesagtesten Modeläden in Augsburg.

Es war, als hätte der Duft der Nudelsoße, der wenig später durch die Wohnung zog, Tonis Ehemann Hans geweckt, denn er kam, noch ziemlich zerknautscht aussehend und im Schlafanzug, in die Küche.

»Ist es schon so spät?«, fragte er.

»Es ist gleich zwölf und damit Essenszeit«, konterte Toni und warf ihm einen missbilligenden Blick zu. »Wenn du rechtzeitig zum Essen im Badezimmer fertig sein willst, musst du dich sputen. Die Rigatoni warten nicht auf dich!«

Hans stieß einen tiefen Seufzer aus. »Da dachte ich, ich hätte eine liebevolle Frau geheiratet, doch sie entpuppt sich als Tyrannin!«

»Du!«, rief Toni und hob drohend den Kochlöffel.

»Ich würde eher sagen, Toni steht unter der Tyrannei ihrer Nudeln«, warf Mena lachend ein.

»Wenn es euch nicht passt, was ich tue, hättet auch ihr heiraten und mich außen vor lassen können!« Nun war Toni wirklich beleidigt, doch Hans grinste nur.

»Um Himmels willen! Bei Mena würde ich verhungern, weil sie nie hinter ihrem Computer hervorkommt, wenn sie sich in ein interessantes Thema verbissen hat. Da bist du mir tausendmal lieber!«

»Wirklich?«, fragte Toni und sah ihn forschend an.

Hans gab ihr einen Kuss auf die Wange und verschwand im Badezimmer.

»Gelegentlich könnte ich ihn an die Wand klatschen, aber meistens ist er wirklich lieb«, fand Toni, zog dann aber ein schiefes Gesicht. »Allerdings war er nicht sehr nett zu dir. Dafür muss er sich entschuldigen. Du bist immerhin meine Zwillingsschwester, und wer dich kränkt, kränkt auch mich.«

Durch ihre Schwangerschaft war Toni noch gefühlsbetonter als sonst, daher zog sie Mena an sich.

»Vorsicht!«, rief diese, als Tonis Hände, die eben noch eine Zwiebel geschnitten hatten, sich ihren Augen näherten. »Du willst doch nicht, dass ich hier in Tränen ausbreche. Außerdem verzeihe ich Hans, weil er so lieb zu dir ist. Wäre er das nicht, würde er mich kennenlernen.«

»Womit wir wieder bei Claudius wären«, sagte Toni und ließ ihre Schwester los. »Ich ärgere mich wirklich über ihn. Das ist keine Art, um seine Ex herumzuscharwenzeln und nichts von sich hören zu lassen. Willst du ihn noch einmal anrufen? Vielleicht hat er sein Handy jetzt angestellt.«

Aus einer Laune heraus schüttelte Mena den Kopf. »Das kann Hans nach dem Essen tun! Ich bin wirklich sauer, und da könnte es sein, dass ich ein paar deutliche Worte vom Stapel lasse.«

»Das solltest du besser nicht tun! Mama hatte schon recht, wenn sie sagte, dass du etwas zu direkt bist.« Toni lächelte Mena zu und widmete sich wieder ihrer Nudelsoße.

Sie war gerade dabei, das Essen aufzutragen, als Hans fröhlich lächelnd erschien und ihr das Tablett mit den Nudeln, der Soße und den Antipasti aus der Hand nahm.

»Du sollst doch nicht mehr so schwer tragen«, sagte er lächelnd.

»So wehleidig, dass ich das bisschen hier nicht mehr tragen kann, bin ich wirklich nicht. Da müsste ich schon Marilyn heißen!« Da Hans schon länger mit Claudius befreundet war, hatte er ihr das eine oder andere über dessen Exfrau erzählt, und nichts davon war geeignet, ihr Marilyn sympathisch erscheinen zu lassen. Daher sah sie Hans auffordernd an.

»Nach dem Essen solltest du Claudius anrufen und ihn an unseren für morgen geplanten Ausflug nach Füssen erinnern.«

»Mach ich!«, versprach Hans und stellte das Tablett auf dem kleinen Beistelltisch ab, den Toni kürzlich angeschafft hatte. Diese teilte nun das Essen aus, setzte Hans ein Glas Rotwein vor und sich selbst und Mena je eines, das mit ein wenig Wein und viel stillem Wasser gefüllt war.

»Greift zu!«, meinte sie. »Und wehe, es schmeckt euch nicht!«

»Tyrannin!«, spottete Hans und zog den Kopf ein, als Tonis strafender Blick ihn traf. Er begann zu essen und schnalzte mit der Zunge. »Auf Tonis Pasta habe ich mich in der Zeit, die ich in Finnland und Hamburg verbringen musste, gefreut. So gut wie sie kann niemand kochen!«

Hans hatte nicht übertrieben. Die Rigatoni schmeckten ausgezeichnet, und die Soße war ein Gedicht. Dazu passte der leichte apulische Rotwein, den Toni ausgesucht hatte. Mena trank sogar noch ein zweites Glas der Wasser-Wein-Mischung, obwohl sie sonst Alkohol nichts abgewinnen konnte.

Danach half Mena ihrer Schwester beim Abräumen. Hans hingegen nahm sein Handy und rief Claudius an. Er hatte Glück, denn sein Freund meldete sich auf Anhieb.

»Hallo, Hans, wie geht es?«, fragte Claudius.

»Mir geht es ausgezeichnet! Und dir?«, gab Hans zurück.

»Ich kann nicht klagen«, erklärte Claudius. »Wann kommst du aus Hamburg zurück?«

»Ich bin die Nacht durchgefahren, weil ich einen Tag mit Toni verbringen wollte, bevor wir morgen nach Füssen fahren.«

»Dann wünsche ich euch viel Spaß dort«, erklärte Claudius und erntete einen empörten Ausruf von Hans.

»He! Was heißt hier, du wünschst uns viel Spaß? Es war ausgemacht, dass wir gemeinsam dorthin fahren!« Einige Sekunden herrschte Schweigen. Dann hörte Hans, dass sein Freund heftiger atmete.

»Das habe ich ganz vergessen«, sagte Claudius betroffen.

»Dann ist es gut, dass ich dich daran erinnere. Wann kommst du morgen zu uns? Fahren wir mit deinem oder meinem Wagen, oder nehmen wir beide?«, fragte Hans.

Erneut dauerte es einige Sekunden, bis Claudius antwortete. »Sorry, ich hatte das wirklich nicht mehr auf dem Schirm! Du bist mir hoffentlich nicht böse, wenn ich nicht mitkomme. Aber ich habe Marilyn und Noreen versprochen, sie morgen nach Teneriffa zu bringen. Die beiden werden dort eine Kreuzfahrt machen und danach ein paar Wochen auf der Insel bleiben, um an etwas anderes denken zu können als an das Unglück, das sie getroffen hat.«

»Kümmerst du dich nicht ein wenig viel um deine Exfrau?«, fragte Hans verwundert.

»Marilyn hat niemanden sonst, dem sie vertrauen kann!« Es klang selbst in Claudius' Ohren wie eine Ausrede, und er ärgerte sich, dass er nicht an die geplante Fahrt nach Füssen gedacht hatte. Damit hatte er nicht nur seinen besten Freund verärgert, sondern auch Mena. Er hatte ihr einiges über seine Exfrau erzählt, und nichts davon hatte so geklungen, als wären Marilyn und er als Freunde geschieden. Daher wunderte sie sich sicher, dass ausgerechnet er sich jetzt um Marilyn kümmerte.

Mit dem festen Vorsatz, Mena durch ein hübsches Geschenk zu versöhnen, beendete er das Gespräch und begann zu packen. Da die Maschine sehr früh am nächsten Morgen abhob, hatte Marilyn ihn dazu eingeladen, die Nacht in ihrer Villa zu verbringen, damit sie rechtzeitig zum Flughafen kamen. Mena würde auch das nicht gefallen, dachte er und fand, dass das Leben ruhig etwas unkomplizierter sein könnte.

5

5.1

Obwohl das Konzert in Füssen schön gewesen war, hatte Mena es kaum genießen können. Zu sehr ärgerte es sie, wie sehr sich Claudius von seiner Exfrau in Beschlag nehmen ließ. Am Sonntagmorgen hatte er sie vom Münchner Flughafen aus angerufen, aber kaum Zeit gehabt, mehr als ein paar Worte zu sagen, weil Noreen ständig reingeredet hatte, die im Duty-free-Shop unbedingt Schokolade hatte kaufen wollen.

Entsprechend missgelaunt steckte Mena am Montagmorgen eine Kapsel in ihre Nespresso-Maschine. Während der Kaffee durchlief, zog sie sich vollständig an, dann setzte sie sich zu einem kurzen Frühstück an den Küchentisch. Weil sie vergessen hatte, sich Honig zu besorgen, musste sie ihr Müsli ungesüßt essen.

»Wenn das so weitergeht, muss ich Fini bitten, mir etwas mitzubringen, wenn Irmbert sie zum Einkaufen schickt«, murmelte sie, während sie die in Milch aufgeweichten Haferflocken hinunterwürgte. Auch die kalifornischen Rosinen, die sie sonst ins Müsli gab, waren ihr ausgegangen, und in ihrem Kühlschrank herrschte gähnende Leere.

»Vielleicht arbeite ich wirklich zu viel«, sagte sie zu sich selbst und überlegte, ob ihre Beziehung zu Claudius deswegen Schaden genommen hatte. Doch das konnte nicht der Grund sein, schließlich war Claudius ja meist auf Auslandsreisen gewesen. Womöglich hatte es ihrer Beziehung zu Noreen geschadet, weil sie sich nicht so um die Kleine hatte kümmern können, wie diese es gerne gewollt hätte. Mena traute der Kleinen zu, mit fliegenden Fahnen zu ihrer Mutter überzulaufen, wenn diese sie wieder um sich haben wollte.

»Kinder sind halt so!«, maulte sie und beendete ihr Selbstgespräch, um sich zum Gehen fertigzumachen.

Zum Institut benötigte sie mit der Trambahn und einem kurzen Fußmarsch etwa eine halbe Stunde. Auch an diesem Tag war sie die Erste, die die Räume betrat. Als sie vor ihrem Rechner saß, hörte sie, wie jemand die Haustür aufschloss. Zuerst glaubte sie, es wäre Claaßen. Doch als sie auf den Flur schaute, war es Isabelle.

»Guten Morgen«, grüßte sie.

»Guten Morgen. Noch keiner da?«, fragte Isabelle.

»Doch, ich!«

»Dich meine ich ja nicht, sondern unseren großen Guru oder Frithjof. Aber jetzt habe ich erst einmal Hunger.« Noch während sie es sagte, ging Isabelle in die Küche. Mena folgte ihr, um nachzuschauen, ob im Kühlschrank etwas war, was sie den nach Pappe schmeckenden Haferbrei vergessen lassen konnte.

»Na, Mena, wie war's gestern in Füssen?«, wollte Isabelle wissen.

»Es ging.«

»Wart ihr auch auf Burg Neuschwanstein?«, fragte Isabelle weiter.

Mena seufzte. »Waren wir nicht! Wir haben nur dieses Konzert besucht und vorher in einem Café eine Kleinigkeit getrunken und gegessen.«

»Und? War das Konzert schön?«

»Ich denke schon. Es war auf jeden Fall sehr laut. Gehört dieser Joghurt dir?«

»Nö!«

»Dann wird er gegessen!« Mena schnappte sich den Becher, zog die Alufolie ab und nahm einen Löffel aus der Schublade.

»Ist in deinem Kühlschrank die Hungersnot ausgebrochen?«

»Gewissermaßen ja! Mir sind der Honig und die Weinbeeren ausgegangen. Haferflocken nur mit Milch schmecken nicht besonders. Daher will ich einen anderen Geschmack auf der Zunge haben«, antwortete Mena lächelnd.

»Das kann ich mir vorstellen! Ich kriege allein schon beim Gedanken an nackte Haferflocken in Milch Appetit auf etwas anderes.« Isabelle angelte sich ebenfalls einen Joghurtbecher und lehnte sich mit dem Hintern gegen die Küchenfront.

»Wo ist übrigens dein Hilfsknecht?«, fragte sie zwischen zwei Löffeln Joghurt.

»Wenn du Frithjof damit meinst – der ist, wie du schon richtig bemerkt hast, noch nicht da. Irmbert übrigens auch nicht, und das wundert mich. Der kommt doch sonst nie nach neun Uhr!« Mena sah zur Tür hinaus, doch die Bürotür des Professors stand offen, und von ihm war weit und breit nichts zu sehen.

»Wird schon auftauchen«, meinte Isabelle gelassen und überlegte, ob sie sich noch einen zweiten Joghurt genehmigen sollte. Im Gegensatz zu Mena hatte sie nicht gefrühstückt.

»Das nächste Mal schalte ich meinen Wecker ein, damit ich rechtzeitig wach werde«, meinte sie, als sie sich den zweiten Joghurt aus dem Kühlschrank holte.

»Schau aber nach, ob du ihn nicht auf die türkische Zeit eingestellt hast«, spottete Mena.

Ihre Kollegin hatte im Sommer in der Türkei Urlaub gemacht und den Wecker nach ihrer Rückkehr nicht umgestellt. Daher war Isabelle zwei Stunden zu früh ins Institut gekommen und hatte sich gewundert, weil keiner der anderen aufgetaucht war.

Von diesem Einwand unbeeindruckt blickte Isabelle auf die Uhr. »Da heißt es immer, Frauen wären unpünktlich. Dabei verzichten wir eher auf unser Frühstück, als zu spät zu kommen.« Sie wollte noch mehr sagen, doch da platzte Frithjof herein und schwenkte die heutige Ausgabe der *Augsburger Allgemeinen* wie eine Fahne.

»Habt ihr es schon gelesen?«, fragte er atemlos.

»Was?«, fragten Mena und Isabelle unisono.

Frithjof legte die Zeitung auf die Arbeitsplatte und blätterte sie hastig durch. »Hier!«

Neugierig beugte Mena sich vor und las die Überschrift laut vor: »Augsburger Industrieller ermordet!«

»Hat die Polizei jetzt doch einen Verdacht, dass es bei Breitles Tod nicht mit rechten Dingen zugegangen sein kann?«, fragte Isabelle.

Frithjof schüttelte den Kopf. »Es geht nicht um Breitle!«

Unterdessen las Mena weiter und zuckte zusammen. »Stadler ist ermordet worden! Schwammerlsucher haben seinen Leichnam gestern Vormittag in der Nähe von Freilassing gefunden. Man hat ihn ins Herz geschossen. Der Mörder hat ihn ausgeraubt, aber eine in der Hosentasche steckende Kreditkarte übersehen. Dadurch konnte Stadler rasch identifiziert werden.«

»Aber …«, begann Isabelle, wurde aber durch Professor Claaßens Erscheinen unterbrochen. Dieser sah die Zeitung auf der Küchenanrichte und zog sein Gesicht in sorgenvolle Falten.

»Ihr wisst es also schon. Wir sollten uns alle Kaffee holen und uns ins Besprechungszimmer setzen. Es gibt einiges, über das wir reden müssen.«

5.2

Zwanzig Minuten später saßen sie um den sechseckigen Tisch, den Claaßen für solche Anlässe angeschafft hatte. Isabelle hatte genug Kaffee für alle aus der Maschine gelassen, doch kaum einer trank. Die Nachricht, dass ihr Auftraggeber Stadler ermordet worden war, hatte sie tief getroffen.

Isabelle versuchte, ihren Schock mit einem makabren Scherz zu überspielen. »Wer bezahlt uns denn jetzt, wenn Stadler es nicht mehr kann?«

Von Mena erntete sie einen bösen Blick, obwohl diese Frage durchaus berechtigt war. Mena und Frithjof hatten etliches an Zeit in dieses Projekt gesteckt. Wenn diese nicht honoriert wurde, würde es das Geschäftsergebnis des Instituts stark belasten.

Claaßen erklärte knapp, dass sie die Rechnung einschließlich des gestrigen Tages durchaus an die Firma schicken konnten. Schließlich gebe es einen schriftlichen Auftrag. Dann sah er seine Mitarbeiter ernst an und klopfte dann mit seinem Druckbleistift auf den Tisch.

»Der Mord an Stadler beendet die Angelegenheit für uns nicht. Über Breitles Tod konnten wir noch hinwegsehen, zumindest so lange, wie er als Unfall galt. Mittlerweile aber haben die Gerichtsmediziner herausgefunden, dass er kurz vor seinem Tod mit einem starken Laserpointer geblendet worden ist. Wer auch immer das getan hat, hat den Unfall und damit Breitles Tod in Kauf genommen oder sogar gezielt herbeigeführt. Bei Stadler ist ohnehin kein Zweifel möglich, denn er wurde erschossen.«

»Damit haben wir zwei Tote, vielleicht sogar drei, wenn der Obdachlose von den Entführern des falschen Containers überrollt worden ist«, zählte Mena auf.

Claaßen nickte mit angespannter Miene. »So ist es! Wer diese drei Menschen umgebracht hat, wollte höchstwahrscheinlich andere Verbrechen damit verschleiern.«

In ihrer Anspannung lachte Isabelle über diese Bemerkung, wurde aber sofort wieder ernst und entschuldigte sich. »Tut mir leid!«

»Keine Ursache!«, antwortete Claaßen und sah seine drei

Mitarbeiter mahnend an. »Wer auch immer hinter den Morden steckt, könnte entdecken, dass wir Nachforschungen betrieben haben! Dann würden auch wir auf einer Liste von Leuten stehen, die er für überflüssig hält.«

»Du meinst, jemand könnte versuchen, uns umzubringen?«, fragte Isabelle erschrocken.

»Genau das meine ich!« Claaßen wies auf den Artikel über Stadlers Ermordung. »Daher ist es mir im Augenblick egal, ob wir für weitere Nachforschungen bezahlt werden oder nicht. Wir müssen herausfinden, wer hinter dem Ganzen steckt, bevor diejenigen uns oder noch andere umbringen.«

»Trendler!«, entfuhr es Frithjof.

Claaßen wandte sich irritiert zu ihm um. »Was?«

»Franz Trendler ist der Chemiker in Stadlers Kaffeerösterei. Wenn Stadler die Probe, die seine Lagerarbeiter genommen haben, hat untersuchen lassen, dann sicher von ihm. Damit stünde Trendler ebenfalls im Fadenkreuz der Banditen! Als ich in der Kaffeerösterei war, war er auf einer Fortbildung. Mittlerweile müsste er wieder im Betrieb sein. Wir sollten mit ihm reden.«

»Unbedingt!«, erklärte Claaßen. »Mena, übernimmst du das?« Bevor Frithjof enttäuscht aufstöhnen konnte, wies sein Chef auf ihn. »Du begleitest Mena! Es ist sicherer, wenn ihr zu zweit seid.«

»Was ist, wenn wir durch unsere verstärkten Aktivitäten erst recht ins Visier dieser Leute geraten?«, fragte Mena.

Claaßen stutzte kurz und winkte ab. »Mir ist es lieber, etwas zu tun, als den Kopf in den Sand zu stecken und zu hoffen, dass es nicht kracht.«

»Mir auch!«, erklärte Mena und blickte auf die Uhr. »Wenn wir jetzt zu Stadlers Kaffeerösterei fahren, können wir danach eine Kleinigkeit zu essen mitbringen.«

»Ich hätte gerne einen Döner«, platzte Isabelle heraus und setzte ein »Wenn es geht!« hinzu.

»Das müsste zu machen sein. Hat sich das mit dem Scheinwerfertest, den wir heute durchführen wollten, dadurch erledigt?«, fragte Mena den Professor.

»Den brauchen wir tatsächlich nicht mehr. Ich habe übers Wochenende mit meinem Freund Huber gesprochen. Auch wenn er inzwischen einen Schreibtischjob im Innenministerium übernommen hat, konnte er die Unterlagen einsehen. Selbst ein Xenonscheinwerfer hätte Breitle bei Tageslicht nicht so stark blenden können, um seine Netzhaut zu verletzen. Daher hält Huber ebenso wie wir einen starken Laserpointer für wahrscheinlich.«

Mena atmete tief durch und funkelte Frithjof auffordernd an. »Komm, wir brechen auf!«

»Ich bin mit meinem Wagen da. Er ist allerdings ziemlich klein«, erklärte Frithjof.

»Wir wollen ja keine Rallye Dakar veranstalten, sondern bloß zu Stadlers Firma fahren«, antwortete Mena und stand auf. »Ich wäre so weit!«

Sofort schoss Frithjof von seinem Sitz hoch. »Wir müssen allerdings ein Stückchen gehen. Näher habe ich keinen Parkplatz bekommen.«

»Ich werde es überleben«, antwortete Mena und verabschiedete sich von Isabelle und Claaßen. Als sie ihre Tasse in die Küche zurücktrug, war dort Fini bereits am Werkeln.

»Kannst du meine Tasse abspülen?«, bat Mena und folgte Frithjof nach draußen.

5.3

Frithjofs Gefährt war bereits älteren Datums und sprang erst beim dritten Versuch an. Es war ihm peinlich, doch Mena machte sich nichts daraus. Jemand, der als Student einem Freund mehrere tausend Euro geliehen hatte, konnte sich als Praktikant keinen teuren Schlitten leisten. Sie schnallte sich an, schob den Sitz so zurecht, dass sie bequem saß, und sah zu, wie Frithjof das Auto durch die Stadt in Richtung Friedberg lenkte.

Bis sie die Kaffeerösterei erreichten, hingen beide ihren Gedanken nach, doch als Frithjof den Wagen vor dem Gebäude parkte, wandte Mena sich an ihn. »Du bist doch schon vor einigen Tagen hier gewesen. Ist dir da irgendetwas aufgefallen?«

Frithjof schüttelte den Kopf. »Eigentlich nicht! Dort hinten ist der Lagerplatz der Firma. Er ist nicht besonders groß, aber das ist auch nicht notwendig, weil hier keine Massenware verarbeitet wird, sondern nur ausgesuchte Kaffeesorten. Die werden an Feinkostläden geliefert, die einen Vertrag mit dieser Firma haben.«

»Der Parkplatz vor dem Verwaltungsgebäude ist für eine kleine Firma aber ziemlich groß ausgelegt«, fand Mena.

»Hier war mal die Keimzelle von Stadlers Firmenkonglomerat. Aber die Büros dürften für die jetzige Holding nicht repräsentativ genug sein.« Frithjof war froh, dass er sich ein wenig mit Stadlers Firmengeflecht beschäftigt hatte und Mena daher die gewünschte Auskunft geben konnte.

Die beiden gingen auf das Gebäude zu und traten ein. Zu Menas Verwunderung gab es keinen Empfangsschalter. Stattdessen kam die junge Frau, die Frithjof bereits bei seinem letzten Besuch angesprochen hatte, aus ihrem Büro heraus. Sie wirkte blass und sah nicht so aus, als würde sie sich über die beiden Besucher freuen.

»Grüß Gott! Was kann ich für Sie tun?«, fragte sie.

»Mein Name ist Mena Reglin, und das hier ist mein Kollege Frithjof Kathen. Wir kommen vom Institut für zeitgeschichtliche Forschungen in Augsburg und hätten gerne Dr. Trendler gesprochen.«

Die Frau musterte Mena, die mit ihren wallenden blonden Haaren, den Jeans und dem lässig getragenen T-Shirt nicht gerade so aussah, wie sie sich eine Wissenschaftlerin vorstellte, und blickte dann Frithjof an.

»Sie waren doch letztens schon einmal da!«

»Damals konnte ich nicht mit Dr. Trendler sprechen, da er außer Haus war«, erklärte Frithjof.

»Ich werde Dr. Trendler fragen, ob er Zeit für Sie hat!«

Die junge Frau verschwand wieder in ihrem Büro. Mena und Frithjof bekamen mit, dass sie ein kurzes Telefongespräch führte. Dann kam sie wieder heraus.

»Herr Dr. Trendler ist sehr beschäftigt. Sie müssen sich daher kurzfassen!«

Mena nickte und folgte der Frau nach oben. In einem Teil des Gebäudes, in dem es durchdringend nach frisch geröstetem Kaffee roch, blieb ihre Führerin stehen und wies auf eine weiße Doppeltür. »Dahinter ist das Labor.«

»Danke!« Mena schritt auf die Tür zu, klopfte kurz an und trat ein.

Der Vorraum glich einem Lagerraum. Einzelne Säcke, die ihrer Aufschrift nach Rohkaffee enthielten, lehnten an der einen Wand, während die andere von einem übervollen Regal bedeckt war. Auf der gegenüberliegenden Seite befand sich neben einer weiteren Tür ein Tisch, auf dem eine halbvolle Tasse Kaffee und ein angebissenes Wurstbrot zu sehen war.

»Dann wollen wir mal«, sagte Mena und trat auf die andere Tür zu. Frithjof folgte ihr wie ein Schatten.

Der nächste Raum war größer, und sie sahen eine Reihe verwirrend aussehender Instrumente vor sich sowie einen hageren Mann in einem strahlend weißen Laborkittel.

»Grüß Gott, sind Sie Herr Dr. Trendler?«, sprach Mena ihn an.

Der Mann drehte sich zu ihr um und nickte. »Bin ich! Wie kommen Sie hier herein?«

»Eine junge Dame hat uns aus dem Erdgeschoss hier heraufgeführt«, erklärte Mena.

»Ich habe ihr doch gesagt, dass ich beschäftigt bin!« Trendler klang verärgert.

Mena ließ sich nicht abwimmeln, sondern fiel mit der Tür ins Haus. »Wissen Sie schon, dass Ihr oberster Chef ermordet worden ist?«

»Dr. Stadler! Nein, ich …« Trendler verstummte und blickte zu Boden.

»Er wurde erschossen! Man hat seinen Leichnam in der Nähe von Freilassing gefunden«, berichtete Mena und hoffte, dass Trendler sich nun kooperativer verhalten würde.

Der Chemiker wirkte betroffen, zuckte dann aber mit den Schultern. »Erfolgreiche Männer haben leicht Feinde!«

»Es gibt viele erfolgreiche Männer, und die wenigsten davon werden wegen ihres Erfolgs erschossen. Es muss mehr dahinterstecken! Erinnern Sie sich noch an den vertauschten Container?«

Trendler gab sich ahnungslos. »Welchen Container? Ich kann mich nicht erinnern!«

»Dr. Stadler hat unser Institut aufgefordert, die Herkunft dieses Containers herauszufinden, und das hat er mit Sicherheit nicht ohne Grund getan!«, antwortete Mena drängend.

»Davon weiß ich nichts!«

Trendlers Stimme zitterte, und Mena war davon überzeugt, dass er log. »Dr. Stadler kann den Grund, der Sache nachzugehen, nur von Ihnen erhalten haben. Wir wissen, dass eine Probe des Inhalts genommen worden ist. Sie sind der einzige Chemiker in diesem Firmenteil! Wenn jemand diese Probe untersucht hat, dann Sie.«

»Ach, den Container meinen Sie! Wichelmann, dieser Idiot, hat eine Palette aufreißen und eine Handvoll von dem stinkenden Zeug ins Labor bringen lassen. Ich habe die Probe am Montagmorgen sofort weggeworfen. Es roch so penetrant, dass ich mein ganzes Labor lüften musste, bevor ich mit meiner Arbeit beginnen konnte.«

Das war ebenfalls gelogen, darauf hätte Mena ein Jahresgehalt verwettet. Sie trat einen weiteren Schritt auf den Mann zu und sah ihn durchdringend an. »Herr Dr. Trendler, es wäre besser, wenn Sie mit uns zusammenarbeiten würden! Ihr Chef wurde ermordet, und es besteht der dringende Verdacht, dass es wegen dieses Containers war. In dem Fall schweben Sie ebenfalls in Gefahr, denn Sie haben diese Probe analysiert. Nur wegen eines fehlgeleiteten Containers hätte Dr. Stadler uns gewiss nicht engagiert.«

Trendler hob abwehrend die Arme. »Ich habe die Probe sofort weggeworfen, ohne sie zu untersuchen! Das können Sie schriftlich von mir haben.«

»Verdammt! Warum sind Sie nur so stur?«, fuhr Frithjof auf. »Wir sind doch auf Ihrer Seite.«

Mena schüttelte den Kopf. »Es hat keinen Sinn, Frithjof. Dr. Trendler wird uns nichts sagen. Sollten Sie es sich anders überlegen, hier ist meine Nummer!« Damit zog sie eine Visitenkarte aus der Tasche und legte sie auf einen der Labortische. Trendler kümmerte sich nicht darum, sondern verschränkte die Arme vor der Brust.

»Ich wäre Ihnen sehr verbunden, wenn Sie mich jetzt allein lassen würden. Ich habe zu arbeiten!«

»Komm, Frithjof!« Da ihr Begleiter zögerte, fasste Mena ihn am Ärmel und zog ihn mit sich.

»Selbst wenn wir noch eine Stunde auf ihn einreden, wird er nichts sagen«, sagte sie, nachdem sie das Labor verlassen hatten.

»Trendler muss zunächst einmal alle Informationen verdauen und darüber nachdenken. Erst danach besteht die Chance, dass er sich uns anvertraut. Wir sollten jetzt bei Breitles Firma vorbeischauen. Vielleicht sticht uns dort etwas ins Auge!« Zwar glaubte Mena nicht an einen Erfolg, wollte aber keine Chance auf nützliche Informationen vergeben.

Als die beiden ins Auto stiegen, bemerkten sie nicht, dass Trendler an eines der Fenster getreten war und ihnen nachblickte. Danach schüttelte sich der Chemiker wie ein nasser Hund und ging zum Telefon. Er brauchte drei Ansätze, um die Nummer, die er anwählen wollte, auch einzutippen. Dann meldete sich die junge Frau, die Mena und Frithjof empfangen hatte.

»Du, Susi, hast du etwas davon gehört, dass Herr Dr. Stadler ums Leben gekommen sein soll?«, fragte Trendler.

»Das wäre mir neu, und ich will auch nicht nachfragen«, klang es zögernd zurück.

»Das verstehe ich. Trotzdem danke!« Trendler legte den Hörer auf und fand, dass er richtig gehandelt hatte. Niemand konnte ihm nachweisen, dass er die Probe untersucht hatte. Solange er behauptete, sie sofort weggeworfen zu haben, war er auf der sicheren Seite. Er wollte weder mit der Polizei etwas zu tun haben noch mit den Leuten, die den vertauschten Container in einer Nacht- und Nebelaktion von hier weggeholt hatten.

5.4

Breitles Firma lag keine zwanzig Kilometer von Stadlers Kafeerösterei entfernt im Gewerbegebiet von Kissing. In Menas Augen war es ein schlechter Witz des Schicksals, dass die beiden Container nach einer mehr als zehntausend Kilometer langen Reise so nahe voneinander ausgeliefert worden waren. Die

Tatsache, dass Stadlers Kaffee danach bis fast nach Hannover gebracht worden war, schien ihr ein klares Indiz, dass Leute dahintersteckten, die etwas zu verbergen hatten.

In Kissing bog Frithjof in die Straße von Breitles Firma und wies nach vorne. »Das muss es sein.«

Mena musterte die Anlage, die aus einem Verwaltungsgebäude, einer großen Lagerhalle und einem etwas kleineren, abseitsstehenden Bauwerk bestand. Dazwischen lag ein großer Lagerplatz. Das gesamte Gelände wurde von einem stabilen Zaun umschlossen. An einer Stelle konnte man sehen, dass dieser gerade durch einen noch höheren und weitaus massiveren Zaun ersetzt wurde. Zudem wurde neben dem Eingangstor etwas gebaut, das wie eine Pförtnerloge aussah. Schon jetzt stand ein Mann in einer Art Uniform dort und kontrollierte die Umgebung.

»Ich habe nicht das Gefühl, dass wir hier anhalten sollten«, sagte Mena aus einem Impuls heraus.

Frithjof nickte und fuhr in einem unauffälligen Tempo weiter. Unterdessen hatte Mena ihr Handy gezogen und fotografierte heimlich die einzelnen Gebäude, den Zaun und das im Bau befindliche Pförtnerhaus einschließlich des Uniformierten.

»Das sieht nicht gerade nach einer mittelständischen Firma aus«, sagte sie zu Frithjof, während sie das Handy wieder einsteckte.

»Das sehe ich auch so. Du solltest Herrn Kaiser fragen, was hier vor sich geht. Er müsste es wissen«, schlug Frithjof vor.

Obwohl Mena sich vorgenommen hatte zu warten, bis Claudius sie anrief, zog sie erneut ihr Handy heraus. Es dauerte, bis sich jemand meldete.

»Hier Marilyn Breitle für Claudius Kaiser. Herr Kaiser ist im Augenblick nicht zu sprechen. Kann ich ihm etwas ausrichten?«

Mena widerstand dem Wunsch, die Verbindung sofort zu beenden, und zwang sich, freundlich zu sein. »Grüß Gott, Frau

Breitle! Hier ist Mena Reglin. Vielleicht können Sie mir Auskunft geben. Es geht um die Firma Ihres Mannes. Dort hat sich ja einiges verändert.«

»Davon weiß ich nichts!«, klang es gereizt zurück. »Ich glaube auch nicht, dass Claudius es weiß. Mein Mann hat die Firma an einen Investmentfond verkauft.«

»Wissen Sie, wie dieser Investmentfond heißt?«, fragte Mena und ignorierte dabei Marilyns deutlich hörbare Abneigung gegen sie.

»Nein, weiß ich nicht! Und jetzt habe ich keine Zeit mehr.« Bevor Mena noch etwas sagen konnte, schaltete Marilyn Breitle die Verbindung ab.

»So eine dumme Kuh!«, fauchte Mena.

Frithjof sah sie verwirrt an. »Was ist?«

»Ich hatte Marilyn Breitle am Apparat. Das ist eine eingebildete Tussi! Aber wenigstens hat sie eines verraten: Ihr Mann hat seine Firma an einen Investmenthai verkauft. Das ist das Nächste, dem wir nachspüren sollten.«

Noch während Mena sprach, sah Frithjof einen Mann an der Straße stehen, der zu ihnen herüberwinkte. Frithjof wurde langsamer und hielt an. »Was ist los?«

»Mir ist der Bus vor der Nase weggefahren, und da habe ich mir gedacht, ich geh zu Fuß zum Bahnhof. Aber jetzt wird's mir doch ein wengerl zu weit«, antwortete der Fremde.

Frithjof roch den Alkoholdunst des Mannes und wollte schon weiterfahren, als ihm etwas einfiel. »Arbeiten Sie da hinten im Gewerbegebiet?«

»Ja, als Lagerarbeiter bei der Firma Breitle, wenn man noch so sagen darf«, erwiderte der Mann sichtbar angefressen.

»Steigen Sie ein! Ich bringe Sie hin«, bot Frithjof an und stieg aus, um dem Fremden die Tür zu öffnen.

Kaum hatte der Arbeiter sich gesetzt, sprach Mena ihn an.

»Sie arbeiten für die Firma Breitle? Das ist doch eine der besten Import- und Exportfirmen in dieser Gegend.«

Wäre der Mann nüchtern gewesen, hätte er wahrscheinlich nichts erzählt. So aber sah er Mena mit verkniffener Miene an. »Die beste? Das glaube ich nicht! Nicht bei dem Chef! Der war kein guter Geschäftsmann. Wenn man einmal zu ihm ins Büro gerufen wurde, hat er meistens hinter seinem Computerbildschirm gehockt und hat Online-Kartenspiele gezockt. Hirnrissig, sag ich! Wenn ich karteln will, dann tu ich das mit meinen Freunden im Wirtshaus! Kein Wunder, dass die Firma auf die Gant gekommen ist! Ein paarmal ist er sogar mit den Löhnen im Verzug gewesen, der Breitle.« Der Mann schüttelte den Kopf. »Trotzdem glaubt keiner von uns, dass er absichtlich gegen den Baum gefahren ist. Dafür war der Breitle ein zu lebenslustiger Mensch. Außerdem wäre er bald Vater geworden! Gerade deswegen hat der Heini von der Lebensversicherung gemeint, er könnte den Freitod gesucht haben, damit seine Frau und das Kind durch die Versicherungssumme versorgt wären. Aber dem haben wir heimgeleuchtet! Schließlich hat der Chef ja einen solventen Kompagnon in die Firma geholt, der nach seinem Tod als Erstes seine Schulden beglichen hat. Die Leute wollen die Firma richtig ausbauen! Na ja, die wollen ihre Investitionen auch wieder einspielen.«

»Dort wird auch ganz schön gebaut«, sagte Mena, um den Mann weiter zum Sprechen zu bringen.

»Ja, allerdings! Aber das hat schon unter unserem alten Chef angefangen. Wir haben uns vor zwei Jahren alle gefragt, was er mit einer Wollwaschanlage anfangen will.«

»Eine Wollwaschanlage?« Mena sah ihn fragend an. »Wozu benötigt man so etwas?«

»Wir haben das auch nicht verstanden«, antwortete der Arbeiter. »Zumal das Ding höchstens einmal im Monat benutzt wird. Dann kommen die Leute von einer anderen Firma und machen das. Die waschen die Wolle und bringen sie zum Empfänger. Sie nehmen sogar die Fässer mit der Waschlösung mit! Da ist nämlich das Wollfett drinnen, und das soll ein wichtiger Grundstoff für die Kosmetikindustrie sein. Dort vorne ist schon der Bahnhof!«

Als Frithjof abbremste, wollte der Mann aussteigen, obwohl der Wagen noch nicht stand. Mena packte ihn am Ärmel und hielt ihn zurück.

»Vorsicht! Sie wollen doch nicht, dass etwas passiert.«

»Danke. So ist der neue Inhaber ja in Ordnung. Bloß dass in Zukunft ein striktes Alkoholverbot kommen soll, das passt keinem von uns. Zu einer richtigen Brotzeit gehört eine Halbe! Und jetzt danke schön fürs Mitnehmen!«

Da Frithjof den Wagen inzwischen angehalten hatte, konnte der Mann aussteigen und zum Bahnhof gehen. Frithjof sah ihm kopfschüttelnd nach. »Der hat sicher mehr als eine Halbe Bier intus!«

»Das kannst du laut sagen! Aber für uns war es ein Vorteil, denn wir haben einige Informationen erhalten, denen wir nachgehen können. Jetzt sollten wir die versprochenen Döner besorgen und dann ins Institut zurückfahren. Sonst geht Isabelle einkaufen, und wir müssen das essen, was sie mitbringt.«

Frithjof lachte leise. »Ich bin nicht heikel! Als Student isst man alles, was beim Kauen nicht quietscht.«

»Das tue ich auch«, antwortete Mena, doch ihre Gedanken befassten sich weniger mit dem Essen als vielmehr mit den Veränderungen, die in Breitles Firma vor sich gingen.

5.5

In der Villa über dem Starnberger See tat Reinhart Mittag alles dafür, um noch reicher zu werden, weihte seinen Partner Feierabend aber nicht mehr in alle Aktionen ein. Dieser hatte mit einer verschworenen Gruppe möglichst unbemerkt und aus dem Hintergrund arbeiten wollen. Doch nach dem Zwischenfall mit den vertauschten Containern war das nicht mehr möglich.

An diesem Tag hatte Mittag erneut mit Görges gesprochen und diesen auf Claus Wenske angesetzt. Er wollte so wenig Mitwisser wie möglich haben, und da er Stadlers Mörder den Auftrag persönlich erteilt hatte, hielt er den Mann für eine Gefahr. Für Görges hingegen sah es so aus, als hätte sein Kumpan Wandlinger ein Interesse daran, Wenske zu beseitigen. Irgendwann, fand Mittag, würde er auch diese beiden Mitwisser ausschalten müssen. Derzeit aber brauchte er sie noch, damit sie Hindernisse für ihn aus dem Weg räumten. Und von denen gab es einige.

Wichtig war vor allem herauszufinden, wer in Stadlers Firma nicht nur von dem vertauschten Container, sondern vor allem auch von dessen Inhalt wusste. Diesen Job mussten seine Leute übernehmen.

Unvermittelt musste Mittag lachen. Tatsächlich machte es ihm zunehmend Spaß, all diese Verbrecher an der Nase herumzuführen. Er konnte auf gut zwei Dutzend Leute zurückgreifen, die einander, da sie verschiedenen Banden angehörten, nur zum Teil kannten.

»Was ist so amüsant?«

Manuel Feierabends Frage beendete Mittags Gedankenspiel. Dieser sah seinen Partner grinsend an. »Ich habe mir nur Wenskes dummes Gesicht vorgestellt, wenn Görges ihn erwischt.«

»Muss das wirklich alles sein? Mir gefällt das nicht!«

Zwar hatte Feierabend viel Geld machen wollen, aber auf eine Art und Weise, die ihm gentlemanlike erschien. Die feine Gesellschaft liebte Kokain, und das wollte er ihnen besorgen. Gewalt oder gar Mord lehnte er ab. Er verstand, dass sie Korbinian Breitle hatten beseitigen müssen, denn der hatte sie erpresst. Stadlers Tod ging Feierabend bereits viel zu weit, und dass sein Kompagnon nun auch noch den Mann umbringen lassen wollte, der Stadler in seinem Auftrag ermordet hatte, gefiel ihm gar nicht.

Reinhart Mittag bedachte seinen Partner mit einem nachsichtigen Blick. »Mir geht es um unsere Sicherheit, Manuel! Je weniger von unseren Geschäften wissen, umso besser ist es für uns. Unserer Kerncrew um Tanzbär und Jünger können wir vertrauen, Wandlinger und Görges jedoch nicht. Zwar brauchen wir sie, müssen uns aber irgendwann von ihnen lösen. Sonst erpressen sie uns genauso, wie Breitle es versucht hat.«

»Wir sollten aufhören! Wenn uns die Kripo auf die Spur kommt, nützt uns das ganze schöne Geld nichts.«

»Gut, dass du mich daran erinnerst. Wenn es so weit ist, müssen wir auch unsere eigenen Leute entsorgen. Es darf niemand zurückbleiben, der uns mit diesen krummen Geschäften in Verbindung bringen kann!« Mittag lächelte seinen Partner dankbar an, denn diesen Punkt hatte er übersehen.

Voller Entsetzen bemerkte Feierabend, dass er nicht mäßigend auf Mittag eingewirkt, sondern ihn im Gegenteil dazu gebracht hatte, noch mehr Menschen umbringen zu wollen. Mit einem Mal bekam er es mit der Angst zu tun. Was war, wenn sein Partner glaubte, auch auf ihn verzichten zu können? Nervös sah er auf seine Uhr. »Ich muss heute nach Mühldorf zum Gericht, wieder wegen einer dummen Erbschaftssache. Man hat mich zum Anwalt eines Schülers gemacht, der Ansprüche auf einen

Teil des Vermögens seines verstorbenen Großvaters erhebt. Dessen Lebensgefährtin will aber nichts herausrücken.«

Mittag klopfte seinem Partner freundschaftlich auf die Schulter. »Das wirst du schon hinkriegen!« Ihm war sehr recht, dass Feierabend dadurch nicht vor dem späten Nachmittag zurückkommen würde, denn dies verschaffte ihm Zeit herauszufinden, wer von Stadlers Leuten über die Kokainlieferung Bescheid wusste. Für diese Zeugen musste er sich etwas ausdenken.

5.6

Der Zufall kam Mittag zu Hilfe. Er hatte Ralf Longerich, der beim Diebstahl des Kokaincontainers das Motorrad gefahren hatte, den Auftrag erteilt, die Kaffeerösterei auszukundschaften. Nun saß dieser am frühen Abend des nächsten Tages in einer Gaststätte in Kissing, um seinen Hunger zu stillen, während er über die nächsten Schritte nachsann. Da traten zwei Männer ins Gastzimmer und setzten sich an einen der hinteren Tische. Beide wirkten aufgewühlt und bestellten sich sofort zwei Bier. Einer wollte noch einen Schweizer Wurstsalat, während der andere sich mit Wiener Würstchen zufriedengab. Noch während sie auf das Essen warteten, redeten sie eifrig aufeinander ein.

Als schon bald der Name Stadler fiel, spitzte Longerich die Ohren und rückte unauffällig näher an die Männer heran.

»… mit dem Stadler ist schon eine schlimme Sache, Sepp!«, sagte der eine.

»Das kannst du laut sagen!«, stimmte sein Sitznachbar ihm zu.

»Nicht zu laut, sonst hört es noch einer. Weißt du, Sepp, ich hab kein gutes Gefühl bei der Sache. Ich meine immer noch, dass es mit dem verwechselten Container zusammenhängen könnte.«

»Das kann ich mir nicht vorstellen, Peter!«, widersprach Sepp abwinkend.

Peter hob mahnend die Hand. »Umsonst wird man nicht erschossen! Lass dir das gesagt sein. Dass es mit dem Container nicht mit rechten Dingen zugegangen ist, sieht man ja schon daran, dass er am Montag nicht mehr da gewesen ist. Ich habe Dr. Trendler gefragt, ob er die Probe, die wir ihm ins Labor gebracht haben, untersucht hat. Er kann mir hundertmal erklären, dass er sie gleich am Montagvormittag weggeworfen hat, weil sie so stank. Dafür ist der Mann viel zu akkurat! Eher glaube ich, dass der Stadler ihm verboten hat, darüber zu reden.«

»Na ja, Peter, möglich wäre es. Aber was geht das uns an?«, fragte Sepp.

»Einiges! Wer Dr. Stadler umgebracht hat, kann auf die Idee kommen, uns als Mitwisser aus dem Weg zu räumen. Wenn ich nicht zu alt wäre, um rasch eine neue Stelle zu finden, hätte ich längst gekündigt und meinen Resturlaub genommen. Aber du bist noch jünger und könntest dir was suchen.«

»Bloß weil du Gespenster siehst?«, spottete Sepp. »Nein, Peter, daraus wird nichts! Ich weiß, dass dein Neffe einen neuen Job sucht und du ihn gerne bei uns unterbringen würdest. Aber nicht auf meine Kosten! Woanders krieg ich als Lagerarbeiter fast ein Drittel weniger als bei der Firma Stadler. Das gebe ich nicht auf.«

»So ist es nicht. Außerdem hat der Felix schon was in Aussicht. Er ist nicht darauf angewiesen, zu uns zu kommen. Er …«

Da sich das Gespräch Themen zuwandte, die Longerich nicht interessierten, widmete er sich wieder seinem Cordon bleu und dachte nach, bis die Sprache erneut auf den Container kam.

»Wer, meinst du, weiß außer uns zweien, dem Wichtel und Dr. Trendler noch über den verschwundenen Container Bescheid?«, fragte Sepp.

Peter zuckte mit den Schultern. »Keine Ahnung! Ich kann mir allerdings kaum vorstellen, dass der Dr. Stadler noch jemand eingeweiht hat. Er hat ja nicht einmal die Polizei informiert und dem Wichtel und uns verboten, darüber zu reden.«

»Dann machst du dir zu viele Sorgen, Peter! Der Container ist weg, und wir sollten ihn vergessen. Der Stadler wird wegen einer ganz anderen Sache erschossen worden sein.«

»Vielleicht hast du recht«, meinte Peter nachdenklich. »Aber trotzdem sollten wir vorsichtig sein und vor allem das Maul halten. Unser Name ist Hase, wenn du mich verstehst!«

Während Sepp Turner nickte, verzog Longerich seine Lippen zu einem verächtlichen Grinsen. Diesen Vorsatz hätten die beiden auch an diesem Ort befolgen sollen. Stattdessen hatten sie ihm genau die Informationen geliefert, für die Mittag ihn losgeschickt hatte. Er schoss mit seinem Handy heimlich ein paar Fotos von Bindrich und Turner, notierte sich den Begriff Wichtel und den Namen Dr. Trendler, dann stand er auf, zahlte und verließ zufrieden das Gasthaus.

5.7

Menas Hoffnung, die Auskünfte des betrunkenen Breitle-Arbeiters könnten sich als wertvoll erweisen, erfüllte sich nicht. Es gelang ihr weder herauszufinden, welche Investmentfirma sich an Breitles Unternehmen beteiligt hatte, noch, wer es nach dem Tod des ehemaligen Besitzers leitete. Selbst ein weiterer Anruf bei Claudius brachte keine neuen Erkenntnisse, obwohl sie diesmal mit ihrem Freund sprechen konnte.

»Es tut mir leid, Mena, aber ich kann dir nicht mehr sagen. Ich hatte nur kurz Kontakt zu dem Anwalt, der die Investmentfirma vertritt. Laut dem Vertrag, den er mir vorgelegt hat, hat Korbinian ihnen die Führung seiner Firma überlassen. Anscheinend glaubte er, das Unternehmen nur so retten zu können. Auch sonst hat er Marilyn nichts als einen Haufen Schulden hinterlassen. Die Ärmste ist ganz verzweifelt. Daher habe ich angeboten, ihr zu helfen.«

Claudius sprach in einer so warmherzigen Weise von seiner Exfrau, dass Mena sich fragte, ob sie seine negativen Äußerungen von früher nur geträumt hatte. Am liebsten hätte sie ihm gesagt, dass Marilyns Schicksal sie nicht die Bohne interessierte. Um ihn nicht zu verärgern, schluckte sie die Bemerkung hinunter und stellte nur einige Fragen, die Breitles Firma betrafen.

»Gibt es einen besonderen Grund, warum du hier so nachbohrst?«, fragte Claudius verwundert.

»Ich dachte, ich könnte dir helfen! Aber wenn du nicht willst …« Mena ließ sich deutlich anmerken, dass sie sich gekränkt fühlte.

»Was heißt hier nicht wollen! Ich muss mir erst einen Überblick verschaffen, bevor ich dich um eine Analyse bitten kann …«

»Und diesen Überblick verschaffst du dir auf Teneriffa?«, unterbrach Mena Claudius. Sie war wütend und enttäuscht und wollte ihn das auch spüren lassen.

»Nein, das hat sich ganz überraschend ergeben. Marilyn fühlte sich zu Hause nicht mehr wohl und bat mich, sie hierher zu begleiten. Allein hätte sie nicht einmal die Koffer aufgeben können!« Es klang selbst in Claudius' Ohren wie eine Ausrede.

Inzwischen war Mena wieder ruhiger geworden.

»Wer hat eigentlich die Firma übernommen?«, fragte sie und hörte Claudius bedauernd schnaufen.

»Das kann ich dir aus dem Kopf nicht sagen. Der Name steht auf dem Schreiben, das Marilyn von deren Anwalt bekommen hat, aber das liegt in ihrer Villa. Ich wollte mich nach meiner Rückkehr darum kümmern.«

»Und wann wird das sein?«, fragte Mena.

Diesmal druckste Claudius ein wenig herum, bevor er antwortete. »Weißt du, es geht Marilyn nicht gut. Daher will ich sie vor meiner nächsten Auslandsreise nicht allein lassen. Es wird ungefähr einen Monat dauern, bis ich wieder in Augsburg bin. Schön ist es, dass ich jetzt wenigstens ein paar Tage mit Noreen verbringen kann. Ich habe sie in der letzten Zeit kaum gesehen.«

»Einen Monat also«, sagte Mena enttäuscht.

»Es tut mir leid! Aber ich habe eine Verantwortung für Marilyn und vor allem für Noreen. Die Kleine ist ganz traurig, dass es ihrer Mama so schlecht geht.«

Es mochte von Claudius aufrichtig gemeint sein, doch Menas Bereitschaft, ihn in das einzuweihen, was sie bisher über Breitle in Erfahrung gebracht hatte, war nun gänzlich geschwunden.

»Ich muss jetzt Schluss machen. Richte Noreen einen ganz lieben Gruß von mir aus!«

»Das werde ich!«, versprach Claudius und beendete das Gespräch noch schneller als sie.

»Männer! Wie war das mit ›an die Wand klatschen und vergessen, sie wieder abzukratzen‹?«, schimpfte Mena und wandte sich wieder ihrem Computerbildschirm zu. Sie hatte sich von Claudius wertvolle Auskünfte erhofft und war genauso schlau wie vorher. Noch mehr ärgerte sie sich darüber, dass er sich von seiner Exfrau wie ein Ochse am Nasenring herumführen ließ, während er für sie nicht einmal Zeit für ein liebes Wort hatte.

Um sich abzulenken, versuchte Mena, Stadlers letzte Stunden nachzuverfolgen. Zum Glück hatte sie die Polizeiakten vorliegen, die Claaßen von seinem Freund Benjamin Huber erhalten hatte. Den, so dachte sie, würden sie jetzt auch einweihen müssen. Vorerst aber ging es um Stadler.

Das letzte Mal war er beim Verlassen einer Party in Augsburg gesehen worden. Wo hatte er sich bis zu seinem Tod aufgehalten, der kurz nach Mitternacht eingetreten sein musste? Dieses Rätsel hoffte Mena zu lösen. Sie erstellte mehrere Szenarien, wie er bis in die Nähe von Freilassing gekommen sein konnte, fand aber, dass sich dabei eine Diskrepanz von mindestens einer Stunde ergab, vielleicht sogar von zweien.

Um mehr zu erfahren, begann Mena mit einem Suchlauf nach Autos der Marke, wie Stadler sie gefahren hatte. Dazu benutzte sie den Zugriff auf jene Dateien, auf denen die Fotos der Überwachungskameras der Autobahn gespeichert waren. Schon nach kurzer Zeit erhielt sie die erste Meldung. Stadlers Wagen war gegen 23:30 Uhr im Allacher Tunnel in München mit knapp hundert Stundenkilometern gemessen worden.

»Die Richtung stimmt schon mal«, murmelte Mena und stand auf, um einen Straßenatlas zu holen. Sie markierte die Strecke, die Stadler genommen haben musste, und kam erneut auf eine Fehlzeit von mehr als einer Stunde. Irgendwo auf der Strecke bis zum Allacher Tunnel musste Stadler sich einige Zeit aufgehalten haben.

Als nächste Information erhielt Mena die Nachricht, dass Stadlers Auto auf der östlichen Abfahrt vom Irschenberg ebenfalls zwanzig Kilometer zu schnell unterwegs gewesen war. Sie berechnete die Zeit, die der Wagen vom Allacher Tunnel bis dorthin gebraucht hatte, und fand heraus, dass Stadler recht flott unterwegs gewesen sein musste.

Es war allerdings auch das letzte Mal, dass der Wagen auf deutschem Boden aufgenommen worden war. Zwar konnte sie in etwa sagen, wann Stadler die Stelle erreicht haben musste, an der er getötet worden war, doch mehr war den automatischen Aufzeichnungen der Autobahnpolizei nicht zu entnehmen.

Es ist zum Verzweifeln, dachte Mena. Claudius kann mir keine Auskünfte geben, und die deutschen Behörden, die sonst fast jeden Schritt der Bürger kontrollieren, haben Stadlers Gefährt nur zweimal registriert.

Nach dieser doppelten Enttäuschung fand Mena, dass sie dringend einen Kaffee benötigte, und ging in die Küche. Ein Blick auf die Uhr zeigte ihr, dass es auf Feierabend zuging. Dabei hatte sie an diesem Tag so gut wie nichts geschafft. Sie fragte sich, ob sie früher besser gewesen war. Dachte sie zu viel über Claudius und Marilyn nach? Es kränkte sie zutiefst, dass ihr Freund sich so rührend um seine Exfrau kümmerte. Immerhin hatte er Marilyn ein ausgemachtes Biest genannt und war seinen Worten zufolge froh gewesen, sie an Breitle losgeworden zu sein.

»Na, Mena, wem drehst du gerade den Hals um? Ich hoffe nicht mir!« Claaßen war in die Küche getreten und wollte Menas sichtliche Anspannung durch eine lockere Bemerkung lösen.

»Nein, dir sicher nicht!«, antwortete Mena. »Eher mir selbst, weil ich einfach nicht weiterkomme. Ich weiß nur, dass Stadler den Allacher Tunnel und den Irschenberg passiert haben muss, aber das konnten wir uns anhand der Stelle, an der sein Leichnam aufgefunden wurde, auch so denken.«

»Hast du die Zeit berechnen können, die er bis zu diesen beiden Punkten gebraucht hat?«, fragte Claaßen gespannt.

Mena nickte. »Stadler muss sich noch zwei Stunden irgendwo aufgehalten haben, bevor er den Allacher Tunnel passiert hat. Dort ist er ziemlich flott gefahren.«

»Zwei Stunden?«

»Vielleicht auch nur anderthalb«, schränkte Mena ein.

»Das wäre genug Zeit dafür«, murmelte Claaßen mehr für sich als für Mena gedacht.

»Zeit wofür?«

Claaßen sah sie nachdenklich an. »Vorhin hat mich mein Freund Huber angerufen. Man hat bei Stadlers Hinterlassenschaften die Visitenkarte einer Edelprostituierten gefunden. Laut Aussage einer Person, die bei dem Abendempfang dabei war, hat Stadler kurz vor seinem Aufbruch ein Telefongespräch geführt, und danach hatte er es plötzlich eilig. Bei einem Mann wie ihm kann das nur wegen eines wichtigen Geschäftstermins sein – oder aber wegen eines speziellen Vergnügens.«

»Also einer Prostituierten!« Plötzlich hatte Mena das Gefühl, auf die richtige Spur gestoßen zu sein. »Hat dein Informant auch den Namen der betreffenden Dame herausgerückt?«

»Ihren richtigen Namen nicht, nur den, den sie für ihren Job verwendet. Huber hat mich gewarnt, dass absolute Diskretion vonnöten ist. Die Dame ist Herren aus gewissen Kreisen zu Diensten, und wenn die Presse davon Wind bekommt, gibt es einen Skandal, der etliche einflussreiche Leute treffen könnte.«

Claaßens Stimme klang besorgt. Wenn etwas durchsickerte und bekannt wurde, dass ihr Institut dahintersteckte, konnten sie zusperren.

Das war Mena genauso klar wie ihm. »Dann werden wir dieser Spur eben mit aller Diskretion nachgehen«, sagte sie und fragte nach dem Tarnnamen der Lustgewerblerin.

»Sie ist hier unter dem Namen ›Miss Jeannine‹ bekannt«, erklärte Claaßen. »Wenn du mit ihr sprechen willst, dann geh allein und nimm nicht Frithjof mit.«

»Hast du Angst, er könnte sich in den Netzen dieser Dame verfangen?«, fragte Mena amüsiert.

»Das nicht! Aber er geht mir ein wenig zu forsch vor. Diplomatie muss er noch lernen!«

»Was muss ich?« Zu Claaßens Pech hatte Frithjof sie reden hören und war während des letzten Satzes hereingekommen.

»Hast du nie gelernt, dass man anklopft, bevor man ein Zimmer betritt?«, schalt Claaßen ihn.

»Auch bei der Küche?« Mena gluckste und ließ sich einen

Kaffee heraus. Dabei fragte sie sich, wie ihr Chef sich aus dieser Situation winden würde.

»Es geht um etwas, das mehr Frauen betrifft. Ein Mann braucht dafür sehr viel Fingerspitzengefühl. Selbst ich würde mir diese Sache nur im Notfall zutrauen«, erklärte Claaßen.

Mena klatschte ihrem Chef insgeheim Beifall. Zwar hatte er gelogen, dass sich die Balken bogen, damit aber Frithjof beruhigt. Dieser atmete auf und reichte Mena ein paar Ausdrucke.

»Ich habe mir eine Liste von Investmentfirmen besorgt, die für Breitles Firma in Frage kommen«, erklärte er dabei.

»Danke!« Mena nahm die Blätter in die eine, ihre Kaffeetasse in die andere Hand und verließ die Küche wieder. In ihrem Zimmer angekommen überlegte sie, ob sie jetzt Miss Jeannine oder den Investmentfirmen nachspüren sollte, und entschied sich für Ersteres.

5.8

Miss Jeannine war wirklich sehr diskret, denn Mena brauchte lange, bis sie auf die erste Spur stieß. Es handelte sich um den Facebook-Eintrag eines Schlagersängers, der für seine extravagante Lebensart und seine sexuellen Eskapaden bekannt war. Laut seinen Worten musste Jeannine eine Spitzenkönnerin sein.

Mena interessierte jedoch eher die Adresse der Dame. Daher rief sie in der Künstleragentur an, die den Sänger vertrat, und forderte die Frau, die sich hochnäsig meldete, auf, sie zu dem Mann durchzustellen.

»Hach, wenn ich das jedes Mal täte, käme ich zu nichts anderem mehr«, antwortete die Frau.

»Sie müssen mich nicht durchstellen«, erklärte Mena ihr kühl. »Dann aber rufen Sie ihn selbst an und fordern ihn auf, Ihnen die Telefonnummer und die Adresse einer gewissen ›Miss Jeannine‹ zu nennen. Diese schicken Sie dann per E-Mail an das Institut für zeitgeschichtliche Forschungen in Augsburg, und zwar an die E-Mail-Adresse ›mena.reglin@ifzf.com‹. Haben Sie verstanden?«

»Sie sind vom Institut für Zeitgeschichte?«, fragte die Frau plötzlich um neunundneunzig Prozent freundlicher. »Aber das hätten Sie doch gleich sagen können. Ich sehe zu, dass ich unseren Klienten sofort erreiche.«

Mena begriff, dass die Frau von der Agentur annahm, ihr Interesse würde dem Sänger gelten. Da ihr an den gewünschten Informationen lag, korrigierte sie ihre Gesprächspartnerin nicht, sondern beendete den Anruf mit der Bitte, sie nicht zu lange mit der Antwort warten zu lassen. Als sie den Hörer aufgelegt hatte, schüttelte sie sich vor Lachen.

Claaßen bekam es mit und trat verwundert ein. »Was gibt es Amüsantes?«

»Ich habe wieder einmal die Tatsache bestätigt bekommen, dass man Menschen am leichtesten bei ihrer Eitelkeit fangen kann.«

»Worum geht es?«, fragte Claaßen.

»Um diese Miss Jeannine. Die macht ihren Job wirklich im Geheimen. Hätte nicht dieser Sänger hier«, Mena klickte die entsprechende Facebook-Seite an, »damit geprahlt, mit ihr Sex gehabt zu haben, hätte ich nicht den geringsten Hinweis bekommen.«

»Darum hat mein Freund Huber auch gebeten, diese Sache unter dem Deckel zu halten.«

Noch während Claaßen es sagte, leuchtete ein Balken auf Menas Bildschirm auf und kündigte eine E-Mail an. Mena öffnete sie und machte das Victoryzeichen. Die Frau von der Künstleragentur hatte ihr die Adresse und die Telefonnummer der Edelhure geschickt. Im Anhang befanden sich etliche Informationen über den Sänger, die Mena nicht interessierten. Sie speicherte sie jedoch ab. Wer wusste schon, ob sie sie nicht doch einmal brauchen würde.

Claaßen grinste etwas verlegen. »Und wie willst du vorgehen, sie einfach anrufen?«

»Ich glaube nicht, dass ich auf diese Weise die Antworten bekäme, die ich haben will. Nein, ich fahre hin und suche sie auf.«

»Und wenn gerade ein wichtiger Kunde bei ihr ist?«, wandte Claaßen ein.

»Erpresse ich sie mit diesem, damit sie mir sagt, was sie über Stadler weiß!« Mena hatte es als Scherz gemeint, doch im ersten Augenblick fiel Claaßen darauf herein.

»Aber das kannst du nicht tun!« Dann sah er Mena lachen und schüttelte in gespielter Empörung den Kopf.

»Das war nicht nett von dir! Mich armen, alten Mann so zu erschrecken.«

»Gelegentlich muss man härtere Maßnahmen ergreifen«, spottete Mena, wurde aber sofort wieder ernst. »Wenn wir es wirklich mit einer osteuropäischen Verbrecherbande zu tun haben, können wir uns keine übertriebenen Skrupel leisten.«

»Da hast du leider recht!« Claaßen atmete tief durch und sagte sich, dass er besser mithalf, Breitles und Stadlers Mörder zu finden. Den Verwaltungskram des Instituts konnte er nebenher erledigen und für sonstige Anfragen Isabelle, Frithjof und sogar Fini einsetzen. Er hatte die Studentin nicht nur eingestellt, um sie die Küche putzen zu lassen.

5.9

Miss Jeannines Domizil lag in einer ruhigen Ecke von Augsburg mit wenig Durchgangsverkehr. Dafür aber gab es – ein Novum in dieser Stadt – etliche freie Parkplätze in der Nähe. Zwar hatte Mena Straßenbahn und Bus benutzt und war das letzte Stück gelaufen. Doch sie stellte fest, dass jemand hier jederzeit kommen, sein Auto an einer unverfänglichen Stelle parken und die Edelprostituierte aufsuchen konnte. Sie schritt auf die entsprechende Adresse zu und suchte auf dem Klingelbrett den Tarnnamen, den die Agenturmitarbeiterin ihr gemailt hatte. Als sie den Klingelknopf drückte, meldete sich eine sanfte, angenehme Stimme.

»Hier bei Schneider. Wer ist da?«

»Ich würde gerne mit Ihnen sprechen. Es ist wichtig«, antwortete Mena.

»Wer sind Sie?« Die Stimme aus dem Lautsprecher klang immer noch sanft, doch schwang ein Unterton mit, den Mena zwischen Angst und Ärger einordnete.

»Mein Name ist Reglin, ich komme vom Institut für zeitgeschichtliche Forschungen in Augsburg. Es geht um Dr. Stadler. Sie wissen vielleicht schon, dass dieser am letzten Wochenende ermordet worden ist.«

Diesmal dauerte es einige Sekunden, bis eine Antwort kam. »Ich kann Ihnen da nichts sagen. Ich kenne den Herrn nicht!«

Mena glaubte der Frau nicht. Wo sonst sollte Stadler an jenem Abend gewesen sein, wenn nicht hier? Daher beschloss sie, alles auf eine Karte zu setzen.

»Sie sollten mich nicht anlügen! Ich bin sicher, dass die Polizei bei Ihnen bereits nach Stadler gefragt hat. Auch wenn Sie die Beamten einmal abgewimmelt haben, ein zweites Mal wird Ihnen das nicht gelingen. Dann aber wird die Kripo jeden in diesem Viertel befragen, ob er an jenem Samstagabend etwas gesehen hat. Mit Ihrer Diskretion wäre es danach vorbei.«

Noch während sie es sagte, dachte Mena daran, dass sie die Frau fast genauso erpresste, wie sie es ihrem Chef angekündigt hatte. Auch wenn der Zweck nicht alle Mittel heiligte – hier tat er es! Sie vernahm das schnarrende Geräusch des Türöffners und konnte eintreten.

Miss Jeannine war die schönste Frau, die Mena je gesehen hatte. Schlank, langbeinig, mit festen, aber nicht zu großen Brüsten, einem Gesicht wie eine griechische Göttin und blonden Haaren, die wie ein Wasserfall bis zu den Hüften fielen. Diese Frau stellte eine Versuchung dar, der wohl kaum ein Mann widerstehen konnte. Selbst Mena spürte die sexuelle Anziehung, die die Frau ausstrahlte und die durch den eng anliegenden Dress mit den Tigerstreifen noch verstärkt wurde.

Augen so blau wie der Sommerhimmel musterten Mena. So ganz schien Jeannine sie nicht einordnen zu können. Mena trug wieder die gewohnten Jeans und ein leichtes Sweatshirt, auf dem vorne drei Rosen eingestickt waren. Es war ein Geschenk von Toni, und Mena trug es gelegentlich, um ihrer Schwester eine Freude zu machen.

»Kommen Sie doch herein!«

Jeannines Stimme klang noch immer wie eine sanfte Sommerbrise. Für diesen Tonfall muss die Frau lange geübt haben, dachte Mena, während sie Jeannine in die Wohnung folgte. Obwohl sie nur das Wohnzimmer sah, konstatierte sie, dass ihre Gastgeberin einen ausgezeichneten Geschmack besaß. Hier musste man sich einfach wohlfühlen. Dies begann bei den hellen, geschwungenen Möbeln über die indirekte Beleuchtung des Raumes bis hin zu dem großen Bild, das Jeannine in der Pose der Liebesgöttin Venus zeigte. Es war kein bisschen schwülstig, sondern ein wahres Kunstwerk.

»Ein Freund hat es gemalt! Kurz nachdem er es fertiggestellt hatte, starb er an Krebs.« Für einen Augenblick lang gab Jeannine einen Einblick in ihr Innerstes, schaltete aber sofort wieder um.

»Was darf ich Ihnen anbieten, Whisky oder eher einen Prosecco?«

»Ein Glas Wasser«, antwortete Mena lächelnd. »Und dann könnten Sie mir sagen, wann Dr. Stadler am Samstag zu Ihnen gekommen und wann er Sie wieder verlassen hat.«

»Ich sagte doch, ich kenne keinen Dr. Stadler!«, sagte Jeannine abwehrend.

»Sie sollten sich des Ernstes Ihrer Lage bewusst sein. Wenn die Kriminalpolizei herausfindet, dass Dr. Stadler tatsächlich bei Ihnen gewesen ist, geraten Sie durch Ihr Leugnen in den Verdacht, an dem Mordfall beteiligt gewesen zu sein.«

Es war ein Schuss ins Blaue, aber er traf. Jeannine wurde blass und kaute auf ihren Lippen herum. Schließlich senkte sie den Kopf.

»Sie müssen mir versprechen, dass Sie es nicht weitertragen. Es wäre für mich furchtbar, mit solchen Sachen in Verbindung gebracht zu werden. Ich würde meine Kunden verlieren und müsste, um leben zu können, im Puff Freier nach der Stechuhr befriedigen.«

Mena spürte Jeannines Angst und fragte unwillkürlich: »Wie viele Männer empfangen Sie hier am Tag?«

»Meistens einen, maximal zwei, wenn ein Stammkunde anruft, ob ich für ihn Zeit habe, so wie Dr. Stadler es getan hat. Aber mit seinem Tod habe ich nichts zu tun!« Panik schwang in Jeannines Stimme mit.

Mena lächelte beruhigend. »Ich glaube Ihnen! Mich interessiert nur, wann er gekommen und wann er wieder gegangen ist.«

»Gekommen ist er kurz vor einundzwanzig Uhr, und die Wohnung verlassen hat er gegen halb elf«, berichtete Jeannine.

Das passte genau in den Zeitrahmen, den Mena erstellt hatte. Mit seinem Wagen konnte Stadler die Strecke von Augsburg bis zum Allacher Tunnel in München leicht in der verbliebenen Zeit zurücklegen.

»Ist Ihnen an Dr. Stadler etwas aufgefallen? War er nervös oder unruhig?«, fragte Mena weiter.

Jeannine schüttelte den Kopf. »Nicht im Geringsten! Er hat über die fade Party gespottet, von der er sich fortgeschlichen hatte, und war gut gelaunt.«

»Wissen Sie, ob er Feinde hatte? Wenn Männer in einer zärtlichen Stimmung sind, erzählen sie doch so manches«, fragte Mena weiter.

»Natürlich gibt es Leute, die ihn nicht mochten. Er hat einige Firmen aufgekauft, die kurz vor dem Bankrott standen, und sie wieder auf Vordermann gebracht. Da war der eine oder andere, der sein Unternehmen für billiges Geld hergeben musste, schon sauer. Aber so weit, dass einer mit Mord gedroht hätte, ist das nicht gegangen.«

»Ich werde diesem Verdacht trotzdem nachgehen müssen«, erklärte Mena und trat ans Fenster. Von hier aus war ein kleiner Teil der Straße einzusehen.

»Wissen Sie, wo Dr. Stadler seinen Wagen geparkt hatte?«

»Nein! Wie die meisten meiner Kunden parkt er meistens um die Ecke und geht bis zu meiner Tür zu Fuß.«

»Schade! Sie hätten vielleicht etwas sehen können«, entfuhr es Mena.

Jeannine sah sie erschrocken an. »Sie meinen, der Mörder hat ihn vor meiner Tür abgepasst?«

»Das ist sehr gut möglich! Auf jeden Fall ist er in jener Nacht nicht nach Hause gekommen. Dort wäre für seinen Mörder die zweite Möglichkeit gewesen, ihn abzufangen. Allerdings halte ich das für deutlich weniger wahrscheinlich.«

Noch während Mena es sagte, streckte Jeannine abwehrend die Hände aus. »Ich habe mit dem Ganzen nichts zu tun, wirklich nicht!«

»Ich sagte nicht, dass der Mörder Dr. Stadler in Ihrer Wohnung erwischt hat«, antwortete Mena. »Ich vermute, dass er draußen auf der Straße auf ihn gewartet hat. Um die Zeit war dort nicht mehr viel los. Man müsste die Nachbarn befragen.«

»Bitte nicht! Danach bin ich hier erledigt!«

Mena fühlte Mitleid mit Jeannine, aber das half ihr hier auch nicht weiter. Allerdings wusste sie selbst, dass eine solche Befragung nur durch die Polizei erfolgen durfte. Sie musste sich ihre Informationen auf andere Weise besorgen.

»Ich danke Ihnen! Sie haben die große Lücke im Ablauf des Geschehens beseitigt.«

Mena lächelte Jeannine kurz zu und verabschiedete sich. Zurück auf der Straße fragte sie sich, was für ein Leben diese Frau führte. Noch war Jeannine jung und begehrenswert genug, dass gut situierte Herren ihren Preis bezahlten. Doch wenn sie nicht früh genug die Reißleine zog, würde sie irgendwann in einem hundsnormalen Bordell landen.

»Für mich wäre das nichts«, murmelte sie und bog um die Ecke. Drei Meter weiter musste sie anhalten, weil ein Abschleppwagen und ein Polizeiauto Gehsteig und Straße blockierten. Zwei Männer im Overall mit dem Logo eines Abschleppdienstes bugsierten einen älteren Mittelklassewagen aus einer engen Parklücke, während ein Polizeibeamter und dessen Kollegin ihnen dabei zusahen.

Der Polizist kam Mena bekannt vor, aber es dauerte einen

Augenblick, bis sie in ihm den Beamten erkannte, mit dem sie es bei der Mordsache Biskop zu tun gehabt hatte. Auch er wurde nun auf sie aufmerksam.

»Grüß Gott, Frau Dr. Reglin! Interessieren Sie sich auch für diesen Karren da?«

»Im Moment noch nicht, aber das kann sich schnell ändern. Was hat es mit dem Wagen auf sich?«

»Ein Auto wie das hier ist vor ein paar Tagen als gestohlen gemeldet worden. Dasselbe gilt für die Kennzeichen«, erklärte der Polizist.

»Ein gestohlenes Auto mit gestohlenen Kennzeichen!« In Menas Kopf schlug ein riesiger Gong an.

Hier in dieser Gegend musste Stadler entführt worden sein. Hatten seine Entführer diesen Wagen hier zurückgelassen?, fragte sie sich und schoss rasch ein paar Bilder mit ihrer Handykamera.

»Sie, das geht fei nicht!«, beschwerte sich einer der beiden Männer des Abschleppdienstes und wollte auf sie zugehen.

Da trat ihm der Polizeibeamte in den Weg. »Das ist Frau Dr. Reglin vom Institut für zeitgeschichtliche Forschungen. Wir haben von ihr schon einige entscheidende Tipps erhalten. Also krieg dich wieder ein! Wenn die Frau Doktor ein Foto macht, hat das seinen Grund.«

»Danke!« Mena schenkte dem Polizisten ein erleichtertes Lächeln, denn der Kerl vom Abschleppdienst sah so aus, als würde er ihr am liebsten das Handy abnehmen und es zertreten.

Um ihn nicht in Versuchung zu führen, es doch noch zu tun, verabschiedete sie sich von dem Polizeibeamten und ging weiter zur Bushaltestelle. Ihr Ausflug zu Miss Jeannine hatte mehr Ergebnisse gebracht, als sie zu hoffen gewagt hatte.

5.10

Mena hatte das Institut kaum betreten, da schoss ihr Chef aus seinem Zimmer.

»Man hat Dr. Stadlers Auto gefunden!«

»Und wo?«, fragte Mena.

»In der Nähe des Wiener Flughafens! Eine Politesse hat ihm am Montag ein Knöllchen verpasst. Als er gestern immer noch dort stand, hat sie Meldung gemacht. Daraufhin sind die österreichischen Behörden auf unsere Fahndung gestoßen und haben die Kripo Augsburg informiert. Und was hast du herausgefunden?«

»Stadler war am Samstag bei Miss Jeannine, hat sie aber gegen halb elf wieder verlassen. Kurz darauf muss er auf seinen Mörder getroffen sein«, antwortete Mena.

»Kann diese Frau dahinterstecken?«

Mena schüttelte den Kopf. »Meiner Ansicht nach nicht! Sie ist sehr auf Diskretion bedacht und hat große Angst davor, von einer Edelprostituierten zu einer normalen Bordellhure abzusteigen. Dafür habe ich etwas anderes entdeckt. Die Polizei hat, als ich dort vorbeigekommen bin, gerade ein Auto abschleppen lassen. Es wurde höchstwahrscheinlich gestohlen und mit ebenfalls geklauten Autokennzeichen versehen. Ich werde mir die Fotos gleich auf meinen Computer laden und schauen, ob ich etwas herausfinde.«

»Du meinst, Stadlers Mörder könnte diesen Wagen benutzt und später dort stehen gelassen haben?«

»Das ist für mich die wahrscheinlichste Erklärung«, sagte Mena.

Ihr Chef fuhr sich erregt mit der rechten Hand über die Stirn. »Aber warum haben die Mörder den Wagen später nicht abgeholt? So kann die Polizei doch Spuren von ihnen finden!«

»Das habe ich mir zuerst auch gedacht! Aber Sie haben mir gerade die Lösung genannt.«

»Welche Lösung?«, fragte Claaßen verwundert.

»Der Wiener Flughafen! Der oder die Mörder haben Stadler vor Miss Jeannines Wohnung abgepasst. Dann sind sie mit ihm in die Nähe von Freilassing gefahren, haben ihn dort erschossen und sind weiter nach Wien. Meinst du, wir können die Fluggastdaten jenes Tages von Wien-Schwechat bekommen?«

»Das werden wir, und wenn ich den Innenminister persönlich einschalten muss!«

Claaßen machte auf Mena tatsächlich den Eindruck, als würde er in dieser Sache keine Rücksicht nehmen. Allerdings verstand sie ihn auch. Immerhin waren schon mehrere Menschen umgebracht worden, und sie zählten ebenfalls zu den potenziellen Opfern der Banditen.

»Dann gehen wir es an!«, sagte sie und trat in ihr Zimmer.

Erst als Frithjof eine Stunde später mit einer Lasagne vom Italiener hereinkam, begriff sie, dass es bereits weit nach Mittag war.

»Bring sie in die Küche! Ich möchte nicht am Schreibtisch essen«, sagte sie und wollte dann wissen, wer für sie die Lasagne bestellt hatte.

»Der Professor!«, berichtete Frithjof. »Er meinte, dass wir alle eine Stärkung nötig hätten. Da ihm die Lasagne letztens gut geschmeckt hatte, meinte er, ich solle fünf Portionen mitbringen.«

»Fünf?«, fragte Mena verwundert nach.

»Die fünfte ist für Fini! Der Professor spannt sie für leichte Aufträge ein, damit wir uns um die härteren Brocken kümmern können.«

»Härtere Brocken ist gut!«, stöhnte Mena. »Wir haben es mit einer international tätigen Verbrecherorganisation zu tun, die mindestens drei Menschenleben auf dem Gewissen hat und sehr professionell arbeitet. Aber wir finden nicht den geringsten Anhaltspunkt, um wen es sich bei den Drahtziehern handeln könnte.«

»Der Professor meint, wenn es jemand schafft dahinterzukommen, dann Sie«, erklärte Frithjof und verschwand samt der Lasagne aus dem Zimmer.

Mena überlegte, ob sie ihm gleich folgen sollte, startete vorher aber noch die nächste Suchabfrage und hoffte, wenn sie vom Essen zurückkam, endlich einen Faden in der Hand zu halten, der nicht irgendwo ohne Ergebnis endete.

5.11

Reinhart Mittag hatte mehr Glück mit den Informationen, die sein Spion erlauscht hatte. Er fand rasch heraus, wer Dr. Trendler war, und konnte auch Peter Bindrich und Sepp Turner identifizieren. Schwieriger war es, dem »Wichtel« auf den Grund zu kommen. Doch als er online im Telefonbuch zuerst nach Wicht und dann nach Wich suchte, stieß er auf Bernd Wichelmann, der ebenso wie die drei anderen in Stadlers Kaffeerösterei arbeitete.

Diese vier waren seinen Informationen nach die Einzigen, die von der mit Kokain versetzten Wolle in dem vertauschten Container wissen konnten. Vor allem der Chemiker war gefährlich und musste unbedingt beseitigt werden. Bei den drei anderen war Mittag sich nicht sicher, ob sie den Aufwand überhaupt wert waren. Allerdings hatten sie den Container nicht nur gesehen, sondern auch betreten. Das gab für ihn schließlich den Ausschlag.

Um sie zu beseitigen, wollte er diesmal weder Wandlinger noch Görges einsetzen. Sein Kompagnon Feierabend war eher jemand, der geschickt reden und in Verträgen seinen eigenen Vorteil herauslesen konnte, aber niemand für grobe Arbeiten.

Daher rief Mittag das Team zusammen, das in seinem Auftrag das Kokain aus der Wolle herauswusch, es an anderer Stelle destillierte und dann zu den Zwischenhändlern brachte. Die Männer hatten bereits den vertauschten Container zurückgeholt, und er traute ihnen zu, auch diese Angelegenheit zu seiner Zufriedenheit zu erledigen.

Die Gruppe bestand aus fünf Leuten. Drei davon hatten bereits etliche Jahre gesessen und ein weiterer eine Jugendstrafe hinter sich. Nur einer war für die Justiz ein unbeschriebenes Blatt. Deshalb hatte Mittag ihn zum neuen Geschäftsführer der Firma Breitle ernannt.

Mittag erklärte ihnen, was er erledigt sehen wollte, und sah sie dann auffordernd an. »Habt ihr eine Idee, wie wir die Kerle loswerden können?«

»Das Loswerden wäre kein Problem«, meinte Kevin Jünger. »Schwieriger ist es, es so zu tun, dass die Bullen keinen Verdacht schöpfen.«

»Damit fallen die klassischen Methoden weg!« Jens Tanzbär, ein wuchtig gebauter Mann und in der Gruppe der unumstrittene Rekordhalter an Gefängnisaufenthalten, blickte traurig auf seine Fäuste.

Unterdessen hob Kevin Jünger die Hand. »Diese Arbeiter sind doch diejenigen, die die Container aufmachen und ausräumen.«

»Bis auf Dr. Trendler. Der sitzt in seinem Labor«, erklärte Mittag.

»Wer ist wichtiger?«, fragte Jünger weiter.

»Trendler! Er hat höchstwahrscheinlich die entnommene Probe untersucht.«

»Trotzdem würde ich mir zuerst die drei anderen vornehmen. Es ist schwieriger, sie einzeln zu erwischen, als wenn man sie auf einmal entsorgt.« Jünger grinste und winkte ab, als Mittag einen Einwand bringen wollte.

»Ich denke an eine Sprengung, und da sind die Arbeiter eher zu erwischen als die Laborratte.«

»Ist das nicht zu auffällig?«, fragte Mittag skeptisch.

»Nicht wenn man es richtig macht. Ich habe ein paar Kumpel in Holland, die dafür sorgen könnten. Wenn ein Container fehlgeleitet wurde, kann das auch bei einem anderen passieren. Die großen Containerhäfen werden zwar gut bewacht, aber es gibt immer einen, der gerade einen zinslosen, nicht rückzahlbaren Kredit braucht. Soll ich es so machen?«

Tanzbär brummte missbilligend, denn er war eher für die direkte Art, doch Mittag fand Gefallen an der Idee.

»Man darf diese Angelegenheit nicht bis zu uns zurückverfolgen!«, mahnte er Jünger.

Der lachte jedoch nur. »Meine Kumpel in Holland wissen genau, was sie tun müssen.«

»Aber was passiert, wenn ein Container angeliefert wird, ohne dass einer bestellt wurde?«, wandte Tanzbär ein. »Ich würde so ein Ding nicht anrühren, sondern mich bei der Spedition beschweren! Selbst falls es klappt, würde es auffallen, wenn ein unangekündigter Container explodiert.«

Mittag kamen erneut Zweifel, doch Jünger grinste noch breiter.

»Von einem meiner Kumpels in Rotterdam weiß ich, dass ein Container an Stadlers Kaffeerösterei unterwegs ist. Sie können dafür sorgen, dass er im Nirwana landet!«

»Könnten sie das?« Mittags Bemerkung stellte keine Frage mehr da, sondern eine Aufforderung.

»Ganz bestimmt!«, antwortete Jünger und klopfte Tanzbär auf die Schulter. »Jetzt ärgere dich nicht! Dir bleibt immer noch die Laborratte, und die ist, wie der Chef eben sagte, wichtiger als die drei Arbeiter.«

»Aber auch das muss so erfolgen, dass kein Verdacht aufkommt!« Mittag klang scharf, denn er kannte seine Pappenheimer. Sie mussten stets am kurzen Zügel geführt werden, um nicht in alte Verhaltensmuster zurückzufallen. Er hatte keine Lust, mit einem Mann wie Tanzbär zusammen in eine Zelle gesperrt zu werden. Was dieser mit seinen Mitgefangenen anstellte, hätte ihm, wenn jemand den Mut besessen hätte, ihn anzuzeigen, mindestens zehn weitere Jahre Knast eingebracht.

»Wir sind uns also einig! Jünger aktiviert die Holländer, und Tanzbär übernimmt Trendler. Übrigens kommt nächste Woche ein neuer Container für uns aus Bolivien. Seid also rechtzeitig in der Firma! Zudem bin ich mit dem Kunsthändler Rüdiger Niebold in Kontakt getreten. Er hätte nichts dagegen, wertvolle Kunstgegenstände an den Augen von Zoll und Justiz vorbei ins Land oder nach draußen zu schmuggeln. Für euch wären bis zu hunderttausend Euro drin.«

»Das wären zwanzigtausend Euro pro Nase. Nicht schlecht, würde ich sagen!«, antwortete Jünger noch immer grinsend.

Mittag nickte, denn er würde am Kunstschmuggel noch einiges mehr verdienen. Anschließend stand er auf und klopfte jedem der fünf auf die Schulter.

»Macht eure Sache gut! Nicht lange, dann habt ihr genug Geld, um diesem Land Adieu sagen zu können!«

5.12

Peter Bindrich sah auf die Uhr und stöhnte. »Könnte es nicht gleich vier sein? Dann hätten wir Feierabend.«

Sein Kollege Sepp Turner warf einen schiefen Blick in Richtung des Büros ihres Vorarbeiters. »Heut ist eh nichts mehr los! Ein anderer als der Wichtel hätte uns längst gehen lassen.«

»Bei seiner Paragrafenreiterei hätte der Kerl Staatsanwalt werden sollen!«, sagte Bindrich bissig.

»Allerdings«, antwortete Turner. »Aber was meinst du, wie wird es jetzt mit der Firma weitergehen, wo doch der Chef tot ist?«

»Da gibt es schon welche, die das übernehmen!«

Turner war nicht so recht überzeugt. »Ich meine mit uns, mit der Kaffeerösterei. Für den Herrn Stadler waren wir der Kern der Firma. Für die anderen sind wir doch bloß ein Anhängsel!«

»Jetzt macht dich nicht selber runter! Das geht schon weiter. Immerhin ist unsere Rösterei auf dem modernsten Stand. Selbst wenn wir verkauft werden, brauchen wir uns keine Sorgen zu machen.«

Bindrich schmatzte übertrieben. »Sollen wir uns noch ein Bier reinschieben? Zeit dafür hätten wir noch.«

»Du hast recht, mein Mund ist auch schon ganz ausgetrocknet!«, meinte Turner.

Die beiden Lagerarbeiter gingen in ihren Aufenthaltsraum und holten zwei Flaschen Bier aus dem Kühlschrank. Sie hatten diese gerade zur Hälfte geleert, als ein Lastwagengespann mit einem großen Container auf den Hof fuhr.

»Der hat uns gerade noch gefehlt!« Mit einer ärgerlichen Geste stellte Bindrich seine Flasche auf den Tisch und ging nach draußen. Turner folgte ihm. Sie standen kaum auf dem Hof, da kam von der anderen Seite Wichelmann herbei.

»Das muss der Container sein, der uns für heute gemeldet worden ist!«, erklärte er.

»Was machen wir mit ihm? Lassen wir ihn bis Montag stehen?«, fragte Bindrich, doch sein Vorarbeiter schüttelte den Kopf.

»Wir haben noch fast zwei Stunden bis Feierabend. Bis dahin ist das Ding geleert. Sagt dem Fahrer, wo er ihn abladen soll, und dann bringt das Zeug in die Halle.«

»Du wirst uns helfen müssen! Allein schaffen wir das nicht«, wandte Bindrich ein.

»Also gut! Ich übernehme den Gabelstapler, während einer von euch die Paletten herrichtet und der andere sie mit einem Steinbock an den richtigen Platz stellt!«

Noch während er redete, wies Wichelmann den Lkw-Fahrer an, wo er stehen bleiben sollte. Der Fahrer schien es sehr eilig zu haben, denn er ließ den Container eine ausfahrbare Rampe hinabrutschen, fuhr ein paar Meter nach vorne und zog seine Rampe wieder ein. Danach verließ er den Lkw und hielt Wichelmann, der geschäftig näher gekommen war, die Begleitpapiere vor die Nase.

»Hier unterschreiben!«, sagte er mit starkem niederländischem Akzent. Eine Minute später war alles erledigt, und der Lkw rollte samt dem nun leeren Tieflader wieder ab.

»Wenn der heut noch nach Holland fahren will, muss er ordentlich aufs Gas drücken«, spottete Bindrich und begann, die Schrauben zu lösen, mit denen der Container verschlossen war. Sein Kollege Turner half ihm dabei, machte dann aber eine Pause und zog eine Zigarette aus der Packung.

»Ich muss eine rauchen, sonst ärgere ich mich noch mehr«, meinte er, als Bindrich ebenfalls innehielt.

»Ein wahrer Freund würde mir auch eine anbieten«, antwortete Bindrich. Er erhielt die Zigarette, zündete sie an und arbeitete dann weiter.

Nach einer Weile waren sämtliche Schrauben entfernt, und die beiden zogen an den Türen des Containers. Diese ruckten ein wenig und saßen dann fest.

»Muss das ausgerechnet heut noch am heiligen Freitag sein?«, schimpfte Bindrich und zerrte stärker. Aber die Containertüren gingen nicht auf.

Missgelaunt drehte Bindrich sich zu Wichelmann um, der mit den Händen in den Hosentaschen hinter ihnen stand. »Was haben die uns heut für ein Gelumpe geschickt? Die Türen klemmen!«

»Ihr habt anscheinend wieder zu viel gesoffen, ihr Idioten! Irgendwann melde ich das nach oben, und dann kriegt ihr einen zwischen die Hörner, dass es nur so pfeift!« Mit diesen Worten trat Wichelmann zu den beiden, fasste die Tür und riss sie mit einem heftigen Ruck auf.

»So geht es!«, rief er triumphierend.

Es ertönte ein ohrenbetäubendes Krachen, und im nächsten Moment hüllte eine Stichflamme die drei Männer ein. Die Explosion war so heftig, dass in den umliegenden Gebäuden etliche Fensterscheiben zu Bruch gingen.

Als die junge Empfangsdame entsetzt aus dem Haus stürzte, sah sie Wichelmann, Bindrich und Turner reglos am Boden liegen. Aus zahllosen Wunden floss Blut und bildete mit seinem Rot einen grauenhaften Kontrast zu den schwarz verbrannten Leibern.

Oben im ersten Stock stand Dr. Trendler am zerborstenen Fenster seines Labors und fühlte eine eisige Hand an seinem Herzen. Der Tod hatte erneut zugeschlagen und war ihm näher gekommen als je zuvor.

6

6.1

Auf welchem Weg auch immer Professor Claaßen an die Passagierdaten von Wien-Schwechat gelangt war – für Mena war das nach einer ganzen Reihe von frustrierenden Tagen ein erster Erfolg. Die eigentliche Arbeit begann jedoch erst, denn sie musste diese Daten mit denen aus den Polizeiarchiven abgleichen. So kaltblütig, wie Stadlers Mörder vorgegangen war, musste es ein Profi gewesen sein, und die hatten in der Regel schon einmal eingesessen.

Noch während Mena hoffte, dass diese Person der Polizei aufgefallen war, blinkte auf dem Bildschirm die Zeile »Übereinstimmung gefunden« auf. Sie beugte sich vor und las den Namen, der hier gekennzeichnet wurde.

»Claus Wenske, Flug AB 8514 nach Paris.«

Rasch startete Mena einen Suchlauf in den Polizeiakten und wurde kurz darauf fündig. Claus Wenske, achtunddreißig Jahre alt, geboren in Berlin, seit zwölf Jahren in München ansässig, hatte bislang dreimal im Gefängnis gesessen, einmal davon wegen schwerer Körperverletzung mit Todesfolge. Bei seiner letzten Strafe hatte er sich im Gefängnis einer Therapie unterzogen. Laut dem Gutachten eines Gefängnispsychologen war er danach als unbedenklich eingestuft und wegen guter Führung vorzeitig entlassen worden.

»Wenn Wenske wirklich Stadlers Mörder ist, gehört der Psychologe ebenfalls entlassen – wegen erwiesener Unfähigkeit!«, schimpfte Mena, während sie Wenske weiter nachspürte.

Begonnen hatte er seine Karriere als Jugendlicher mit Autodiebstählen. Dies passte ins Bild. Immerhin hatte sie selbst den gestohlenen Wagen in der Nähe von Miss Jeannines Wohnung gesehen. Kurz entschlossen griff sie nach dem Hörer und wählte Claaßens interne Nummer an.

»Du, Irmbert!«, sagte sie, als ihr Chef sich meldete. »Die Polizei sollte den Wagen, der vor ein paar Tagen hier in Augsburg gefunden wurde, wie auch Stadlers Auto nach Spuren eines gewissen Claus Wenske überprüfen!«

»Du hast etwas herausgefunden. Warte, ich komme!«

Keine zwei Minuten später stürmte Claaßen in ihr Zimmer und starrte auf ihren Bildschirm. »Der Kerl hat ja einiges auf dem Kerbholz! Da wundert es einen schon, dass sie so einen frei herumlaufen lassen«, murmelte er, nachdem er Wenskes Strafregister durchgelesen hatte.

»Der Mann war laut dem Gutachten des zuständigen Psychologen auf einem guten Weg, sich wieder in die Gesellschaft einzugliedern. Er ist auch drei Jahre lang nicht auffällig geworden«, verteidigte Mena das Justizsystem, obwohl sie es vorhin selbst kritisiert hatte.

»Das hilft seinem Opfer auch nichts mehr!« Claaßen klang grantig, obwohl er selbst begriff, dass eine Strafe nun einmal dem Delikt angemessen sein musste.

»Noch ist es nicht erwiesen, dass Wenske Stadler ermordet hat«, wandte Mena ein. »Meine bisher gesammelten Daten sprechen jedoch dafür.«

Claaßen lächelte ihr dankbar zu. »Ich werde meinem Freund Huber deinen Verdacht mitteilen. Vielleicht kann er die Untersuchung der Autos veranlassen. Wenske hätte beide Autos vollständig ausbrennen lassen müssen, um jede Spur zu beseitigen.«

»Das wäre zu auffällig gewesen. So aber hatte er einige Tage Zeit, seine Spur zu verwischen«, erklärte Mena.

»Auf jeden Fall ist er ein heißer Kandidat! Vielleicht findest du noch mehr über ihn heraus! Ich tätige gleich ein paar Anrufe!« Claaßen wollte die Informationen, die er von Mena erhalten hatte, sofort weitergeben, damit sie überprüft werden konnten. Während er die Tür hinter sich schloss, begann Mena ein Umgebungsraster von Wenske zu erstellen, indem sie alle Daten auswertete, die sie über ihn finden konnte. Auch wenn er selbst kaum Spuren hinterlassen hatte, so fand sie doch den einen oder anderen Twitter- oder Facebook-Eintrag, in dem er erwähnt wurde.

Bei ein paar Meldungen schüttelte sie ungläubig den Kopf. Es gab tatsächlich Leute, die einen Mann, der einen anderen Menschen getötet hatte, cool fanden und dies auch hinausposaunten. Ihr half es jedoch, die Kneipen herauszufinden, in denen Wenske verkehrt hatte, und sie stieß sogar auf den Namen seiner Freundin. Diese arbeitete bei einem kleinen Export- und Importgeschäft in der Münchner Innenstadt und war ihrem Bild bei Facebook nach recht hübsch. Da auch das Geschäft selbst bei Facebook zu finden war, erhielt Mena nach zwei weiteren Klicks dessen Telefonnummer und Adresse.

Einen kurzen Moment zögerte sie noch, dann rief sie diese Nummer an. Als sich eine Männerstimme meldete, fragte Mena nach Wenskes Freundin.

»Die Bina ist derzeit nicht da. Die hat überraschend Urlaub genommen und ist schon vor ein paar Tagen ins Ausland geflogen«, gab der Mann mit kaum verhohlenem Ärger zurück.

»Danke für die Auskunft!«, antwortete Mena und legte auf.

Es passte alles zusammen. Da war das gestohlene Auto in Augsburg, Stadlers Leiche bei Freilassing, sein Wagen in der Nähe des Wiener Flughafens, Wenskes Flug von dort nach Paris und jetzt auch noch der überraschende Urlaub und Abflug seiner Freundin.

Nachdem sie einen weiteren Suchlauf gestartet hatte, griff Mena erneut zum Telefon und rief ihren Chef an. »Irmbert, glaubst du, dass du auch an die Fluggastdaten vom Münchner Flughafen kommst?«, fragte sie, nachdem Claaßen sich gemeldet hatte.

»Ich werde es versuchen. Gibt es eine neue Spur?«

»Wenskes Freundin hat vor ein paar Tagen das Land verlassen.«

»Das hast du herausgebracht? Du bist wirklich unglaublich.«

Claaßens Lob kaum aus tiefstem Herzen, wirkte auf Mena jedoch übertrieben. Immerhin hatte sie nur ihren Job gemacht. Bevor sie dies jedoch sagen konnte, verabschiedete ihr Chef sich und legte auf.

6.2

Eine knappe Stunde später trat Claaßen in Menas Arbeitszimmer. Seine Miene wirkte grimmig, als er sich den in der Ecke stehenden zweiten Stuhl heranzog.

»Ich hatte eben ein langes Telefongespräch mit meinem Freund Huber vom Innenministerium in München. Er sagt, ohne einen handfesten Beweis kann die Staatsanwaltschaft Wenske nicht zur Fahndung ausschreiben lassen. Allerdings hat er versprochen, uns bei unseren Nachforschungen zu unterstützen.«

»Und wie?«, fragte Mena.

»Indem er uns Daten zur Verfügung stellt, an die wir sonst nicht kommen würden. Übrigens muss in Stadlers Kaffeerösterei etwas passiert sein. Mein Freund sagte, es wären mehrere Streifenwagen dorthin unterwegs.«

Mena zuckte zusammen. »In Stadlers Kaffeerösterei? Wenn da nicht diese Bande dahintersteckt, will ich keine Pasta mehr bei Toni essen!«

»Mal den Teufel nicht an die Wand!« Claaßen stand auf und wollte in sein Büro gehen, um mehr zu erfahren. Da schob Mena ihre Tastatur zurück und nahm ihre Umhängetasche.

»Ich glaube, es ist besser, wenn Frithjof und ich zur Kaffeerösterei fahren und nachsehen, was dort passiert ist!«

»Willst du nicht warten, bis ich mehr herausgefunden habe?«, fragte Claaßen, doch Mena schüttelte den Kopf.

»Es könnte auf ein paar Minuten ankommen! Frithjof und ich haben schon einmal versucht, Dr. Trendler zum Reden zu bringen. Vielleicht gelingt es uns diesmal.«

Wenn er überhaupt noch lebt, setzte sie für sich hinzu. Ihre schlimmste Vorstellung war, dass die Banditen auch diesen Zeugen beseitigten. Da die Lagerarbeiter nicht viel erzählen konnten, war es doppelt wichtig, dass Trendler endlich die Karten aufdeckte.

Das sagte sie wenig später auch zu Frithjof, als sie in dessen Wagen saßen und quer durch Augsburg in Richtung Friedberg fuhren.

»Wie hoch ist die Wahrscheinlichkeit, dass es Trendler erwischt hat?«, fragte Frithjof.

»Leider sehr hoch! Er ist nach Stadlers Tod der Einzige, der sagen kann, was sich in dem vertauschten Container befand. Dass es sich dabei nur um normale Lamawolle gehandelt hat, glaube ich einfach nicht.«

»Ich auch nicht«, stimmte Frithjof Mena zu und fluchte im nächsten Augenblick über einen Radfahrer, der ihn vom Gehweg herabfahrend schnitt, um nach links abzubiegen.

»Der Kerl hat anscheinend Tomaten auf den Augen oder er ist lebensmüde!«, fluchte er, während sein Hintermann, durch das heftige Bremsmanöver verärgert, dauerhupte.

»Der hat auch einen Sprung in der Schüssel«, setzte Frithjof hinzu, während er weiterfuhr. Der andere überholte ihn hupend und machte mit der Rechten den Scheibenwischer.

In einer Reflexbewegung zog Mena ihre Handykamera und bannte den anderen auf die Speicherplatte. Um ihn zu ärgern, fotografierte sie auch noch grinsend das Nummernschild seines Wagens. Einen Augenblick sah es so aus, als wolle der Mann ihren Wagen schneiden und zum Stehen zwingen, doch als Mena demonstrativ ihr Handy hochhielt, drückte er aufs Gas und raste mit überhöhter Geschwindigkeit davon.

»Ich hoffe, der trifft bald auf einen Polizisten mit einer Laserpistole«, sagte Mena, während sie ihr Handy wieder einsteckte.

»Schuld war der depperte Radfahrer. Wenn der nicht rübergezogen hätte, wäre nichts passiert«, wandte Frithjof ein.

»Wenn der sich keinen anderen Fahrstil zulegt, trifft er irgendwann auf einen Autofahrer, der nicht so schnell reagiert wie du!« Dann aber winkte sie ab. »Es reicht ein Polizist, der ihn so abbiegen sieht. Dann ist er seinen Führerschein los, und das, ohne hinter dem Steuer gesessen zu haben.«

Frithjof lachte kurz und konzentrierte sich dann wieder auf den Verkehr. Auch Mena blieb still und fragte sich, was sie bei der Kaffeerösterei erwarten würde.

6.3

Von der Polizei über die Feuerwehr bis zum Technischen Hilfswerk und dem Roten Kreuz war alles aufgefahren, was bei einer Katastrophe gerufen werden konnte. Zudem war das Gelände weiträumig abgesperrt. Frithjof musste daher seinen Wagen gut zweihundert Meter entfernt parken und ging dann mit Mena zusammen auf die Kaffeerösterei zu.

Die zerborstenen Fenster deuteten auf eine heftige Explosion hin. Auf dem Lagerplatz sahen die beiden jedoch nur einen verbeulten Container. Als sie darauf zugehen wollten, trat ihnen ein Polizeibeamter in den Weg.

»Das hier ist abgesperrtes Gelände!«

»Wir sind vom Institut für zeitgeschichtliche Forschungen in Augsburg und sollen hier Fakten sammeln«, antwortete Mena.

Sie sah dem Polizisten an, dass er noch nie von ihrem Institut gehört hatte. Ihr Tonfall aber brachte ihn dazu, den Weg freizugeben. Ohne ihn noch einmal anzusehen, ging sie weiter und entdeckte bald die Farbumrisse vor dem Container, die anzeigten, dass hier Menschen gelegen haben mussten. Mena zählte drei und verspürte ein mulmiges Gefühl. Fast gleichzeitig entdeckte sie Dr. Trendler und atmete auf.

Der Chemiker fuchtelte mit einem Messgerät in der Luft herum und trat dann auf mehrere Männer zu, zwei in Zivil und einer in Uniform. »Das Pulver in dem Container ist ein Ammoniakdünger. Das Zeug dünstet aus, und wenn der Behälter halbwegs luftdicht ist, braut sich ein höllisches Gemisch zusammen. Es braucht nur eine brennende Zigarette, und beim Öffnen des Containers explodiert das Ganze wie eine Bombe«, erklärte Trendler gerade.

Es war Mena gelungen, noch rechtzeitig hinzuzutreten. »Glauben Sie das wirklich?«, fragte sie. »Das sieht mir eher nach einem Sprengstoffanschlag aus!«

Trendler drehte sich um, erkannte sie und biss sich nervös auf die Lippen, bevor er antwortete. »Wollen Sie meine Messungen anzweifeln? Außerdem bin ich vom Fach und Sie nicht. Ich weiß, welche Wucht eine Ammoniakgasansammlung entwickeln kann. Normalerweise wird das Zeug als Schüttgut verfrachtet und gut belüftet, damit sich das Gasgemisch nicht ausbilden kann. Einen Container wie den hätte man vorsichtig öffnen und dann eine halbe Stunde lang ausdünsten lassen müssen. Doch diese Idioten mussten die Türen aufreißen und haben dabei auch noch geraucht!«

»Wie kommt so ein Container mit Dünger überhaupt hierher?«, fragte Mena weiter. »Ich dachte, ihr röstet hier Kaffee?«

»Der Container muss fehlgeleitet worden sein. Das war auch das Pech unserer Lagerarbeiter. Sie haben Kaffee erwartet und keinen Dünger«, erklärte Trendler.

»Vor allem keinen, der explodieren kann!« Mena wurde bissig, denn für ihr Gefühl nahm Trendler die Sache auf die leichte Schulter.

»Wer ist denn verletzt worden?«, fragte Frithjof. Nach Toten wagte er nicht zu fragen. Die Mienen der Männer zeigten jedoch deutlich, dass es hier Opfer gegeben hatte.

»Ein paar Leute wurden durch herumfliegende Glassplitter verletzt. Für unsere Mitarbeiter Bernd Wichelmann, Peter Bindrich und Josef Turner aber kam jede Hilfe zu spät!«, berichtete Trendler düster.

Mena sah zuerst den zerstörten Container an, dann den Chemiker und fühlte eine hilflose Wut in sich aufsteigen. »Das war kein Zufall, sondern Absicht! Zweimal hintereinander wird kein Container aus Versehen vertauscht, vor allem keiner mit einer so gefährlichen Fracht. Sie sollten sagen, was Sie wissen, sonst geht das Ganze weiter!«

Der Polizeihauptkommissar und die beiden Männer in Zivil wirkten verwundert, während Trendler heftig den Kopf schüttelte.

»Ich weiß nicht, was Sie haben! Sie belästigen mich schon die ganze Zeit. Wenn ich sage, es war ein Zusammentreffen mehrerer unglücklicher Umstände, muss Ihnen das genügen. Wie schon gesagt, ich bin hier der Fachmann!« Er wurde ziemlich laut, doch Mena ließ sich nicht einschüchtern.

»Sie sollten den Container nach einer Zündvorrichtung

durchsuchen lassen. Es gibt mit Sicherheit eine!«, sprach sie den Uniformierten an.

»Sie haben hier überhaupt nichts zu sagen!«, blaffte Trendler sie an. »Was machen Sie eigentlich hier? Sie haben hier nichts verloren! Das ist Privatgelände. Machen Sie, dass Sie und Ihr Begleiter fortkommen, sonst lasse ich Sie von der Polizei entfernen!«

»Dr. Trendler, nehmen Sie doch Vernunft an!«, beschwor Mena ihn. »Sie wissen genau, dass dies hier nicht mit rechten Dingen zugeht. Ihr oberster Chef ist ermordet worden, und jetzt sind Ihre drei Lagerarbeiter bei einer Explosion ums Leben gekommen. Ihnen muss doch klar sein, dass auch Sie auf der Liste dieser Männer stehen!«

»Das ist doch Unsinn!« Trendler musterte sie giftig und wandte sich dann an den Polizeihauptkommissar. »Sorgen Sie bitte dafür, dass diese beiden Leute von hier verschwinden. Sie verfolgen mich schon die ganze Zeit mit ihren kruden Verschwörungstheorien!«

»Dr. Trendler, Sie wissen genau, dass ich recht habe«, rief Mena.

Da winkte der Polizeibeamte mehrere Untergebene heran und wies auf Frithjof und sie.

»Nehmen Sie diese beiden Leute wegen Hausfriedensbruch fest. Was ihnen sonst noch nachzuweisen ist, wird sich zeigen!«

»Das ist doch blanker Unsinn!« Frithjof stieß den Polizeibeamten, der ihn packen wollte, mit einer heftigen Bewegung zurück. Sekunden später stürzten sich vier Beamte auf ihn, rangen ihn zu Boden und rissen ihm die Arme nach hinten auf den Rücken. Handschellen klackten, dann traten die Polizisten zurück.

Als Frithjof sich taumelnd erhob, sah Mena bestürzt, dass seine Stirn aufgerissen war und er aus der Nase blutete. Im nächsten Moment wurde auch sie auf den Boden gestoßen. Einer kniete sich auf ihren Rücken und zerrte so fest an ihren Haaren, dass sie vor Schmerzen aufschrie. Auch ihr wurden die Hände mit Handschellen gefesselt. Danach rissen zwei der Beamten sie hoch und schleppten sie zu einem VW-Bus.

Ein Polizist öffnete eine der hinteren Türen, und sie wurde hineingeschoben. Die Beamten wollten auch Frithjof in den Wagen sperren, doch da kam eine Rettungssanitäterin herbei, die bereits die Leichtverletzten betreut hatte.

»Den werde ich besser verbinden!«, meinte sie.

»Der kann ruhig so bleiben, wie er ist«, schnaubte einer der Polizisten.

Die Sanitäterin blieb stehen und zuckte mit den Achseln. »Auch gut! Aber dann blutet er Ihnen das ganze Fahrzeug voll.«

Nach kurzem Nachdenken nickte der Polizist. »Also gut, verbinden Sie den Kerl. Er hat es zwar nicht verdient, aber ich will nicht seinetwegen unseren Wagen sauber machen müssen!« Er stieß Frithjof gegen die Tür, grinste, als dieser vor Schmerzen das Gesicht verzog, und kehrte dann zu dem Schauplatz der Explosion zurück.

»Das sieht nicht gut aus!«, fand die Sanitäterin, während sie Frithjof ein Tuch vor die Nase hielt, um die Blutung zu stillen. »Sie haben sich an der Stirn ganz schön angestoßen. Damit sollten Sie auf jeden Fall zum Arzt gehen. Nicht dass Sie sich eine Infektion holen.«

»Die Polizei, dein Feind und Schläger«, murmelte Frithjof in Abwandlung eines anderen Spruchs und sah dann die Sanitäterin an. »Können Sie auch nach meiner Kollegin schauen? Die ist von diesen Herren auch nicht gerade sanft angefasst worden!«

»Mach ich!« Ohne sich von den schiefen Blicken eines in der Nähe stehenden Polizisten beeindrucken zu lassen, öffnete die Frau die Tür des Kleinbusses und beugte sich über Mena, die verkrümmt im Wagen lag.

»Ist es schlimm?«, fragte sie.

Mena keuchte, als sie der Sanitäterin den Kopf zuwandte. »Mein Rücken tut mir da, wo dieses Ar... äh, der Beamte mir das Knie reingedrückt hat, saumäßig weh. Außerdem haben sie mir die Arme zu weit nach hinten gedreht.«

»Gegen die Schmerzen kann ich Ihnen leider nichts geben. Das darf nur der Notarzt, aber der ist schon wieder weg, als er gesehen hat, dass die drei Männer tot waren und die Verletzten versorgt waren. Sonst riskiere ich, dass sie mich rausschmeißen.«

»Das will ich nicht«, sagte Mena und überlegte. »Sie können mir aber einen anderen Gefallen tun. So wie ich die Herrschaften in Grün einschätze, lassen die uns hier erst einmal im Auto schmoren, bis wir schwarz geworden sind, und stecken uns anschließend in ihre Arrestzelle. Wenn wir Glück haben, dürfen wir dann mit einem Anwalt telefonieren, wenn nicht, vielleicht erst morgen.«

»Sie meinen, ich soll einen Anwalt anrufen?«, schloss die Sanitäterin aus Menas Worten. Diese schüttelte den Kopf.

»Ich habe noch mein Handy in der Hosentasche, komme aber wegen der Handschellen nicht ran. Nehmen Sie es bitte an sich und rufen Sie unseren Chef an. Die Nummer ist unter Claaßen gespeichert. Sagen Sie ihm, was passiert ist. Er wird dann schon wissen, was zu tun ist!«

»Mach ich!« Die Sanitäterin zog Menas Handy heraus und steckte es gerade noch rechtzeitig ein, bevor der Polizist zurückkam.

»Sind Sie endlich fertig mit den beiden?«, fragte er grimmig.

Die Sanitäterin nickte. »Ich habe die Blutungen des Mannes gestillt, kann aber für die Frau nichts tun. Dabei hat sie starke Schmerzen!«

»Sie ist selber schuld! Was treibt sie sich auch hier herum«, antwortete der Polizist und funkelte Frithjof an. »Was ist, steigst du selber ein, oder muss ich nachhelfen?«

Frithjof biss die Zähne zusammen und kletterte wegen seiner auf den Rücken gefesselten Hände schwerfällig in den Wagen. Dabei bemühte er sich, nicht auf Mena zu treten, die sich nun weiter nach vorne schob, um ihm Platz zu machen.

»Das ist wirklich eine verdammte Scheiße«, fluchte er.

»Das kannst du dick unterstreichen!« Mena fauchte leise und betete, dass die Sanitäterin tatsächlich Claaßen anrief.

Frithjofs Gedanken gingen derweil in eine andere Richtung. »Mir wäre es lieber, ich hätte dem Polizisten einen ordentlichen Kinnhaken verpasst, anstatt ihn nur zu schubsen. Schlimmer hätten sie mich in dem Fall auch nicht zurichten können!« Dann fiel ihm ein, dass Mena auch einiges abgekriegt hatte, und wurde kleinlaut.

»Tut mir leid, ich hätte mich beherrschen sollen. Dann wäre wahrscheinlich nichts passiert.«

»Darauf wetten würde ich nicht! Die Polizei langt hier in Bayern öfter mal etwas kräftiger zu, als eigentlich nötig wäre.« Mena fauchte erneut und überlegte, ob sie im Institut nicht eine Untersuchung über Übergriffe bei Polizeieinsätzen anstoßen sollte.

»Wir sollten beide zum Arzt gehen und die Polizisten anzeigen, sobald wir die entsprechenden Atteste haben«, schlug Frithjof vor.

Mena lachte kurz auf. »Mit nur uns beiden als Zeugen gegen eine Gruppe Polizisten, die eisern zusammenhält und sich selbst bei vorsätzlicher Gewalt noch auf Notwehr beruft? Wir hätten nicht die geringste Chance!«

»Leben wir jetzt in einer Demokratie oder in einem Polizeistaat?«, fragte Frithjof wütend.

»Ich würde sagen, gerade noch in Ersterem, wobei die Grenze fließend ist!« Mena hatte zwar immer noch Schmerzen, doch mittlerweile überwog ihre Wut. Zwar gestand sie den Polizisten eine gewisse Anspannung wegen des explodierten Containers zu, trotzdem hätten sie Frithjof und sie niemals so behandeln dürfen.

6.4

Nach einer gewissen Zeit, die Mena nicht abschätzen konnte, wurde die hintere Tür des Kleinbusses wieder geöffnet. »Sie können herauskommen«, sagte ein Polizist. Es war keiner von denen, mit denen Mena und Frithjof bis jetzt zu tun gehabt hatten. Die hielten sich betont abseits und kehrten ihnen den Rücken zu.

Frithjof kletterte mühsam ins Freie. Sein Nasenverband löste sich bereits, und das daran haftende Blut verschmierte sein Hemd. Sofort winkte der Polizist die Sanitäterin heran.

»Kümmern Sie sich um den Mann!« Danach steckte er den Kopf in den Wagen.

»Wie ist es mit Ihnen? Können Sie allein aussteigen?«

Als Mena sich herumdrehen wollte, stach es derartig im Rücken, dass sie stöhnend liegen blieb.

»Warten Sie, ich helfe Ihnen«, bot der Polizist ihr an und griff nach ihr.

»Fassen Sie mich nicht an!«, fauchte Mena und zog sich so weit zurück, wie es ging.

»Wenn Sie meinen!« Der Polizist trat beiseite und sah zu, wie Mena sich mühsam aus dem Wagen wand. Danach holte er einen Schlüssel aus der Tasche.

»Stellen Sie sich mit dem Rücken zu mir, damit ich Ihnen die Handschellen abnehmen kann!«

Mena lag eine bissige Bemerkung auf der Zunge, doch sie schluckte sie herunter und drehte sich so zu ihm, wie er es wollte. Sekunden später waren ihre Arme frei. Sie sah sich die Handgelenke an, die tiefe rote Striemen aufwiesen, und griff sich dann an die schmerzende Stelle im Rücken.

»Ich hoffe nicht, dass ich je auf die bayerische Polizei angewiesen bin. Es würde mir in der Seele wehtun, ihr dankbar sein zu müssen!«, zischte sie und schaute sich dann Frithjof an.

Sein Nasenbluten hatte aufgehört, trotzdem sah er noch schlimm aus. Die ganze Stirn war aufgeschlagen, und sein linkes Auge färbte sich immer dunkler.

»Wie geht es dir?«, fragte sie besorgt.

»So als wenn Wladimir Klitschko mich eine Runde lang als Trainingspartner verwendet hätte«, antwortete ihr Kollege bissig.

Mena bleckte die Zähne. »Wenn unsere Polizei den gleichen Einsatz bei der Verfolgung von Verbrechern zeigen würde, wären wir das sicherste Land der Welt. Aber was ist jetzt? Warum haben Sie uns aus dem Bus geholt?« Die Frage galt dem Polizisten, der sich in seiner Haut nicht gerade wohlzufühlen schien.

»Wir haben einen Anruf erhalten, dass alles ein Irrtum war. Sie können gehen!«

Mena warf einen Blick zu der Explosionsstelle hin. Dort war niemand mehr. Wie es aussah, hatten Trendler und die Kripobeamten sich ins Gebäude zurückgezogen. Einen Augenblick überlegte sie sich, ob sie nicht doch versuchen sollte, noch einmal mit dem Chemiker zu sprechen, wandte sich dann aber ab. Sie hatte keine Lust, erneut wegen Hausfriedensbruchs mit der Polizei aneinanderzugeraten. Außerdem, sagte sie sich, war der Mann selbst schuld, wenn ihm etwas zustieß. Frithjof und sie hatten ihm zweimal die Zusammenarbeit angeboten. Doch wenn er glaubte, auf seine duckmäuserische Art sicherer zu sein, konnte sie ihm nicht mehr helfen.

»Komm, Frithjof! Glaubst du, dass du fahren kannst?«, sagte sie zu ihrem Kollegen.

»Ich habe starke Kopfschmerzen und Sehstörungen«, antwortete Frithjof. »Wie es aussieht, muss ich wirklich zum Arzt.«

»Dann fahre ich!«

»Hast du überhaupt einen Führerschein?«, fragte Frithjof, da Mena sonst immer die öffentlichen Verkehrsmittel benützte und seines Wissens auch kein Auto besaß.

»Natürlich!« Mena verschwieg dabei, dass sie bereits mehrere Jahre nicht mehr am Steuer gesessen hatte und davor auch nur selten. Doch sie wollte diesen Ort so schnell wie möglich verlassen und nicht auf ein Taxi warten.

Schon im Gehen begriffen erinnerte sie sich daran, dass sie ihr Handy der Sanitäterin gegeben hatte. Sie holte es rasch zurück, setzte sich hinters Steuer und war erst einmal froh, dass Frithjofs Auto älteren Datums war und sie daher mit der Bedienung zurechtkam.

6.5

Es ging weitaus besser, als Mena befürchtet hatte. Frithjofs Wagen ließ sich unkompliziert fahren, und so kamen sie gut nach Augsburg. Da Frithjof keinen Hausarzt hatte, nahm Mena ihn zu dem ihren mit. Sie mussten nicht lange warten, doch während sie selbst rasch versorgt war, dauerte es bei Frithjof länger. Sein Impfschutz gegen Wundstarrkrampf, Hepatitis und ein paar andere Krankheiten war längst abgelaufen, und so setzte ihm der Arzt die Spritzen, die er für notwendig hielt.

Bis ihr Kollege wieder aus dem Sprechzimmer kam, hatte Mena drei Illustrierte durchgeblättert und sich dabei gewundert, für was sich die Leute alles interessierten.

»Was machen wir jetzt?«, fragte Frithjof. Ihm graute es, sich mit seinem blauen Auge, der geschwollenen Nase und dem blutigen Hemd im Institut sehen zu lassen.

Doch genau das war Menas Absicht. Sie selbst sah zwar nicht so ramponiert aus wie ihr Kollege, war aber haarscharf am Bruch einer Rippe vorbeigeschrammt. Außerdem hatte sie eine derartige Allergie gegen Männer in grünen Uniformen, dass sie umgehend mit Claaßen sprechen wollte.

Als sie das Institut erreichten, roch es bereits im Eingangsbereich nach Brathähnchen. Bei dem Duft merkte Mena erst, wie hungrig sie war. Der Gedanke, dass Claaßen, Isabelle und Fini es sich hatten gut gehen lassen, während sie und Frithjof der Willkür übereifriger Polizisten ausgeliefert gewesen waren, trieb ihr die Tränen in die Augen. Auch Frithjof sah so aus, als würde er am liebsten wieder gehen.

»Ich mag Brathähnchen doch so gerne!«, flüsterte er und klang dabei mehr wie ein kleiner Junge als ein erwachsener Mann.

Claaßen kam aus der Küche und musterte sie. »Na, da seid ihr ja! Ihr macht mir Sorgen.«

»Schuld war dieser Trendler! Er hat die Bullen auf uns gehetzt und denen gleichzeitig etwas vom Pferd erzählt. Es wäre eine ganz normale Explosion gewesen, die durch die Verkettung verschiedener Umstände entstanden sei«, fauchte Mena wütend.

»Hat man euch wirklich mit Handschellen gefesselt, so wie es die Frau sagte, die mich angerufen hat?«, fragte der Professor.

Mena nickte. »Ja, und zwar so zartfühlend, dass mir jetzt noch die Handgelenke und die Schultern wehtun. Wäre das hier eine normale Firma, würden Frithjof und ich jetzt erst einmal vierzehn Tage krankfeiern.«

»Ich hoffe doch, dass wir eine normale Firma sind«, meinte Claaßen lächelnd. »Doch kommt erst einmal in die Küche. Isabelle und ich waren der Meinung, dass ihr nach dieser Aufregung eine Stärkung verdient habt!«

»Es gibt Brathähnchen!«, rief Frithjof und stürmte in die Küche.

Dort war Isabelle gerade dabei, Kartoffelsalat in kleine Schüsselchen umzufüllen. Als sie Frithjofs ramponiertes Gesicht sah, stieß sie einen Schrei aus.

»Mein Gott, du siehst ja schrecklich aus!«

»Ich fühle mich auch so!« Noch während Frithjof es sagte, starrte er begehrlich das Brathähnchen an, das Fini eben aus der Warmhaltepackung nahm und geschickt in zwei Hälften teilte.

»Du sagtest doch, dass du gerne Gummiadler isst«, sagte sie lächelnd.

»Das sind hoffentlich keine Gummiadler mit einer Million Flugstunden«, antwortete Frithjof und nahm den Teller entgegen.

»Zum Trinken gibt es Cola, Cola light und alkoholfreies Bier«, warf Claaßen ein.

»Ich nehme das alkoholfreie Bier – und du?«, fragte Frithjof Mena. Diese überlegte kurz und holte sich dann eine Coladose aus dem Kühlschrank.

»Ich mag kein richtiges Bier und kann auch dem alkoholfreien wenig abgewinnen«, sagte sie, öffnete die Dose und füllte den Inhalt vorsichtig in ein Glas.

»Die Brezen sind ganz frisch! Die hat die Bäckereiverkäuferin vorhin erst aus dem Ofen genommen«, erklärte Fini.

Frithjof nahm eine und begann zu essen. »Ich wusste gar nicht, dass von der Polizei festgesetzt zu werden so hungrig macht«, sagte er mit vollem Mund.

»Das war schon eine dumme Sache! Ich habe mit meinem Freund Huber telefoniert und bin froh, dass dessen Einfluss ausgereicht hat, euch wieder freizulassen. Als Gegenleistung musste ich ihm allerdings versprechen, dass ihr keine Anzeige gegen die Beamten erhebt.«

Claaßen klang besorgt, denn er hatte sich nicht vorstellen können, dass Mena und Frithjof so übel behandelt worden waren.

Empört fuhr Mena auf. »Sollen diese übergeschnappten grünen Männchen vielleicht straflos davonkommen?«

»Mein Informant meinte, dass es besser wäre, den Ball flach zu halten, denn er will noch länger mit uns zusammenarbeiten. Außerdem fürchtet er den Korpsgeist der Polizeibeamten. Die würden euch einen Strick aus der Sache drehen«, mahnte Claaßen sie.

»Dreh einen Strick – für einen schiefen Blick! Das reimt sich sogar!« Es gelang Isabelle, mit dieser Bemerkung die Anspannung zu lösen, die Mena und Frithjof noch immer in den Klauen hielt. Die ausgezeichneten Brathähnchen und die Fürsorge, die Isabelle, Fini und Claaßen den beiden angedeihen ließen, taten ihr Übriges. Zuletzt lehnte Mena sich satt und halbwegs zufrieden zurück und sah ihren Chef an.

»Also gut, ich halte den Mund. Aber ein zweites Mal brauchen mir die grünen Burschen nicht schief zu kommen!«

»Dann machen wir uns auf Bullenjagd«, setzte Frithjof grinsend hinzu.

»Mit einer Flinte, mit Pfeil und Bogen oder mit blanken Händen?«, spottete Isabelle.

»Mit der Kraft der Worte! Das tut diesen Leuten mehr weh als alles andere. Ich habe gute Verbindungen zu einigen überregionalen Zeitungen und werde diese, wenn es sein muss, gnadenlos ausnützen!« Mena klang angriffslustig, winkte dann aber ab und wandte sich Claaßen zu. »Hat dir dein Freund Huber wenigstens etwas Neues berichten können?«

6.6

Es war ein Leben, wie Claus Wenske es liebte. Direkt vor dem Haus, in dem er sich eingemietet hatte, begann der mit Palmen gesäumte Strand, ein paar Hundert Meter entfernt hatte ein Ire einen Pub eingerichtet, und die Garküche daneben war von einer Qualität, die kein asiatisches Restaurant in Deutschland erreichte. Das Essen war spottbillig, und da auch seine Miete überschaubar blieb, konnte er mit Mittags Belohnung und seinen eigenen Ersparnissen die nächsten Jahre durchkommen. Allerdings nahm er sich vor, sich spätestens in zwölf Monaten bei Mittag zu melden und diesen um Schweigegeld anzugehen. Wenn er es klug anfing, mussten der Anwalt und dessen Auftraggeber ihm und Bina den gesamten Rest seines Lebens über angenehme Verhältnisse finanzieren.

Bei dem Gedanken an seine Freundin grinste er breit. Da sie schnell genug nachgekommen war, musste er selbst keinen Handschlag tun. Sie holte ihm das Bier aus dem Kühlschrank, kaufte ein und machte sauber. Damit kam sie ihn billiger als eine einheimische Putzfrau, und er brauchte sich auch kein Mädchen zu suchen, das mit ihm ins Bett ging.

Auch jetzt arbeitete Bina wieder mit Besen und Schaufel, hielt aber mitten in der Arbeit inne und sah ihn an. »Für ein paar Wochen Urlaub ist so was ja ganz schön, aber auf Dauer möchte ich das nicht machen. Ich brauche eine Beschäftigung.«

»Die hast du doch, indem du hier sauber hältst und mich umsorgst«, antwortete er anzüglich.

»Das meine ich nicht! Ich will eine richtige Arbeit. Wir könnten doch den Winter über hierbleiben und Frühjahr, Sommer und Herbst nach Deutschland zurückkehren. Dort könnte ich wieder im Laden aushelfen. Ein paar Hundert Euro im Monat sind's auch.«

Bei dem Wort Deutschland verzog Wenske das Gesicht. »Ich habe meine Gründe, Deutschland vorerst zu meiden«, sagte er.

Seine Freundin sah ihn enttäuscht an. »Hast wieder was ausgefressen? Dabei hast du mir hoch und heilig versprochen, sauber zu bleiben!«

Das Versprechen hatte Wenske zwar gegeben, aber nie daran

gedacht, es auch zu halten. Schließlich musste er von etwas leben, und als gewesener Knastbruder bekam man nun einmal keinen Direktorenposten. Das Bina zu erklären erschien ihm jedoch unnötig kompliziert, daher stand er auf und zog sie an sich.

»Hier lässt es sich doch ganz gut aushalten. Wenn in ein paar Jahren Gras über die Sache gewachsen ist, kehren wir nach Deutschland zurück!«

Die junge Frau atmete mehrmals tief durch und blickte dann durch das Fenster auf das Meer hinaus. »Also gut! Bleiben wir einige Zeit hier. Aber dann will ich mehr tun als hier einmal in der Woche ein bisschen mit dem Besen kehren. Was meinst du, ob ich vielleicht bei Paddy als Aushilfskellnerin anfangen kann?«

Die Idee gefiel Wenske ganz und gar nicht. Der Ire war zwar ein paar Jahre älter als er und etwas rundlich, aber ein fröhlicher Mann, der hübschen Frauen nicht abgeneigt war.

»Paddy hat doch seine zwei einheimischen Mädels, die in seinem Pub bedienen. Wenn er eine von denen wegen dir entlassen würde, gäbe es böses Blut. Diese Sippen hängen eng zusammen, und du willst doch nicht, dass sie uns die Hütte über dem Kopf anzünden!« Für so schlimm hielt Wenske die Situation zwar nicht, aber er wollte Bina einschüchtern.

»Na ja, wenn du meinst, muss ich mir was anderes suchen. Vielleicht sollte ich einen Laden aufmachen! Jetzt müssen wir immer ein paar Kilometer mit dem Bus fahren, wenn wir einkaufen gehen wollen.«

»So einen Laden einzurichten kostet Geld, und das brauchen wir zum Leben!« Wenske war nicht bereit, auch nur einen Cent für etwas anderes auszugeben als für seine Bequemlichkeit. Damit hatte Bina sich abzufinden.

Während seine Freundin eine Schnute zog und wieder zum Besen griff, verließ er das einfache Haus und schlenderte barfuß den Strand entlang. Sein Ärger über Binas Wünsche schwand beim Anblick des schier endlosen Sandstrands und des Meeres, dessen Türkis sich am Horizont mit dem strahlenden Blau des wolkenlosen Himmels vereinigte. So stellte er sich das Paradies vor. Dazu genug Bier, gutes Essen und eine scharfe Frau im Bett. Mehr konnte ein Mann sich nicht wünschen.

Wenskes Zufriedenheit wuchs mit jedem Schritt. Bald hatte er das kleine Ferienresort hinter sich gelassen und wanderte auf das nächste zu, das nur wenige Kilometer entfernt lag. Es gab dort mehr Touristen und dazu all den Rummel, den diese erwarteten. Gelegentlich würde er hinlaufen und sich Landsleuten als Führer anbieten. Das brachte auch ein paar Euro in die Tasche, und dann wohnten dort immer wieder Frauen, die nichts gegen eine kleine Extrabehandlung hatten.

Solchen Gedanken nachhängend bemerkte Wenske zunächst gar nicht, dass zwei Männer aus dem Palmenwäldchen kamen und ihm folgten. Sie holten nur langsam auf, doch irgendwann nahm er ihre Schatten wahr und blieb stehen. Einer der beiden kam ihm bekannt vor, dennoch brauchte er ein paar Sekunden, bis ihm die Erleuchtung kam.

»Mike Görges höchstpersönlich! Wie kommst du auf diese einsame Insel?«

»Hallo, Claus! So sieht man sich wieder! Wie lange ist es jetzt her, dass wir in Straubing voneinander Abschied genommen haben?«

»Drei Jahre.«

»Damals haben sie uns beide am selben Tag entlassen, obwohl du noch eine halbe Woche hättest sitzen müssen. Die wollten sich von dir nicht ihre Feiertage kaputtmachen lassen!« Görges lachte und klopfte Wenske auf die Schultern. »Das ist aber eine Überraschung, ausgerechnet dich hier zu finden. Dachte mir gestern bei der Ankunft schon, wenn das nicht mein alter Kumpel Claus Wenske ist, fresse ich einen Besen.«

»Den braucht meine Freundin zum Saubermachen«, witzelte Wenske. »Aber noch mal die Frage: Wie kommst du ausgerechnet auf diese Insel?«

»Ich bleibe bloß ein paar Tage hier, sozusagen auf Aktivurlaub. Wollte mal was anderes sehen als die muffigen Mienen der Leute in Deutschland.«

Wenske nickte. »Da hast du recht! Die sind mir auch auf die Nerven gegangen. Aber was sagst du zu einem Glas Bier in einem echt irischen Pub?«

»Vielleicht später! Mein Freund und ich wollen eine kleine Bootsfahrt unternehmen. Hast du Lust mitzukommen? Wir könnten danach zu dem Iren gehen. Ich lade dich ein!«

»Dagegen habe ich nichts!« Wenske ging mit, froh, jemanden getroffen zu haben, mit dem ihn mehr als nur die Nationalität verband. Zwar kannte er Görges nicht besonders gut, hatte aber gehört, dass dieser einige Leute beschäftigte, die nicht gerade einem Gewerbe nachgingen, das der Polizei gefiel. Kurz zögerte er dennoch, schob das aufgekommene Unbehagen aber kurzerhand beiseite. Immerhin war er mehr als zehntausend Kilometer von der Heimat entfernt und hatte seine Spur sorgsam verwischt.

Doch so gut, wie er dachte, war ihm das nicht geglückt. Zwar hatte Mena wegen der Ereignisse, die seit dem Mord an Stadler geschehen waren, seiner Spur noch nicht bis zum Ende folgen können, doch Reinhart Mittag war es gelungen. In dessen Auftrag waren Mike Görges und dessen Begleiter auf die Insel gekommen. Wenske machte es ihnen leicht, denn er folgte ihnen zum nächsten Touristenresort und stieg mit in das Motorboot, das an einem Steg dümpelte. Görges hatte es für eine ganze Woche gemietet.

»Nicht übel, der Kahn!«, fand Wenske, als sie losfuhren. In der Ferne sah er die einheimischen Fischer, die von einem solchen Boot nur träumen konnten.

Görges nickte grinsend. »Bei einem Boot ist es dasselbe wie bei einem Auto. Es muss schnell sein!«

»Habt ihr Bier an Bord?« Das war Wenske wichtiger als die Geschwindigkeit.

»Scheiße! Das haben wir vergessen«, sagte Görges und winkte ab. »Dann trinken wir eben in deinem Pub mehr.«

»Dann sollten wir aber nicht zu lange auf dem Wasser bleiben. Ich habe Durst!« Wenske lachte und nahm nicht wahr, wie Görges zur Insel zurückblickte und die Entfernung bis dorthin schätzte.

»In einer guten Viertelstunde will ich umkehren. Weißt du was? Wir fahren gleich zu dem Resort, in dem du wohnst. Dann haben wir es nicht so weit bis zu dem Pub!« Nun lachte auch Görges, und es sah aus, als würde zwischen den Männern im Boot absolute Harmonie herrschen.

Eine Viertelstunde später blickte Görges sich erneut um und nickte seinem Begleiter zu. »Jetzt, Jonas!«

Bevor Wenske wusste, wie ihm geschah, packte der Mann ihn, riss ihn hoch und warf ihn ins Meer. Im ersten Augenblick tauchte er unter, kam dann aber wieder hoch und schwamm auf das Boot zu.

»Das war kein besonders guter Scherz«, beschwerte er sich.

»Das ist auch kein Scherz, sondern vollkommener Ernst«, erwiderte Görges mit einem hämischen Lachen.

»Was soll das heißen?« Noch war Wenske zu wütend, um Panik zu empfinden.

Görges zuckte nur mit den Schultern und zog das Boot herum. Schnell wollte Wenske nach dessen Rand greifen, schaffte es aber nicht und sah entsetzt, wie die beiden Männer davonfuhren.

»He! Ihr könnt mich doch nicht hier zurücklassen! Ich schaffe es niemals, bis zur Insel zurückzuschwimmen.« Er erhielt keine

Antwort mehr und kämpfte mit der Angst, elend zu ertrinken. Mühsam streifte er Hemd und seine Hosen ab, um nicht behindert zu werden, und schwamm los. Doch wo war die Insel?, fragte er sich. Er hob den Kopf so hoch, wie er konnte, sah um sich herum aber nur Wasser.

»Verdammt! Ich will nicht ersaufen«, schrie er und brüllte dann: »Hilfe! Hilfe!«

Doch Mike Görges hatte ihn zu einer Stelle gebracht, bei der es auf Meilen keine Fischer und keine Ausflugsboote gab. Mit entsetzlicher Klarheit erkannte Claus Wenske, dass er die hunderttausend Euro, die er für den Mord an Stadler erhalten hatte, niemals würde ausgeben können. Als ihm die Kräfte schwanden, fuhr ihm als Letztes durch den Kopf, dass Bina sich wohl das ganze Geld unter den Nagel reißen und sich in Deutschland an dem Geschäft beteiligen würde, in dem sie bislang gearbeitet hatte. Oder sie blieb hier und tat sich mit dem Iren Paddy zusammen. Danach war nur noch Rauschen in seinen Gedanken, das rasch erlosch.

Mike Görges fuhr unterdessen zu der nächsten Insel, gab dort das Boot ab und ließ sich und seinen Begleiter von einem Taxi zum Flughafen fahren. Eine Regionalmaschine brachte sie in die Hauptstadt, und von dort aus ging es mit einem Lufthansa-Airbus zurück nach Deutschland. Während die Maschine startete und an Höhe gewann, dachte er mit einem gewissen Spott an Claus Wenske, der ihm so naiv in die Falle gegangen war.

6.7

In Augsburg grübelte Franz Trendler nicht zum ersten Mal über seine Lage. Doch wie er es drehte und wendete, sie war beschissen. Anders, als er der Kripo erklärt hatte, glaubte er bei der

Explosion des Containers nicht an einen Zufall. Irgendjemand hatte seinen Chef umgebracht und anschließend die drei Lagerarbeiter. Also musste auch er damit rechnen, im Visier dieser Leute zu stehen.

Nun ärgerte er sich, den Polizeibeamten eine falsche Auskunft gegeben zu haben. Doch was wäre die Alternative gewesen? Hätte er zugegeben, vor einigen Wochen Kokain in einem fehlgeleiteten Container entdeckt zu haben, wäre mit Sicherheit die Frage aufgekommen, weshalb er das nicht schon damals gemeldet hatte. Auch würden die Polizisten ihn niemals vor den Banditen schützen können. Wozu die Kerle fähig waren, hatte der Mord an Stadler und den drei Arbeitern nur allzu deutlich gezeigt.

Er wollte jedoch nicht sterben und beschloss daher, Deutschland für einige Wochen den Rücken zu kehren. Bis dahin, so hoffte er, würde die Polizei die Schurken auch ohne seine Hilfe entlarvt haben.

Vielleicht konnte er sogar ein wenig dabei mithelfen, indem er der Kripo einen anonymen Hinweis gab. Mit dem Gedanken spielte er noch, als er drei Wochen Urlaub nahm und die erstbeste Flugreise buchte, die ihm sein Reisebüro anbot. Es war zufällig ein Hotelaufenthalt auf Teneriffa. Zwar waren die Kanarischen Inseln nicht allzu weit weg, aber er sagte sich, dass er unter gefühlten zwei Millionen deutschen Urlaubsgästen gewiss nicht auffallen würde.

Trendler ahnte nicht, dass er mittlerweile bereits rund um die Uhr beschattet wurde. Allerdings überraschte er Mittags Spione mit seiner schnellen Abreise und dadurch, dass er vom Flughafen Memmingen losflog und nicht von Augsburg. Daher begriffen seine Verfolger erst, als er in die Chartermaschine einstieg, dass er ihnen zu entkommen drohte.

Zwar erhielt Mittag bereits kurz darauf die Nachricht von Trendlers Abflug, doch es vergingen einige Stunden, bis er das

Ziel des Flugzeugs ausfindig gemacht hatte. Die große Zahl deutscher Urlauber auf Teneriffa machte sich für Trendler bezahlt, denn Mittag scheiterte bei dem Versuch, sein Hotel herauszufinden, an der schieren Menge der dort residierenden Touristen.

Als Mittag an diesem Abend mit seinem Kompagnon zusammensaß, wirkte er ungewöhnlich nervös.

Feierabend entging das nicht und er fragte: »Ist etwas passiert?«

»Trendler ist nach Teneriffa geflogen, und es ist nicht einfach, ihn dort ausfindig zu machen.«

»Bist du überzeugt, dass er eine Gefahr für uns ist?«, fragte Feierabend.

Mittag nickte. »Er ist der Einzige, der noch beweisen kann, dass der vertauschte Container Kokain enthalten hat.«

»Dann muss er weg!« Bislang hatte Feierabend sich bei jeder Gelegenheit dagegen gesträubt, härter vorzugehen. Mittlerweile aber war seine Angst, durch Leute wie Trendler aufzufliegen, viel zu groß geworden.

»Der Meinung bin ich auch!«, stimmte Mittag zu. »Doch bei den Touristenmassen auf Teneriffa ist es nahezu unmöglich, ihn dort ausfindig zu machen.«

»Vielleicht erwischen wir ihn beim Rückflug. Irgendwann muss er zum Flughafen kommen. Wenn wir einen Mann dort postieren …«, begann Feierabend, wurde aber durch Mittags Lachen unterbrochen.

»Es würde auffallen, wenn wir den Flughafen dort überwachen ließen. Außerdem braucht Trendler nur die Fähre nach Gran Canaria zu nehmen und von dort abzufliegen. Nein, wir müssen ihn auf der Insel erwischen. Wäre das nicht ein Job für dich?«

»Für mich?«, fragte Feierabend verblüfft.

»Du bist der Anwalt der Gegenseite und suchst ihn, weil er sich verdrückt hat. Ich stelle dir einen gefälschten Vollstreckungsbefehl aus. Mit etwas gutem Willen werden dich die Behörden auf Teneriffa unterstützen. Nimm ein paar neutrale Kuverts und genügend Geld mit. Sobald du den Mann gefunden hast, informierst du mich. Den Rest soll Tanzbär erledigen. Nein, der ist mir zu direkt! Ich setze Jünger und Longerich auf ihn an.«

Mittag machte sich Notizen und reichte diese seinem Partner.

»Du erreichst mich über dieses Handy! Keine Sorge, es ist schwarz in Tschechien gekauft worden. Hier ist die Nummer! Am besten besorgst du dir eines auf Teneriffa. Ein paar Scheine werden schon dafür sorgen, dass du deinen Pass nicht vorlegen musst.«

Feierabend verzog das Gesicht. »Ich kann nicht einfach losfliegen, ich habe Termine vor Gericht.«

»Die übernehme ich! Schließlich sind wir eine Kanzlei. Ich werde den Richtern sogar die Wahrheit sagen.«

»Bist du verrückt?«, rief Feierabend erschrocken.

»Natürlich in unserem Sinne! Du bist unterwegs, weil du den Gegner eines unserer Klienten aufsuchen musst. Mehr brauchen die nicht zu wissen.«

Feierabend sah seinen Kompagnon verärgert an. »Sag das das nächste Mal gleich! Beinahe hätte ich gedacht, du meinst es ernst.«

»Du weißt doch, dass ich nichts tue, was uns gefährden könnte. Gerade deswegen müssen diese Leute beseitigt werden!«

»Diese Leute? Du meinst Trendler! Danach sind wir doch sicher, oder nicht?«

»Ich meine auch Görges und Wandlinger, denn die wissen zu viel. Zwar halten die uns nur für bestechliche Anwälte, die für irgendeinen großen Boss arbeiten. Aber auf die Dauer sind sie für uns zu gefährlich!«

»Wenn du so denkst, müsstest du ja auch Tanzbär, Jünger und die anderen umbringen«, stieß Feierabend erregt hervor.

»Vielleicht tue ich es auch! Nein, wahrscheinlich nicht. Als große Konzernbosse brauchen wir auch Männer fürs Grobe.« Mittag lachte und klopfte dann seinem Freund auf die Schulter.

»Jetzt mach dir nicht in die Hosen! Es wird schon alles gut. Oder habe ich mit meinen Prognosen je falsch gelegen?«

»Nein, bis jetzt nicht«, antwortete Feierabend und hoffte, dass sein Partner sich auch diesmal nicht irrte.

6.8

Mena brauchte zwei Tage, bis sie wieder konzentriert arbeiten konnte. Bei Frithjof war es noch schlimmer. Zwar wollte er sich an den Computer setzen, bekam aber nach mehreren Minuten am Bildschirm heftige Kopfschmerzen, so dass Claaßen ihn kurzerhand nach Hause schickte.

Die Stimmung im Institut litt stark darunter. Vor allem Isabelle wollte sich nicht damit abfinden, dass Mena und Frithjof von der Polizei misshandelt worden waren und nichts dagegen tun durften. Daher wurde Claaßen von ihr immer wieder mit anklagenden Blicken bedacht. Auch Fini zeigte deutlich, dass sie mit seiner Entscheidung, die Sache unter dem Deckel zu halten, nicht einverstanden war.

Mena hingegen kapselte sich von den anderen ab und versuchte, das an Arbeit nachzuholen, was sie durch die Fehltage versäumt hatte. Zu früheren Zeiten hätten ihr damaliger Chef Professor Barin und ihr Kollege Jander sich nicht um sie gekümmert. Claaßen schaute jedoch immer wieder nach ihr und sorgte dafür, dass sie genug Pausen machte und über ihrer Arbeit die Mittagszeit nicht vergaß.

An diesem Nachmittag kam er kurz nach zwei in ihr Zimmer. »Du solltest dich ein wenig schonen«, riet er ihr, da ihre Miene zu verbissen wirkte.

»Ich bin dabei, Claus Wenskes Flugroute nachzuvollziehen. Ohne die Informationen über seine Freundin wäre es schwieriger. Es sieht so aus, als würden die beiden sich auf einer Insel vor der thailändischen Küste befinden.«

»Wenn Wenske in Thailand ist, können wir derzeit wenig unternehmen«, fand Claaßen und atmete tief durch. »Ich wollte dich bitten, deinen Computer für eine Stunde ruhen zu lassen. Wir haben Gäste, die gerne mit dir reden würden. Ich habe auch Frithjof gebeten zu kommen. Er müsste gleich hier sein.«

Mena warf noch einen Blick auf die Ergebnisse, die ihr Bildschirm anzeigte, und erhob sich. »Dann wollen wir mal. Sind es potenzielle Auftraggeber?«

»So direkt würde ich es nicht sehen, obwohl wir durchaus von ihnen profitieren!« Claaßen führte Mena in das Besprechungszimmer. Dort war Fini gerade dabei, Kaffee zu servieren und eine Schale mit Gebäck auf den Tisch zu stellen.

»Das sind ja Lebkuchen! Um diese Zeit?«, rief Mena aus.

Claaßen lachte leise. »So lange ist es bis Weihnachten nicht mehr hin. Für die kommende Woche sind bereits die ersten Nachtfröste angekündigt. Die T-Shirt-Zeit geht zu Ende.«

»So ist es!«, stimmte der ältere der beiden Gäste ihm zu. Es handelte sich um einen hageren Mann mit länglichem Gesicht und blassblauen Augen. Sein Haar war bereits schütter, und sein Anzug saß zu locker, um modisch zu sein.

Trotzdem spürte Mena die Entschlossenheit und Ausdauer, die in diesem Mann steckten. Obwohl er sich entspannt gab, strahlte er eine Energie aus, die sie beinahe körperlich wahrnahm. Sein Begleiter war um einiges jünger und recht attraktiv. Allerdings hatte er die Arme vor der Brust verschränkt und musterte Mena mit einer derart überheblichen Miene, dass sie sämtliche Stacheln aufstellte. Sie erwartete, dass Claaßen ihr die beiden Männer vorstellen würde, doch ihr Chef schwieg, bis Frithjof ebenfalls eingetroffen war und zusammen mit Isabelle ins Zimmer trat.

»Das ist mein Freund Benjamin Huber vom bayerischen Innenministerium. Ich freue mich sehr, dass er sich die Zeit genommen hat, von München hierherzukommen. Er hat seinen Sohn Benjamin mitgebracht, seines Zeichens Kriminalbeamter«, erklärte Claaßen. »Benjamin senior und ich haben zusammen studiert, wenn auch nicht das gleiche Fach. Auf jeden Fall sind wir Freunde geblieben und helfen uns jetzt gelegentlich aus.«

»Wobei ich derzeit mehr davon profitiere als du«, erklärte Huber senior und musterte dann Mena und Frithjof prüfend.

Mena hatte noch einen verblassenden blauen Fleck unter dem rechten Auge, während bei Frithjof ein großes Pflaster auf der Stirn klebte und die Nase noch immer angeschwollen war. Dazu kamen Hämatome unter den Augen.

»Das sieht schlimmer aus, als ich nach deinem Anruf angenommen habe, Irmbert«, sagte Huber senior sichtlich betroffen. »Ich werde dafür sorgen, dass den entsprechenden Beamten ins Gewissen geredet wird. Allerdings möchte ich auch um Verständnis für die Männer werben. Diese mussten zu einem Unfall, bei dem drei Personen getötet wurden. Wenn dann noch Leute kommen, die man für aufdringliche Journalisten hält …«

»Sollte man ihnen trotzdem nicht gleich die Rippen brechen«, fiel Mena ihm verärgert ins Wort.

»Ist das bei Ihnen geschehen?«, fragte Huber senior.

»Angebrochen!«, antwortete Mena. »Weh tut es trotzdem. Und wie es Frithjof ergangen ist, sehen Sie selbst. Die Polizei hat so rustikal gehandelt, dass sie jederzeit zur Niederschlagung von Demonstrationen nach Osteuropa geschickt werden kann.«

»Das ist kein gutes Zeugnis für unsere Beamten«, fand Huber senior, während sein Sohn noch immer schwieg.

»Das Ansehen der Polizei wäre sicher besser, wenn sie nach derartigen Exzessen die Wahrheit bekennen würde. Aber solange ein Zweimeterbulle eine zierliche Frau so zusammenfalten kann, dass sie ins Krankenhaus muss, und dann wegen erwiesener Notwehr davonkommt, wird sich daran nichts ändern«, sagte Frithjof giftig. Auch er hatte den Zusammenstoß mit der Polizei weder vergessen noch verziehen.

Claaßen fand es an der Zeit einzugreifen. »Ich verstehe, dass ihr verärgert seid, doch jetzt lasst es gut sein! Mein Freund und sein Sohn sind nicht wegen dieses ärgerlichen Zwischenfalls gekommen, sondern wegen der Sache mit den vertauschten Containern. Mena, könntest du den beiden Herren einen kurzen Überblick über das geben, was du herausgefunden hast?«

Mena schluckte ihren Ärger hinunter und berichtete. In Huber senior fand sie einen interessierten Zuhörer. Er machte sich Notizen und verkniff sich jede Zwischenfrage, bis sie auf Wenske zu sprechen kam.

»Sie halten Claus Wenske für Dr. Stadlers Mörder?«, fragte er angespannt.

»Meine Untersuchungsergebnisse sprechen dafür.«

»Mena ist eine ausgezeichnete Analytikerin«, erklärte Claaßen. »Wenn sie sagt, dass Wenske der Hauptverdächtige in diesem Fall ist, kann man sich darauf verlassen, dass dies auch stimmt.«

»Wir brauchen Beweise und keine theoretischen Berechnungen!« Es waren die ersten Worte von Huber junior, und sie machten ihn Mena nicht sympathischer.

»Die haben wir doch!«, erklärte sein Vater gereizt. »Wenske war bei der Entführung und Ermordung Dr. Stadlers beteiligt. Unsere Spezialisten haben sowohl in dem gestohlenen Auto, das hier in Augsburg gefunden wurde, wie auch in Stadlers Wagen genetische Spuren entdeckt, die ihm unzweifelhaft zugeordnet werden konnten. Nur leider werden wir Wenske zu dieser Sache nicht mehr befragen können.«

»Weil er nach Thailand ausgebüxt ist? Zu was gibt es Interpol und internationale Haftbefehle?«, fragte Mena bissig.

»Der deutsche Staatsbürger Claus Wenske wurde gestern Nachmittag ertrunken an den Strand einer kleinen thailändischen Insel angeschwemmt. Seine Freundin Sabine Obermaier hat ihn zweifelsfrei identifiziert«, erklärte Huber junior.

»Kann das nicht ein Trick der beiden sein?«, wandte Frithjof ein.

Huber junior verzog spöttisch das Gesicht. »Sie meinen, Wenske hätte jemanden ermordet und seine Freundin diesen als ihren Freund identifiziert? Dann müssten wir eine Vermisstenmeldung erhalten haben. Aus dem Nichts kann so ein Opfer nicht gekommen sein.«

»Was ist, wenn es sich um einen Ausländer handelt oder um jemanden, der schon länger in Thailand gelebt hat? Wenn Wenske wirklich ›offiziell‹ sterben und eine neue Identität annehmen wollte, hat er das mit aller Sorgfalt geplant.« So leicht wollte Mena diese Möglichkeit nicht ausschließen und erhielt Schützenhilfe von ihrem Chef.

»Das würde ich unterstreichen«, erklärte Claaßen. »Aber wir sollten uns jetzt nicht an Wenske festbeißen. Den Anschlag auf die Lagerarbeiter der Kaffeerösterei kann er jedenfalls nicht durchgeführt haben.«

Mena hob interessiert den Kopf. »Steht jetzt fest, dass es sich um eine kriminelle Aktion handelt und nicht, wie von Dr. Trendler behauptet, um eine zufällige chemische Reaktion?«

»Das ist leider noch nicht geklärt«, sagte Huber senior. »Da Dr. Trendler der Fachmann ist, haben unsere Leute die Unfallstelle nur oberflächlich untersucht. Ich habe mittlerweile den

Container in eines unserer Labors bringen lassen. Vielleicht finden die Experten dort mehr heraus. An einen Zufall glaube ich nicht mehr. Denn die Fakten, die Irmbert mir hat zukommen lassen, sind eindeutig. Außerdem hat Dr. Trendler am Tag nach der Explosion Urlaub eingereicht und ist nach Teneriffa geflogen.«

»Er hat Angst!«, interpretierte Mena diese Information. »Mir an seiner Stelle ginge es nicht anders. Stadler war sein Chef und hätte uns sicher nicht mit der Suche nach dem vertauschten Container beauftragt, wenn Dr. Trendler nicht etwas Beunruhigendes herausgefunden hätte.«

»Dr. Stadler hätte damals gleich zur Polizei gehen sollen«, meinte Frithjof ungeachtet seiner Aversion gegen die bayrischen Vollzugsbeamten.

»Mit hätte, wenn und aber kommen wir nicht weiter«, erklärte Claaßen. »Wir brauchen Ergebnisse! Daher werden wir ab sofort mit Herrn Hubers Dienststelle zusammenarbeiten. Ich hoffe, ihr habt nichts dagegen!« Er bedachte Mena, Isabelle und Frithjof mit einem strengen Blick. In der Lage, in der sie sich derzeit befanden, konnten sie sich keine Animositäten leisten.

6.9

Als Mena am Abend das Institut verließ, war sie so verärgert wie lange nicht mehr. Zwar hatte Benjamin Huber senior ihr interessiert zugehört und zustimmende Kommentare abgegeben. Dafür aber hatte sein schnöseliger Sohn deutlich erkennen lassen, dass er sie und ihre Computeranalysen nicht ernst nahm. Zuletzt hatte er sogar erklärt, er verlasse sich lieber auf die Arbeit von Profis als auf die von Amateuren. In ihrer Wut vergaß sie, auf dem Heimweg einzukaufen. Daher bereitete sie sich aus den

Resten in ihrem Vorratsschrank eine Notmahlzeit und aß diese ohne jeden Genuss.

Normalerweise hätte sie sich nach der Arbeit an ihren Computer gesetzt und weitere Recherchen angestellt. Doch dazu fühlte sie sich an diesem Abend nicht in der Lage. Sie vermisste jemanden, mit dem sie reden, und eine Schulter, an die sie sich anlehnen konnte. Aber Claudius war immer noch auf Teneriffa und hatte sich seit ihrem letzten Telefongespräch nicht mehr gemeldet.

Einige Augenblicke lang überlegte Mena, ihn anzurufen und zu fragen, weshalb er sich um Marilyn Breitle kümmerte, wenn sie ihn selbst dringend benötigte. Sie legte den Hörer jedoch nach den ersten drei eingetippten Zahlen wieder auf.

»Ich bettle nicht um seine Zuneigung!«

Angespannt ging sie in ihrer Küche auf und ab, setzte sich dann wieder und stand erneut auf. Kurz entschlossen zog sie Schuhe und Jacke an und verließ die Wohnung. Mit der Straßenbahn fuhr sie in die Innenstadt und klingelte gut zwanzig Minuten später an der Tür ihrer Schwester.

Toni betätigte den Türöffner und wartete oben auf der Treppe auf sie. Als sie Menas erschöpftes Gesicht sah, erschrak sie. »Du siehst elend aus! Warum schonst du dich nicht etwas?«

»Mir geht es ganz gut«, sagte Mena automatisch, obwohl ihr klar war, dass Toni zumeist sehr genau wusste, wie sie sich fühlte. »Nein, mir geht es nicht gut!«, bekannte sie daher. »In der Arbeit kaue ich auf einer Nuss herum, deren Schale aus Panzerstahl besteht. Zudem hatte ich Ärger bei einer Außenrecherche, und Claudius lässt auch nichts mehr von sich hören. Es ist zum Aus-der-Haut-Fahren!«

Toni zog sie an sich. »Ich freue mich, dass du zu mir gekommen ist. Jetzt können wir über alles reden. Hans ist wegen der Teppiche, die in den Suiten des Kreuzfahrtschiffes ausgelegt werden sollen, nach Teheran geflogen. Du kannst gerne bei mir schlafen, damit du nicht in der Nacht nach Hause fahren musst. Von hier bist du morgen früh sogar schneller im Institut. Obwohl ich sagen muss, ein paar Tage ohne Arbeit würden dir guttun. Du siehst erschöpft aus, und ich glaube sogar, du hast ein blaues Auge. Wie bist du denn daran gekommen?«

Die Stimme der Schwester klang so scharf, dass Mena befürchtete, Toni würde sich umgehend auf die Socken machen, um es demjenigen, dem sie das Hämatom verdankte, heimzuzahlen. Sie schüttelte den Kopf. »Berufsgeheimnis! Wir sollen darüber schweigen. Aber du könntest mir einen Roibuschtee machen – am liebsten einen mit Schokoladengeschmack.«

An Tonis Fürsorge zu appellieren war die leichteste Methode, sie auf andere Gedanken zu bringen. So war es auch diesmal, denn ihre Schwester führte Mena in die Küche und stellte Wasser auf den Herd.

»Du wirst dich mit Rose-Zimt-Geschmack zufriedengeben müssen. Ich habe keinen anderen mehr im Haus«, sagte sie bedauernd.

»Der geht auch!«, antwortete Mena und stellte dann unbewusst die Frage, die ihr schon die ganze Zeit auf der Zunge lag.

»Hat Claudius sich bei dir oder Hans gemeldet?«

Toni schüttelte bedauernd den Kopf. »Ich begreife nicht, weshalb er sich von Marilyn so einwickeln lässt.«

»Ich verstehe es auch nicht«, seufzte Mena. »Dabei braucht sie ihn wegen der Firma gar nicht mehr. Die ist längst an eine Investmentholding verkauft worden.«

»Dann verstehe ich es noch weniger. Sie hat doch Verwandte, denen sie zur Last fallen kann!« Toni klang enttäuscht, aber auch erbost. Immerhin hatte sie gehofft, dass aus Mena und Claudius ein Paar werden könnte. Einige Monate hatte es auch so ausgesehen, doch nun vernachlässigte Claudius ihre Schwester auf eine Art, die sie ihm sehr übel nahm.

»Reden wir von angenehmeren Dingen«, sagte sie und goss den Tee auf.

»Was sagt dein Frauenarzt?«, fragte Mena, da ihr eine mögliche Nichte oder ein möglicher Neffe im Augenblick näherstand als Claudius.

»Ich bin gut in den dritten Monat hineingekommen«, berichtete Toni. »Auch geht es mir ausgezeichnet. Ich habe nicht die geringste Spur von Übelkeit am Morgen und hoffe, dass das auch so bleibt.«

»Ab wann weißt du, was es wird?«

»Hans und ich wollten uns eigentlich überraschen lassen. Aber wahrscheinlich werden wir den Frauenarzt doch fragen. Es geht mir um die Babyausstattung. Ein Mädchen in Blau oder ein Bub in Rosa sieht doch ein wenig komisch aus.« Toni zwinkerte dabei, damit Mena nicht glauben sollte, ihr läge viel an der Farbe, die ihr Kind einmal tragen würde.

»Wie wäre es mit neutralem Grün?«, schlug Mena vor. »Du könntest auch Gold nehmen!«

»Und als überspannt gelten?«, unterbrach Toni sie kichernd.

Sie hatte sich mittlerweile beruhigt und schaffte es mit wenigen Worten, auch Mena auf andere Gedanken zu bringen. Doch als sie ein paar Stunden später zu Bett gingen, dachte Mena unwillkürlich an Claudius und ärgerte sich, weil sie auf dessen Exfrau eifersüchtig war, obwohl diese ihn mit ihrem sich stetig rundenden Bauch gewiss nicht verführen konnte.

6.10

Teneriffa war eine schöne Insel, aber für einen Mann wie Claudius, der es gewohnt war, viel zu arbeiten, auf die Dauer unerträglich langweilig. Er wusste selbst nicht, weshalb er sich diesen Aufenthalt antat. Zwar konnte er seine Geschäfte per E-Mail und Telefon weiterführen, dennoch wünschte er sich nach Augsburg zurück. Doch als er das Wort Heimflug in den Mund nahm, reagierte Marilyn hysterisch.

»Ich will nicht dorthin zurück, wo mein Mann ums Leben gekommen ist!«

Claudius atmete zweimal tief durch und versuchte, sie mit sanfter Stimme erneut von den Vorzügen einer Heimreise zu überzeugen. »Du musst an dein ungeborenes Kind denken. Oder willst du, dass es hier auf dieser Insel zur Welt kommt?«

»Warum nicht? Das Krankenhaus in Santa Cruz soll eine ausgezeichnete Entbindungsstation haben. Vielleicht bleibe ich bis zum nächsten Frühjahr hier. In Deutschland kommt bald der Winter, und ich möchte meinem Kind die Kälte dort nicht zumuten!« Marilyn lächelte versonnen und strich mit beiden Händen sanft über ihren gewölbten Bauch. Die Geste verfehlte ihre Wirkung auf Claudius nicht.

»Ich möchte, dass es dir und deinem Kind gut geht! Aber es wäre eine sehr lange Zeit, und ich will nicht ein halbes Jahr oder länger auf Noreen verzichten. Sie vergisst sonst noch ganz, dass ich ihr Vater bin«, antwortete er mit einem nervösen Lachen.

»Das wird sie nicht, dafür werde ich schon sorgen. Außerdem kannst du uns ja, wenn du auf Reisen bist, immer wieder besuchen. Vom Aeropuerto Reina Sofia aus gibt es Verbindungen in die ganze Welt.«

Das stimmte, und so war Claudius schon halb für diese Idee

gewonnen. »Du wirst für deine Verhältnisse jedoch sparsam leben müssen, denn dein Mann hat dir eine Menge Schulden hinterlassen«, erklärte er.

»Aber er hat doch seine Firma verkauft! Da müsste doch Geld da sein«, rief Marilyn empört.

»Soviel ich den Unterlagen entnehmen konnte, hat diese Investmentholding nur die Schulden deines Mannes übernommen und dafür die Mehrheit der Anteile erhalten. Genauer konnte ich das nicht nachprüfen, weil du hierherfliegen wolltest und ich dich begleiten musste.«

»Begleiten musste? Claudius, du hörst dich an, als hättest du es nicht gerne getan!«

»So habe ich das nicht gemeint«, verteidigte Claudius sich. »Es ist nur so, dass ich durch unseren überstürzten Aufbruch nicht mehr dazu gekommen bin, mich um diese Investmentholding zu kümmern.«

»Das wollte ich nicht. Ich dachte nur …« Marilyn brach ab und lächelte verlegen.

»Du brauchst dir keine Vorwürfe zu machen«, beruhigte Claudius sie. »Mir tut ein wenig Ruhe auch gut. Ich war in der letzten Zeit doch sehr eingespannt. Hier ist es wirklich schön!«

Marilyns Lächeln verstärkte sich, denn sie hatte dafür gesorgt, dass Claudius sich an diesem Ort wohlfühlen konnte. Das begann mit der Suite mit PC, so dass er seine Geschäfte unbehindert weiterführen konnte, und hörte mit dem ausgezeichneten Butlerservice des Hotels nicht auf.

Claudius' Gedanken gingen bereits in eine andere Richtung. »Nächste Woche muss ich nach Brasilien«, sagte er. »In Manaus wird eine neue Klinik errichtet, und ich will diese ausstatten können. Der Auftrag ist sehr wichtig für mich – und auch für dich! Da du selbst über kein nennenswertes Vermögen besitzt, werde ich deine Rechnungen begleichen müssen.«

Marilyn kannte ihn gut genug, um nichts dagegen zu sagen. Stattdessen fasste sie nach seiner rechten Hand und hielt sie fest. »Aber wenn du in Manaus fertig bist, kommst du wieder zu uns!«

»Ich werde ein paar Tage nach Hause fliegen und dort nach dem Rechten sehen müssen«, antwortete Claudius.

»Du darfst Noreen und mich nicht zu lange allein lassen«, rief Marilyn melodramatisch. Das Mädchen war derzeit ihre stärkste Waffe, denn es verband sie und Claudius zu gleichen Teilen.

Es war ihr schnell gelungen, die Kleine wieder für sich zu gewinnen, denn es war für Noreen amüsanter, die »beste Freundin« ihrer Mutter zu sein, als von Mena mit einem Zeichenblock und Farbstiften versehen in eine Ecke gesetzt zu werden. Nun musste Marilyn nur noch dafür sorgen, dass auch Claudius die junge Wissenschaftlerin vergaß. Dafür aber durfte er diese nur noch selten oder am besten gar nicht mehr sehen.

Nach kurzem Nachdenken nickte Claudius. »Das könnte klappen! Ich muss zehn Tage nach meiner Rückkehr aus Manaus in die Vereinigten Staaten fliegen. Da kann ich vorher noch für ein paar Tage hierherkommen.«

»Du bist wunderbar!« Es gelang Marilyn meisterhaft, ihren Triumph zu verbergen.

Claudius würde dieses Versprechen einhalten, schon um seiner Tochter willen. Damit aber hatte er keine Zeit mehr, sich um seinen weiblichen Nerd zu kümmern. Soll die Frau doch hinter ihrem Computerbildschirm versauern, dachte Marilyn und strich Noreen sanft über die Wange. Die Kleine schmiegte sich sofort an sie. Auch dieses Bild verfehlte seine Wirkung nicht, denn auf Claudius' Lippen trat ein sanftes Lächeln.

»Du magst deine Mama, nicht wahr?«, fragte er die Kleine.

Diese nickte eifrig. »Ich mag sie sehr!«

Marilyn lächelte scheinbar glücklich. Seit sie Noreen wieder den Status einer kleinen Prinzessin zubilligte, war diese ihre beste Verbündete im Kampf um Claudius. Arme, kleine Computermaus, dachte sie spöttisch, du hast ja keine Ahnung, wie man einen Mann, den man eingefangen hat, auch behält. Claudius mochte außergewöhnlich weltoffen sein, doch zu Hause brauchte er keine erfolgreiche Wissenschaftlerin als Frau, sondern eine, die seine Gäste bewirten konnte, und das hatte Marilyn von Jugend auf gelernt.

Um seine Gedanken ordnen zu können, stand Claudius auf und ging zur Tür. »Ich mache einen Spaziergang und trinke vielleicht im Café auf der anderen Seite der Bucht ein Bier!«

»Tu das!«, sagte Marilyn, die wusste, dass er einen Hauch von Freiheit brauchte, den sie ihm nicht nehmen durfte.

»Bringst du mir etwas mit, Papa?«, fragte Noreen, da Claudius bisher selten mit leeren Händen zurückgekommen war.

»Vielleicht«, antwortete er und winkte den beiden zu. »Bis gleich!«

»Trink dein Bier in aller Ruhe«, riet Marilyn ihm und sagte sich, dass sie dadurch als Frau erschien, die sich um sein Wohlergehen sorgte.

6.11

Claudius genoss den Spaziergang in der warmen Sonne. Zu Hause, dachte er, würden die ersten Herbststürme übers Land brausen. In der Hinsicht war es ganz gut, auf dieser Insel zu sein, wo kein Kyrill und kein Xaver einem Bäume aufs Auto und sogar auf den Kopf werfen konnte. Während er an der geschwungenen Bucht entlangging und immer wieder auf das Meer hinausblickte, überlegte er, was er tun sollte. Mena würde zu Recht verärgert sein, wenn er sich weiter so intensiv um Marilyn kümmerte. Wann hatte er sie eigentlich das letzte Mal angerufen?, fragte er sich und begriff, dass er sich nicht erinnerte. Dabei hatte er ihr an Weihnachten einen Heiratsantrag machen wollen.

Nun saß er mit Marilyn auf dieser Insel und dachte nur selten an die junge Wissenschaftlerin, die er noch vor ein paar Wochen begehrt hatte wie keine andere Frau der Welt.

»Ich muss sie dringend anrufen und ihr erklären, dass sich zwischen uns nicht das Geringste geändert hat«, sagte er zu sich selbst, als er das Ende der Bucht erreichte und nun bergan stieg, um zu dem Café zu gelangen. Der Gehsteig war an einer Stelle eingebrochen, doch für einen sportlichen Mann wie ihn war das kein Hindernis.

Ein paar Minuten später erreichte er das an der Spitze einer Landzunge gelegene Gebäude. In dem lang gestreckten Haus waren mehrere Geschäfte, ein großes Restaurant und eben jenes Café untergebracht, in dem er in den letzten Tagen gelegentlich ein Bier getrunken hatte. Durch den kleinen Gastraum hindurch ging er hinaus auf die winzige Terrasse, die gerade mal sechs Gästen Platz bot. Dort setzte er sich an die Brüstung, die gleichzeitig als Tisch diente, bestellte sich ein Bier und blickte aufs Meer hinaus. In der Ferne erhob sich La Gomera wie ein nebelhafter Schatten über dem Wasser. Vor etlichen Jahren war Claudius mit einer Reisegruppe dort gewesen und bekam nun Lust, die Insel noch einmal zu besuchen. Vom nahen Los Cristianos aus ging eine Fähre hinüber. Vielleicht sollte er Marilyn und Noreen mitnehmen und einen Ausflug zu der kleineren Insel machen, ganz so, als wären sie eine ganz normale Urlauberfamilie. Bei dem Gedanken fiel ihm auf, dass er es genoss, mit Marilyn und seiner Tochter zusammen zu sein. Er mochte es auch, dass immer ein Tisch für sie reserviert war und der Zimmerservice seine Lieblingsgetränke in die Minibar stellte.

»Sobald Mena und ich geheiratet haben, werden wir mit Noreen eine richtige Familie sein«, sagte er leise.

Bei dem Gedanken verglich er Mena mit Marilyn und bezweifelte plötzlich, mit ihr ebenso angenehm leben zu können wie mit seiner Exfrau. Dafür müsste Mena schon ihren Job aufgeben und nur noch für ihn da sein.

Während er darüber nachdachte, entdeckte er auf der Strandpromenade einen Mann, der ihm bekannt vorkam. Doch erst als dieser etwa zehn Meter von ihm entfernt vorbeiging, konnte Claudius ihn einordnen. Es handelte sich um Manuel Feierabend, der mit seinem Partner Mittag zusammen eine Anwaltskanzlei betrieb. Die Erfolgsquote der beiden war nicht berauschend, und sie hatten auch schon gegen ihn einen Prozess verloren. Der Neffe eines Mannes, dessen Firma er aufgekauft hatte, hatte sich eingebildet, Ansprüche anmelden zu können. Doch Feierabend war mit dieser Forderung vor Gericht grandios gescheitert.

Claudius hatte wenig Lust, von dem Anwalt gesehen zu werden. Daher zog er sich ein wenig zurück, beobachtete Feierabend jedoch weiter. Der Anwalt setzte sich auf eine Bank und sah sich angespannt um. Auf einmal wirkte er erleichtert und winkte eine junge, dunkelhaarige Frau zu sich, die in der Nähe gewartet haben musste. Er redete leise auf sie ein und zeigte dabei mehrmals in eine bestimmte Richtung.

Während die Frau nickte, sah auch Claudius dorthin und erblickte einen einzelnen Mann, der auf einem Uferfelsen stand und von dort aus aufs Meer starrte. Der Kleidung nach war er ein Tourist, denn er trug knielange rote Hosen, ein blau-weiß gestreiftes T-Shirt sowie einen formlosen Stoffhut auf dem Kopf.

Claudius fragte sich, wer der Mann sein konnte, zuckte dann aber mit den Achseln. Er hatte andere Probleme, als sich über fremde Leute Gedanken zu machen. Zuallererst wollte er Mena anrufen und sich bei ihr entschuldigen, weil er so lange nichts von sich hatte hören lassen.

Als er jedoch sein Handy herausholte, leuchtete ihm die Akkuanzeige tiefrot entgegen. Ihm fiel ein, dass er es gestern nach längeren geschäftlichen Gesprächen hatte aufladen wollen. Da er nicht nach ein paar Minuten durch sein streikendes Handy unterbrochen werden wollte, verschob er den Anruf auf später.

6.12

Eines hatte Franz Trendler nicht bedacht, und das war die Einsamkeit. Zu Hause bei Augsburg gab es Kollegen und Freunde, mit denen er sich treffen konnte, hier auf Teneriffa aber war er ganz allein. Aus Angst, jemand könnte ihn suchen, wagte er es nicht, Kontakt zu anderen deutschen Urlaubern aufzunehmen. Am liebsten hielt er sich bei den Felsen am Ufer auf, vor sich die Brandung und erst ein ganzes Stück hinter sich die Hotels mit ihren Gästen. Die Häuser in Ufernähe wurden nur von den Touristen frequentiert, die sich die teilweise exorbitanten Preise leisten konnten.

Nicht zum ersten Mal bedauerte es Trendler, sich mit der nicht übermäßig gut bezahlten Stelle eines Chemikers in der Kaffeerösterei zufriedengegeben zu haben. Er wohnte einige Straßenzüge vom Ufer entfernt in einer typischen Touristenabsteige und musste, wenn er zum Meer wollte, an mehr als einem Dutzend Restaurants, Geschäften und Autovermietungen vorbei. Da er dort von vielen gesehen werden konnte, bevorzugte er ein Restaurant in Ufernähe, welches als Teil eines mehrstöckigen Gebäudes in die Felsen hineingebaut worden war. Die Preise dort waren in Ordnung, die Speisen genießbar, und es gab vor allem deutsches Bier. Davon benötigte er jedes Mal einige Gläser, um seine wild tanzenden Gedanken zu beruhigen.

Auch an diesem Tag setzte er sich auf seinen Stammplatz in einer Ecke, die von der Eingangstür aus nicht einzusehen war, hielt sein Bierglas in der Hand und blickte aufs Meer hinaus. Plötzlich fiel ein Schatten auf ihn, und er musste sich zusammennehmen, um nicht erschrocken zurückzuzucken.

Es war eine junge Frau mit dunklen Haaren, dunklen Augen und einem sonnengebräunten Gesicht. Sie sagte etwas auf Spanisch, das er nicht verstand.

»Tut mir leid, aber …«, begann er.

Da hellte sich ihre Miene auf, und sie unterbrach ihn. »Sie sind Deutscher! Sehr gut!«

Ihr Deutsch wies einen so starken Akzent auf, dass er sie nur schlecht verstand.

»Warum ist das gut?«, fragte er verwundert.

»An den Tischen hier sitzen meistens Inglés, und das sind keine Gentlemen. Man kann sich als Frau nicht dort hinsetzen, ohne belästigt zu werden.«

»Ich belästige Sie gewiss nicht!«, sagte Trendler, der die Frau als Einheimische einstufte, die in einem der Touristenresorts arbeitete.

»Sie sind von hier?«, fragte er trotzdem.

»Sí! Ja!«, verbesserte sie sich.

»Sie sprechen sehr gut Deutsch«, fuhr Trendler fort.

»Ich habe drei Jahre in Deutschland gearbeitet, bin aber letztes Jahr wieder zurück. Heimweh, verstehen Sie?«

»Letztes Jahr schon!« Damit, so sagte Trendler sich, konnte sie niemand sein, der auf ihn angesetzt worden war. Er fand sie hübsch, unkompliziert und fröhlich. Damit war sie genau der Mensch, den er brauchte, um wenigstens ab und zu seine Angst zu vergessen.

Der Kellner fragte die Frau unfreundlich nach ihren Wünschen. Darüber ärgerte Trendler sich so sehr, dass er den Mann anblaffte, höflicher zu sein. Er erntete jedoch nur ein Schulterzucken, beruhigte sich aber, als die junge Frau ihr Getränk erhielt.

»Wie heißen Sie?«, fragte er.

»Inez! Und Sie?«

»Franz!«

Die Frau musterte ihn interessiert. »Ah, Francisco! Wie der Konquistador von Peru, Francisco Pizarro.«

In der Schule hatte Trendler zwar mal von Francisco Pizarro gehört, es aber längst wieder vergessen und hielt, als Inez den Namen nannte, den Träger für einen peruanischen Fußballspieler, der irgendwann einmal in der Bundesliga gespielt haben mochte.

Auf jeden Fall war er froh, endlich jemanden zu haben, mit dem er reden konnte. Doch nachdem Inez eine Kleinigkeit gegessen hatte, schaute sie auf die Uhr und hob bedauernd die Hände.

»Ich muss jetzt leider gehen!«

»Aber …« Trendler senkte bedrückt den Kopf, raffte sich dann noch einmal auf. »Wir sehen uns doch wieder, oder?«

»Ich weiß nicht. Obwohl – wieso eigentlich nicht? Wie wäre es morgen Abend? Da habe ich Zeit. Wir könnten in einer Bar einen Cocktail trinken, miteinander reden und uns einen schönen Abend machen.«

»Ich hätte nichts dagegen«, antwortete Trendler und fand, dass das Leben doch nicht ganz so trist war, wie er es in den letzten Tagen empfunden hatte.

7

7.1

Mena spürte, dass sie einen völlig neuen Ansatz benötigte, wenn sie das Geheimnis der vertauschten Container lösen wollte. In dem falsch gelieferten waren wahrscheinlich Drogen gewesen, und das hatten Stadler und Trendler festgestellt. Der Besitzer der Kaffeerösterei hatte deswegen sterben müssen, und sein Chemiker schwebte in höchster Gefahr.

Mena führte sich noch einmal vor Augen, wie die einzelnen Morde verübt worden waren. Korbinian Breitle war durch einen starken Laserstrahl geblendet worden und mit hoher Geschwindigkeit gegen einen Baum geprallt. Dr. Andreas Stadler war mit hoher Wahrscheinlichkeit von Claus Wenske erschossen worden. Wenske war nach dem Mord nach Thailand geflohen und dort ertrunken. Hatte er beim Schwimmen tatsächlich nur seine Kräfte überschätzt, oder hatte jemand nachgeholfen?

»Dann hat es mit Wichelmann, Turner und Bindrich genau die drei Leute erwischt, die damals den fehlgeleiteten Container geöffnet haben. Wie lange wird es dauern, bis auch Franz Trendler nicht mehr am Leben ist?« Mena ertappte sich bei einem Selbstgespräch und schüttelte den Kopf. Auf die Art und Weise kam sie nicht weiter. Sie brauchte mehr Informationen, und die bekam sie nicht, wenn sie auf ihrem Bürostuhl sitzen blieb und ihren Bildschirm anstarrte wie eine Magierin in die Glaskugel.

Entschlossen stand sie auf und ging in Claaßens Zimmer. Ihr Chef saß angespannt am Computer, lächelte aber, als er sie sah. »Ich habe meinem Freund Huber wieder eine ganze Datensammlung über osteuropäische Verbrechersyndikate geschickt. Bei einigen reichen die Verbindungen bis in höchste Regierungskreise. Wenn da richtig durchgegriffen würde, gäbe es ziemlichen Aufruhr.«

»Etwas, was dieser Herr Huber ja nicht will«, meinte Mena giftig.

»Huber wird sich auf alle Fälle Gedanken machen. Immerhin stellen Zwangsprostitution, Drogenhandel und Mord keine Delikte dar, bei denen man mit einer Ermahnung vor Gericht davonkommt«, antwortete Claaßen.

Mena sah ihn nachdenklich an. »Bisher haben wir vermutet, dass eine Russenmafiabande hinter dem Ganzen steckt. Doch der einzige Anhaltspunkt dafür ist eine Bemerkung von Stadler. Ich weiß nicht, ob wir da nicht der falschen Spur gefolgt sind!«

»Es gibt noch mehr Indizien! Der Lkw-Tieflader, auf dem Stadlers richtiger Container gefunden worden ist, trug eine polnische Nummer«, wandte Claaßen ein.

»Das Kennzeichen wurde gestohlen, ähnlich wie das jenes Wagens, den Claus Wenske benutzt hat, um Dr. Stadler aufzulauern. Claus Wenske aber gehört sicher nicht zur Russenmafia!«

»Willst du damit sagen, dass Wenske zu der Bande gehört, die für dieses Schlamassel verantwortlich ist?«, fragte Claaßen erstaunt.

»Wenske ist sicher nur ein kleines Licht gewesen! Das beweist sein Tod, bei dem meinen Berechnungen nach nachgeholfen worden sein muss.« Mena legte mehrere Ausdrucke auf Claaßens Schreibtisch und zeigte ihrem Chef die entsprechenden Ergebnisse.

»Laut meiner Analyse wurde der Diebstahl des falschen Containers und der Sprengstoffanschlag mittels eines anderen Containers auf Stadlers Lagerarbeiter von ein und derselben Bande durchgeführt.«

»Wenn das stimmt, haben wir uns von Stadlers Ausführungen in die Irre leiten lassen. Aber damit stehen wir wieder ganz am Anfang«, erklärte Claaßen mit verbissener Miene.

»Wir werden unsere Recherche ausweiten müssen. Da wir keinen direkten Hinweis auf die Täter haben, müssen wir den einzigen Zeugen, den es noch gibt, zum Sprechen bringen.«

»Du meinst Trendler! Aber der ist irgendwohin geflogen.«

Noch während Claaßen es sagte, legte Mena ihm ein weiteres Blatt hin. »Ich habe herausgefunden, dass er in einem Hotel in Playa Paraiso auf Teneriffa eingecheckt hat. Ich werde hinfliegen und hoffe, dass ich mit ihm sprechen kann, bevor die Banditen in Erfahrung bringen, wo er sich aufhält.«

»Playa Paraiso? Sind da nicht auch Breitles Witwe und dein Freund Claudius?«, fragte der Professor.

Der Einwand brachte Mena beinahe dazu, ihr Vorhaben aufzugeben. Dann aber biss sie die Zähne zusammen und sagte sich, dass sie sich wegen ihrer persönlichen Probleme nicht in ihrem Beruf beeinträchtigen lassen durfte.

»Ich werde dort Trendler aufsuchen, nicht Claudius«, sagte sie mit einem leisen Fauchen.

Auf Claaßens Lippen trat ein Lächeln. »Das kannst du ruhig tun! Vielleicht kann er dir sogar helfen. Der Chemiker scheint mir jemand zu sein, der eine Autoritätsperson braucht, um den Mund aufzumachen.«

Also hatte Claaßen sich ebenfalls mit Trendlers Persönlichkeitsprofil befasst, dachte Mena. Trotzdem hoffte sie, dass es ihr gelingen würde, den Chemiker ohne Claudius' Hilfe zum Sprechen zu bewegen. Wenn sie ihm ihre Analysen vorlegte, musste auch er erkennen, dass er auf der schwarzen Liste dieser Banditen ganz weit oben stand.

»Wenn du nichts dagegen hast, buche ich den nächstmög lichen Flug nach Teneriffa«, sagte sie.

»Tu das! Sieh aber zu, dass du Premium Economy bekommst. Das ist bequemer, und unser Budget wird das schon aushalten.«

»Danke!« Zwar hatte Mena schon längere Flüge in der Touristenklasse hinter sich gebracht, aber sie war froh, dass sie eine Klasse höher buchen konnte. Damit war sie in der Lage, sich mit ihren Unterlagen zu beschäftigen, ohne dass die Person im Nebensitz sie mit dem Ellenbogen traktierte.

7.2

Auf dem Weg zum Flughafen überlegte Mena, ob sie Claudius nicht doch anrufen sollte. Nach dem Einchecken wählte sie kurz entschlossen seine Nummer. Ihre Enttäuschung war groß, als auf dem Handydisplay die Aufschrift kam, dass das gerufene Handy ausgeschaltet wäre.

»Na, dann eben nicht!«, murmelte sie und ging zur Sicherheitskontrolle.

Das kühle Herbstwetter schien in vielen Menschen die Sehnsucht nach dem warmen Süden zu wecken, denn es wartete bereits eine lange Schlange, und leider wurde sie nicht wie am Schalter für Premium Economy und Business-Class bevorzugt abgefertigt.

Menas Abneigung gegen Uniformierte steigerte sich noch, als sie vor dem Passieren der Schleuse von einer kräftig gebauten Frau angeblafft wurde, ihren Gürtel und ihre Schuhe auszuziehen. Bei der Kontrolle gingen die Mitarbeiter des Flughafensicherheitsdienstes so gemütlich vor, als ständen nur ein paar Flugreisende vor ihnen und keine Schlange, die weit in das Terminal reichte.

Die Frau vor Mena hatte Metall an sich und wurde von der wuchtigen Frau abgefingert, ohne dass diese etwas fand. Da jedoch ihr Messgerät immer wieder am linken Bein der Reisenden anschlug, zog diese schließlich das Hosenbein hoch und wies auf eine gut sichtbare Narbe.

»Ich habe einen Nagel im Schienbein!«

Die Uniformierte brummte nur und winkte die nächste Passagierin nach vorne. Es war Mena. Diese hatte ihren Laptop bereits durch die Schleuse geschickt und sah nun, wie ein junger Mann danach griff.

»He, das ist mein Laptop. Lassen Sie den gefälligst los!«, rief Mena und stürmte an der Sicherheitsfrau vorbei auf den Kerl los. Der zuckte zusammen, starrte dann sie an und anschließend ihren Laptop. Einen Augenblick sah es so aus, als wollte er trotzdem losgehen. Da entdeckte er eine Laptoptasche, die genauso aussah wie Menas.

»Ich glaube, das hier ist Ihr Computer«, sagte er und zeigte darauf.

»Ich glaube, dass das eher der Ihre ist«, antwortete Mena bissig. »Den meinen habe ich nämlich mit einem Anhänger gekennzeichnet, und der ist an der Tasche, die Sie in der Hand haben!«

Jetzt sah der Mann es auch und ließ Menas Laptop so plötzlich los, als wäre er glühend heiß geworden. »Zum Glück haben Sie es rechtzeitig bemerkt«, antwortete er mit einem verkrampften Lächeln. »Ich wage mir gar nicht vorzustellen, was passiert wäre, wenn ich in New York meine Powerpoint-Präsentation gestartet und irgendwelche Bilder aus Modezeitschriften entdeckt hätte!« Mit diesen Worten griff er nach seinem Computer und eilte davon.

So ein Macho, dachte Mena und verkniff es sich, ihm das Schimpfwort nachzurufen, das ihr auf der Zunge lag. Sie nahm ihre Schuhe und ihren Gürtel wieder an sich und suchte sich einen Platz, an dem sie alles anziehen konnte.

Danach hatte sie gerade noch Zeit für einen Kaffee und ein

Hörnchen, bevor sie zu ihrem Gate eilen musste. Auch an diesem ballten sich die Reisenden, so dass Mena sich fragte, mit welchem Großraumflugzeug sie nach Teneriffa fliegen würden.

Die Stewardess am Schalter erklärte, in welcher Reihenfolge eingestiegen werden sollte, und zu Menas Erleichterung gehörte sie zu den Ersten, die an Bord durften. Außer ihrem Laptop hatte sie kein Handgepäck. Da sie das Gerät aber unterwegs einschalten wollte, stellte sie es, als sie auf Sitz 2A Platz genommen hatte, vor ihre Füße und sah zu, wie immer mehr Passagiere ins Flugzeug drängten. Weil ständig jemand Schwierigkeiten hatte, sein Handgepäck im Gepäckfach unterzubringen, stauten sich die Passagiere, und es dauerte geraume Zeit, bis die Chefstewardess »Boarding completed« melden konnte.

Mena nahm an, dass eine Untersuchung, wie die Abläufe auf einem Flughafen effizienter gesteuert werden konnten, sicher von Vorteil wäre. So wurde einfach zu viel Zeit und Energie verschwendet, bis ein Flugzeug in der Luft war. Einen Augenblick dachte sie daran, dass die Passagiere früher mit Bussen zu den wartenden Maschinen gefahren worden waren. Dort hatten sie durch zwei Türen ins Flugzeug einsteigen können, und es war viel von der Wartezeit, die jetzt aufgebracht werden musste, vermieden worden.

Nicht alles, was modern ist, muss gut sein, sagte sie sich, fand aber gleich einen Punkt, der für die heutige Form des Boardings sprach. Man wurde nicht nass, wenn es regnete, und die Temperaturunterschiede zwischen dem Abflug- und dem Zielhafen wurden durch diese Einsteigbrücken vermindert.

»Jeder Vorteil führt wiederum zu einem Nachteil!«

Ihre Nachbarin auf dem Sitz 2C vernahm ihren Ausspruch und sah sie an. »Was meinen Sie?«

Mena spürte, dass es der anderen darum ging, ein Gespräch anzufangen, und lächelte etwas säuerlich. »Ich bin der Ansicht, dass man das Boarding vielleicht etwas effizienter gestalten könnte.«

»Das können Sie laut sagen!«, meinte die Frau. »Das Gepäckfach über uns ist mit den Sachen der Besatzung vollgestopft. Ich musste meinen kleinen Rollenkoffer zwei Sitzreihen hinter uns irgendwo dazwischen klemmen. Jetzt darf ich bei der Ankunft warten, bis alle ausgestiegen sind, damit ich wieder drankomme!«

Mena lächelte ein wenig über die Frau, die sich über die paar Minuten aufregte, die sie würde warten müssen. Dann aber dachte sie daran, dass sie selbst über die Beschleunigung der Vorgänge am Flughafen nachgedacht hatte, und schüttelte den Kopf. Menschen waren doch irgendwie alle gleich.

Inzwischen hatte die Chefstewardess das Sicherheitsvideo eingeschaltet, und eine andere Stewardess zeigte, wie die Schwimmweste angelegt und die Sauerstoffmaske verwendet werden konnte. Mena hörte nur mit halbem Ohr hin, da sie den Text schon auswendig kannte, und wünschte sich, dass der Flieger endlich abheben würde.

Nach der Sicherheitsbelehrung wurden auf den Premiumplätzen Zeitschriften verteilt. Mena wählte auf Gutdünken zwei aus, hörte dann das Nuscheln des Kapitäns, der seine Passagiere begrüßte und erklärte, dass der Start gleich freigegeben würde. Zuvor aber musste er seine Maschine vom Passagierterminal zur Landebahn fahren. Es war ein ziemlich langer Weg, und dann hieß es noch einmal warten, bis es endlich losging. Als die Maschine schließlich in die Luft stieg, eilten Menas Gedanken voraus, und sie fragte sich, ob sie Franz Trendler noch lebend antreffen würde und, wenn ja, ob er bereit war, mit ihr zu reden.

7.3

Der Flug verlief, vom Geplapper der Frau auf 2C abgesehen, ereignislos. Mena hatte die beiden Zeitschriften durchgeblättert, sich aber auf keinen Artikel konzentrieren können, da ihrer Nachbarin zu jedem sofort ein Kommentar einfiel. Schließlich packte sie ihren Laptop aus und sah einige Dateien durch, die ihr wichtig erschienen.

Ihre Nachbarin gab jedoch keine Ruhe, sondern fragte mehrmals, woran Mena da gerade arbeitete, und erzählte dann von ihrem Sohn, der selbst beim Frühstück wichtige Dinge mit dem Computer erledigen müsse. Daher war Mena froh, als der Kapitän nach gut vier Stunden in den Sinkflug überging und sie durch das Fenster Umrisse der Insel erkennen konnte.

Nach der Landung musste Mena warten, bis ihre Nachbarin an ihr Handgepäck kam. Sie nützte die erste Gelegenheit, an ihr vorbeizuschlüpfen, und erreichte das Gepäckband gerade rechtzeitig, um zu sehen, wie ihr Koffer daraufklatschte. Sie nahm ihn an sich und wandte sich dem Ausgang zu. Als Mena in die Vorhalle trat, sah sie einen Mann mit dem Schild »Mrs Reglin«. Irmbert Claaßen hatte also Wort gehalten, als er sagte, er würde dafür sorgen, dass sie am Flughafen abgeholt und zu ihrem Hotel gebracht würde.

Sie trat auf den Mann zu und stellte sich vor.

»Reisen Sie allein?«, fragte er hoffnungsvoll und straffte die Schultern. Den leichten Bauchansatz konnte er damit aber nicht verbergen.

Mena begriff, dass er sich ihr gerne als Reiseführer andienen würde, und schüttelte den Kopf. »Meine Freunde sind schon hier! Ich bin nur nachgekommen.«

Insgeheim amüsierte sie sich darüber, dass sie offenbar immer noch so sehr auf Männer wirkte. Ihr blondes, in weichen Wellen auf den Rücken fallendes Haar und ihre blauen Augen schienen etliche Männer dazu anzustacheln, sich als Ladykiller zu fühlen.

Mit einem enttäuschten Schnaufen ging der Fahrer voraus. Ihren Koffer durfte sie selbst hinter sich herziehen. Wie schon am Münchner Flughafen kam ihr das Wort Macho in den Sinn. Dann aber zuckte sie mit den Schultern. Sie war schließlich eine selbstständige Frau und nicht auf solche Kerle angewiesen.

Am Wagen bequemte sich der Mann wenigstens, ihren Koffer in den Kofferraum zu heben. Ihren Laptop behielt Mena bei sich.

»Schreiben Sie damit Liebesbriefe?«, fragte der Fahrer, als er den Wagen startete.

»Nein, Abmahnungen für Männer, die heimlich Pornoseiten im Internet besuchen«, antwortete Mena. Daran hatte er zu schlucken und sie vorerst ihre Ruhe.

Sie fuhren zunächst in Richtung Los Cristianos, und Mena rechnete bereits damit, in einer Viertelstunde im Hotel zu sein. Da wurde das Auto auf einmal langsamer und kam kaum mehr die Steigung hoch. Zunächst glaubte sie, es wäre Absicht, und nahm sich vor, dem Mann gehörig die Meinung zu geigen, wenn er aufdringlich werden sollte. Seine schuldbewusste Miene deutete jedoch auf etwas anderes hin.

»Entschuldigen Sie!«, sagte er, fuhr in den Beginn einer Abbiegerspur hinein und hielt an. Dort stieg er aus und kramte im Kofferraum, bis er einen alten Plastikkanister zum Vorschein brachte. Damit füllte er den Tank nach und setzte sich dann wieder auf seinen Platz.

»Das Benzin war heute Morgen sehr teuer«, meinte er. »Darum habe ich nicht getankt. Ich habe gehofft, es würde heute noch reichen, aber dem war nicht so. Ich mache aber immer meinen Kanister voll, um nicht liegen zu bleiben«, erklärte er, fuhr los und fädelte sich wieder in den laufenden Verkehr der Schnellstraße ein.

Kurz darauf erreichten sie das Hotel. Mena bezahlte die Fahrt und gab dem Mann einen Fünfeuroschein als Trinkgeld. Anschließend bugsierte sie ihren Koffer zur Rezeption und checkte ein. Das Hotel gehörte zur mittleren Kategorie und lag nahe am Ufer. Einen direkten Strand gab es nicht, nur ein paar kleine Buchten, in denen Sand aufgeschüttet worden war, damit die Feriengäste dort baden konnten. Da Mena nicht einmal einen Badeanzug mitgenommen hatte, interessierte sie sich nicht dafür, sondern fuhr zu ihrem Zimmer hoch und öffnete dort erst einmal die zugezogenen Vorhänge.

Licht durchflutete den Raum und verriet, dass er gründlich gereinigt worden war. Auch das Bett war sauber, und so konnte Mena mit ihrer Unterkunft zufrieden sein. Nachdenklich holte sie sich eine Cola light aus der Minibar und trat auf den Balkon. Ihrem Hotel gegenüber auf der anderen Seite der Bucht lag das Fünfsterneresort, in dem Claudius laut Hans, der mit ihm telefoniert hatte, mit Marilyn Breitle wohnte. Mena gab ihrer Neugier nach, benutzte ihr kleines Fernglas und spähte hinüber.

Sie nannte sich zwar selbst eine Idiotin, suchte aber dennoch weiter die Balkone des mattrot gestrichenen Hotels ab. Auf einmal musste sie die Zähne zusammenbeißen, denn eben trat Marilyn Breitle auf einen Balkon. Ihr Umfang wies auf ihre fortgeschrittene Schwangerschaft hin. Wenn sie nicht aufpasst, wird ihr Kind auf dieser Insel zur Welt kommen, dachte Mena und starrte weiter hinüber. Noreen tauchte auf und schmiegte sich an die Mutter, Claudius aber war nirgends zu sehen.

Mit einer gewissen Enttäuschung setzte Mena ihr Fernglas ab und mahnte sich, dass sie nicht wegen Claudius und der Breitle-Witwe hierhergekommen war, sondern wegen Franz Trendler. Sie zog sich um, verließ das Hotel und wanderte in die Richtung des Hotels, in dem Trendler Unterschlupf gefunden hatte. Sie beschloss, den Stier bei den Hörnern zu packen, und wollte eintreten. Da sah sie Trendler ein Stück weiter unten auf dem Gehsteig, wo eine junge, dunkelhaarige Frau auf ihn einredete.

Kurz entschlossen folgte Mena den beiden, hielt sich aber, so gut es ging, im Schatten, um nicht von Trendler entdeckt zu werden. Das Paar ging zum Strand, ließ die kleine Sandbucht jedoch links liegen und balancierte über die Felsen bis fast zu der Stelle, an der sich die Wellen mit großer Wucht brachen. Es war ein grandioser Anblick, dem sich auch Mena nicht entziehen konnte. Sie blieb etwas seitwärts von den beiden, blickte aber immer wieder hin. Schon umarmten sie sich, dann küsste die Frau Trendler.

Da die beiden nur füreinander Augen zu haben schienen, wagte Mena sich näher heran und hörte, wie die Frau auf Spanisch sagte, wie glücklich sie über die Begegnung mit Trendler sei. Menas Spanisch war alles andere als fließend, und doch war ihr angesichts des Akzents der Frau auf Anhieb klar, dass diese keine Muttersprachlerin war. Warum aber gab sie sich Trendler gegenüber als Einheimische aus?, fragte Mena sich. Die Rätsel, denen sie nachspürte, nahmen weiter zu.

7.4

Auf dem Weg zurück zum Hotel aß Mena eine Kleinigkeit, während sie über die weiteren Schritte nachsann. Auf jeden Fall war sie erleichtert, Trendler noch lebend anzutreffen. Gleichzeitig war ihr bewusst, dass ihr die Zeit davonzulaufen drohte. Die Verbrecher, die Dr. Andreas Stadler erschossen und drei seiner Arbeiter in die Luft gesprengt hatten, würden auch Trendler nicht entkommen lassen.

»Ich muss mit ihm reden, bevor auch er ermordet wird«, murmelte Mena und begriff erst dann, wie makaber diese Bemerkung war. Diese Bande durfte keine weiteren Menschen mehr umbringen. Die Frage war nur, wie sie das verhindern konnte. Sie überlegte, Trendler trotz seiner Begleiterin anzusprechen, tat es aber aus einem Grundmisstrauen heraus nicht.

Der Gedanke, dass sie Trendler womöglich auch noch vor dieser Frau retten musste, brachte Mena zum Lachen. Sie wurde aber sofort wieder ernst. Wenn sie nur herumsaß und nichts tat, konnte Trendler tot sein, bevor sie auch nur ein Wort mit ihm wechseln konnte.

Sie nahm ihr Handy und rief sein Hotel an. Eine angenehme Frauenstimme meldete sich auf Spanisch, und Mena antwortete in der gleichen Sprache.

»Können Sie mich mit Ihrem Gast, Señor Trendler, verbinden?«

»Señor Trendler ist außer Haus! Ach, einen Moment! Ich sehe ihn eben am Aufzug. Wie es aussieht, fährt er zu seinem Zimmer hoch. Wenn Sie einen Augenblick warten, bis er dort ist, kann ich Sie verbinden«, antwortete die Frau.

»Danke, ich warte!« Mena drehte Trendler in Gedanken den Hals um, wenn er erneut versuchen sollte, sich einem Gespräch mit ihr zu entziehen.

Es dauerte ein paar Minuten, bis er sich meldete. »Wer ist da?«, fragte er mit verstellter Stimme.

Er hat Angst!, dachte Mena. »Hier ist Mena Reglin, und diesmal sollten Sie mir zuhören! Wenn ich herausfinden konnte, wo Sie sich versteckt halten, können andere das auch«, sagte sie und hörte sein gepresstes Schnaufen. Zu ihrer Erleichterung legte er nicht auf, auch wenn er sich mit seiner Antwort Zeit ließ.

»Was wollen Sie von mir?«, fragte er schließlich.

»Verhindern, dass Sie ebenso umgebracht werden wie Ihr Chef

und die drei Lagerarbeiter. Ob es klappt, weiß ich nicht, denn Sie, aber auch Herr Dr. Stadler, haben von Anfang an zu viele Fehler gemacht.«

Erneut atmete Trendler sehr laut und brauchte noch länger zum Überlegen als vorhin. »Wer sind Sie wirklich?«

In Menas Ohren klang es interessiert, und sie schöpfte Hoffnung, endlich etwas bei ihm zu erreichen. »Ich arbeite im Augsburger Institut für zeitgeschichtliche Forschungen unter Professor Claaßen, wenn Ihnen der Name etwas sagt.«

»Gehört habe ich von ihm. Dr. Stadler hat diesem Institut mehrere Aufträge erteilt«, antwortete Trendler.

»Den letzten Auftrag haben Sie bereits mehrmals behindert! Allerdings hat auch Dr. Stadler die volle Wahrheit zurückgehalten. Jetzt wüsste ich gerne, was wirklich mit jenem vertauschten Container los war.«

Mena redete auf den Mann ein wie auf ein krankes Pferd. Schließlich seufzte er hörbar, und sie spürte förmlich, wie er nickte.

»Also gut, ich rede mit Ihnen. Wo sollen wir uns treffen?«

Mena wusste nicht, ob Trendler bereits von den Banditen beschattet wurde, wollte dies aber nicht ausschließen. Das würde bedeuten, dass sie spätestens von dem Treffen mit dem Chemiker an auf deren schwarzer Liste stand. Das war kein angenehmer Gedanke, und sie ärgerte sich noch mehr über Stadlers Geheimhaltung und Trendlers Vertuschungsversuche. Da sie aber noch nie der Typ gewesen war, der den Kopf in den Sand steckte, schlug sie ein kleines Lokal weiter oben an der Straße vor.

»Wir sollten keine Zeit mehr verlieren und uns überlegen, wie wir mit heiler Haut davonkommen«, sagte sie drängend.

»Wie wäre es in einer halben Stunde? Viel später geht es nicht, da ich am Nachmittag verabredet bin!«, kam die Antwort.

»In einer halben Stunde? Das passt«, erklärte Mena. »Darf ich noch erfahren, mit wem Sie verabredet sind? Nicht dass es sich um unsere speziellen Freunde handelt.«

Zum ersten Mal hörte sie Trendler lachen. »Liebe Frau Regler, das ist vollkommen ausgeschlossen!«

»Ich heiße Reglin und ich schließe gar nichts aus«, antwortete Mena mit einer gewissen Schärfe, verabschiedete sich und beendete das Gespräch. Wenn sie in einer halben Stunde bei dem Lokal sein wollte, musste sie sich beeilen. Sie nahm ihren Laptop mit und wünschte sich eine Schusswaffe. Damit würde ich mich sicherer fühlen, dachte sie, als sie das Hotel verließ und mit raschen Schritten zu dem Lokal hinüberging.

7.5

Trendler war noch nicht da, und für einige Augenblicke befürchtete Mena, ihm könnte auf dem Herweg etwas zugestoßen sein. Da sah sie ihn um die Ecke biegen und schüttelte belustigt den Kopf. Mit dem formlosen Hut, dem Ringelhemd, der knielangen Hose und den weißen Socken in den Sandalen glich er der Karikatur eines Touristen.

Kaum war er eingetreten, hob Mena kurz einen Arm, um ihn auf sich aufmerksam zu machen. Er kam auf sie zu, setzte sich und musterte sie mit einem gewissen Misstrauen. »Sie sind eigentlich zu hübsch für eine Wissenschaftlerin«, meinte er anstelle einer Begrüßung.

»Mein Aussehen habe ich von meinen Eltern geerbt«, antwortete Mena lächelnd. »Die waren beide sehr attraktiv.«

»Ich meine, man nimmt nicht an, dass Sie so etwas sind«, fuhr Trendler fort.

Mena begriff, dass er unsicher war, ob er ihr vertrauen sollte, und zückte ihr Handy. »Wenn Sie wollen, können Sie sich von der Auskunft in Deutschland Professor Claaßens Nummer geben lassen, mich fotografieren und ihm das Bild schicken. Er wird Ihnen bestätigen, dass ich ich bin!«

Irgendwie war es zum Kichern, dachte sie. Trendler befand sich in höchster Gefahr, und sie redeten im Grunde Unsinn.

Dies schien auch der Chemiker einzusehen. Er winkte dem Kellner, bestellte sich ein Bier und sah dann Mena an. »Was trinken Sie?«

»Wasser ohne Gas«, antwortete sie, da sie in den letzten Stunden schon zu viel Cola light getrunken hatte.

»Ich bringe es Ihnen, Señora«, sagte der Kellner und verschwand. Kurz darauf kam er mit einem Krug Bier sowie einem leeren Glas und einer Plastikflasche Wasser zurück.

Mena wartete, bis er eingeschenkt hatte und wieder gegangen war. Dann nahm sie ihr Glas und musterte Trendler über dessen Rand hinweg.

»Was war in jenem fehlgeleiteten Container, mit dem dieser ganze Mist begonnen hat?«

Bislang hatte Trendler sich geweigert, etwas preiszugeben. Mittlerweile war jedoch zu viel passiert, und er hatte begriffen, dass er in Lebensgefahr schwebte.

»In dem Container befand sich erstklassige Alpakawolle aus Bolivien. Allerdings war sie mit einer chemischen Lösung imprägniert, die sehr viel Kokain enthielt. Ich habe ein paar Versuche mit der Wolle vorgenommen und festgestellt, dass sich das Kokain sehr leicht wieder in Reinform gewinnen lässt.«

So etwas hatte Mena erwartet, war aber dennoch schockiert. »Das hätte Dr. Stadler sofort der Polizei melden müssen, anstatt uns mit einer Untersuchung über die Russenmafia zu beauftragen.«

Trendler senkte betroffen den Kopf. »Es war Dr. Stadlers Entscheidung, die Polizei nicht hinzuzuziehen. Nachdem der falsche Container verschwunden war, gab es außer meiner Probe keinen Beweis mehr dafür. Daher hatte Dr. Stadler Angst, die Polizei könnte in unserer Firma einen ziemlichen Aufstand machen.«

»Wie ich diese Brüder kenne, hätten sie das auch getan!«, erwiderte Mena unversöhnlich.

Ihre Bemerkung erinnerte Trendler an das, was bei ihrer letzten Begegnung passiert war, und er senkte den Kopf. »Es tut mir leid, aber ich hätte niemals gedacht, dass die Polizisten so rabiat vorgehen würden. Ich wollte nur, dass sie Sie und Ihren Kollegen vom Firmengelände verweisen.«

»Sie hätten spätestens da Farbe bekennen müssen!«, tadelte Mena ihn.

»Ich hatte einfach Angst!«, gab Trendler zu. »Angst vor der Bande, aber auch vor der Polizei, weil die sicher gefragt hätte, warum ich den Kokainfund nicht sofort gemeldet habe.«

»Auf jeden Fall haben Dr. Stadlers und Ihr Zögern vier Menschen den Tod gebracht!« Mena klang bitter. Auch wenn sie die Ermordeten nicht persönlich gekannt hatte, so hinterließen diese doch Familien und Freunde.

Trendler nickte betroffen. »Sie haben recht! Ich hätte es melden müssen.«

»Für Stadler und ihre Kollegen Bindrich und Turner kommt Ihre Einsicht zu spät. Aber vielleicht können Sie mithelfen, deren Mörder zu fangen!« Mena war froh, dass der Chemiker endlich mit der Wahrheit herausgerückt war. Besser wäre es gewesen, wenn Dr. Stadler von Anfang an mit offenen Karten gespielt hätte.

Da wenn und aber in dieser Situation nichts halfen, sah sie Trendler auffordernd an. »Wir sollten dafür sorgen, dass die richtigen Leute so bald wie möglich Bescheid wissen«, sagte sie mit einem verkrampften Lächeln.

Auch wenn ihr Vertrauen in die Polizei gelitten hatte, so war diese für die Verfolgung solcher Verbrechen zuständig.

»Sie haben recht!«, sagte Trendler. »Aber wird die Polizei mich nicht festnageln, weil ich bis jetzt geschwiegen habe?«

Das konnte Mena nicht ausschließen. »Ist es Ihnen lieber, erschossen oder in die Luft gesprengt zu werden, als irgendeinem Kommissar ein paar unangenehme Fragen beantworten zu müssen?«

»Ich glaube nicht, dass die ersten beiden Möglichkeiten angenehm wären!« Zum ersten Mal zeigte Trendler so etwas wie Humor. Trotzdem war er nicht bereit, unverzüglich abzureisen.

»Ich sagte doch, dass ich heute Nachmittag verabredet bin. Ein paar Tage werden wir warten können«, stellte er sich stur.

»Ich würde nicht darauf wetten!«, antwortete Mena bissig. Sie spürte jedoch, dass sie den Mann nicht davon überzeugen können würde, von seinen Plänen abzuweichen.

»Es ist wegen dieser dunkelhaarigen Frau, nicht wahr?«, fragte sie und sah Trendler erröten.

»Nun ja, ich …«

»Sie sind mir keine Erklärung schuldig. Aber Sie können genauso gut in ein paar Wochen wieder hierherfliegen und sich dann mit ihr treffen.« Mena hielt die Frau für eine Prostituierte, die auf der Suche nach spendierfreudigen Urlaubern war, und nahm an, dass sich die Sache innerhalb kurzer Zeit von selbst lösen würde.

Trendler dachte kurz nach und nickte. »Also gut! Ich werde ihr heute Nachmittag sagen, dass ich morgen wegen einer dringenden Sache abreisen muss. Vorausgesetzt, Sie finden zwei freie Plätze im Flugzeug!«

»Ich werde mich bemühen!« Mena verabschiedete sich von Trendler und verließ das Lokal. Unterwegs sah sie sich unauffällig um. Doch in der Gegend war niemand, von dem sie annehmen musste, er würde Trendler überwachen.

7.6

Franz Trendler war unsicher. Zum einen fühlte er sich erleichtert, weil er sich alles von der Seele hatte reden können. Inez hatte er den Grund für seine Flucht nach Teneriffa verschwiegen und sich als gewöhnlicher Tourist ausgegeben. Diesen Eindruck sollte sie auch behalten, sagte er sich, als er zu ihrem Treffpunkt ging. Er war kein großer Frauenheld und froh, dass er Inez durch einen Zufall kennengelernt hatte.

Die junge Frau begrüßte ihn mit einem Kuss. Trendler atmete schneller, und er spürte eine große Enttäuschung in sich aufsteigen, dass er die Insel am nächsten Tag verlassen sollte. »Ich hoffe, es geht dir gut!«, sagte er, weil ihm nichts anderes einfiel.

»Mir geht es ausgezeichnet!«, antwortete Inez in einem fast akzentfreien Deutsch.

Mit diesen Sprachkenntnissen würde sie sich in seiner Heimat gut einfinden, dachte Trendler. Wenn sie dazu noch einen Job fand, konnten sie beide ein gutes Leben führen. Aus seinen Gesprächen hatte er geschlossen, dass diese trotz der Liebe zu ihrer Heimat bereit war, einem Mann, der ihr gefiel, in ein anderes Land zu folgen.

»Wollen wir Eis essen gehen oder was trinken?«, fragte er.

»Eis! Der Eissalon um die Ecke hat Nougateis, das mag ich ganz besonders.«

»Ich ziehe Bier vor!«, antwortete Trendler fröhlich, fasste sie unter und ging mit ihr zum Eiscafé.

Wenig später saß er vor einem Glas, während Inez mit Begeisterung einer riesigen Eisportion zu Leibe rückte. Trendler freute sich, dass es ihr schmeckte, doch irgendwann musste er ja mit der unangenehmen Nachricht herausrücken.

»Ich muss dir etwas sagen«, begann er.

Inez hielt inne und sah ihn an. »Ja?«

»Ich habe einen Anruf erhalten und muss dringend nach Hause fliegen, am besten schon morgen!« Trendler sah, wie Inez' Miene sich jäh verdüsterte.

»Das kannst du nicht tun!«, platzte sie heraus. »Ich …«

»Es ist nur für ein paar Tage! In der Firma ist was passiert, weißt du. Wenn das bereinigt ist, komme ich zurück, und wenn ich dann wieder nach Hause fliege, nehme ich dich mit. Wenn du willst, kannst du auch schon jetzt mitkommen!«

Er hatte es kaum gesagt, als er es auch schon bereute. Wenn Inez auf diesen letzten Vorschlag einging, würde sie Mena begegnen und vielleicht falsche Schlüsse ziehen.

Inez' Miene drückte Ärger und Wut aus, und für Augenblicke fürchtete Trendler, sie würde ihm eine Szene machen. Doch zu seiner Erleichterung hatte sie sich rasch wieder gefangen.

»Wenn du morgen fliegst, sollten wir den heutigen Tag noch genießen. Komm heute Abend um neun Uhr in mein Hotel. Es ist das blaue Haus da hinten! Ich wohne im vierten Stock auf Zimmer 413.«

»Mach ich!«, antwortete Trendler, wunderte sich aber, weil sie von einem Hotel sprach. Bisher hatte er angenommen, Inez würde bei Verwandten wohnen.

»Ich muss jetzt gehen! Vergiss nicht, neun Uhr dort drüben in dem blau angestrichenen Hotel.« Inez wies in eine Richtung, in der hinter der skeletthaften Fassade eines riesigen, nie fertiggestellten Touristenresorts ein kleines, bescheidenes Gebäude zu sehen war.

»Ich werde da sein!«, rief Trendler und atmete auf.

An diesem Abend, sagte er sich, würde er mit Inez über ihre

gemeinsame Zukunft sprechen. Doch bevor es dazu kam, musste die elende Sache mit dem vertauschten Container aus dem Weg geräumt werden.

»Adiós! Hasta la vista!« Mit diesem Abschiedsgruß stand Inez auf und ging.

Trendler sah verwundert, dass sie ihren halben Eisbecher stehen gelassen hatte, und seufzte. Seine Entscheidung, morgen abzufliegen, musste sie noch stärker getroffen haben, als er befürchtet hatte.

7.7

Trendler hatte lange überlegt, was er Inez mitbringen sollte, und sich für einen Strauß Rosen entschieden. Sie sollte spüren, dass ihm etwas an ihr lag. Diesmal hatte er lange Hosen, ein gutes Hemd und sogar ein beigefarbenes Sakko angezogen. Zudem waren seine Haare mit Gel in Form gebracht. Mit Herzklopfen betrat er das blaue Hotel, entdeckte auf der anderen Seite der Lobby den Aufzug und ging darauf zu. Wenig später hatte er die vierte Etage erreicht, suchte Inez' Zimmer und klopfte.

Inez öffnete so schnell, als habe sie hinter der Tür gewartet.

»Da bist du ja!«, rief sie, als habe sie befürchtet, er könne nicht kommen.

Verlegen reichte Trendler ihr den Rosenstrauß. »Guten Abend, Inez! Ich hoffe, du magst Rosen.«

»Und wie!«, antwortete sie und steckte die Blumen in einen Wasserkrug, der auf dem Nachtkästchen stand.

Trendler sah sich neugierig um. Das Zimmer war klein und nicht besonders gut ausgestattet. Selbst der deutsche Pauschaltourist war Besseres gewohnt.

»Was willst du trinken? Ich habe Veterano hier – oder einen Wein«, fragte Inez.

»Hast du Bier?«

Inez schüttelte den Kopf. »Nein, tut mir leid, daran habe ich nicht gedacht.«

»Weshalb hast du dich eigentlich hier einquartiert?«, fragte Trendler weiter.

»Weil es billig ist«, antwortete sie lächelnd. »Eine ganze Woche kostet nur achtundneunzig Euro!«

Für jemand, der angeblich nichts verdiente, war selbst das eine Menge Geld. Trendler nahm daher an, dass Inez von ihrem Ersparten lebte, und ärgerte sich noch mehr, weil er sie hier zurücklassen musste.

»Du kannst mir Rotwein einschenken, aber nur ein halbes Glas, und den Rest mit stillem Wasser auffüllen«, erklärte er und trat ans Fenster. Von hier aus sah man nur das Betonskelett des unvollendeten Rohbaus auf der anderen Seite der Straße. Kein Wunder, dass die Zimmer in dem Laden billig sind, dachte er.

Trendler war so in seine Betrachtungen vertieft, dass er nicht bemerkte, wie Inez, nachdem sie zwei Gläser mit Rotweinschorle gefüllt hatte, kurz zu ihm hinsah und dann rasch den Inhalt eines kleinen Fläschchens in eines der Gläser goss. Dieses nahm sie in die linke Hand, das andere in die rechte und trat auf ihn zu.

»Trinken wir auf uns!«, sagte sie und reichte ihm das Glas in ihrer linken.

Lächelnd ergriff Trendler es und stieß mit ihr an. »Auf dein Wohl sowie auf uns und unsere gemeinsame Zukunft!«

»Darauf trinke ich gerne!« Inez trank einen Schluck und sah angespannt zu, wie er sein Glas durstig leerte.

Im ersten Moment schmeckte Trendler der Wein, dann aber machte sich ein komischer Nachgeschmack in seinem Mund breit, und er verzog das Gesicht. Er verkniff sich jedoch eine entsprechende Bemerkung, denn Inez konnte nichts dafür, dass sie nur das Billigste kaufen konnte.

Mit dem festen Vorsatz, ihr ein besseres Leben zu ermöglichen, stellte er sein Glas ab und umarmte sie. »Ich liebe dich«, flüsterte er und wurde etwas forscher, als sie sich eng an ihn schmiegte. Seine Rechte wanderte ihren Rücken hinab auf ihren festen Po, während er mit der Linken über ihre Brüste strich.

»Wenn du willst, können wir ins Bett gehen.«

Trendler war kein Mann mit vielen Frauengeschichten und daher ausgehungert. Rasch trug er Inez zum Bett und schälte sie aus ihrer Kleidung. Ihre Figur war etwas stämmiger, als er angenommen hatte. Ihre Schamhaare hatte sie entfernen lassen, und auf ihrer Schulter prangte ein Tattoo in Form eines Schmetterlings.

Eigentlich mochte Trendler keine Frauen, die ein Piercing hatten oder tätowiert waren. Bei Inez gefiel es ihm jedoch, und er küsste den Schmetterling. »Du bist wunderschön!«, flüsterte er und entledigte sich seiner eigenen Kleidung.

Inez verzog ein wenig den Mund, sagte aber nichts, sondern spreizte die Beine. Rasch glitt Trendler auf sie, doch bevor er seinen Penis in ihre Scheide schieben konnte, hielt sie ihn auf.

»Das musst du dir erst verdienen!«, sagte sie und deutete auf ihre Brüste. »Küss sie!«

Trendler tat es und fühlte sich so glücklich wie selten zuvor in seinem Leben. Mit einem Mal aber wurde ihm schwummrig. Er kniff die Augen zusammen, weil er alles nur noch verschwommen sah, und wollte etwas sagen. Bevor jedoch ein Ton aus seinem Mund kam, sank er über der Frau zusammen und blieb reglos liegen.

Mit einer energischen Bewegung arbeitete Inez sich unter ihm hervor und griff nach dem Telefonhörer. Sie wählte die Nummer des Nebenzimmers und sagte nur drei Worte: »Ihr könnt kommen!« Dann legte sie auf.

Sekunden später klopfte es an der Tür, und sie öffnete diese nackt, wie sie war. Herein traten Kevin Jünger, der sich mehr denn je als die rechte Hand der beiden Bosse Mittag und Feierabend fühlte, und Ralf Longerich. Als sie Inez mit nicht mehr als ihrer Haut bekleidet sahen, grinsten beide.

»Der Kerl gehört wohl zu den Hartgesottenen, weil du ihn drüberlassen musstest. Wenn er nicht fertig geworden ist, könnte ich weitermachen«, bot Longerich an.

»Idiot!«, fauchte die Frau ihn an und riss ihre Kleidung an sich. »Ihn solltet ihr jetzt anziehen. Oder wollt ihr ihn nackt oben am Teide ablegen?«

»Das wäre etwas zu auffällig«, antwortete Jünger lachend und sah Trendlers Kleidungsstücke durch. »Schade, dass er keine Windjacke bei sich hat. Das wäre glaubhafter! Auch wenn es heute warm war, fährt man nicht im kurzen Hemd und einem dünnen Sakko auf einen über dreieinhalbtausend Meter hohen Berg.«

Inez suchte in Trendlers Taschen nach der Zutrittskarte zu seinem Hotelzimmer. Als sie diese fand, hob sie sie in die Höhe wie ein Schiedsrichter beim Fußball die Rote Karte.

»Ich könnte in Trendlers Hotel gehen und schauen, ob er eine dickere Jacke im Gepäck hat.«

Jünger überlegte kurz und nickte dann. »Okay! Pass aber auf, dass du nichts liegen lässt, was auf dich hinweisen könnte.«

»Keine Sorge, ich bin Profi!«, antwortete die Frau lachend, schloss die letzten Knöpfe ihrer Bluse und verließ nach einem kurzen Winken das Hotelzimmer.

»Nadine ist nicht übel! Wie sie diesem Trottel die feurige Spanierin Inez vorgespielt hat, und das mit ein paar wenigen, auswendig gelernten Brocken«, meinte Jünger grinsend zu seinem Kumpan.

Der nickte nicht weniger amüsiert. »Das macht ihr so leicht keine nach! Und auch nicht das, was sie im Bett draufhat.«

»Sie hat drei Jahre lang in verschiedenen Puffs in München und der Provinz gearbeitet und weiß, wie es geht. Allerdings hat sie jetzt ihre treue Phase. Unser Tanzbär langt halt etwas kräftiger hin, wenn sie aus der Spur gehen will. Hätte der gesehen, dass Trendler seine Alte pimpern wollte, hätte er ihm eigenhändig den Kragen umgedreht.« Jüngers Grinsen wurde noch breiter. Dann nahm er Trendlers Unterhose und wies Longerich an, die Beine des Betäubten anzuheben.

»Halt sie gefälligst so, dass ich ihm dieses Ding überstreifen kann! Feinripp weiß – der Kerl weiß auch nicht, dass man unter der Hose bunter trägt«, spottete er.

In den nächsten Minuten zogen sie Trendler vollständig an. Zuletzt steckte Jünger ihm einen Fahrschein der Seilbahn auf den Pico del Teide in die Jacketttasche. Den hatte er am Nachmittag selbst gelöst, ohne die Fahrt anzutreten.

»Unsere Chefs werden zufrieden sein«, meinte er stolz. »In der Zeitung wird stehen, dass ein deutscher Tourist die letzte Seilbahn talabwärts verpasst hat und in der Nacht vom Vulkan absteigen wollte. Dabei ist er leider gestürzt und hat sich das Genick gebrochen. Traurig, nicht wahr?«

»Und wie!«, spottete sein Kumpan. »Aber wie bringen wir ihn den Berg hinauf?«

»Gar nicht! Wir suchen uns eine schöne Stelle, lassen ihn dort ein paar Meter herunterfallen, und das war's. Sobald Nadine zurück ist, bringen wir den Kerl in die Tiefgarage und stopfen ihn in den Kofferraum unseres Leihwagens.«

»Aber was ist, wenn jemand unterwegs den Lift anhält und einsteigen will?«

Jünger lachte leise auf. »Das können sie ruhig tun, denn wir tragen Trendler über das Treppenhaus hinab. Das benützt keiner. Es wäre Pech, wenn uns ausgerechnet jetzt dort jemand begegnen würde.«

»Wir sollten nicht auf Nadine warten, Kevin. Der Kerl ist doch betäubt! Da kann er ruhig im Kofferraum weiterschlafen«, drängte Longerich.

»Also gut, bringen wir es hinter uns! Du bleibst dann unten im Auto, ich komme wieder herauf und warte hier auf Nadine.«

»Vernasche sie aber nicht, sonst sage ich es Tanzbär«, drohte Longerich, doch Jünger winkte ab.

»Jens weiß, dass ich Nadine nicht an die Wäsche gehe. Ich habe meinen eigenen Bettwärmer zu Hause.«

Jünger zerrte Trendler hoch, fasste ihn unter die Achseln und sah zufrieden, dass sein Kumpan die Beine packte und anhob.

An der Tür hielten sie kurz inne und spähten hinaus. Auf dem Flur war niemand, und so trugen sie den Bewusstlosen rasch zur Tür des Treppenhauses, öffneten diese und verschwanden darin, bevor irgendjemandem etwas auffiel.

7.8

Mena war so unruhig, dass sie kaum auf einer Stelle sitzen konnte, und hätte nicht zu sagen vermocht, warum. Dabei war es ihr endlich gelungen, Trendler zum Reden zu bringen. Am nächsten Tag würde er sie nach Augsburg begleiten und seine Aussage bei der Kripo machen. Sie hätte daher zufrieden sein können. Stattdessen saß sie in ihrem Hotelzimmer und fühlte sich darin eingesperrt wie in einem Käfig. Nach einer Weile hielt sie es nicht mehr aus und zog ihre Windjacke über, da es am Abend doch etwas kühl geworden war. Anschließend verließ sie das Hotel und wanderte in Richtung von Trendlers Unterkunft, deren rotbraune Farbe jetzt in der Nacht beinahe schwarz wirkte.

Während sie auf den Eingang des Hotels zuging, fragte sie sich, wie sie Trendler ihr Kommen erklären sollte. Am besten war es, wenn sie sich gleich ein Taxi bestellten und zum Flughafen führen. Sie musste nur noch ihre Siebensachen aus dem Hotel holen. Während sie darüber nachdachte, bemerkte sie Inez, die Trendlers Hotel eben mit einem Bündel unter dem Arm verließ. Die Frau war allein und wahrscheinlich bis eben bei Trendler gewesen. Wie es aussah, hatte der Mann ihr ein paar Abschiedsgeschenke gemacht.

Mena wollte sich bereits abwenden, als der Schein einer Straßenlaterne Inez' Gesicht erhellte. Deren angespannte Miene passte nicht zu einer Frau, die eben eine vergnügliche Stunde erlebt hatte. Oder war es einfach der Ärger darüber, dass ihr Lover am nächsten Morgen in die Heimat zurückfliegen wollte?

Nein, da stimmt etwas nicht!, sagte Mena sich, folgte Inez zu einem der schlichtesten Hotels im Ort und sah sie darin verschwinden. Menas Misstrauen wuchs. Laut Trendler war Inez eine arbeitslose Einheimische, während Mena die Frau für eine Prostituierte hielt. War sie jetzt unterwegs zu einem anderen Freier, oder steckte mehr dahinter? Das musste sie herausfinden. Mena betrat das Hotel und sah, dass Inez vor den Aufzügen wartete. Sie fuhr bis zum vierten Stockwerk hoch. Dort blieb der Aufzug ein paar Augenblicke stehen, setzte sich dann aber wieder in Bewegung. Diesmal ging es abwärts bis ins zweite Kellergeschoss.

Nervös ging Mena bis zu den Aufzügen vor. Eben blieb einer stehen, und zwei Männer in kurzen Hosen und T-Shirts, die sich über stattlichen Bierbäuchen spannten, kamen heraus. An ihnen vorbei konnte Mena auf einer Tafel sehen, dass im zweiten

Kellergeschoss die Tiefgarage des Hotels lag. Rasch stieg sie in den Lift und drückte die entsprechende Taste.

Wenig später befand sie sich in den Katakomben dieses Baus und suchte bei einer schlechten Beleuchtung den Weg zur Tiefgarage. Plötzlich blieb sie stehen und bückte sich. Vor ihr lag ein Ausweis am Boden. Als sie ihn aufhob, entzifferte sie im Dämmerlicht den Namen Trendler. Hatte dieser es sich vielleicht anders überlegt und wollte mit Inez abhauen?, fragte sie sich. Zornig steckte sie den Ausweis ein und eilte weiter. Eine Tür kam in Sicht, darüber ein kaum erkennbares Schild, das auf Spanisch und Englisch auf die Tiefgarage hinwies.

Mena öffnete sie und sah eine Halle vor sich, in die mindestens dreimal so viele Autos passten, wie darin standen. Die meisten waren Kleinwagen, die an Touristen vermietet wurden. Suchend sah Mena sich um, bis sie Inez entdeckte. Sie wollte auf sie zugehen, stockte jedoch mitten im Schritt, denn Inez unterhielt sich mit zwei Männern, die wie deutsche Touristen aussahen. Was hatte Inez mit diesen zu schaffen?, fragte sie sich. Wichtiger aber war: Wo steckte Trendler? Vorsichtig schlich sie in der Deckung der Betonpfeiler näher.

»Du kannst dem Anwalt sagen, dass alles zu seiner Zufriedenheit erledigt wird. Er soll für morgen den ersten Flug nach Deutschland buchen, gleichgültig wohin. Von dort aus kommen wir jederzeit nach Augsburg!«, erklärte der etwas schlankere Mann eben Inez auf Deutsch. Diese antwortete zu Menas Verwunderung ebenfalls auf Deutsch – unverkennbar schwäbisch angehaucht. »Mach ich, Kevin! Wann kommt ihr zurück?«

»Wir brauchen eine knappe Stunde zum Teide und noch mal eine, bis wir unsere Last ablegen können. Rechne nicht vor vier Uhr mit uns, Nadine!«

Menas Gedanken rasten. Die vermeintliche Spanierin Inez entpuppte sich als Nadine aus dem Schwabenländle – und ihre beiden Komplizen planten etwas am Pico del Teide. Doch von welcher Last hatte dieser Kevin gesprochen? Handelte es sich dabei etwa um Trendler? Dies würde bedeuten, dass der Arm der Bande bereits bis hierher nach Teneriffa reichte.

Erschrocken duckte sie sich, als Nadine an ihr vorbeiging. Die beiden Männer stiegen in den Wagen und fuhren los. Was sollte sie bloß tun? Wenn sie Nadine folgte, um sie zum Sprechen zu bringen, konnte es für Trendler zu spät sein.

Claudius! Der Name tauchte wie ein Blitz in ihren Gedanken auf. Sie nahm ihr Handy, wählte seine Nummer und merkte erst dann, dass sie hier in der Tiefgarage kein Netz bekam. Sie rannte durch das noch offene Garagentor die Rampe hoch ins Freie, wählte erneut seine Nummer und wartete angespannt darauf, dass ihr Freund sich meldete. Es dauerte einige Sekunden, und die Verbindung war so schlecht, dass Mena kaum etwas verstand.

»Hallo, Claudius, ich bin hier auf Teneriffa. Hast du einen Wagen? Wir müssen dringend zum Teide.«

»Du bist auf Teneriffa? Das ist ärgerlich«, hörte sie Claudius sagen.

»Wieso ist das ärgerlich?«, fragte Mena wütend.

»Weil ich nicht mehr dort bin. Ich sitze auf der Fähre nach Madeira, um Marilyn und Noreen dorthin zu bringen. Den beiden ist auf Teneriffa zu viel Rummel, und da dachten wir, dass Madeira die bessere Wahl wäre. Ich kann auch von dort nach Südamerika fliegen!«

»Dann flieg!«, fauchte Mena und beendete die Verbindung.

Kurz entschlossen wählte sie den Polizeinotruf und versuchte, einem Polizisten zu erklären, dass ein Bekannter von ihr entführt worden sei.

Der Beamte hörte ihr kurz zu und wurde dann unwirsch. »Eine Entführung hier auf unserer Insel? Das ist doch absurd!«

»Es ist nicht absurd, wenn es deutsche Banditen betrifft, die hier jemandem aus dem Weg räumen wollen«, antwortete Mena so eisig, dass der Polizist unwillkürlich sein Handy musterte, ob dort jetzt Eiskristalle glitzerten.

»Wer sind Sie überhaupt?«, fragte er.

»Ich bin Frau Dr. Philomena Antonia Reglin vom Institut für zeitgeschichtliche Forschungen in Augsburg. Wir arbeiten mit der deutschen Kriminalpolizei zusammen.« Mena bemühte sich, einen sachlichen Ton zu treffen, da der, der ihr eigentlich auf der Zunge lag, nicht geeignet gewesen wäre, den Polizisten zu einer Zusammenarbeit zu bewegen.

»Sie sagen, es wäre jemand entführt worden?«, fragte der Polizist jetzt etwas freundlicher.

»Ja! Es handelt sich um Herrn Dr. Trendler. Er wollte morgen mit mir zusammen nach Deutschland zurückfliegen, um dort als Zeuge gegen mehrere Verbrecher auszusagen«, erklärte Mena. Sie trug bewusst ein wenig dicker auf.

»Dieser Dr. Trendler soll zum Pico del Teide gebracht werden. Zu welchem Zweck?«, klang es zurück.

»Ich konnte seine Entführer bisher leider noch nicht interviewen!« Jetzt wurde Mena doch bissig.

»Also gut! Ich werde einen Streifenwagen zum Pico del Teide schicken. Sie sagen mir aber jetzt, wo Sie sind, und warten dort auf meinen Kollegen. Wenn Sie mich zum Narren gehalten haben, müssen Sie die Konsequenzen tragen!«

Mena nickte, obwohl der Polizist es nicht sehen konnte. »Ich bin hier bei der Tiefgaragenausfahrt des blau gestrichenen Hotels neben der großen Investitionsruine. Den Namen weiß ich nicht!«

»Ich weiß, wo das ist. Warten Sie dort.«

Damit beendete der Beamte das Gespräch, und Mena konnte nur hoffen, dass er es nicht nur bei den Worten beließ.

Ihr Handy meldete sich. Claudius. Mena war jedoch zu angespannt, um mit ihm reden zu können. Immerhin befand sich Dr. Trendler in höchster Gefahr, und ihr Freund hatte nichts anderes zu tun, als mit seiner Exfrau nach Madeira zu schippern.

7.9

Es vergingen etwa zehn Minuten, dann schoss ein Wagen mit aufgeblendeten Scheinwerfern um die Kurve und hielt keine zehn Meter von Mena entfernt an. Im Licht der asthmatischen Straßenbeleuchtung konnte Mena im Innern mit Mühe einen uniformierten Mann ausmachen. Sie lief auf das Auto zu und öffnete die Beifahrertür.

»Gott sei Dank, dass Sie gekommen sind! Ich befürchte Schlimmes für Dr. Trendler.«

»Steigen Sie ein! Dann sehen wir nach, ob wirklich jemand um die Zeit zum Pico del Teide will!« Der Polizist grinste, als hielte er das für reichlich unwahrscheinlich. Doch mit einer schönen blonden Frau durch die Nacht zu fahren war immer noch angenehmer, als im Wagen auf Anrufe zu warten.

Mena setzte sich, schlug die Tür zu und griff zum Sicherheitsgurt, während der Polizist anfuhr.

»Weshalb sind Sie eigentlich hier auf Tenerife?«, fragte er.

»Ich bin gekommen, um Herrn Dr. Trendler zu bitten, umgehend nach Deutschland zurückzufliegen, weil seine Aussage dringend gebraucht wird«, erklärte Mena.

Der Polizist lachte. »Und jetzt glauben Sie, dass böse Buben das verhindern wollen! Mein Name ist Juan Guiterrez, aber Sie können Juan zu mir sagen.«

Es war der Versuch, mit ihr zu flirten. Hoffentlich vergisst der Mann nicht, weshalb ich ihn gerufen habe, dachte Mena.

Da drückte Juan bereits aufs Gas. Schon nach kurzer Zeit

erreichten sie Armeñime und bald darauf die Schnellstraße. Von dieser bogen sie in Richtung Menores und Guía de Isora ab. Während sie nach Norden fuhren, legte Juan einen Fahrstil vor, als hielte er sich für den Zwillingsbruder von Fernando Alonso. Mena schloss mehrmals die Augen, wenn er selbstmörderisch die Kurven schnitt, und war froh, dass um diese Zeit kaum ein Auto unterwegs war.

Für den Polizisten schien ihr Verhalten die Aufforderung zu sein, noch mehr Gas zu geben. Ortschaft um Ortschaft flog vorbei, und bald blieben Tijoco Bajo und Guía de Isora hinter ihnen zurück. Kurz hinter Chio erreichten sie die Abfahrt zum Teide. Juan Guiterrez bog in einem solchen Tempo darauf ein, dass sein Wagen hinten ausbrach. Rasch brachte er ihn wieder unter Kontrolle und ließ den Motor erneut aufheulen.

Die Straße war schwarz, die Landschaft um sie herum ebenfalls, und am Himmel hing der Mond als hauchdünne Sichel. Mena hätte es nicht gewagt, hier schneller als vielleicht vierzig, fünfzig Stundenkilometer zu fahren. Ihr Fahrer raste jedoch mit einer Höllengeschwindigkeit die steile Bergstraße hoch, als wäre alles ein Heidenspaß. Dabei rappelte das ganze Auto, und Mena musste die Zähne zusammenbeißen, damit sie nicht zu sehr klapperten.

»Das ist ja die reinste Panzerprüfstrecke!«, stöhnte sie. »Kann man da nicht was dagegen machen?«

Der Polizist lachte. »Warum? Das Land um den Pico del Teide herum lebt. Zwar ist der Vulkan derzeit nicht aktiv, aber es gibt immer wieder leichte Erdbeben. Man müsste jedes Mal die Straße neu asphaltieren. Also lässt man sie besser so, wie sie ist. Das bringt die Touristen, die unbedingt zum Pico del Teide wollen, dazu, langsamer zu fahren.«

»Aber nur die Touristen!«, stöhnte Mena, da sie gerade trotz des Sicherheitsgurts fast bis an die Wagendecke geschleudert worden wäre. Einen kurzen Moment überlegte sie, Juan zu bitten, nicht so zu rasen. Allerdings würden Trendlers Entführer auch nicht wie Schnecken fahren, und da war es wichtig, dass sie deren Vorsprung aufholen konnten.

»Wir erreichen gleich die Caldera«, erklärte der Polizist und wies nach vorne, wo ein ganzes Stück vor ihnen das Licht zweier Autoscheinwerfer zu sehen war. »Könnten das die Leute sein, von denen Sie gesprochen haben?«

Mena zuckte mit den Achseln. »Ich weiß es nicht! Aber es ist das einzige Auto, das ich hier sehe.«

»Dann wollen wir hoffen, dass es das richtige ist!« Juan fuhr etwas langsamer, um nicht zu schnell aufzuholen, und Mena sah im Schein der Armaturenbeleuchtung, dass er grinste.

»Zwei Kollegen von mir kommen aus Richtung Santa Cruz, zwei weitere von Süden her. Es gibt hier nur diese beiden anderen Straßen, die ebenfalls zum Pico del Teide führen. Wenn Sie mir sagen können, um welches Fabrikat es sich bei dem Auto handelt, kann ich es per Funk weitergeben!«

Mena versuchte, sich zu erinnern, konnte aber nicht genau sagen, ob es sich jetzt um einen Renault oder einen Peugeot handelte. Doch das war Juan Information genug. Er schaltete sein Funkgerät ein und sprach so hastig ins Mikrofon, dass Mena nichts verstand. Als er fertig war, wandte er sich ihr noch breiter grinsend zu als vorher.

»Meine Kollegen sperren die anderen Straßen ab! Dieses Auto wird dort nicht durchkommen.«

»Hoffen wir's!« Da die Straße jetzt besser wurde, konnte Mena sich zurücklehnen, ohne sich wie in einem Rüttelsieb zu fühlen. Sie nickte Juan zu und betete, dass es ihnen gelingen würde, die Banditen zu überraschen, bevor sie Trendler umbringen konnten.

7.10

In der Dunkelheit war der mehr als dreieinhalbtausend Meter hohe Vulkankegel mehr zu erahnen, als zu erkennen. Außer den Scheinwerfern des verfolgten Fahrzeugs war nur ein einziges Licht zu sehen.

»Das ist der Parador beim Pico del Teide«, erklärte Juan. »Von dem Parkplatz dort kann man die Umgebung des Vulkans am besten erkunden.«

»Ich glaube nicht, dass unsere Freunde dorthin wollen. Als ich sie belauschte, sagte einer etwas von der Talstation der Seilbahn«, erklärte Mena.

Juan hob kurz die Rechte. »Ah, Teleférico! Dort ist auch ein großer Parkplatz, und es ist sehr steil dort.«

»Steil genug, dass ein Mensch, den man in die Tiefe stößt, sich sämtliche Knochen bricht?«, fragte Mena besorgt.

»Sí«, sagte Juan und nickte. »Steil genug dazu ist es! Wenn die Burschen es geschickt anfangen, würde man glauben, jemand hätte oben am Teide die letzte Seilbahn nach unten verpasst und versucht, in der Dunkelheit abzusteigen. Bei dem schlechten Licht würde man einen Unfall für sehr wahrscheinlich halten.«

»Dann wollen wir hoffen, dass wir früh genug kommen, um Dr. Trendler zu retten.«

»So Gott will!«, antwortete Juan, der noch immer nicht davon überzeugt war, dass Mena sich die Entführung nicht nur eingebildet hatte.

Eine Lampe leuchtete auf dem Armaturenbrett auf. Gleichzeitig erscholl ein akustisches Signal. Juan drückte einen Knopf, und so hörten Mena und er von den Polizisten in einem anderen Streifenwagen, dass ein Auto auf den Parkplatz der Seilbahn eingebogen war.

»Dort oben ist um die Zeit alles geschlossen. Entweder wollen die Leute einbrechen oder nur das Gefühl erleben, allein an dieser einsamen Stelle zu sein. Aber vielleicht haben sie ja auch tatsächlich vor, jemanden umzubringen!« Juan sagte es in einem Ton, den Mena als spöttisch empfand.

Na warte!, dachte sie. Ich habe mich nicht geirrt. Inez hat Trendler als angebliche Kanarenfrau in eine Falle gelockt, und deren Komplizen haben ihn entführt.

Als sie die Einfahrt zum Parador passierten, schaltete Juan die Scheinwerfer bis auf das Standlicht aus. Dennoch folgte er der Straße, die kaum mehr zu erkennen war, weiterhin in hohem Tempo.

»Gleich sind wir bei der Talstation«, sagte er zu Mena. Die Scheinwerfer des Autos, das dort hinaufgefahren war, erloschen, und der Parkplatz lag in absoluter Dunkelheit.

Wegen seiner abgeschalteten Scheinwerfer wäre Juan beinahe an der Zufahrt vorbeigefahren. Gerade noch rechtzeitig bog er ein, fuhr langsam und fast unhörbar hoch und stellte oben auf einen Schlag das Fernlicht an. Der andere Wagen, ein Peugeot, befand sich keine zwanzig Meter vor ihnen. Der Kofferraumdeckel stand offen, und zwei Männer waren dabei, einen schweren Gegenstand den Berg hochzuschleppen.

Juan stieg aus, zog theatralisch seine Pistole und stellte sich in Positur. »Was tun Sie hier?«, fragte er scharf auf Spanisch. Die Antwort bestand aus einem leisen deutschen Fluch.

7.11

Zunächst war alles gut gegangen. Kevin Jünger und Longerich hatten die Küstenregion hinter sich gelassen und die Hochebene um den Pico del Teide erreicht. Zwar hatten sie das Auto, das weit hinter ihnen aufgetaucht war, einige Zeit im Auge behalten, aber angenommen, es wäre zum Parador abgebogen. Es jetzt vor sich zu sehen war ein Schock, dem ein noch größerer folgte, als ein uniformierter Mann ausstieg und seine Pistole zog.

»Was machen wir jetzt?«, fragte Longerich nervös.

Jünger überlegte fieberhaft, was hier danebengegangen sein konnte, und musterte den Polizisten, der gegen das Licht der Scheinwerfer wie ein Scherenschnitt wirkte. Im Streifenwagen saß noch jemand, doch Jünger konnte nicht erkennen, ob es sich um einen weiteren Polizisten handelte.

»Wir müssen den Kerl überlisten«, raunte er Longerich zu und hob die Hände, als wolle er sich ergeben.

»Señor, ich wusste nicht, dass es verboten ist, hier ein paar Steine aufzusammeln«, rief er dem Polizisten auf Deutsch zu. Dieser verstand ihn nicht und winkte Mena mit der linken Hand zu, auszusteigen und zu übersetzen.

»Der Mann lügt! Die haben niemals Vulkangestein gesammelt«, erklärte diese Juan auf Spanisch.

»Kommen Sie herunter!«, befahl der Polizist Jünger und dessen Komplizen und unterstrich seine Worte mit einer kurzen Bewegung seiner Pistole.

Jünger warf dem bewusstlos am Hang liegenden Trendler einen bedauernden Blick zu, dann stieg er vorsichtig nach unten. Mit einem leisen Fluch folgte Longerich ihm.

»Señor, wir wollten nur ein paar Stücke Vulkangestein für unseren Vorgarten sammeln«, versuchte Jünger erneut zu bluffen.

»… und wären mit fünfzig Kilo Übergepäck nach Hause geflogen«, spottete Mena und übersetzte beides für Juan. Sie war erleichtert, dass sie und der Polizist noch rechtzeitig eingetroffen waren und er zudem zwei Bandenmitglieder festnehmen konnte. Dadurch würde sie endlich die Informationen erhalten, die die

Kripo brauchte, um diese Rauschgiftschmugglerbande dingfest zu machen.

Auch Juan war zufrieden. Die beiden Kerle schienen allen Mut verloren zu haben und kamen mit hängenden Köpfen auf ihn zu. Ein Stück über ihnen lag noch der Gegenstand, den sie hochgeschleppt hatten. Von der Größe und der Form konnte es ein Mensch sein. Juan überlegte, ob er den Männern nicht befehlen sollte, ihr Opfer herunterzuholen, und öffnete den Mund.

Jünger bemerkte, dass der Polizist nach oben schaute, und griff an. Zwar drückte Juan noch den Abzug seiner Pistole, doch die Kugel verfehlte Jünger. Keine Sekunde später schlug dieser mit beiden Fäusten zu. Juan hob die Arme, um seinen Kopf zu schützen, doch da war auch der andere Schurke heran. Gegen zwei Männer hatte er keine Chance. Er knickte wie ein Taschenmesser zusammen, hielt aber noch immer seine Pistole umklammert.

»Ralf, nimm ihm die Waffe ab!«, rief Jünger.

Longerich packte die rechte Hand des Polizisten und bog dessen Finger nach außen. Es gelang Juan, noch einen weiteren Schuss abzufeuern, er traf aber nur den Asphalt. Bevor der Bandit ihm die Pistole aus der Hand winden konnte, ließ er sie fallen und stieß sie mit dem Fuß in Menas Richtung.

Obwohl Jünger sofort hinter der Waffe herrannte, war Mena schneller und konnte sie packen. Mit einem Wutschrei trat Jünger nach ihr. Sie ließ sich fallen, rollte ein paarmal um die eigene Achse, um aus seiner Reichweite zu kommen, und richtete die Pistole auf ihn.

Als sie schoss, streifte die Kugel den Mann nur. Aber er begriff, dass sie erneut feuern würde, und wich zurück.

»Nicht schießen!«, schrie er.

Longerich versetzte dem nun am Boden liegenden Juan noch einen Fußtritt und stierte dann Mena an, die etwa zehn Meter von ihm entfernt stand und die Pistole mit beiden Händen hielt. »Verdammt, was will die blöde Tussi?«, brüllte er.

»Sei ruhig!«, mahnte Jünger ihn und zog sich noch weiter zurück. Dabei achtete er darauf, dass er immer näher an den Streifenwagen herankam. Als er glaubte, mit zwei langen Schritten dahinter Deckung zu finden, zwinkerte er Longerich kurz zu.

»Hören Sie!«, sagte er zu Mena. »Sie können uns nicht die ganze Zeit mit der Pistole bedrohen. Irgendwann kriegen Sie einen Krampf im Arm, und dann sind wir im Vorteil. Ist es da nicht besser für uns alle, wenn wir uns friedlich einigen?«

»Nur über meine Leiche!«, rief Mena entschlossen, wobei sie alles dafür tun würde, dass es nicht dazu kam.

»Lenk sie ab!«, flüsterte Jünger seinem Kumpan zu und blieb selbst wie ein Standbild stehen.

Longerich ahnte, dass sein Anführer noch ein Ass im Ärmel hatte und die Gelegenheit brauchte, es auch auszuspielen. Er trat zwei Schritte auf Mena zu und wedelte mit beiden Armen.

Einen Augenblick lang war Mena irritiert. Die Zeit reichte Jünger, um die offene Tür des Streifenwagens zu erreichen. Während er sich auf den Fahrersitz schwang, spottete er über den Polizisten, der den Motor hatte laufen lassen. Den Gang einlegen und die Bremsen zu lösen war eins, dann drückte er aufs Gas und schoss mit dem Wagen auf Mena zu.

In letzter Sekunde hechtete sie zur Seite. Obwohl sie hart auf dem Asphalt landete, rappelte sie sich sofort wieder hoch und rannte ein Stück den Hang des Vulkans hoch. Am liebsten hätte sie auf Jünger geschossen. Sie wusste jedoch nicht, wie viele Patronen in der Pistole waren, und wollte nicht durch eigene Schuld wehrlos werden.

Jünger wendete den Wagen, bis er die Frau wieder im Scheinwerferlicht hatte, und begriff, dass er sie mit dem Auto nicht mehr erreichen konnte. Nun verfluchte er die Tatsache, dass sie keine Schusswaffen nach Teneriffa hatten schmuggeln können. Damit hätten sie die Frau leicht ausschalten können. Aussteigen und sie mit bloßen Händen anzugreifen wäre jedoch Selbstmord gewesen.

Wuterfüllt öffnete er die Fahrertür und blaffte seinen Kumpan an. »Nimm den anderen Wagen! Das verschafft uns genug Vorsprung, um verschwinden zu können!«

»Was ist mit Trendler und dieser Tussi?«, fragte Longerich.

»Wenn du Lust hast, dich abknallen zu lassen, dann versuche es! Ich werde es nicht tun. Und jetzt beeil dich!«

Das ließ sein Kumpan sich nicht zweimal sagen. Longerich rannte zu dem Mietwagen und stieg ein. Dabei war er froh, dass dieses Fahrzeug so weit von der Frau entfernt war, dass sie keinen gezielten Schuss abgeben konnte.

Mena musste hilflos zusehen, wie einer der Schurken bei seiner Flucht den Polizisten überrollte und die beiden Autos rasch in der Ferne verschwanden. Viel Zeit, weitere Gedanken an die Banditen zu verschwenden, hatte sie nicht, denn Juan lag verkrümmt und regungslos auf dem Parkplatz.

Voller Sorge eilte sie auf den Polizisten zu, legte die Pistole zur Seite und untersuchte den Mann. Sie konnte kaum etwas erkennen. Er lebte noch, war aber mit Sicherheit schwer verletzt. Sie zog ihr Handy aus der Tasche und wollte den Notruf anwählen. Doch das Display blieb dunkel. Anscheinend war das Ding bei ihrem Hechtsprung beschädigt worden und hatte den Geist aufgegeben.

Fluchend steckte sie es weg und brachte Juan in eine stabile Seitenlage. Mehr konnte sie in der Dunkelheit wohl nicht für ihn tun.

Ihr Blick glitt den Hang hoch zu der Stelle, an der Trendler liegen musste. Um herauszufinden, ob er noch lebte, blieb ihr nichts anderes übrig, als dort hinaufzuklettern. Der Hang bestand aus lockerem Geröll, das immer wieder unter ihr nachgab. Zudem war das Licht so schlecht, dass sie sich mehr auf ihren Tastsinn als auf ihre Augen verlassen musste.

Irgendwann trafen ihre Hände auf Stoff, und sie atmete auf, als Trendler leise stöhnte. Sie versuchte, ihn wach zu bekommen, hatte aber keinen Erfolg damit. Da sie ihn nicht hier liegen lassen wollte, überprüfte sie, ob seine Knochen heil waren, und schleifte ihn dann nach unten zum Parkplatz. Dort legte sie ihn neben Juan nieder und durchsuchte seine Tasche nach seinem Handy. Da war jedoch keins.

»Du bist dumm!«, schalt Mena sich. Wenn es wirklich so hätte aussehen sollen, als hätte er die letzte Gondel verpasst und wäre vom Vulkan herabgestiegen, durfte er kein Handy bei sich tragen. Immerhin hätte er wegen der Talstation und dem in geringer Entfernung liegenden Parador Empfang haben können.

Mit neuer Energie wandte sie sich Juan zu. Er hatte sein Handy einstecken. Der Akku war allerdings fast leer, und es dauerte ewig, bis es ein Netz fand. Als sie endlich den Notruf erreichte, war die Verbindung so schlecht, dass sie nur »Talstation des Teide« und »zwei Verletzte!« durchgeben konnte, bevor das Signal erlosch. Nun blieb ihr nichts anderes übrig, als zu warten und zu hoffen, dass die beiden Schurken bei den Straßensperren aufgehalten würden, die Juans Kollegen hatten errichten wollen.

7.12

Kevin Jünger fuhr zunächst so schnell, wie der Motor des Streifenwagens es hergab, sah dann aber im Rückspiegel, dass sein Kumpan immer weiter zurückblieb, und verringerte das Tempo, bis Ralf Longerich aufgeschlossen hatte. Noch konnte er nicht sagen, was schiefgelaufen war, aber auf jeden Fall war alles in die

Hose gegangen. Dabei war es gleichgültig, ob der Polizist einfach nur eine Touristin am Teide hatte vernaschen wollen oder ihnen gefolgt war.

»Ich muss dringend mit Feierabend telefonieren«, murmelte er und zog sein Handy heraus. Doch hier, kilometerweit von jeder größeren Siedlung entfernt, bekam er kein Netz. Fluchend steckte er das kleine Telefon wieder weg und richtete seine Aufmerksamkeit auf die Straße. Er war nach Süden abgebogen, wo sich die großen Touristenresorts von Los Cristianos und Playa de las Américas befanden, aber auch der Flughafen Reina Sofia. Allerdings schlängelte sich die Straße in einer Weise durch die Landschaft, dass er zweimal aus der Kurve getragen wurde und gegen die Betonquader der Straßenbegrenzung schlitterte. Der Streifenwagen bekam ein paar Beulen ab, doch zum Glück blieb er fahrtüchtig.

Jünger bog um eine weitere Kurve, sah vor sich ein anderes Auto mit abgeblendeten Scheinwerfern und daneben zwei Polizisten. Einer davon schwenkte einen Leuchtstab, um ihn zum Halten zu bewegen, während der andere den Kopf in seinen Streifenwagen steckte, so als erwarte er einen Funkspruch.

Da der Polizeiwagen nur die Hälfte der Straße blockierte, überlegte Jünger, ob er die Sperre durchbrechen sollte. Der Gedanke an das Funkgerät der Polizisten brachte ihn jedoch davon ab, da dieser seine Flucht sofort weitermelden würde. Als er langsamer wurde, erkannten die Beamten den Streifenwagen, den Jünger fuhr, und winkten ihm zu, weil sie glaubten, es wäre ein Kollege.

Mit einem hämischen Grinsen gab Jünger auf einmal Gas, überfuhr den vordersten Polizisten und rammte mit dem rechten Kotflügel die Beifahrertür des anderen Fahrzeugs. Der zweite Polizist wurde zwischen Tür und Fahrzeugrahmen förmlich zerquetscht. Blut spritzte auf die Frontscheibe von Jüngers Fahrzeug. Dieser achtete jedoch nicht darauf, sondern stoppte ein paar Meter weiter und stieg aus.

Der eine Polizist war schwer verletzt oder tot, während der, den er überfahren hatte, zwar heftig blutete, aber wieder auf die Beine kam. Als er nach seiner Pistole tastete, kam Longerich mit dem Peugeot heran und fuhr über ihn hinweg, um ihn ganz auszuschalten. Danach stieg er aus und starrte Jünger an. »Was machen wir jetzt?«, fragte er unsicher.

»Wir stopfen die beiden Polizisten in ihren Wagen und schieben ihn über die Kante. Hier geht es ein paar Hundert Meter in die Tiefe. Da bleibt kaum etwas übrig, was die Kripo noch verwerten kann«, erklärte Jünger.

»Und wenn der Kasten explodiert? Das würde doch auffallen«, wandte der andere ein.

»Autos explodieren nur in Hollywoodschinken. Sonst brennen sie lediglich aus. Und jetzt komm! Wir haben nicht alle Zeit der Welt.« Jünger packte den ersten Polizisten und schob ihn mit Longerichs Hilfe in den Wagen. Als auch der zweite Polizist verstaut war, löste Jünger die Handbremse, schlug das Lenkrad ein und schob den Wagen zwischen zwei Begrenzungsblöcken auf den Abgrund zu. Augenblicke später kippte das Fahrzeug über die Kante und verschwand in der Tiefe.

»Ausgezeichnet!«, lobte Jünger sich und wies auf das Fahrzeug, das er entwendet hatte. »Mit dem Kübel machen wir das auch. Dann können die hiesigen Bullen rätseln, was hier geschehen ist.«

»Und dann?«, fragte sein Kumpel.

»Wir fahren mit unserem Mietwagen weiter. Das heißt, du fährst! Ich muss telefonieren«, antwortete Jünger und winkte Longerich, ihm zu helfen.

Kurz darauf lag auch der zweite Streifenwagen tief unter ihnen am Hang, und sie konnten in ihren Peugeot einsteigen und losfahren. Während Longerich den Wagen steuerte, holte Jünger sein Handy heraus und sah erleichtert, dass er nun ins Netz kam. Dennoch war ihm nicht gerade wohl zumute, als er Feierabends Nummer eintippte.

Der Anwalt meldete sich so rasch, als hätte er auf den Anruf gewartet. »Und, alles erledigt?«, fragte er.

»Nein! Wir hatten Pech«, bekannte Jünger, »und jetzt haben wir ein Problem. Wir müssen so schnell wie möglich weg von dieser verdammten Insel!«

Diesmal dauerte es einen Augenblick, bis Feierabend antwortete: »Was ist passiert?«

Jünger überlegte, wie viel er sagen konnte. War es zu viel und die Gespräche wurden abgehört, kam er in Teufels Küche, sagte er zu wenig, schätzte Feierabend die Lage vielleicht falsch ein, und dann saß er ebenfalls in der Tinte.

»Die Sache war schon so gut wie erledigt, da kam auf einmal ein Bulle und wollte uns kassieren«, erklärte er. »Wir konnten ihn austricksen, ebenso zwei weitere an einer Straßensperre. Jetzt hätten wir nichts gegen eine schnelle Luftveränderung.«

»Und der Chemiker?«, fragte Feierabend scharf.

»Den müssen wir erst mal außen vor lassen. Jetzt geht es um uns!« Jüngers Stimme klang drängend, denn sein Kumpel und er mussten fort sein, bevor die Polizei die beiden Flughäfen von Teneriffa überwachte.

Dies begriff auch Feierabend. »Wo seid ihr gerade, auf dem Weg nach Santa Cruz?«

Jünger schüttelte unwillkürlich den Kopf, während er antwortete. »Nein, wir fahren nach Süden zur Küste.«

»Los Cristianos? Gut! Wir treffen uns dort am Hafen.«

Damit schaltete Feierabend ab. Während Jünger und sein Kumpan sich keinen Reim auf seine Worte machen konnten, führte Feierabend sogleich mehrere Telefongespräche, darunter auch mit Nadine. Kurz darauf verließ diese mit drei Koffern ihr Hotel und ließ sich von einem Taxi nach Los Cristianos bringen. Dort stieg sie wenig später in Feierabends Mietwagen ein.

»Was ist denn passiert?«, fragte sie aufgeregt.

»Jünger und Longerich haben es versaut. Deswegen müssen wir schnellstens von hier verschwinden!«, antwortete Feierabend und bog in den Parkplatz vor der Hafenzufahrt ein. Von hier fuhren die Fähren nach La Gomera und La Palma ab. Allerdings gab es auch einige private Schiffe, die die konkurrenzlos niedrigen Zölle weidlich ausnutzten, um Waren zum spanischen Kernland zu transportieren. Einer der Schiffer ließ gerade die Maschinen an, um noch vor dem Morgengrauen auszulaufen.

Während sie auf die beiden Männer warteten, wurde Nadine zunehmend nervös. »Was ist, wenn die Polizei die beiden erwischt hat?«, fragte sie.

»Die spanischen Gefängnisse sollen nicht unbedingt Erholungsheime sein«, spottete Feierabend, obwohl er Jünger und dessen Kumpan am liebsten den Hals umgedreht hätte. Wichtig war, dass die beiden verschwanden, bevor hier auf der Insel Großalarm ausgelöst wurde. Auch er wurde immer unruhiger und atmete auf, als ein Wagen heranschoss, auf den Parkplatz einbog und in der Nähe seines Autos stehen blieb. Jünger und Longerich stiegen aus und sahen sich um.

»Hier sind wir!«, rief Nadine, nachdem sie das Seitenfenster herabgelassen hatte.

Die beiden Männer rannten auf sie zu. »Habt ihr was Frisches für uns anzuziehen und vielleicht ein wenig Wasser zum Waschen?«, fragte Jünger.

Feierabend wies nach hinten auf den Kofferraum. »Da sind eure Klamotten. Außerdem müsste dort noch eine Wasserflasche liegen, die mein Vormieter im Wagen vergessen hat.«

»Danke!« Erleichtert öffnete Jünger den Kofferraum, nahm

die Wasserflasche und wusch sich im Licht der Straßenlaternen das Blut von den Händen.

»Du hast ein paar Spritzer im Gesicht«, sagte Longerich.

»Wo?« Jünger feuchtete seine Hände an und rieb an der Stelle, die sein Kumpan ihm nannte. Danach übernahm dieser die Wasserflasche, während Jünger den Koffer durchwühlte und sich umzog.

»Eure schmutzigen Sachen nehmt ihr mit und werft sie weit genug von hier entfernt ins Meer«, wies Feierabend die beiden an.

Jünger nickte. »Wo müssen wir hin?«

»Wartet dort vorne am Hafeneingang. Ihr werdet abgeholt«, erklärte Feierabend.

»Fahren wir nicht mit den beiden mit?«, fragte Nadine verwundert.

»Natürlich nicht! Wir steigen in zwei Stunden brav in unser Flugzeug und landen in Düsseldorf. Von dort aus geht es mit dem ICE nach Augsburg.« Feierabend lächelte überlegen, obwohl er alles andere als entspannt war. In letzter Zeit war zu viel aus dem Ruder gelaufen, und so würden Mittag und er einiges tun müssen, um alles wieder geradezubiegen.

8

8.1

Mena trat ins Krankenzimmer und atmete erleichtert auf. Ihr Sorgenkind Franz Trendler saß, den rechten Arm in einer Schlinge, an einem Tisch und löffelte seine Suppe mit der Linken.

»Grüß Gott, Frau Reglin! Sie kommen gerade richtig, um mir das Fleisch klein zu schneiden«, erklärte er und deutete auf seinen Teller, auf dem ein Stück Rinderschnitzel und eine Unmenge an Kartoffeln in Soße badeten.

»Es freut mich, dass es Ihnen besser geht«, antwortete Mena, während sie Gabel und Messer zur Hand nahm und das Fleisch zerteilte.

»Wenn ich es mit gestern Nacht vergleiche, ist es mir nie besser gegangen als jetzt«, sagte Trendler lächelnd, wurde aber sofort wieder ernst. »Sie müssen mich für den größten Idioten halten, der auf Gottes weiter Erde herumläuft!«

»Wieso?«

»Na, wegen dieser Inez! Ich bin voll auf die Frau hereingefallen. Wenn Sie nicht aufgepasst hätten, läge ich jetzt im Leichenschauhaus.«

Mena nickte nachdenklich. »Leider liegen zwei unbeteiligte spanische Polizisten im Leichenschauhaus, und der dritte, Juan, ist schwer verletzt.«

Trendler hatte seine Suppe gegessen und schob den Teller zurück. »Es ist schwer vorstellbar, dass Menschen so skrupellos sein können. Irgendetwas muss da bei der Evolution schiefgelaufen sein.«

»Auf jeden Fall hat sie nicht lauter Albert Schweitzers und Mutter Theresas hervorgebracht, sondern auch eine Menge Schurken«, antwortete Mena. »Die hiesigen Behörden überwachen die beiden Flughäfen der Insel scharf. Noch in der Nacht habe ich die Beschreibung der Täter im Computer generiert. Die Fahndungsfotos müssten bereits an Interpol gegangen sein. Ich glaube nicht, dass die Kerle weit kommen.«

»Dann wollen wir hoffen, dass die Polizei ihre Sache gut macht und die ganze Bande erwischt. Am meisten ärgert mich, dass ich Dr. Stadler gegenüber nicht energischer gewesen bin. Wir hätten den Fund des Kokains an die Behörden melden müssen. Aber er hatte zu viel Angst, in die Sache hineingezogen zu werden.« Trendler merkte, dass seine Worte wie eine billige Ausrede klangen, und kniff kurz die Augen zusammen. »Ich war wirklich ein Trottel! Spätestens nach seinem Tod hätte ich die Polizei informieren müssen. Aber ich … ich weiß selbst nicht, was in mich gefahren ist.«

»Wenn man in einem Labor die Qualität von Kaffeebohnen überprüft, wird man auf eine solche Sache nicht vorbereitet.« Mena atmete tief durch und stellte ihm den Teller mit dem Fleisch und den Kartoffeln hin.

»Kommen Sie nun allein zurecht?«, fragte sie.

»Ich glaube schon«, sagte Trendler.

In dem Moment trat eine Krankenschwester herein, warf einen Blick auf den Teller und lächelte. »Herzlichen Dank, dass Sie das Fleisch für ihn geschnitten haben. Wir haben sehr viel Arbeit«, sagte sie auf Spanisch.

»Keine Ursache!«, antwortete Mena und fragte sie, in welchem Zimmer der Polizist Juan Guiterrez zu finden war.

»Ah, Sie sind die Dame, die mit ihm gestern Nacht am Pico del Teide war. Es wird Sie freuen zu hören, dass er außer Lebensgefahr ist. Er muss aber noch einige Zeit im Hospital bleiben.«

»Kann ich zu ihm?«

Die Krankenschwester wiegte den Kopf. »Er schläft! Doch ein anderer Herr von der Polizei sagte, dass er mit Ihnen sprechen will. Wenn Sie erlauben, werde ich ihm mitteilen, dass Sie hier sind. Ich hole Sie dann, wenn er so weit ist.«

»Tun Sie das!«, antwortete Mena und starrte der Krankenschwester gedankenverloren nach.

»Ich hoffe, Sie bekommen meinetwegen keine Unannehmlichkeiten«, sagte Trendler besorgt.

»Das kann ich mir nicht vorstellen. Der Herr von der Polizei wird wissen wollen, was gestern Nacht genau geschehen ist. Immerhin haben diese Schurken zwei Polizisten umgebracht.«

Trendlers Miene wurde düster. »Und ich bin daran schuld!«

»Schuld sind diese Banditen! Würde es diese nicht geben, müssten Sie nicht hier in der Klinik sitzen und die Polizisten würden noch leben.« Mena wurde laut, da sie sich über Trendlers Selbstmitleid ärgerte.

Er zog den Kopf ein, atmete dann aber tief durch und sah sie mit entschlossener Miene an. »Ich verspreche Ihnen, dass ich alles in meiner Macht Stehende tun werde, damit diese Verbrecher gefasst werden können!«

»Mit weniger würde ich mich auch nicht zufriedengeben«, antwortete Mena, wurde dann aber am Weitersprechen gehindert, weil die Krankenschwester zurückkam.

»Der Herr von der Polizei würde Sie gerne sehen. Er wartet im Arztzimmer.«

»Dann wollen wir mal!« Mena nickte Trendler kurz zu und folgte der Schwester nach draußen.

8.2

Der Polizeibeamte trug Zivil. Mena wunderte sich darüber, denn im Allgemeinen glänzte man in diesen Landen mit prachtvollen Uniformen. Obwohl er von der Sonne gebräunt war, wirkte sein Gesicht abgespannt und grau. Nervös spielte er mit einem Kugelschreiber.

Als er Mena sah, stand er auf und reichte ihr die Hand. *»Buenos días, señora«*, begann er auf Spanisch, um dann in ein gut verständliches Deutsch überzuwechseln. »Ich war heute Vormittag oben am Pico del Teide. Viele Spuren haben diese Verbrecher nicht hinterlassen. Wir haben zwar ein Team oben, doch an einer Stelle, die täglich von Hunderten Touristen besucht wird, ist die Chance, einen entscheidenden Hinweis zu finden, äußerst gering.«

»Konnten Sie die Männer bereits identifizieren? Sie müssen doch in dem Hotel gemeldet gewesen sein, ebenso die Frau, die Dr. Trendler in die Falle gelockt hat«, fragte Mena.

Der Polizeibeamte verzog das Gesicht. »Das ist leider das Problem. Die beiden Männer sind spurlos verschwunden. Wir haben in Deutschland um Amtshilfe nachgesucht. Von dort erfuhren wir, dass ihre Pässe gefälscht sind, ebenso der der Frau. Die ist auch nicht mehr aufgetaucht! Entweder halten diese Leute sich irgendwo auf der Insel versteckt, oder es ist ihnen gelungen, früh genug in ein Flugzeug oder Schiff zu steigen.«

»Sie müssen veranlassen, dass alle Flug- und Schiffsreisenden, die von Teneriffa kommen, kontrolliert werden«, forderte Mena.

»Wir haben darum gebeten. Wenn diese Leute jedoch einen anderen Pass vorlegen, können sie nicht identifiziert werden«, antwortete der Beamte und machte aus seiner Verärgerung keinen Hehl.

»Aber Sie haben doch die Fahndungsfotos, die ich in der Nacht angefertigt habe. Die Frau müsste auf jeden Fall erkannt werden«, rief Mena.

Der Mann hob mit einer bedauernden Geste die Hände. »Wir können alles nur über Madrid veranlassen, und das dauert einfach zu lange. Wahrscheinlich sind diese Banditen bereits in Deutschland.«

»Das ist fatal! Man muss diese skrupellosen Banditen entlarven und vor Gericht stellen.« Mena ärgerte sich, weil sie nichts tun konnte. Im Institut in Augsburg besaß sie das ganze Equipment, um sich auf die Spuren dieser Schurken zu setzen. Hier hatte sie nur ihren Laptop bei sich, und mit dem konnte sie nicht an jene Dateien gelangen, die sie benötigt hätte. Da sie aber die Hände nicht in den Schoß legen wollte, sah sie den Beamten auffordernd an.

»Vielleicht kann ich Ihnen helfen. Ich bräuchte nur Zugang zu einem Computer, der durch ein Kabel mit Spanien verbunden ist, oder ein WLAN-Gerät mit einer Verbindung höchster Priorität.«

»Es tut mir leid, aber das geht nicht. Sie gehören nicht zur Polizei«, wehrte der Mann ab.

»Unser Institut arbeitet mit der deutschen Kriminalpolizei zusammen!«

Der Polizeibeamte schüttelte bedauernd den Kopf und begann nun Fragen über den Hergang des Verbrechens zu stellen. Mit einer gewissen Verärgerung beantwortete Mena diese. Sie beschlich dabei das Gefühl, als würde der Mann sie nicht ernst nehmen. Juan Guiterrez hatte es in der letzten Nacht auch nicht getan und lag nun schwer verletzt in der Klinik. Verdammte Machos!, dachte Mena und sagte sich dann, dass die Polizisten in der Heimat allerdings auch nicht besser waren.

Nachdem der Beamte ihre Aussage aufgenommen hatte,

atmete er kurz durch und schob Mena ein amtlich aussehendes Schreiben hin. »Ich muss Sie und Herrn Trendler auffordern, so lange auf Teneriffa zu bleiben, bis Ihre Aussagen nicht mehr benötigt werden!«

Mena ergriff das Blatt und las es mit wachsendem Ärger durch. Es war das Verbot, Teneriffa zu verlassen, bevor die hiesigen Behörden es erlaubten. »Was soll das?«, fragte sie scharf. »Herr Dr. Trendler und ich haben hier nichts angestellt, was eine solche Maßnahme rechtfertigen würde.«

»Sie werden als Zeugen benötigt. Aus Madrid werden Spezialisten eintreffen, die die gestrigen Geschehnisse aus erster Hand erfahren wollen, und nicht durch irgendwelche Protokolle, in denen Ihre Aussagen notiert wurden.«

»So habe ich es gern!«, fauchte Mena. »Die Banditen können mithilfe ihrer falschen Pässe verschwinden, während Dr. Trendler – immerhin ein Opfer dieser Kerle – und ich hier festgehalten werden wie Verbrecher!«

»Sie werden hier nicht festgehalten. Es geht darum, dass zwei unserer Polizisten umgebracht worden sind und Sie und Herr Dr. Trendler die einzigen Zeugen sind, die uns zu den Mördern führen können«, erklärte der Beamte in einem Ton, als hätte er eine Debile vor sich.

»Sie könnten die Mörder längst haben, wenn Sie den Fahndungsaufruf rasch genug an die Flug- und Schiffshäfen weitergeleitet hätten. So aber haben Sie den Kerlen und dieser falschen Inez die Chance gegeben zu verschwinden!«

Menas Wut auf die Polizei kehrte in voller Stärke zurück. Allerdings befand sie sich in der schlechteren Position. Wenn sie den Polizisten verärgerte, saß sie in zwei Wochen noch auf dieser Insel, während Inez und die anderen Banditen sich ins Fäustchen lachen und weitermorden konnten.

Bei dem Gedanken erinnerte sie sich daran, dass Franz Trendler zwar den ersten Mordanschlag überlebt hatte, aber noch immer auf der Liste der Verbrecher stand. »Sie sollten das Krankenhaus überwachen lassen, für den Fall, dass diese Schurken Herrn Dr. Trendler doch noch das Lebenslicht ausblasen wollen. Brauchen Sie mich noch, oder kann ich endlich zum Mittagessen gehen?«, fragte sie schnippisch und wandte sich zur Tür.

Der Beamte wirkte einen Augenblick lang irritiert, schüttelte dann aber den Kopf. »Meinetwegen können Sie gehen. Guten Appetit!«

Auf eine Antwort verzichtete Mena, denn sie wäre nicht besonders höflich ausgefallen. Stattdessen verließ sie die Klinik und trat in das erstbeste Restaurant. Sie hatte Hunger und eine Mordswut im Bauch, die auch die beste Mahlzeit nicht lindern konnte.

8.3

Manuel Feierabend und Nadine Laumann hatten vom Flughafen Reina Sofia abfliegen können, bevor die Fahndungsmeldung bei der Flughafenpolizei eingegangen war. Da Feierabend nicht zu den Verdächtigen gehörte und Nadine einen falschen Pass vorzeigte, konnten sie ohne Probleme in Deutschland landen und dort den Zielflughafen verlassen. Den Weg nach Augsburg setzten sie mit dem Zug fort. Dort ließ Feierabend Nadine zurück und fuhr das letzte Stück zum Starnberger See mit dem Taxi. Als er in der Villa ankam, erwartete ihn Reinhart Mittag voller Ungeduld.

»Wenn ich dich richtig verstanden habe, ist etwas schiefgelaufen«, sagte er statt einer Begrüßung, da Feierabend am Telefon nur Andeutungen gemacht hatte.

»Das kannst du laut sagen! Nadine, Jünger und Ralf hatten

Trendler schon so gut wie eingesackt. Da ist plötzlich die Polizei erschienen. Es gab eine Schießerei, ein Bulle wurde verletzt, ist jetzt vielleicht schon tot, und zwei andere wurden von Jünger und Ralf auf der Flucht erledigt.«

Mittag schlug sich mit der flachen Hand gegen die Stirn. »Mein Gott, was sind das nur für Hirnis! Dabei hatte ich gedacht, ich hätte es mit Profis zu tun.«

»Wir wollten es wie einen Unfall aussehen lassen«, erklärte Feierabend. »Aber irgendetwas ist schiefgegangen. Trendler lebt wahrscheinlich noch.«

»Ist Kevin Jünger denn zu überhaupt nichts mehr zu gebrauchen?«, rief Mittag erbost aus. »Hat er vielleicht gedacht, wir schicken ihn nach Teneriffa, damit er sich dort die Sonne auf den Bauch scheinen lassen kann?«

Er beruhigte sich jedoch rasch wieder und forderte seinen Partner auf, ihm alles zu berichten. Dies tat Feierabend denn auch. Mittag hörte ihm trotz seines rot anlaufenden Gesichts ruhig zu, stellte gelegentlich eine Frage und notierte sich einige Stichpunkte. Schließlich winkte er ihm mitzukommen und ging in sein Arbeitszimmer.

Seine Computeranlage gehörte zu den besten, die es gab. Doch die darauf installierte Software konnte nur zu einem Teil auf dem freien Markt bezogen werden. Die meisten Programme hatte er unter der Hand erhalten und setzte sie nun intensiv ein.

Obwohl Mittag auf seine Computerkenntnisse stolz war, brauchte er lange, bis er ein Ergebnis hatte. Mit einem harten Auflachen wandte er sich wieder seinem Partner zu. »Weißt du, dass du mehr Glück als Verstand gehabt hast?«

»Wieso?«, fragte Feierabend verblüfft.

Statt einer Antwort winkte Mittag ihm, auf den Bildschirm zu schauen. Als Feierabend das tat, keuchte er auf. »Das ist Nadine! Aber …«

»Ein Fahndungsfoto der Polizei von Teneriffa. Inez alias Nadine steht da. Man hat sogar ihren richtigen Vornamen herausgefunden! Es war ein Fehler von dir, mit ihr zurückzufliegen. Wenn sich irgendjemand daran erinnert, sie gesehen zu haben, kannst du mit ihr in Verbindung gebracht werden.«

»Wir haben einzeln eingecheckt und darauf geachtet, dass es nicht so aussah, als würden wir zusammengehören«, verteidigte Feierabend sich.

»Auf jeden Fall war es eine Dummheit! Wir müssen zusehen, dass man uns keinen Strick daraus dreht.« Noch während er es sagte, griff Mittag nach seinem Handy und wählte Mike Görges' Nummer.

»Ich hielt ihn schon für entbehrlich. Doch wir brauchen ihn noch«, erklärte er, ohne dass Feierabend das Geringste verstand.

Als Görges sich meldete, nannte er ihm eine Zeit und einen Treffpunkt und schaltete die Verbindung wieder ab. Danach wandte er sich seinem Partner zu. »Der gute Mike wird uns von Nadine, Kevin Jünger und Ralf Longerich befreien und anschließend selbst erledigt werden. Danach können wir uns neu positionieren.«

»Aber Jünger und Ralf gehören ebenso wie Jens Tanzbär zu unserer Mannschaft bei der Kokainwaschanlage«, wandte Feierabend ein.

»Gut, dass du mich daran erinnerst! Tanzbär muss ebenfalls beseitigt werden. Ist nicht schade, denn der Kerl hat eh keinen Verstand.« Mittag sprach bereits weiter, bevor sein Partner eine Frage stellen konnte. »Wir ersetzen Tanzbär, Jünger und die anderen erst einmal mit Leuten aus Wandlingers Stall. Schlechter als die anderen sind die auch nicht. Später, wenn wir einmal genug Geld haben, können wir uns immer noch überlegen, wie wir sie loswerden! Jetzt kümmere ich mich um die Frau, die Jünger in die Quere gekommen ist. Zum Glück ist Teneriffa eine Insel, und so ist anzunehmen, dass ich sie auf den Passagierlisten des Flughafens finden werde.« Mit diesen Worten startete Mittag mehrere Programme und lehnte sich dann gemütlich zurück.

»Du könntest mir ein Glas Bier holen, Manuel! Immerhin miste ich den Scheiß aus, den du fabriziert hast.«

Feierabend fand diese Bemerkung unangemessen, folgte aber seinem Wunsch. Dabei fragte er sich, wer diese Frau sein mochte, wegen der Nadine, Kevin Jünger und Ralf Longerich beinahe aufgeflogen wären.

8.4

Da Menas Handy bei der Aktion am Pico del Teide kaputtgegangen war, musste sie die hoteleigene Telefonanlage benützen, um mit der Heimat Kontakt aufnehmen zu können. Ein langes Telefongespräch mit Irmbert Claaßen ergab jedoch nichts Neues. Frithjof untersuchte noch immer die Zusammenhänge zwischen den einzelnen Morden, während Isabelle und Fini die alltäglichen Anfragen erledigten. Claaßen selbst war mit Verwaltungsarbeiten beschäftigt, und Mena hörte seiner Stimme an, wie sehr er sich darüber ärgerte.

»Unsere Geldgeber verlangen eine Auflistung aller Anschaffungen sowie einen Kommentar dazu, wie wichtig diese sind«, sagte Claaßen seufzend. »Ich sitze jetzt den ganzen Tag am Computer, um sie zufriedenzustellen. Dabei müsste ich dir helfen, diese Schurken zu finden. Wenigstens habe ich deine Fahndungsbilder an die Kripo weitergeleitet.«

»Dann wollen wir hoffen, dass sie etwas damit anfangen können«, antwortete Mena mit einem leisen Fauchen. »Solange die Kerle nicht dingfest gemacht sind, schwebt Dr. Trendler weiter in Lebensgefahr.«

»Nicht nur er! Du dürftest auf deren Liste inzwischen eine exklusive Position einnehmen. Immerhin hast du den Mordanschlag auf Trendler verhindert und gleichzeitig mehrere Mitglieder der Bande gesehen. Deine Bilder sind übrigens ausgezeichnet. Wüsste ich nicht, dass du sie am Computer erstellt hast, würde ich sie für Fotos halten.« Claaßen hielt kurz inne und fragte dann, ob er etwas für Mena tun könne.

»Ich wüsste da schon etwas. Du könntest mir mehrere Programme und Dateien schicken. Da ich nicht erwartet habe, länger auf Teneriffa herumhängen zu müssen, habe ich sie nicht auf meinen Lappy überspielt. Jetzt könnte ich sie brauchen. Ich nenne dir das Passwort.«

Professor Barin, ihrem früheren Chef, hätte Mena niemals ein Passwort verraten, Irmbert Claaßen vertraute sie jedoch voll und ganz. Sie wurde prompt dafür belohnt, indem ihr Laptop fünf Minuten später meldete, dass ein Datentransfer stattgefunden hatte. Da es Mena in den Fingern juckte, etwas zu tun, startete sie sofort den ersten Suchlauf. Zwar hatte sie nur wenige Anhaltspunkte, wollte aber einige Hypothesen prüfen, die ihr unter Umständen bei der Enttarnung der Kokainschmuggler helfen konnten.

Am späten Nachmittag stieg sie in den Bus und fuhr zur Klinik. Der Polizist Juan Guiterrez war inzwischen außer Lebensgefahr, und sie konnte ihn kurz besuchen. Von seiner männlichen Überheblichkeit war wenig geblieben. Es kratzte an seinem Ego, dass Mena ihn hatte retten müssen. Zudem trauerte er um seine beiden toten Kollegen. Hier auf der Insel, wo man einander kannte, war es besonders schwer, an die Toten zu denken.

Mena blieb etwa eine Viertelstunde bei dem Polizisten, dann stieg sie zwei Stockwerke höher und trat nach kurzem Anklopfen in Trendlers Zimmer.

»Na, wie geht's?«, fragte sie ihn.

Missmutig wies Trendler auf die Schlinge, in der er den rechten Arm trug. »Ich hätte gerne wieder meine zweite Pfote. Es ist mühselig, alles mit der Linken tun zu müssen. Zähneputzen geht gerade noch, aber beim Rasieren muss ich verdammt aufpassen, damit ich mich nicht schneide.«

»Dann lassen Sie sich doch einen Bart stehen«, riet Mena und brachte ihn damit zum Lachen.

»Wenn wir noch länger auf Teneriffa herumsitzen müssen, habe ich bald einen Vollbart. Ich bezweifle, dass man mich dann noch an Bord eines Flugzeugs lassen würde, denn ich besäße keine Ähnlichkeit mehr mit meinem Passbild.«

»Sie können sich ja vorher rasieren, denn bis dahin ist Ihr Arm sicher wieder heil«, antwortete Mena vergnügter, als sie sich wirklich fühlte. Auch Trendlers Miene heiterte sich etwas auf.

»Wenigstens ist das Essen hier besser als in den heimischen Krankenhäusern«, sagte er. »Ich könnte sogar Wein bekommen! Wenn Sie etwas trinken wollen, rufe ich die Schwester«, bot er Mena an.

Sie schüttelte den Kopf. »Danke, aber ich trinke selten Alkohol, und dann meistens nur ein Glas mit Wasser vermischten Rotwein bei meiner Schwester. Toni ist nämlich der festen Meinung, dass zu ihrer Pasta Rotwein gehört.«

»Ich trinke auch nicht viel«, meinte Trendler. »Als Chemiker weiß man, welche Schäden Alkohol in einem menschlichen Gehirn anrichten kann.«

»Derzeit ist die Gefahr für Sie größer, an einer Blei- als an einer Alkoholvergiftung zu sterben!«

Trendler nickte und sah Mena nachdenklich an. »Beinahe hätten diese Schurken mir einen Heimflug im Stahlsarg verschafft. Das haben Sie verhindert. Nicht dass Sie deswegen ebenfalls in das Visier dieser Schurken geraten!«

»Ich schätze, dort bin ich längst angelangt. Aber ich glaube nicht, dass die Banditen noch ein zweites Mal hier auf Teneriffa zuschlagen werden.«

»Bis wir nach Hause fliegen, sind sie hoffentlich schon hinter Schloss und Riegel!« Trendler schüttelte es bei der Vorstellung, dass dem nicht so wäre.

»Ich werde Sie jetzt wieder allein lassen, denn ich will noch ein paar Sachen im Computer recherchieren.«

Trendler nickte unglücklich. Es war nicht leicht, in einem Krankenzimmer zu liegen, mit Schwestern, die nur Spanisch sprachen, und ohne Bücher. »Wissen Sie, ob es hier eine deutsche Buchhandlung gibt?«

»Nein, aber das kann ich herausfinden.«

»Es wäre nett, wenn Sie mir etwas Lesestoff besorgen könnten. Mein Portemonnaie liegt noch in meinem Zimmer. Die Codekarte dazu hat sich leider Nadine-Inez unter den Nagel gerissen. Aber vielleicht kriegen Sie eine neue, wenn ich Ihnen eine Vollmacht ausstelle.« Noch während er es sagte, starrte Trendler auf seinen rechten Arm, der noch immer in der Schlinge lag, und stöhnte.

»Ich glaube nicht, dass ich links schreiben kann!«

»Keine Sorge! Die paar Euro für ein, zwei Bücher kann ich noch auslegen«, sagte Mena und verschwand, bevor er noch auf andere Ideen kommen konnte.

8.5

Im Hotel erhielt Mena eine Adresse, wo es deutsche Bücher geben sollte, und fuhr sofort hin. Es handelte es sich um einen Kiosk, in dem von Wein, Brandy, Andenken und Badeanzügen angefangen alles Mögliche verkauft wurde. Ganz hinten hatte der Ladenbesitzer mehrere Regale mit Büchern aufgebaut. Bei den meisten handelte es sich um gebrauchte Exemplare, die Touristen mitgebracht und nach dem Lesen als überflüssiges Gepäck zurückgelassen hatten.

Mena suchte sich drei der am besten erhaltenen deutschen Bücher heraus, bezahlte sie und kaufte noch einen Magnetanhänger mit Teneriffamotiv als Erinnerungsstück an diese Reise. Auf dem Heimweg fragte sie sich, ob Trendler mit der Auswahl der Bücher zufrieden sein würde. Zwei davon würde Hans, der Ehemann ihrer Schwester, als typische Frauenschmonzette einstufen, und bei dem dritten handelte sich um einen Fantasyroman.

»Er wollte Lesestoff haben, und ich musste nehmen, was es gab«, sagte sie zu sich selbst und war schließlich froh, als sie wieder in ihrem Hotel ankam. Sie überlegte kurz, ob sie noch einmal zur Klinik gehen sollte, entschied sich aber dagegen und fuhr zu ihrem Zimmer hoch.

Sie befand sich keine zwei Minuten im Raum, als ihr Handy sich melodisch meldete. In der Erwartung, es wäre Professor Claaßen, meldete sie sich.

»Hier Mena Reglin.«

»Grüß Gott, Frau Dr. Reglin. Hier ist Benjamin Huber von der Kripo München. Ich würde gerne mit Ihnen sprechen. Haben Sie jetzt Zeit?«

»Ich wollte eigentlich zu Abend essen, aber das läuft mir nicht davon.«

»Wenn Sie nichts dagegen haben, können wir gemeinsam essen«, schlug Huber zu Menas Verblüffung vor.

»Sagen Sie bloß, Sie sind hier auf Teneriffa?«

»Sogar in demselben Hotel, nur drei Türen von Ihnen entfernt«, kam es munter zurück. »Nachdem Professor Claaßen meinen Vater informiert hat, was hier passiert ist, habe ich mich auf die Socken gemacht. Ich will mit Ihnen und Dr. Trendler sprechen, bevor die Banditen doch noch einen von Ihnen erwischen!«

Polizistenhumor, dachte Mena, stimmte aber dem gemeinsamen Abendessen im Hotelrestaurant zu und beendete das Gespräch. Sie überlegte, ob sie das Kleid anziehen sollte, das sie als Reserve mitgenommen hatte, schüttelte aber den Kopf und ging in Jeans, T-Shirt und flachen Schuhen nach unten. Obwohl sie Benjamin Huber junior nur einmal gesehen hatte, entdeckte sie ihn sofort. Er hatte sich für einen Tisch in der Ecke entschieden, an dem man ungestört reden konnte.

»Es freut mich, dass Sie meiner Einladung gefolgt sind, Frau Dr. Reglin«, begrüßte Huber sie.

»Solange sich die Einladung nur auf das Gespräch und nicht auf die Mahlzeit bezieht, ist es mir ein Vergnügen«, gab Mena zurück.

Huber lachte kurz und reichte ihr die Speisekarte. »Die Einladung bezieht sich auch auf das Essen. Keine Sorge, ich zahle es nicht selbst. Das kommt auf die Spesenrechnung!«

»Sie haben ja einen großzügigen Arbeitgeber«, spottete Mena.

»Vor allem habe ich einen Arbeitgeber, dem es gar nicht passt, dass eine uns unbekannte Bande tonnenweise Kokain ins Land schmuggelt«, antwortete Huber leise. Sein Tonfall verriet Mena, wie sehr ihn diese Sache wurmte.

»Ist es wirklich so schlimm?«, fragte Mena.

»Und ob! Seit ein paar Monaten gibt es fast unerschöpfliche Vorräte an Kokain. Es ist nicht so, dass die Preise dadurch gefallen wären. Stattdessen nehmen immer mehr Leute dieses Zeug. Es geht schon das Sprichwort um, dass die Armen saufen und die Reichen koksen. In manchen Kreisen findet man keine Party mehr, in der das Kokain nicht reihum geht. Es zu kaufen und zu konsumieren gilt dort als Kavaliersdelikt. Wer seinen Mund nicht halten kann und die anderen anschwärzt, wird sehr schnell ausgeschlossen. Daher bekommen wir auch kaum Informationen. Die Herrschaften spotten stattdessen über die dummen Bullen, die nichts merken und noch weniger herausfinden.« Da ein Kellner zu ihnen trat, machte Huber eine kurze Pause, sprach danach aber sofort weiter.

»Die Leute der sogenannten gehobenen Gesellschaftsschicht halten sich für etwas Besonderes und sehen es als ihr Recht an zu tun, was ihnen gefällt. Der Rest der Menschheit besteht für sie nur aus Idioten, die gut genug sind, für sie zu arbeiten und sie zu bedienen.«

»Sie hören sich an wie ein Sozialrevolutionär«, meinte Mena mit einem gewissen Spott.

»Ich höre mich an wie ein frustrierter Bulle, der genau weiß, was gespielt wird, aber nicht die geringste Handhabe hat, eingreifen zu können. Das geht nur, wenn wir ihren Nachschub austrocknen, aber der fließt in letzter Zeit stärker denn je. Wäre diese Sache mit dem vertauschten Container nicht gewesen, würde ich immer noch in meinem Büro in München sitzen und mir in regelmäßigen Abständen in den Arsch beißen!«

»Mir scheinen Sie insgesamt recht bissig aufgelegt zu sein«, antwortete Mena amüsiert.

Huber musterte sie mit einem durchdringenden Blick. »Ich will die Kerle erwischen, denen Sie auf der Spur sind! Haben wir erst einmal die Großhändler, bekommen wir die kleinen Dealer, die das Zeug verteilen, und über die auch die Kunden. Von denen wird sich dann mancher wundern, wenn er sein schickes Penthouse in Schwabing oder seine Villa in Grünwald mit einem Appartement in Stadelheim vertauschen muss.«

Huber hörte sich tatsächlich wie ein Klassenkämpfer an, doch Mena verstand ihn. Wenn die Menschen den Kauf und den Konsum von Drogen trotz all der Nebenwirkungen, die das Zeug mit sich brachte, als normal ansahen und die Polizei bei der Suche nach den Händlern behinderten, musste dies einen Kriminalbeamten erbittern.

»Mein Chef wird Ihnen bereits alle Daten übergeben haben«, sagte sie.

»Professor Claaßen meinte, dass Sie mir alles erklären könnten. Dabei nannte er Sie ein Genie. Ich hoffe, Sie sind es auch. Wir brauchen nämlich eines, wenn wir mit dieser Bande fertigwerden wollen. Wozu die Kerle fähig sind, haben sie mit dem Mord an den beiden Polizisten bewiesen!«

»Nicht nur damit!«, sagte Mena. »Oder haben Sie Dr. Stadler und dessen Angestellte vergessen?«

»Nein, natürlich nicht! Ich …« Huber brach ab, da der Kellner die Getränke brachte, und wartete, bis auch das Essen serviert war. Danach sprach er mit kleinen Pausen weiter.

»Bevor ich es vergesse. Ihr Chef hat mir ein neues Handy für Sie mitgegeben. Da Sie damit allein nicht weit kommen, werde ich Ihnen Zugriff zu einigen Polizeicomputern verschaffen. Vielleicht gelingt es uns, die Kerle zu enttarnen, die Sie hier gesehen haben. Wir brauchen einen Anhaltspunkt. Die Verbrecher haben es einfacher. Die müssen sich nicht an Vorschriften und an das Bürgerliche Gesetzbuch halten.«

»Sie hören sich an, als würden Sie das am liebsten auch nicht«, antwortete Mena zögernd.

»Ich will, dass sich alle danach richten! Aber wenn einige es nicht tun, brauche ich die besten Mittel und Methoden, um herauszufinden, wer sie sind.«

»Dann wenden Sie sich an die amerikanische NSA. Die hat wahrscheinlich alles, was Sie zur Entlarvung der Banditen brauchen, bereits in ihren Computern gespeichert.« Mena fragte sich, weshalb sie so zickig reagierte. Aber sie hatte die Prügel, die sie und Frithjof in Stadlers Kaffeerösterei von der Polizei erhalten hatten, noch nicht vergessen.

»Wenn Sie mir Zugriff zu den NSA-Computern verschaffen könnten, hätte ich nichts dagegen«, antwortete Huber mit einem harten Auflachen. »Da Ihnen das wohl kaum gelingen wird, wäre ich für Vorschläge dankbar, die machbar sind!«

»Dafür müssen Sie mir die Programme zeigen, die Sie mitgebracht haben«, meinte Mena und beschloss, erst einmal das ausgezeichnete Abendessen zu genießen.

8.6

Reinhart Mittag hatte entschieden, dass die eigenen Leute derzeit die größte Gefahr für ihn und seinen Partner Feierabend darstellten. Jens Tanzbär und Kevin Jünger wussten, dass sie die Initiatoren des Kokainschmuggels waren, und Tanzbärs Freundin Nadine kannte zumindest Feierabend persönlich. Wenn diese drei plus Ralf Longerich aus dem Weg geräumt waren, sah ihre Situation schon wieder besser aus.

Daher dauerte sein Gespräch mit Mike Görges etwas länger, und in der Aktentasche, die den Besitzer wechselte, lag noch sehr viel mehr Geld als sonst. Görges warf nur einen kurzen Blick hinein und grinste angesichts der dicken Bündel von Fünfhunderteuroscheinen wie ein Honigkuchenpferd.

»Ihrem Auftraggeber muss die Sache ja einiges wert sein!«

»Es geht darum, eine Erpressung ein für alle Mal zu beenden. Deshalb zahlt mein Auftraggeber auch so gut. Er möchte, dass Sie die Sache erledigen und danach vergessen!« In Mittags Stimme schwang eine Drohung mit, die Görges zwar begriff, aber nicht ernst nahm.

»Ich habe ein sehr anpassungsfähiges Gedächtnis«, antwortete er spöttisch und schloss den Koffer wieder. »Und wie soll die Sache ablaufen?«

»Das überlasse ich Ihrer Phantasie!« Mittag lächelte nun, doch es wirkte kalt.

Ein anderer Mensch als Görges hätte vielleicht begriffen, dass dieser Mann ein fürchterlicher Feind sein konnte. Der Ganove war jedoch vom Anblick der Geldscheine zu fasziniert, um auf Mittags Mienenspiel zu achten. Mit Claus Wenske hatte er bereits einen Mann in Mittags Auftrag umgebracht. Nun würden es ein paar mehr sein, doch im Grunde war es für ihn ein Job wie jeder andere. Vor allem aber wurde er ausgezeichnet entlohnt.

»Im Koffer liegt ein Kuvert. Darin sind alle Informationen wie Namen, Adresse, derzeitiger Aufenthalt und so weiter. Erledigen Sie die Sache ebenso diskret wie die auf der thailändischen Insel. Vernichten Sie den Zettel aber rechtzeitig!« Mittags Stimme klang drohend, doch Görges lachte nur.

»Ich bin Profi und weiß, was ich zu tun habe. Und nun auf Wiedersehen, Herr Anwalt. Ich habe einen Job zu erledigen!«

»Auf Wiedersehen!« Mittag sah Görges nach, wie dieser zum Ausgang des Biergartens ging, und hing seinen eigenen Gedanken nach. Görges war nicht zu trauen, und er musste diesen Kerl in absehbarer Zeit ebenfalls aus dem Weg schaffen. Danach waren die meisten Spuren und Indizien, die ihn und Feierabend belasten konnten, beseitigt, und das Geschäft konnte mit neuem Personal weitergehen.

Eine Minute lang dachte er an die Frau, die seinen Leuten auf Teneriffa in die Quere gekommen war. Mittlerweile wusste er, wie sie hieß. Auch Philomena Antonia Reglin würde bald fällig sein.

8.7

Mike Görges arbeitete ungern mit vielen Leuten zusammen. Je mehr von etwas wussten, umso wahrscheinlicher war, dass einer davon das Maul nicht halten konnte. Claus Wenske hatte er mit nur einem einzigen Helfer um die Ecke gebracht, und mehr würde er auch diesmal nicht brauchen.

Zu Hause angekommen zählte er zuerst das von Mittag erhaltene Geld, lächelte zufrieden und versteckte es in dem kleinen Tresor, den er unter seinem Bett hatte einbauen lassen. Im Anschluss las er die Informationen über seine potenziellen Opfer durch.

Er dachte eine Weile nach und rief dann seinen Kumpel Jonas an, der ihm bereits bei der Beseitigung von Claus Wenske geholfen hatte. »Hier Mike! Es gibt wieder etwas zu tun«, sagte er und beendete die Verbindung wieder. Anschließend legte er die DVD eines Thrillers in den DVD-Player und sah fasziniert zu, wie ein US-amerikanischer Weltstar unter den Schurken seines Landes aufräumte.

Der Film lief noch, als Jonas auftauchte. Nachdem Görges ihn eingelassen hatte, wies er ihn an, sich ein Bier zu holen und still zu sein, bis der Film zu Ende war.

»War nicht übel!«, meinte Görges grinsend, als der Abspann lief. »Aber jetzt zu uns. Jemandem, der dich nicht zu interessieren hat, ist unser alter Kumpel Jens Tanzbär im Weg. Ich war in Straubing ein halbes Jahr in derselben Zelle eingesperrt wie Jens und kenne ihn gut. Es dürfte kein Problem sein, ihn zu überlisten.«

»Heißt er wirklich Tanzbär?«, fragte Jonas.

Görges nickte. »So stand es wenigstens in der Inventarliste von Straubing. Er ist aber auch ein Tanzbär, groß, kräftig und mit einem Punch, der es in sich hat. In der Hinsicht hat er bei mir noch etwas gut. Freut mich, dass ich es ihm heimzahlen kann.«

»Wie hast du es geplant? Ihn auf ein Boot zu locken und absaufen zu lassen wie bei Wenske wird kaum gehen«, sagte Jonas.

»Ich weiß etwas Besseres! Zunächst einmal werden wir einen kleinen Einkaufsbummel machen, und zwar nicht nur hier in Augsburg, sondern auch in München, Ulm und vielleicht noch in ein oder zwei anderen Städten. Ich will nicht, dass wir mit der Sache in Verbindung gebracht werden können!«

»Das hört sich verdammt kompliziert an«, wandte sein Kumpel ein.

»Ganz im Gegenteil! Es wird ganz einfach werden. Allerdings müssen wir Tanzbärs Freundin Nadine ebenfalls erwischen. Keine Ahnung, was die beiden ausgefressen haben, dass sie jemand so auf dem Kieker hat.«

»Wie viel bringt die Sache?« Das interessierte Jonas mehr.

»Für dich zwanzigtausend, pro Person.«

»Also vierzigtausend Euro für die beiden?«, fragte Görges' Kumpel nach.

»Nein, Erdnüsse, du Trottel! Außerdem sind es nicht nur zwei, sondern insgesamt vier. Zwei davon befinden sich auf dem Weg nach Madeira. Wir werden, wenn Tanzbär und seine Freundin erledigt sind, hinfliegen und die Sache dort bereinigen«, erklärte Görges.

»Also achtzigtausend«, rechnete der andere.

»Es könnten hunderttausend werden, wenn wir noch eine weitere Person erwischen.« Görges verschwieg, dass er für sich selbst das Dreifache abgezweigt hatte. Wer auch immer hinter diesem Auftrag stecken mochte, war reich und damit niemand, mit dem man sich anlegen sollte.

8.8

Ohne zu ahnen, dass Reinhart Mittag einen Killer auf ihn angesetzt hatte, saß Jens Tanzbär am nächsten Abend vor dem Fernsehgerät. Allerdings interessierte ihn das ausgestrahlte Programm weniger als seine Freundin Nadine. Diese saß nur mit BH und Höschen bekleidet auf der Couch und hielt ein Glas mit dem Kaffeelikör in der Hand, den sie im Duty-free-Shop des Flughafens auf Teneriffa gekauft hatte. Genussvoll trank sie immer wieder einen kleinen Schluck davon.

»Das ist wirklich Weiberzeug«, spottete Tanzbär, als sie ihm ein Glas davon anbot.

»Es schmeckt gut und brennt sich nicht durch die Magenwände wie dein Bourbon«, spottete Nadine.

»Wie war es auf der Insel?«, fragte Tanzbär. »Ist Kevin aufdringlich geworden?«

Nadine lachte. »Kevin und aufdringlich! Dafür hat er viel zu viel Angst vor dir. Er weiß, dass du ihn auf die Größe einer Briefmarke zusammenfalten würdest, wenn er mir auch nur an den Hintern langt.«

»Aber dieser Anwalt, der mit dir geflogen ist, hat sicher Stielaugen gemacht!«

»Dafür hätte ich mir schon ein paar Paragrafen auf die Haut tätowieren lassen müssen! Der Mann ist so was von staubtrocken, das kannst du dir nicht vorstellen.« Nadine kannte Tanzbärs Eifersucht, hatte aber gelernt, damit umzugehen. Auch jetzt machte sie ihre Mitreisenden in seinen Augen so lächerlich, dass er zuletzt feixte.

»Da hätte ich dabei sein mögen! Wie war es eigentlich mit dem Kerl, den du einfangen solltest?«

»Der hätte mich gerne gepimpert, aber den habe ich ins Land

der Träume geschickt! Es ist nur scheiße, dass es Kevin und Ralf nicht gelungen ist, ihn am Pico del Teide zu entsorgen. Warum muss auch ausgerechnet ein Polizist dazwischenkommen! Der Kerl war in Begleitung einer Frau und wollte sie wahrscheinlich auf dem Parkplatz der Seilbahn vernaschen. Das hätte er genauso gut eine Stunde später tun können.«

Tanzbär klopfte sich vor Lachen auf die Schenkel. »Dem ist die Lust schnell vergangen! Kevin gehört allerdings eins zwischen die Hörner. Ich hätte diesen Trendler noch abgemurkst, bevor ich abgehauen wäre. Der Boss ist selbst schuld. Hätte er mich die Sache erledigen lassen sollen! Aber da du gerade vom Vernaschen geredet hast: Das bringt mich auf einen Gedanken. Immerhin waren wir mehr als eine Woche getrennt, und da kriege ich leicht einen Samenstau.«

»Dagegen lässt sich etwas tun!« Noch während sie es sagte, legte Nadine den BH ab und zog den Schlüpfer aus.

Tanzbär keuchte bei dem Anblick und entledigte sich ebenfalls seiner Kleidung. Dabei war er so hitzig, dass er schon nach Nadine griff, obwohl er die Unterhose noch nicht ganz abgestreift hatte. Er stolperte und landete vor Nadine auf den Knien.

»So mag ich es!«, sagte sie lachend und spreizte einladend die Beine, kniff sie aber sofort wieder zusammen, als Tanzbär sich aufraffte und dazwischengleiten wollte.

»Das mag ich weniger! Ich möchte schließlich auch auf meine Kosten kommen«, fauchte sie leise und streckte ihm auffordernd ihre Brüste entgegen.

»Du wirst auf deine Kosten kommen!« Tanzbär zog sie an sich und liebkoste mit den Lippen ihre Brustwarzen. Lange aber hielt er sich damit nicht auf, sondern packte Nadine, wuchtete sie hoch und legte sie auf den Teppich. Schneller als sie reagieren konnte, war er zwischen ihren Beinen und ließ sich diesmal nicht mehr aufhalten.

Nadine keuchte, als sie ihn in sich spürte. »Nicht ganz so wild!«, flüsterte sie noch, dann gab sie sich ganz dem Rhythmus hin, den ihr Geliebter einschlug. Auf ihre Kosten würde sie kommen, das wusste sie, denn Tanzbärs Potenz hatte bis jetzt keiner ihrer früheren Freunde erreicht.

8.9

Als sie wieder auf der Couch saßen, vibrierte Nadines Körper in der Erinnerung an die leidenschaftliche Stunde, die sie eben erlebt hatte. Sie war noch nackt, während ihr Freund die Unterhose angezogen hatte.

Als es an der Tür läutete, schüttelte Tanzbär nach einem raschen Blick auf die Uhr irritiert den Kopf. »Wer kommt denn jetzt um die Zeit noch zu uns?«

»Da wirst du wohl nachschauen müssen«, sagte Nadine, während sie in das angrenzende Schlafzimmer huschte, um etwas überzuziehen.

Tanzbär schnaubte verärgert, zog dann aber Jeans und T-Shirt an und ging zur Tür. Dort spähte er erst einmal durch den Türspion und sah einen Mann draußen stehen. Es dauerte einen Moment, bis er Mike Görges erkannte, mit dem er ein halbes Jahr die Zelle in der Strafvollzugsanstalt Straubing geteilt hatte. Verwundert öffnete er die Tür.

»Hi, Mike! Was für ein seltener Gast!«, sagte er.

»Aber hoffentlich ein willkommener!« Görges hielt Tanzbär eine Flasche Bourbon von jener Sorte hin, von der dieser in Straubing geschwärmt hatte.

»Komm rein!«, forderte Tanzbär ihn auf.

Mit einem Grinsen, das etwas zu angespannt wirkte, um echt zu sein, folgte Görges ihm.

Laut elektronischer Lohnsteuerkarte verdiente Tanzbär etwa zweitausend Euro im Monat. In Wirklichkeit bekam er von Mittag und Feierabend ein Mehrfaches davon, doch dieses Geld lag auf einem Festgeldkonto in der Karibik. In Augsburg lebte er so, wie es seinem angeblichen Gehalt angemessen war. Die Wohnung bestand daher aus einem kleinen Wohnzimmer mit Kochecke, dem anschließenden Schlafzimmer sowie einem winzigen Badezimmer, in dem sich Dusche und Toilette gegenseitig den Raum streitig machten.

Görges überflog alles mit einem raschen Blick, und sein Grinsen wurde breiter. »Als ich von einem alten Kumpel deine Adresse bekommen habe, dachte ich mir, ich komm mal vorbei. Hast du Interesse an einem lohnenswerten Job?«

Unterdessen hatte Tanzbär zwei Whiskeygläser auf den kleinen Wohnzimmertisch gestellt, die eben erhaltene Flasche geöffnet und eingegossen. Nun hielt er inne und schüttelte den Kopf. »Tut mir leid, aber ich lebe jetzt von ehrlicher Arbeit. Das letzte Mal Knast hat mir gereicht!«

»Schade! Es hätte dir einiges eingebracht. Zum Wohl!« Görges hob sein Glas und stieß mit Tanzbär an. Während dieser den Whiskey genussvoll trank, nippte Görges nur daran.

Unterdessen kam Nadine wieder herein und musterte den Besucher mit einem durchdringenden Blick. Sie hatte lange genug in der Gesellschaft von Männern gelebt, die ihr Geld auf eine den Gesetzen widersprechende Weise verdienten, um Görges einstufen zu können. Er war nicht ganz so groß und kräftig wie ihr Freund, der von vielen seiner Figur wegen für beschränkt gehalten wurde. In Wirklichkeit war Tanzbär ein intelligenter Mensch und verdiente als Anführer von Mittags Bande einen Haufen Geld. Seine Schwäche war allerdings guter Bourbon. Das zeigte sich auch jetzt wieder, als er sich großzügig nachschenkte und das Glas in einem Zug austrank.

»Den solltest du auch probieren! Es ist bester Kentuckywhiskey und sechsundzwanzig Jahre lang gelagert worden. Ein Traum von einem Bourbon«, sagte Görges und reichte Nadine sein Glas.

Die junge Frau nahm es entgegen und nippte daran. »Nicht schlecht! Aber mir zu stark.«

»So schlimm ist er auch wieder nicht«, warf Tanzbär ein und nötigte Nadine, ihr Glas zu leeren.

»Willst du auch noch einen?«, fragte er Görges. Der schüttelte den Kopf.

»Danke, nein! Ich muss noch Auto fahren, und bei unsereinem sind die Bullen besonders genau, wenn sie einen aufhalten und den Führerschein sehen wollen. Schade, dass aus unserem Geschäft nichts werden kann. Wenn du wüsstest, worum es geht, würdest du es bedauern. Na, dann gehe ich wieder! Du musst dich nicht bemühen, ich finde selbst hinaus. Macht es gut!«

Görges wandte sich zur Tür, hielt dann aber inne. »Kann ich bei euch die Toilette benutzen?«

»Im Flur die Tür links«, erklärte ihm Nadine.

»Danke!« Görges betrat die Toilette, sperrte sie hinter sich zu und untersuchte das Fenster. Es führte auf den Innenhof hinaus. Die Verriegelung war der einfachen Wohnung angemessen, und es kostete ihn keine Minute, diese so zu präparieren, dass man das Fenster von außen aufstoßen konnte. Als dies geschehen war, betätigte er die Toilettenspülung und ging wieder hinaus.

»Auf Wiedersehen!«, rief er Nadine und Tanzbär durch die offene Wohnzimmertür zu und stellte zufrieden fest, dass die Whiskeyflasche schon halbleer war. Auch Nadine hatte sich erneut eingeschenkt und stieß kichernd mit ihrem Freund an.

»Mach's gut und lass dich nicht von den Bullen erwischen!«, antwortete Tanzbär hörbar angetrunken. »Übrigens: Der Whisky schmeckt ausgezeichnet! Du kannst gerne noch mal vorbeikommen und eine neue Flasche mitbringen.«

»Ich werde es mir merken!«, gab Görges zurück und verließ die Wohnung.

Im Treppenhaus wandte er sich nicht der Vordertür zu, sondern öffnete die Tür zum Innenhof und suchte sich dort eine Stelle, an der es so dunkel war, dass niemand ihn sehen konnte. Von dort aus hielt er das Toilettenfenster von Tanzbärs Wohnung im Auge und wartete ab.

8.10

Kurz nach Mitternacht waren sämtliche Lichter in dem Wohnblock erloschen. Ein paar Minuten später holte Görges sein Handy hervor, wählte Jonas' Nummer und sagte nur ein Wort: »Jetzt!«

Dann trat er auf Tanzbärs Toilettenfenster zu. Gut, dass der Bastard sich für eine Erdgeschosswohnung entschieden hat, sagte er sich, und nicht im fünften Stock logierte.

Das Fenster ließ sich leicht aufdrücken. Nach einem kurzen Blick in die Runde, um zu kontrollieren, ob wirklich niemand zuschaute, schwang Görges sich aufs Fensterbrett und stand Sekunden später im Badezimmer. Dort machte er seine Manipulationen an dem Fenster rückgängig und verschloss es wieder.

Im Wohnzimmer brannte noch Licht, daher ließ er seine LED-Taschenlampe stecken und ging vorsichtig weiter.

Jens Tanzbär und Nadine lagen auf der Couch und schliefen. Zufrieden nahm Görges wahr, dass sich in der Whiskeyflasche kein Tropfen mehr befand. Dabei hätte das Betäubungsmittel, das er eingefüllt hatte, gereicht, um eine halbe Kompanie auf die Bretter zu legen.

Sich innerlich auf die Schulter klopfend, weil er Tanzbär so einfach hatte übertölpeln können, öffnete er die Wohnungstür, klemmte sie fest, damit sie nicht zufallen konnte, und machte die Haustür auf. Jonas schälte sich aus dem Dunkel der Nacht und schwenkte zwei große Einkaufstüten.

»Ist alles gut gegangen?«, fragte er nervös.

»Hast du was anderes erwartet? Und jetzt komm, sonst sieht uns noch jemand.«

Wenige Sekunden später waren sie in Tanzbärs Wohnung und schlossen die Tür hinter sich. Görges' Kumpel stellte erleichtert die Einkaufstüten auf den Boden. »Was ist mit den beiden? Schlafen sie?«

»Glaubst du, ich würde sonst hier herumlaufen?« Görges war ebenfalls angespannt und schlug daher einen raueren Ton an, als nötig gewesen wäre.

»Werden die Bullen das Betäubungsmittel später nicht nachweisen können?«, fragte Jonas weiter.

Görges schüttelte grinsend den Kopf. »Das Zeug betäubt nicht nur, sondern gehört auch zu den Mittelchen, die schöne Träume verschaffen. Die Bullen werden daher annehmen, dass Tanzbär und seine Tussi es sich selbst eingeworfen haben. Jetzt aber sieh nach, ob alle Fenster geschlossen sind. Für das, was wir jetzt tun, können wir keinen Luftzug brauchen. Hast du deine Gummihandschuhe angezogen?«

Während Jonas nickte, streifte auch Görges ein Paar über. Eigentlich hätten sie diese nicht gebraucht, denn es würde keine Spur von ihnen zurückbleiben. Aber es war nun einmal ihre Gewohnheit, und davon wollte er nicht abgehen.

Jonas kontrollierte die Fenster im Schlafzimmer und im Wohnzimmer und meldete, dass alle geschlossen wären.

»Dann wollen wir mal!«, erklärte Görges und zog die erste Sprühdose aus einer der Einkaufstaschen. »Wir dürfen uns nicht gegenseitig ansprühen und auch nur langsam und flach atmen. Das Zeug macht nämlich ebenfalls high«, erklärte er noch, dann leerte er die Dose über Tanzbär und Nadine aus. Die beiden schliefen tief und fest und bekamen nicht das Geringste mit.

Görges grinste, als er die leere Sprühdose auf den Boden legte und die nächste holte. Dabei sah er, dass sein Kumpan in jeder Hand eine Dose hielt und den Inhalt im Raum verteilte. »So geht es schneller«, meinte er grinsend und machte es Jonas nach.

Sie hatten etwa dreißig Dosen dabei, die alle möglichen Aromastoffe und Farblöser enthielten. Als Letztes nahm Görges eine spezielle Dose in die Hand und besprühte damit noch einmal das schlafende Paar und die Couch, auf der die beiden lagen.

»Wenn wir jetzt eine Zigarette anzünden, wird es gewaltig krachen«, meinte er zu seinem Begleiter. Während er diese Dose einsteckte, weil sie auf keinen Fall gefunden werden durfte, wich der andere bis in den Flur zurück.

»Ist das wirklich so schlimm?«, fragte er.

Görges nickte. »Das kannst du laut sagen! Das Zeug in allen diesen Dosen ist gut entflammbar. Die letzte aber enthielt einen Brandbeschleuniger, wie ein Pyromane ihn sich nur wünschen kann. Wir müssen jetzt nur noch dafür sorgen, dass das Zeug hochgeht. Dann adieu, Tanzbär und Tussi!«

Sein Grinsen wirkte etwas verkrampft, denn er spürte die berauschende Wirkung der Mittel nun selbst und wusste genau, dass er nicht den geringsten Fehler machen durfte.

»Geh zur Wohnungstür, mach sie aber noch nicht auf«, befahl er seinem Kumpan und trat in die Kochnische. Dort nahm er einen Kochtopf, füllte einen Fingerbreit Wasser ein und stellte ihn auf den Elektroherd.

»Wir können froh sein, dass sie keinen Gasherd haben. Mit dem könnten wir diesen Scherz nicht machen«, sagte er, schaltete den Herd auf volle Leistung und eilte zur Tür.

»Raus jetzt!«, rief er. Keine drei Sekunden später standen beide auf dem Flur, und Görges schloss erleichtert die Tür hinter sich.

»Puh, das ging doch unter die Haut«, meinte er, als sie das Haus verließen.

»Warum machst du es dann, wenn es so gefährlich ist?«

Görges drehte sich zu seinem Kumpan um und kicherte. »Es geht um den Kick, Jonas – und das Gefühl, besser und geschickter zu sein als andere. Jens Tanzbär hat mich damals in Straubing ganz schön zusammengeschlagen. Sobald er in der Hölle angekommen ist, wird er merken, dass ich doch schlauer bin als er.«

Auf dem Weg zu ihrem Auto, das zwei Straßen weiter geparkt war, kämpfte Görges mehrmals mit Kicheranfällen und schlug sich dabei immer wieder auf die Schenkel. Er wusste selbst, dass er nicht mehr fahrtüchtig war, setzte sich trotzdem hinter das Steuer und steckte den Fahrzeugschlüssel ins Zündschloss. Allerdings startete er den Wagen nicht sofort, sondern wartete.

»Mehr als fünf Minuten sollte es nicht dauern, dann müsste die Herdplatte heiß genug sein, um das Zeug in die Luft zu jagen«, erklärte er mit einem Blick auf die Uhr am Armaturenbrett.

Zwei Minuten später knallte es fürchterlich. Obwohl die beiden Männer es erwartet hatten, zuckten sie zusammen. Görges ließ das Auto an und fuhr langsam die Straße entlang. Bei der Einmündung der Straße, in der Tanzbär lebte, sahen sie, dass es im Erdgeschoss seines Hauses bereits lichterloh brannte. Sie vernahmen auch Schreie, doch die drangen aus den Wohnungen ringsum. Bei einigen Häusern waren die Fensterscheiben zersprungen, und ein direkt vor Tanzbärs Wohnung abgestelltes Auto war in Flammen aufgegangen. Görges und Jonas sahen mehrere Personen in Schlafanzügen und Pantoffeln aus Hauseingängen stürmen und zu ihren Autos rennen, um sie aus der Gefahrenzone zu bringen.

»Das hat gefunkt!«, sagte Görges lachend und fuhr an. »So, jetzt schlafen wir uns erst einmal aus. Morgen fliegen wir nach Madeira, um den zweiten Teil unseres Jobs zu erledigen.«

»Da bin ich ja gespannt«, meinte Jonas. »Auf jeden Fall kommen wir in der Welt herum. Letzte Woche Thailand, jetzt Madeira. Ich bin neugierig, wohin es dann geht.«

»Solange es nicht die Hölle ist, ist mir alles recht!« Görges lachte und bog dann auf die Hauptstraße ein. Hinter ihnen erklangen Sirenen. Doch die Feuerwehr würde nichts mehr retten können.

8.11

Benjamin Huber junior ist eine Nervensäge ersten Ranges, dachte Mena, als er zum dritten Mal an diesem Vormittag fragte, warum sie so lange brauchte, um zu einem Ergebnis zu kommen.

Gereizt wandte sie sich zu ihm um. »Es würde schneller gehen, wenn das Programm, das Sie mir überlassen haben, nicht so langsam arbeiten würde. Im Institut hätten wir es längst wegen Überalterung pensioniert! Bei einem solchen Equipment ist es kein Wunder, dass euch die Gauner andauernd durch die Finger gehen.«

»Das Programm habe ich geschrieben«, erklärte Huber mit knirschender Stimme. »Es gibt nichts Besseres für den Bildabgleich mit Überwachungskameras.«

»Bei den Amis würde es nur so flutschen. Die können auch gar nicht anders – bei den Datenmengen, die die verarbeiten.« Mena klang noch immer bissig, beugte sich jetzt aber vor, da auf dem Bildschirm ihres Laptops eine neue Meldung erschien.

»Eine Person wurde auf den Aufnahmen am Flughafen identifiziert. Einen Moment, es ist … die Frau, die sich Inez genannt hat, höchstwahrscheinlich aber Nadine heißt!« Noch während Mena es sagte, zeigte der Bildschirm ihr eigenes Fahndungsfoto und daneben eines der Bilder vom Flughafen.

»Die Frau ist mit Condor nach Düsseldorf geflogen«, meldete sie kurz darauf.

»Eigenartig! Ich dachte, sie würde auf dem Münchner Flughafen landen«, wandte Ben Huber ein.

Mena veränderte einige Einstellungen und zapfte die Datenbank des Flughafens an. Den Zugang dazu hatten die spanischen Behörden ihr nach Hubers Intervention erlaubt. Schließlich war ihnen sehr daran gelegen, der Mörder der beiden Polizisten habhaft zu werden. Daher konnte Mena in kurzer Zeit eine Erklärung liefern. »Der Düsseldorfflug ging eine halbe Stunde eher ab! Außerdem gab es dort noch freie Plätze, während die Münchner Maschine ausgebucht war. Wie es aussieht, hat die Frau einen falschen Pass benützt. Das Foto wird einer Lisa Schneider zugeordnet.«

»Damit haben wir schon mal ein Ergebnis!« Ben Huber schnappte sich sein Handy und rief seinen Vater an.

Unterdessen überprüfte Mena die Daten noch einmal und war sich sicher, dass die beiden Männer, die Trendler entführt hatten, weder am Vortag noch an diesem vom Flughafen Reina Sofia abgeflogen waren. Auch beim Aeropuerto de Los Rodeos im Nordosten Teneriffas hatte niemand eingecheckt, der als Täter in Frage kam.

Mena konnte sich nicht vorstellen, dass die beiden Männer auf Teneriffa geblieben waren. Auf der Insel mussten sie damit rechnen, dass die Polizei jeden Fremden doppelt und dreifach überprüfen würde. Doch auf welche Weise hatten die Banditen die Insel verlassen?, fragte sie sich. Schließlich konzentrierte sie sich auf die Häfen von Teneriffa und sammelte Daten über Schiffe, die die Insel in der fraglichen Zeit verlassen hatten.

Nachdem Huber sein Telefongespräch beendet hatte, kehrte er zu Mena zurück. »Wie sieht es aus?«

»Sie stören!«, gab sie bissig zurück und zoomte die Aufnahmen einer Überwachungskamera auf dem Hafenparkplatz von Los Cristianos heran. Zwar lagen dort in der Hauptsache Jachten und Ausflugsschiffe, doch die Banditen konnten auch mit so etwas geflohen sein.

Mit einem Mal blinkte der Cursor, und sie sah ein Auto auf den Parkplatz einfahren. Auch wenn die Aufnahme in der Nacht entstanden war, erkannte Mena die beiden Banditen. Der Fahrer stellte den Wagen in der Nähe eines anderen Autos ab, bei dem Mena zu ihrem Leidwesen nur die Beifahrerseite sehen konnte. Da der Fahrer, als er mit den Banditen sprach, in die andere Richtung schaute, war es ihr auch nicht möglich, sein Gesicht auszumachen. Dafür aber identifizierte sie seine Beifahrerin einwandfrei als die angebliche Lisa Schneider alias Nadine alias Inez.

»Sehen Sie sich das an, Herr Kriminaloberhauptkommissar!«, rief Mena und wies auf den Bildschirm.

Ben Huber blickte ihr über die Schulter. »Sind sie das?«, fragte er angespannt.

»Hundertprozentig! Ich lasse jetzt die Aufnahme weiterlaufen. Vielleicht kriegen wir heraus, wohin die beiden Schurken verschwunden sind!« Mena gab den entsprechenden Befehl und keuchte im nächsten Moment schmerzhaft auf, weil Ben Huber seine rechte Hand in ihrer Schulter verkrallte.

»Aua! Das tut doch weh!«, beschwerte sie sich.

»Entschuldigung!« Ben ließ sie los und steckte seine Hände in die Hosentaschen, da er nichts mit ihnen anzufangen wusste.

Gemeinsam verfolgten sie die Filmaufnahmen. Es war deutlich zu sehen, dass die beiden Männer von einem anderen Mann abgeholt und zu einem Schiff geführt wurden. Um den Schiffsnamen zu erkennen, war es jedoch zu weit weg. Mena notierte sich die Stelle und reichte Huber den Zettel.

»Fragen Sie nach, welches Schiff vorgestern Nacht dort gelegen hat. Ich gehe später noch ins Hospital und besuche Dr. Trendler. Möglicherweise wird er heute entlassen.«

»In dem Fall sollte er sich hier im Hotel einquartieren. Da kann ich besser auf ihn aufpassen als dort, wo er bis jetzt logiert hat.«

»Vielleicht sollten Sie in sein Hotel umziehen«, riet Mena spöttisch.

»Das geht nicht! Ich muss ja auch auf Sie aufpassen. Nach dem Tanz, den Sie mit Trendlers Entführern oben am Teide aufgeführt haben, hält mein Vater Sie für höchst gefährdet.«

»Dann sollten Sie sich beeilen, die Kerle zu erwischen«, antwortete Mena und widmete sich wieder ihrem Laptop.

Ben Huber sah sie einen Augenblick kopfschüttelnd an, verzog sich dann aber mit seinem Handy in sein Zimmer, um sie nicht zu stören. Eines aber hatte er inzwischen begriffen: Mena war am Computer tatsächlich so gut, wie sein Vater und dessen Freund Irmbert Claaßen behauptet hatten.

8.12

Nachdem er Mena verlassen hatte, suchte Benjamin Huber die Hafenverwaltung auf und ließ sich den Namen und den Bestimmungshafen des gesuchten Schiffes nennen, als sein Handy klingelte. Mit einer gewissen Anspannung sah er auf das Display. Es war erneut sein Vater.

»Hi, was gibt es?«, fragte Ben, kaum dass die Verbindung stand.

»Wie kommt ihr voran – und wie läuft die Zusammenarbeit mit Frau Dr. Reglin?«, antwortete sein Vater mit einer Gegenfrage. »Kommt ihr gut zurecht?«

»Es geht so!« Ben stöhnte ein wenig, denn er ärgerte sich immer noch, weil Mena sein Programm als altertümlich bezeichnet hatte.

»Sie ist ein Genie, und Genies sind ein wenig seltsam, darauf solltest du Rücksicht nehmen«, riet ihm sein Vater. »Ich habe jedenfalls einen sehr kompetenten Eindruck von ihr erhalten.«

»Ich sage ja nicht, dass sie nichts kann!«, rief Ben und hörte seinen Vater lachen.

»Es ärgert dich anscheinend, dass sie am Computer besser ist als du. Doch wenn wir Erfolg haben wollen, müssen wir mit Frau Dr. Reglin und dem ganzen Institut zusammenarbeiten. Diese Fachleute sind es gewohnt, aus wenigen Informationen möglichst viele Daten herauszufiltern!« In Bens Ohren klang es wie eine Standpauke, und das Schlimme war, dass sein Vater recht hatte. Obwohl er sich für einen Crack am Computer hielt, konnte er mit Mena Reglin nicht mithalten.

»Aber muss sie mich deshalb wie ihren Laufburschen behandeln?«

Das Lachen seines Vaters wurde lauter, und Ben merkte, dass er seinen Gedanken laut ausgesprochen hatte.

»Jetzt nimm es nicht so schwer!«, erklärte Huber senior. »Du hast auch deine guten Seiten. Besinne dich auf diese und lass Frau Dr. Reglin ihren Job tun. Ich werde euch ein paar Dateien schicken. Frau Dr. Reglin soll nachprüfen, ob es sich bei der darin genannten Frau um diese Inez alias Nadine handelt. Wenn ja, solltet ihr zusehen, dass ihr die beiden Polizistenmörder ausfindig macht, solange sie noch am Leben sind.«

»Was soll das heißen?«, fragte Ben verblüfft.

»Die Frau, von der ich sprach, heißt Nadine Laumann und ist

heute Nacht bei einem Wohnungsbrand ums Leben gekommen. Laut erster Untersuchung haben sie und ihr Freund, übrigens unser alter Bekannter Jens Tanzbär, an Spraydosen mit Lösungsmitteln und Aromastoffen geschnüffelt und dabei die gesamte Wohnung mit diesen Aerosolen gefüllt. Danach wollten sie sich angeblich einen Tee oder Kaffee kochen, haben aber in ihrem Tran nicht mehr auf den Herd geachtet. Die Herdplatte wurde immer heißer, und dann knallte es fürchterlich.«

»So wie du dich anhörst, glaubst du nicht an diese Version, Vater!«

»Du etwa?«, fragte Huber senior. »Höre, mein Junge, wir kennen unsere Pappenheimer. Jens Tanzbär war keiner, der ein überflüssiges Risiko einging. Vor allem aber war seine Freundin Nadine, wie ein Nachbar erzählte, in der letzten Woche weg und ist erst vorgestern Abend zurückgekommen. An ihrem Koffer hat dieser Zeuge die Flughafenbanderole von Teneriffa gesehen.«

Ben Huber junior verschlug es den Atem. »Aber das ist …«, brachte er heraus.

»Darum schicke ich euch die entsprechenden Dateien! Frau Dr. Reglin soll sie analysieren. Ich war heute noch mal bei Irmbert Claaßen in Augsburg, und der Professor hat mir Frau Dr. Reglins Analysen vorgelegt. Sie beginnen mit dem Unfalltod eines Obdachlosen, von dem sie annimmt, den hätten die Kerle, die den Container mit der Kokainwolle gestohlen haben, als überflüssigen Zeugen ausgeschaltet. Der Geschäftsmann Korbinian Breitle ist mit seinem Wagen gegen einen Baum gefahren, nachdem er mit einem starken Laserpointer geblendet wurde. Kurz darauf wurde Dr. Andreas Stadler erschossen. Dessen mutmaßlicher Mörder ist übrigens auch schon tot. Die Arbeiter Bindrich, Turner und Wichelmann starben durch eine Explosion, ebenso Nadine Laumann und Jens Tanzbär. Wer auch immer dahintersteckt, geht eiskalt vor und beseitigt jeden möglichen Zeugen.«

Huber senior klang beschwörend, denn er wusste, dass man Menas Verdachtsgebilde vonseiten einer offiziellen Stelle keinen Glauben geschenkt hätte. Er hatte sich überzeugen lassen, wusste aber nicht, ob sein Sohn es ebenso tun würde.

»Ich werde es Frau Dr. Reglin ausrichten«, erklärte Ben, verabschiedete sich und beendete das Gespräch. Er kehrte ins Hotel zurück und klopfte an Menas Tür.

»Wer ist da?«, fragte sie ziemlich genervt.

»Ich bin's, Huber«, antwortete er und trat ein.

Mena saß am Laptop. Bei seinem Anblick verlor sich der angespannte Zug um ihren Mund ein wenig.

»Ich weiß jetzt, um welches Schiff es sich handelt. Es ist die *Santa Catalina*, Heimathafen La Palma auf Gran Canaria. Sie ist unterwegs nach Madeira und hätte laut Plan bereits dort ankommen müssen. Allerdings hatte sie unterwegs einen Motorschaden und erreicht Funchal daher erst morgen Vormittag. Sie …« Zu mehr kam Mena nicht, da Ben förmlich explodierte.

»Wozu hetzen Sie mich in der Weltgeschichte herum, wenn Sie eh schon alles wissen? Ich laufe mir die Hacken ab, um von den hiesigen Behörden Informationen zu bekommen, während Sie hier fett auf Ihrem Arsch sitzen und nur ein wenig auf den Tasten klimpern müssen, um alles herauszubekommen!«

Ben hatte es kaum gesagt, da schämte er sich bereits. »Tut mir leid, ich …«

Er brach ab und sah so geknickt drein, dass Mena die gepfefferte Antwort, die sie ihm hatte um die Ohren hauen wollen, wieder schluckte.

»Schon gut!«, meinte sie. »Wir sind alle nervös. Aber ich konnte nicht wissen, dass ich Zugriff auf alle Dateien bekomme, die ich brauche. Wäre das anders, wäre ich auf die von Ihnen gesammelten Informationen dringend angewiesen.«

»Wenigstens haben wir sie jetzt doppelt und damit bestätigt.

Nur das von dem Motorschaden wusste ich nicht. Wir müssen sofort die Behörden in Funchal informieren, damit sie sich die Leute auf der *Santa Catalina*, die dort an Land gehen, genau anschauen.«

»Ich habe bereits die hiesigen Behörden angerufen«, erklärte Mena. »Da die Leute hier aber nicht unbedingt von der schnellen Truppe sind, sollten Sie sich ebenfalls an die Polizei in Funchal wenden. Glauben Sie, dass Sie einen Haftbefehl für die beiden bekommen?«

»Das ist problematisch, da wir keine Namen haben. Länger als ein paar Stunden wird die Polizei in Funchal die Kerle daher nicht festhalten. Verdammt, wenn wir nur dort wären!«

»Gibt es denn keinen Flug von hier nach Madeira?«, fragte Mena nicht zuletzt in der Hoffnung, dass sie dann endlich die Erlaubnis erhielt, Teneriffa zu verlassen.

»Das müssten Sie doch mit Leichtigkeit am Computer herausfinden können«, antwortete Ben mit einem gewissen Spott, wandte sich dann aber zum Gehen. »Der hiesige Polizeichef hat mir seine private Handynummer gegeben. Ich rufe ihn gleich an. Ich wollte Ihnen noch sagen, dass mein Vater ein paar Dateien schicken will. Es geht um eine Frau, die bei einem Brand ums Leben gekommen ist. Es könnte Ihre Nadine sein!«

»Wenn, dann ist es Trendlers Nadine«, antwortete Mena scheinbar leichthin, obwohl es ihr kalt über den Rücken rann. Sie sagte jedoch nichts mehr, weil Ben bereits ihr Zimmer verließ, um ungestört telefonieren zu können.

Der Polizeichef von Santa Cruz de Tenerife kannte weniger Hemmungen als Ben, denn er versprach, sofort einen Haftbefehl für die Passagiere auf der *Santa Catalina* auszustellen, und meinte nur, es sei schade, dass Mena Reglin nicht auf Madeira wäre, um die Kerle zu identifizieren.

»Vielleicht gibt es eine Möglichkeit, früh genug hinzukommen«, sagte Ben. Sein Gesprächspartner versprach, sich darum zu kümmern, und verabschiedete sich.

Als er zu Mena zurückkehrte, hatte diese ihren Laptop ausgeschaltet und machte sich zum Gehen fertig. »Die Tote könnte diese Inez bzw. Nadine sein. Ich habe ihr Foto ausgedruckt und will es Dr. Trendler zeigen. Er kann sie besser identifizieren als ich. Und wenn sie es wirklich sein sollte, dann verstehe ich bald gar nichts mehr! Die Frau gehörte doch zu der Bande!«

»Wie es aussieht, räumen die Leute im Hintergrund alle aus dem Weg, die sie als Gefahr für sich ansehen. Da Nadine durch Sie aufgeflogen ist, hätte die Polizei ihr auf die Spur kommen und über sie die Hintermänner einkreisen können.«

»Und was sollen wir jetzt tun?«, fragte Mena.

»Zusehen, dass wir die beiden Schurken auf der *Santa Catalina* eher erwischen, als ihre Kumpane es tun. Die könnten nämlich vorhaben, die beiden ebenfalls umzulegen. Erinnern Sie sich an Claus Wenske? Es ist mittlerweile absolut sicher, dass er der Mörder von Dr. Stadler war. Er hat seine Tat nicht lange überlebt.«

»Was sind das nur für Menschen?«, entfuhr es Mena.

»Das herauszufinden ist mein Job«, antwortete Ben und forderte sie auf, nicht zu lange auszubleiben. »Es könnte sein, dass sich die Situation von einem Augenblick zum anderen ändert«, setzte er noch hinzu und deutete auf sein Handy.

8.13

Mit dem Arm in der Schlinge und dem großen Pflaster auf der Stirn wirkte Franz Trendler immer noch ziemlich lädiert. Mena half ihm zwar gerne, merkte aber rasch, dass er sein Aussehen kräftig nutzte, um Mitleid zu heischen. Zudem zeigte er sich über Benjamin Hubers Anwesenheit so erleichtert, dass Mena sich ärgerte. Ihr Unmut verflog aber rasch, als sie feststellte, dass Trendler den Kriminalbeamten als seinen persönlichen Bodyguard anzusehen schien und ihn wie einen Diener behandelte.

Bens Gesicht, wenn er Trendler eine Flasche Bier aufmachen oder das Obst, das der Zimmerservice ihm gebracht hatte, klein schneiden sollte, war einfach köstlich. Nur in einem war Ben zufrieden: Anhand der Fotos hatte Trendler Nadine Laumann zweifelsfrei als die falsche Inez identifiziert.

»Achtest du auf den Zimmerservice? Der Hotelboy müsste bald mit einem Stück Kuchen und dem Tee kommen, den Trendler bestellt hat. Ich muss meinen Vater anrufen«, bat Ben Mena und verschwand, bevor sie etwas antworten konnte.

Als er wieder auftauchte, lächelte er zufrieden. »Wir sollen morgen um vier Uhr in der Früh beim Aeropuerto de Los Rodeos im Nordosten von Teneriffa sein. Wir werden mit einer Privatmaschine zum Militärflughafen von Porto Santo bei Madeira geflogen. Für Madeira selbst gab es auf die Schnelle keine Landeerlaubnis. Von Porto Santo bringt uns ein Boot der Wasserschutzpolizei nach Funchal. Möglicherweise werden wir sogar noch vor der *Santa Catalina* dort ankommen.«

»Das wäre großartig!«, rief Mena und blickte auf die Zeitanzeige des Laptops. »Vier Uhr! Das wird eine kurze Nacht.«

»Wir können auf der Autofahrt nach La Laguna und während des Fluges ein wenig schlafen«, erklärte Ben.

»Sie vielleicht! Aber ich glaube nicht, dass ich ein Auge zutun kann!« Mena seufzte kurz, sagte sich aber dann, dass der Erfolg nun einmal Opfer forderte, und beschloss, noch am Abend zu packen.

Als sie das Ben sagte, grinste er. »Tun Sie das! Dann werden Sie auch rechtzeitig fertig. Bei Frauen weiß man nie …«

Da Mena den nächsten Gegenstand packte, der in ihrer Nähe lag, nahm er lachend Reißaus.

Sie sagte sich, dass sie sich von diesem eingebildeten Kerl nicht aus der Ruhe bringen lassen durfte, und machte sich reisefertig. Zahnpasta und Zahnbürste ließ sie noch im Badezimmer. Sie würde am nächsten Morgen nur kurz duschen und darauf verzichten, ihre Haare zu waschen. Es musste auch einmal einen Tag ohne Tagescreme gehen, dachte sie und wollte sich bereits für die Nacht zurechtmachen. Da klopfte es heftig an ihre Tür.

»Was ist los?«, fragte sie ärgerlich.

Statt einer Antwort kam Ben herein. Ihm folgte Trendler mit entsetzensstarrer Miene.

»Sie können mich doch nicht einfach hier auf dieser Insel zurücklassen, wo ein Haufen Mörder nur darauf wartet, mich umzubringen!«, rief der Chemiker empört.

»Ich glaube nicht, dass Sie derzeit auf Teneriffa in Gefahr sind«, antwortete Mena ätzend. »Diese Verbrecher wissen, dass die hiesige Polizei von jetzt an ziemlich scharf aufpasst. Hier kann Ihnen nichts passieren.«

»Das sagen Sie! Aber was ist, wenn diese Verbrecher nicht so denken wie Sie, sondern die Sache zu Ende bringen wollen? Dann bin ich tot, und Sie können mit den Schultern zucken und sagen, dass Sie sich eben geirrt haben.«

Mena bedachte Trendler mit einem Blick, als stände ein Schwachsinniger vor ihr. Allerdings begriff sie ebenso wie Ben, dass der Mann am Rand der Hysterie stand und das ganze Hotel zusammenschreien würde, wenn sie darauf bestanden, ihn zurückzulassen.

»Dann kommen Sie eben mit! Allerdings sind Sie selbst schuld, wenn Sie sich drüben auf Madeira eine Kugel einfangen.« Es war ein letzter Versuch Bens, Trendler zum Umdenken zu bewegen.

Der Mann nickte jedoch nur. »Ich bin morgen früh fertig. Wann geht es los?«

Einen Augenblick überlegte Mena, eine falsche Urzeit zu nennen. Doch da sagte Ben bereits: »Drei Uhr morgens! Verschlafen Sie nicht! Wir haben weder die Zeit, Sie zu wecken, noch, um auf Sie zu warten.«

»Drei Uhr!«, wiederholte Trendler und wandte sich zur Tür. Dort hielt er noch einmal inne. »Helfen Sie mir, meinen Koffer zu packen, Frau Reglin?«

»Das mache ich«, antwortete Ben rasch, denn er bemerkte, dass Mena kurz vor der Explosion stand.

Er beschloss, die Sache von der lockeren Seite zu sehen und sich über Trendler zu amüsieren. Aber er rief sich rasch wieder zur Ordnung. Dies hier war kein Abenteuerurlaub mit genau abgecheckten Risiken, sondern eine Jagd auf üble Verbrecher. In der Hinsicht wäre Trendler besser beraten gewesen, hier auf Teneriffa zu bleiben. Auf Madeira konnte die Luft unter Umständen arg bleihaltig werden.

Dies betraf auch Mena Reglin, und so ärgerte Ben sich, dass sie mitkommen musste. Oben am Pico del Teide hatte sie Glück gehabt. Doch auf Madeira konnte es ganz anders aussehen.

9

9.1

Kevin Jünger hätte den Kapitän der *Santa Catalina* erwürgen können. Zwei Tage hatten sie bereits durch die Reparatur eines Motorschadens verloren, und nun erklärte der Kerl auch noch, dass er sie nicht bis zum Zielhafen mitnehmen könne.

»Tut mir leid, Señores, aber ich habe einen Funkspruch meines Geschäftspartners erhalten. Ich darf nicht in den Hafen von Funchal einlaufen, sondern muss zum Hafen von Caniçal. Sowohl in Funchal wie auch dort ist sehr viel Polizei aufgezogen, und ich will keinen Ärger bekommen. Daher werden Sie beide über Bord springen und zur Ilha Deserta Grande hinüberschwimmen. Wir fahren im Abstand von nur einem Kilometer daran vorbei. Keine Sorge, Sie bekommen Schwimmwesten. Heute Nachmittag fährt ein Ausflugsboot dorthin, und mit dem können Sie dann nach Funchal fahren. Bei der Masse an Touristen fällt es nicht auf, wenn auf dem Rückweg zwei Mann mehr an Bord sind.«

Jünger fuhr auf. »Hören Sie! So können Sie nicht mit uns umspringen!«

Da mehrere Männer seiner Besatzung hinzukamen und schwere Schraubenschlüssel oder Eisenstangen in den Händen hielten, zuckte der Kapitän mit den Achseln.

»Señores, Sie können entweder auf die von mir genannte Weise von Bord gehen – oder in weiterer Entfernung von der Insel und ohne Schwimmwesten!«

Kevin Jünger begriff, dass Ralf Longerich und ihm nichts

anderes übrig bleiben würde, als sich auf die Erpressung des Kapitäns einzulassen. »Wir bekommen aber etwas zu essen mit, verstanden!« Es sollte nicht ganz wie eine Kapitulation aussehen, war aber eine. Dies wusste Jünger genauso gut wie der Kapitän.

Dieser grinste zufrieden. »Dann sind wir uns ja einig, Señores! Holen Sie jetzt Ihre Sachen und nehmen Sie nur so viel mit, wie ein normaler Tourist auf eine Ausflugsfahrt mitnimmt. Den Rest schmeißen wir über Bord. Ich will nicht, dass die Polizei etwas von Ihnen bei uns findet, sollten sie das Schiff durchsuchen.«

Ohne darauf zu antworten, ging Jünger unter Deck. Ralf Longerich folgte ihm mit säuerlicher Miene.

»Warum müssen wir unser ganzes Zeug hierlassen?«, fragte er. »Der Kapitän könnte uns doch auch mit einem Beiboot an Land bringen lassen!«

»Frag ihn doch! Glaube aber nicht, dass er darauf eingehen wird. Der Kerl hat sich doch in die Hose geschissen, und das wegen ein paar läppischen Polizisten«, antwortete Jünger wütend.

»So können wir nur ein paar Sachen mitnehmen, und die werden im Wasser auch noch nass«, stöhnte Longerich und drehte sich dann zu Jünger um. »Am liebsten würde ich diesem aufgeblasenen Kapitän ein paar über die Rübe geben«, schimpfte er.

»Das würde ich auch gerne! Aber ich glaube nicht, dass wir mehr als einen Schlag anbringen würden. Dafür hat er zu viele Männer hinter sich.«

Jünger fluchte unflätig, trat dann in die enge, schmutzige Kabine, die Ralf und er sich teilten, und begann ohne große Lust, seine Habseligkeiten zu sortieren. Den Koffer, mit dem er nach Teneriffa geflogen war, würde er ebenso über Bord werfen müssen wie die meisten seiner Klamotten. Ihm ging es nicht so sehr um das Geld, das das alles gekostet hatte, aber es fuchste ihn, nach der Pfeife dieses schmierigen Kapitäns tanzen zu müssen.

Nachdem er das, was er mitnehmen sollte, in einen Rucksack

gepackt hatte, stieg er wieder an Deck. Dort lagen bereits zwei alte, verwittert aussehende Schwimmwesten für ihn und Ralf bereit.

»Funktionieren die noch? Die waren doch bereits auf der Titanic veraltet«, sagte Jünger genervt.

»Die sind noch gut«, erklärte der Kapitän. »Sie müssen die Dinger am Strand der Insel liegen lassen, damit es so aussieht, als wären sie angeschwemmt worden. An Bord des Ausflugsbootes können Sie die nicht mitnehmen.«

Damit hatte der Mann zwar recht, doch Jünger passte es wenig, sein Leben zweifelhaften Schwimmwesten anzuvertrauen. Er hatte jedoch keine andere Wahl und zog sie an. Auch Ralf tat es mit einer Miene, als erwarte er, von diesen Dingern eher in die Tiefe gezogen als über Wasser gehalten zu werden.

Jünger schnallte sich seinen Rucksack vor die Schwimmweste und sah dann zur Insel hinüber. Sie wirkte so nah, dass er glaubte, sie in ein paar Minuten erreichen zu können. Jetzt kam es nur noch darauf an, wo sie über Bord gingen. Als er den Kapitän fragte, wies dieser auf die nahe Reling.

»Sie können von dort springen!«

Als Ralf Longerich von dort aus einen kurzen Blick in die Tiefe warf, wich er erschrocken zurück. »Sind Sie verrückt? Das sind mindestens fünfzehn Meter!«

»Das dort unten ist Wasser und kein Beton«, antwortete der Kapitän grinsend. »Und jetzt los! Sonst müssen Sie noch weiter schwimmen.«

Jünger blickte ebenfalls nach unten und kniff die Lippen zusammen. Es war ein gewagter Sprung. Allerdings sahen die Matrosen, die noch immer in der Nähe ihres Kapitäns standen, so aus, als würden sie nicht zögern, bald nachzuhelfen.

»Komm, Ralf! Uns bleibt nichts anderes übrig«, sagte er zu Longerich und schwang die Beine über die Reling.

»Bleiben Sie von der Schiffsschraube weg, sonst bekommen die Fische heute Hackfleisch zu Mittag«, rief ihm der Kapitän hinterher.

»Arschloch!«, brummte Jünger und ließ sich fallen. Kurz darauf klatschte er hart ins Wasser, tauchte trotz seiner Schwimmweste unter und bekam Panik, nicht mehr hochzukommen. Endlich machte sich der Auftrieb der Schwimmweste bemerkbar, und der Kopf stieß durch die Wasseroberfläche. Ganz in der Nähe brodelte das von der Schiffsschraube aufgewirbelte Seewasser, und er schwamm, so schnell er konnte, in die andere Richtung.

Das Schiff verschwand rasch, und Jünger versuchte, sich zu orientieren. Von oben hatten die Wellen ja ganz niedlich ausgesehen. Jetzt aber ragten sie hoch über ihm auf, und er sah weder das Schiff noch die Insel, zu der er schwimmen sollte. Mühsam hielt er seine Angst unter Kontrolle und ließ sich von einer Welle nach oben tragen. Zum Glück konnte er nun die Insel ausmachen. Deserta Grande war allerdings weiter entfernt, als er gedacht hatte. Doch mit Hilfe der Schwimmweste würde er es schaffen.

In der ganzen Aufregung hatte er nicht mehr an seinen Begleiter gedacht. Nun sah er sich um, entdeckte Longerich aber nicht. Als er nach ihm rief, erhielt er keine Antwort. »Verdammt! Ralf, wo bist du?«, schrie er zuletzt, so laut er konnte. Doch niemand antwortete ihm.

9.2

Ralf Longerich hatte seinen Kumpel Jünger springen sehen, es aber nicht fertiggebracht, es ihm gleichzutun. Da tauchten mehrere Matrosen um ihn herum auf, packten ihn, wuchteten ihn über die Reling und stießen ihn in die Tiefe. Der Aufprall auf die Wasseroberfläche war hart, und er verlor kurz das Bewusstsein.

Als Longerich wieder zu sich kam, steckte er tief in einem Wellental. Das Schiff war verschwunden, und auch von der Insel, die von der *Santa Catalina* so deutlich zu erkennen gewesen war, konnte er nicht einmal mehr die Spitze der Felskämme ausmachen.

»Kevin, wo bist du?«, rief er. Doch es kam keine Antwort.

»Kevin, sag doch endlich etwas!«, schrie er lauter. Doch von seinem Kumpel war weder etwas zu hören noch zu sehen.

»Kevin!« Longerichs Stimme überschlug sich vor Angst. Gleichzeitig spürte er, dass der Beutel, den er an die Schwimmweste gebunden hatte, seinen Schwerpunkt veränderte und er Gefahr lief, mit Kopf und Oberkörper hinabgezogen zu werden. Voller Panik versuchte er, die Schnur zu lösen, mit der er ihn festgemacht hatte. Doch die war mittlerweile vom Wasser aufgequollen, und der Knoten saß so fest, dass er ein Messer benötigt hätte.

Mit einiger Mühe hielt er sich aufrecht und rief dabei immer wieder nach Kevin Jünger. Doch es schien, als wäre er ganz allein auf dem Meer. Zuerst wollte er es nicht glauben, dann aber fluchte und schimpfte er, bis er heiser wurde.

Irgendwann trug ihn eine Welle so weit nach oben, dass er in der Ferne eine Insel erkennen konnte. Mit neu erwachender Hoffnung schwamm er in die Richtung. Seine Arme wurden jedoch bald schwer, und er begriff, dass er diese Entfernung niemals würde zurücklegen können.

»Diese Schweinehunde! Sie haben mich alle im Stich gelassen«, rief er und verfluchte vom Kapitän der *Santa Catalina* angefangen über Reinhart Mittag bis hin zu Kevin Jünger alle, denen er die Schuld an seiner Misere gab.

Immer wieder versuchte Longerich, auf die Insel zuzuschwimmen, stellte aber jedes Mal, wenn er sich auf einem Wellenkamm umschauen konnte, fest, dass Wind und Strömung ihn narrten und die Insel stattdessen weiter und weiter hinter ihm zurückblieb. Seine Armbanduhr hatte den Dienst aufgegeben, und sein Zeitsinn geriet durcheinander. Bald wusste er nicht mehr, wie lange er bereits im Wasser schwamm. Irgendwann senkte sich die Dunkelheit über das Meer, und er fühlte sich, als wäre er der einzige Mensch auf Erden. Seine Erschöpfung wurde stärker, und er kämpfte gegen den Sekundenschlaf an, der ihn immer wieder packen wollte. Einmal schaffte er es nicht und wurde von seinem Beutel nach unten gezogen. Als sein Mund sich mit dem salzig schmeckenden Wasser füllte, schrak er hoch und kämpfte sich mit dem Kopf zurück über die Wasseroberfläche.

Kurz darauf vernahm er das Geräusch eines Schiffsmotors. Es klang ganz nah! Longerich arbeitete sich auf einen Wellenkamm und sah ein Kreuzfahrtschiff direkt auf sich zukommen. Es war hell erleuchtet, und er vernahm Musik und Stimmen.

»Hilfe!«, brüllte er und winkte verzweifelt, aber schnell wurde ihm klar, dass man ihn in der Nacht ohne Notlicht und Reflektoren nicht erkennen konnte. Auch kam seine Stimme gegen die Geräusche auf dem Schiff nicht an. Es zog so nahe an ihm vorbei, dass er die Bugwelle spürte, und verschwand bald wie eine Fata Morgana in der Nacht.

Longerich begriff, dass er den nächsten Morgen nicht mehr erleben würde, und weinte vor Verzweiflung. Mit einem Mal kam ihm der Mann in den Sinn, den er mit dem Motorrad angefahren und vor die Räder des schweren Lkw gestoßen hatte. Damals hatte er gelacht, doch nun war es ihm, als tanze der Tote vor ihm auf dem Wasser, und er vernahm dessen höhnisches Gelächter.

Es klang schaurig und gleichzeitig so schadenfroh, dass er die Hände gegen die Ohren presste und erneut unter Wasser gezogen wurde. Er schaffte es nur mit Mühe, wieder hochzukommen, und ihm wurde klar, dass es kein nächstes Mal mehr geben würde.

9.3

Der Flug nach Porto Santo und die Bootsfahrt von dort nach Madeira waren problemlos verlaufen. In Funchal angekommen erfuhren Mena und Ben jedoch, dass die *Santa Catalina* zum Freihafen von Caniçal umgelenkt worden war. Ein Polizeiauto brachte sie beide und Franz Trendler, der sich wie eine Klette an sie gehängt hatte, dorthin.

Sie erreichten das Hafengelände gerade in dem Augenblick, in dem der Hafenlotse das Schiff zu einem gut einzusehenden Anlegeplatz steuerte. Eine Gruppe Polizisten wartete bereits darauf, an Bord zu gehen, sobald die Gangway ausgelegt war.

Der Beamte, der Mena und ihre Begleiter hergebracht hatte, sprach mit einem Mann der Einsatzgruppe und kehrte dann zurück. »Wir haben den Kapitän darüber informiert, dass wir sein Schiff durchsuchen werden. Er hatte nichts dagegen.«

»Das verheißt nichts Gutes!«, murmelte Benjamin Huber. »Es sieht so aus, als wären die Gesuchten nicht mehr an Bord.«

»Aber wie sind sie dann von dem Kahn heruntergekommen?«, fragte Mena verwundert.

»Der Maschinenschaden könnte auch ein Vorwand gewesen sein, um auf ein anderes Schiff zu warten, das die Kerle übernimmt!« In Bens Augen war dies die einfachste Lösung.

Mena wollte nicht so recht daran glauben. Die Flucht der beiden Männer war abrupt und ohne Vorbereitungen erfolgt. Wie sollte da ein solches Manöver auf die Schnelle durchgeführt worden sein? Sie sagte jedoch nichts, sondern wartete ebenso wie Ben gespannt darauf, was die Durchsuchung des Schiffes erbringen würde. Sie durften nicht mit an Bord, sondern mussten warten und wurden im Büro des Hafenmeisters mit Kaffee und Sandwiches versorgt.

Etwa drei Stunden später kam der Polizeioffizier, der die Aktion leitete, mit verkniffener Miene herein. Sein Englisch war gewöhnungsbedürftig, trotzdem verstanden Mena und Ben, dass die Gesuchten nicht an Bord gewesen wären.

»Also hat man sie doch von dort weggeholt. Oder aber Ihre Analyse ist falsch, und die Kerle sind nicht auf diesem Schiff gewesen«, sagte Ben auf Deutsch zu Mena.

Diese fauchte leise. »Es war keine Analyse, sondern die Auswertung von Aufnahmen der Überwachungskamera. Die beiden Männer sind auf dieses Schiff gegangen. Davon bin ich hundertprozentig überzeugt.«

»Trotzdem war unsere Aktion ein Schuss in den Ofen«, antwortete Ben enttäuscht.

Mena hatte das Gefühl, dass er ihr die Schuld an diesem Fehlschlag gab, und verließ gekränkt den Raum. Ben zuckte mit den Achseln und sah ihr durch das Fenster nach, dann kniff er irritiert die Augen zusammen. Jenseits der Hafenabsperrung standen zwei Männer – und einen davon kannte er.

Mit einem Schritt war er bei der Tür, und nach zehn weiteren hatte er Mena eingeholt. Da ihm nichts anderes einfiel, zog er sie an sich und drehte sie so, dass sie den beiden Männern den Rücken zuwandte. Für diese sah es so aus, als würde sich hier ein Paar umarmen.

Mena stemmte sich gegen Bens Griff und zischte. »Was soll das?«

»Dort hinten steht ein alter Bekannter unserer Dienststelle, nämlich Michael Görges. Er ist zwar zurzeit in Freiheit, hat aber einige Zeit eingesessen und ist gewiss nicht auf dieser schönen Insel, um Urlaub zu machen«, flüsterte Ben Mena ins Ohr.

»Sie meinen, er könnte zu dieser Bande gehören?«, fragte Mena.

»Vielleicht sollte er die beiden Kerle abholen. Aber wo sind sie abgeblieben? Sie könnten sich noch irgendwo auf dem Schiff verstecken, um später an Land zu gehen, wenn die Polizei abgezogen ist.«

Ben beobachtete Mike Görges über Menas Kopf hinweg. Der Mann wirkte enttäuscht. Auch das sprach dafür, dass die Polizistenmörder von Teneriffa auf diesem Schiff gewesen waren. Plötzlich sah er einen Schatten neben sich, drehte sich um und entdeckte Franz Trendler. Dieser war neben sie getreten und sah sich ungeniert um.

»Verdammter Idiot!«, entfuhr es Ben. »Müssen Sie sich so offen zeigen? Hier könnten Leute sein, die Ihnen ans Leder wollen!«

Statt sich einfach umzudrehen und wieder ins Büro des Hafenmeisters zu gehen, stand Trendler nur wie erstarrt da. Selbst ohne Fernglas musste Görges ihn erkennen, fuhr es Ben durch den Kopf. Angespannt behielt er den Ganoven im Auge. Dessen verärgerte Miene verschwand in dem Moment, in dem er Trendler erblickte. Jetzt zupfte er den zweiten Mann am Ärmel und wies mit dem Kopf in Trendlers Richtung.

»Ausgezeichnet!«, murmelte Ben. »Jetzt wissen die Banditen, dass Trendler hier ist. Wir können nur versuchen zu verhindern, dass er diese schöne Insel als Leiche verlässt.«

»Sie glauben, dass Görges zu der Bande gehört?«, fragte Mena.

»Ich würde darauf wetten. Görges, Wenske und Jens Tanzbär, der mit Nadine zusammen umgekommen ist, gehören zu den Schwergewichten, mit denen wir uns immer wieder herumschlagen müssen. Bis jetzt gab es noch keine direkte Verbindung zwischen ihnen, aber für einen so großen Coup wie den Kokainschmuggel kann es durchaus sein, dass sie sich zusammengetan haben.«

Obwohl Bens Worte schlüssig klangen, hatte Mena so ihre Zweifel. »Ich habe Claus Wenskes und Jens Tanzbärs Persönlichkeitsprofile analysiert. Keiner der beiden war meiner Meinung nach in der Lage, eine so große Aktion zu leiten. Sie mögen keine dumpfen Schlagetots gewesen sein, aber dafür reichte es dann doch nicht.«

»Wir sollten aneinandergeschmiegt weitergehen, bis wir hinter diesem Lieferwagen dort sind. Danach müssen wir Trendler einfangen und mit ihm zusammen verschwinden. Schauen Sie nicht in Görges' Richtung. Da Sie für Ihren Flug nach Teneriffa keinen falschen Pass benutzt haben, ist es für solche Schurken leichter als für uns, einen speziellen Passagier herauszufinden.«

Ben setzte sich in Bewegung und zog Mena einfach mit sich. Sie passte sich seinen Schritten an und hielt den Kopf so, dass Görges sie zwar nicht erkennen, sie ihn aber über Bens Schulter hinweg beobachten konnte.

»Sobald ich meinen Laptop ausgepackt habe, werde ich mir Görges' Akten ansehen«, sagte sie dabei lächelnd.

Ben fand, dass sie äußerst hübsch aussah, und bedauerte, dass ihre Bekanntschaft rein beruflicher Natur war. Diesen Gedanken schob er rasch wieder beiseite. Sein Job war es zu verhindern, dass Mena und Trendler zu Schaden kamen, und davon durfte ihn nichts ablenken. Aus dem Grund wandte er sich an Trendler, der einfach stehen geblieben war, und schnauzte ihn an mitzukommen.

9.4

Mike Görges war einerseits erleichtert, weil es der Polizei nicht gelungen war, Kevin Jünger und Ralf Longerich an Bord der *Santa Catalina* zu finden. Andererseits aber fragte er sich, wo die beiden steckten. Er zog sich daher zusammen mit seinem Kumpan Jonas vom Hafengelände zurück und blieb in der Deckung eines Restaurants stehen.

»Wir werden uns jetzt trennen«, erklärte er Jonas. »Du nimmst unser Mietauto und wirst Trendler folgen. Finde heraus, in welchem Hotel er untergebracht ist. Pass aber auf, dass du nicht auffällst!«

»Und was machst du?«, fragte sein Kumpan.

»Ich warte, bis einer der Besatzung der *Santa Catalina* an Land kommt, und frage ihn, wo unsere beiden Freunde abgeblieben sind. Ein Hunderteuroschein oder zwei werden schon jemanden zum Sprechen bringen!«

Görges grinste, denn Mittag hatte ihn reichlich mit Geld versorgt. Notfalls hätten sie sogar ein Zimmer in *Reid's Palace* nehmen können, das laut seinem Reiseführer das unbestrittene Glanzlicht im hiesigen Gastgewerbe darstellte. Er hatte sich jedoch für ein Hotel etwas außerhalb entschieden, von dem aus sie innerhalb weniger Minuten auf die Schnellstraße gelangen konnten.

»Trendler? Ist das der da?«, fragte Jonas und wies auf Ben, der eben mit Mena im Arm zu einem Auto ging.

Görges schüttelte ärgerlich den Kopf. »Du hast das Bild von dem Kerl doch gesehen! Der dort hinten ist es!« Er wies auf Trendler, der hinter Ben herhastete und in den gleichen Wagen stieg wie dieser und Mena.

»Ist das eine heiße Braut!«, rief Jonas, der einen kurzen Blick auf Mena hatte werfen können. »Kommt mir ein wenig bekannt vor, aber ich kann sie nicht zuordnen«, setzte er nach ein paar Sekunden hinzu.

Sein und Görges' Pech war, dass Mittag ihnen nicht mitgeteilt hatte, was auf Teneriffa wirklich passiert war. Daher kannten die beiden zwar die Namen derer, die sie ausschalten sollten, und die Bilder, die Mittag von diesen besorgt hatte. Auf die Idee, dass Trendler und Mena gemeinsam reisen könnten, kamen sie nicht. Außerdem irritierte Bens Anwesenheit die beiden.

»Wer mag das gewesen sein?«, fragte Jonas.

»Das sollst du ja herausfinden!« Görges versetzte Jonas einen Stoß. »Los jetzt! Wenn Trendlers Wagen verschwindet, ohne dass du ihnen gefolgt bist, knall ich dir eine, dass du eine alte Großmutter für die nächste Miss World ansiehst!«

»Du bist nervös, Mike!«, spottete Jonas, machte aber, dass er zum Auto kam.

Görges setzte sich ins Restaurant, bestellte sich ein Bier und wartete. Nach einer Weile kamen mehrere Männer vorbei und blieben kurz stehen, gingen aber nach einem Blick auf die Speisekarte weiter. Sie waren von der *Santa Catalina* gekommen, und Görges überlegte bereits, ob er ihnen folgen sollte. Da kam ein weiterer Matrose vom Schiff herunter und betrat das Restaurant.

Kaum hatte der Seemann sich gesetzt, nahm Görges sein Bier und ging zu ihm hin. »Guten Tag oder *buon giorno*, wie man hier sagt.«

»*Bom dia!*«, korrigierte der Mann ihn. »Das, was Sie sagen, ist Italienisch. Das hier ist aber eine portugiesische Insel.«

»Sie kommen von Teneriffa?«, fuhr Görges fort, ohne auf den Einwand einzugehen.

»Eigentlich von Gran Canaria. In Teneriffa haben wir nur Ladung aufgenommen.«

»In Teneriffa sind zwei Männer zu euch an Bord gekommen – Freunde von mir! Ich wüsste gerne, wo sie abgeblieben sind.« Görges' Englisch war nicht besonders gut, reichte aber aus, um sich mit dem Matrosen zu unterhalten.

Dieser musterte ihn nachdenklich und knackte dann mit den Fingern. »Von solchen Männern weiß ich nichts!«

»Dann streng dein Gedächtnis an!« Görges schob dem anderen eine Einhunderteuronote hin. Der Matrose musterte den Geldschein und griente. »Waren es nicht zwei Leute, nach denen Sie suchen?«

Diese Aufforderung verstand Görges und legte einen weiteren Geldschein hinzu. Der Matrose steckte die zweihundert Euro so schnell ein, als hätte er Angst, Görges könnte sie ihm wieder wegnehmen.

»Sind es wirklich Ihre Freunde?«, fragte er.

»Ehrenwort!«, antwortete Görges grinsend und zog einen weiteren Hunderteuroschein aus seinem Geldbeutel. Der andere wollte die Banknote nehmen, doch er zog sie wieder zurück.

»Zuerst die Auskunft, dann das Geld!«

»Gut!« Der Matrose sah sich rasch um, ob jemand der übrigen Besatzung in der Nähe war, atmete dann einmal tief durch und beugte sich zu Görges hin.

»Der Kapitän ist gewarnt worden, dass Polizei auf uns wartet. Daher sind die beiden Männer bei der Insel Deserta Grande über Bord gegangen und dort an Land geschwommen. Ein Freund unseres Kapitäns soll sie heute Nachmittag mit seinem Ausflugsboot von dort abholen.«

»Das kann er sich sparen. Meine Freunde hole ich selbst ab. Wo kann man hier ein Boot mieten?«

»Hier ist es schlecht! Besser in Funchal«, antwortete der Matrose.

»Danke!« Görges reichte ihm den dritten Einhunderteuroschein, ging zum Tresen, bezahlte sein Bier und rief ein Taxi.

Eine gute halbe Stunde später stand Mike Görges am Hafen von Funchal, hatte ein Boot für den Rest des Tages gemietet und wartete auf Jonas. Er hatte seinen Kumpan kurz angerufen und erklärt, wo sie sich treffen würden.

Es dauerte ein wenig, bis Jonas das Auto auf dem Parkplatz

abstellte. Als er auf Görges zuging, grinste er breit. »Trendler ist in einem Hotel abgestiegen, das etwa einen Kilometer hinter *Reid's Palace* liegt. Toller Schuppen übrigens – das *Reid's* meine ich! Würde ich gerne mal wohnen. Aber ich weiß jetzt auch, wer die Frau ist: Dr. Philomena Reglin. Dass die bei ihrem Aussehen einen Doktortitel braucht! Die könnte auch so Karriere machen.«

»Philomena Reglin also! Was da wohl dahintersteckt ... Das ist die Frau, die Mittags Auftraggeber auch aus dem Weg geräumt sehen will«, antwortete Görges nachdenklich.

»Das kann uns doch egal sein. Hauptsache, er zahlt gut!« Jonas grinste noch immer, während Görges nach einem Haar in der Suppe suchte. Da er jedoch keines fand, zuckte er mit den Achseln.

»Kümmern wir uns erst einmal um Jünger und Longerich. Was für ein Glück, dass ich mal bei der Marine war. Wollte nach meiner Bundeswehrzeit sogar Frachterkapitän werden, klappte aber nicht, weil mir eine dämliche Gefängnisstrafe dazwischenkam.«

Während ihres Gesprächs waren Görges und Jonas an Bord gestiegen. Görges startete das etwa acht Meter lange Boot und steuerte es vorsichtig zur Hafenausfahrt hinaus. Dabei meldete er sich bei der Hafenaufsicht ab und tat alles, um nicht aufzufallen. Draußen auf dem Atlantik schob er den Gashebel bis zum Anschlag und lachte, als das Boot über die Wellen hüpfte.

»Musst du so schnell fahren?«, fragte Jonas, der bereits erste Anzeichen der Seekrankheit verspürte.

»Ich will nicht riskieren, dass uns jemand zuvorkommt«, erklärte Görges und hielt auf die lang gezogene Insel Deserta Grande zu.

9.5

»Wie wollen wir die beiden hier finden?«, fragte Jonas, nachdem sie bereits eine halbe Stunde an der Steilküste der Insel entlanggefahren waren, ohne etwas zu entdecken.

»Ich hoffe, dass sie winken, wenn sie uns sehen. Sie werden gewiss nicht auf diesem öden Felsen festwachsen wollen!« Seiner Antwort zum Trotz war Görges sich auch nicht mehr sicher, ob Jünger und Longerich noch auf der Insel waren. Schließlich konnte schon jemand die beiden Männer gesehen und mitgenommen haben. Oder sie hatten vom Kapitän der *Santa Catalina* genaue Anweisungen erhalten und würden warten, bis das angekündigte Ausflugsboot erschien.

Gerade als Görges befürchtete, ohne Erfolg nach Funchal zurückkehren zu müssen, stieß Jonas einen Jubelruf aus.

»Dort ist jemand!«

Görges blickte in die genannte Richtung und entdeckte am Ufer einen Mann, der mit einer Jacke winkte. Erleichtert richtete er den Bug auf das Ufer zu und stoppte das Boot etwa zwanzig Meter vor einem großen Felsen, der dort lag. Der Mann stieg darauf und winkte erneut. Jetzt war Görges sicher, dass es sich um Kevin Jünger handelte. Doch wo war Ralf Longerich?

»Sollen wir Sie mitnehmen?«, rief er zu Jünger hinüber.

Dieser nickte eifrig. »Ich hätte nichts dagegen!«

»Sie werden ein Stück schwimmen müssen, denn noch näher komme ich nicht heran«, antwortete Görges und sah zu, wie der andere geschickt vom Felsen herabstieg, mehrere Meter durch die Brandung watete und die letzten Meter mit dem Rucksack auf dem Rücken schwamm. Jonas half Jünger an Bord und reichte ihm ein Handtuch, damit er Kopf und Hände abtrocknen konnte.

»Ich bin froh, dass Sie vorbeigekommen sind«, sagte Jünger erleichtert. »Es ist nicht angenehm, auf dieser Felseninsel zu hocken. Wisst ihr etwas über einen anderen Mann, der ebenfalls zur Insel schwimmen wollte? Ich habe ihn unterwegs verloren.«

Görges schüttelte den Kopf. »Leider nein! Aber jetzt wollen wir hier weg, sonst treibt uns die Strömung noch gegen die Klippen.« Damit drehte er am Steuerrad und beschleunigte, als der Bug wieder aufs offene Meer hinauszeigte, auf halbe Geschwindigkeit.

»Ich mache mir Sorgen um meinen Freund. Vielleicht ist er woanders an Land gegangen«, erklärte Jünger.

»Wir schauen uns mal um!« Mit diesen Worten erhöhte Görges die Geschwindigkeit und fuhr so nahe, wie er es verantworten konnte, am Ufer der Insel entlang. Doch so intensiv sie auch Ausschau hielten, sie entdeckten nicht die geringste Spur von Ralf Longerich.

»Sieht nicht so aus, als hätte er es bis zur Insel geschafft«, brummte Görges. Ihm gefiel es nicht, dass Longerich spurlos verschwunden war. Solche Leute hatten die unangenehme Eigenschaft, ausgerechnet dann wieder aufzutauchen, wenn man es am wenigsten brauchen konnte.

»Scheiße!«, fluchte Jünger und drehte in Gedanken dem Kapitän der *Santa Catalina* den Hals um.

»Das ist wirklich ärgerlich!« Görges zuckte mit den Schultern und steuerte das Boot wieder auf das offene Meer hinaus. Mittlerweile lag Deserta Grande wir ein Felsriegel zwischen ihnen und Madeira, und auf etliche Kilometer gab es keinen Menschen, der ihnen zusehen konnte.

»Übernimm du mal kurz das Steuer«, sagte Görges zu Jonas. »Immer gerade halten, dann passiert nichts!«

Während sein Kumpan das Lenkrad ergriff, bückte Görges sich, nahm einen schweren Schraubenschlüssel aus dem Werkzeugkasten des Bootes und schlug den ahnungslosen Jünger von hinten nieder. Zufrieden sah er, wie der Mann lautlos umkippte. Dann schätzte er die Entfernung zur Deserta Grande ab und wuchtete den Bewusstlosen über Bord. Durch das Gewicht des Rucksacks, der von keiner Schwimmweste mehr Auftrieb erhielt, versank Jünger wie ein Stein. Ein paar Luftblasen stiegen noch auf, dann war es vorbei.

Grinsend übernahm Görges erneut das Steuer und drehte ab. Sein Kumpan kratzte sich derweil im Genick.

»Was machen wir jetzt mit diesem Longerich?«

»Auf dieser Insel ist er nicht. Wir hätten ihn sonst gesehen. Vielleicht wurde er auf einer der Nebeninseln an Land gespült. Wir schauen sie uns mal an.« Görges erhöhte die Geschwindigkeit und nahm Kurs auf Bugio, das sich kleiner, aber kaum niedriger südlich der großen Insel erstreckte. Mit der linken Hand holte er eine Packung Kaugummi aus der Hosentasche und zog mit den Zähnen einen Streifen heraus.

»Willst du auch einen?«, fragte er Jonas und reichte ihm, als dieser nickte, die Packung. Er selbst schälte den Kaugummi aus seiner Umhüllung und steckte ihn in den Mund.

»Ich schätze, dass wir von Ralf Longerich nichts mehr finden werden. Wir haben Jünger ziemlich in der Mitte von Deserta Grande aufgegabelt. Also kann der andere nicht so weit abgetrieben worden sein.«

»Und warum fahren wir dann überhaupt zu den anderen Inseln?«, fragte Jonas verwundert.

»Weil wir sichergehen müssen, mein Freund. Du kennst doch Lenins Wahlspruch: ›Vertrauen ist gut, Kontrolle ist besser!‹« Görges lachte und richtete seine Gedanken auf seine nächsten Ziele. Sie hatten Philomena Reglin und Franz Trendler ausgemacht. Jetzt ging es darum, mit welcher Methode sie die beiden aus dem Weg räumen konnten, ohne dass ihm und Jonas etwas nachzuweisen war.

9.6

Durch den überraschenden Aufbruch von Teneriffa war Mena nicht dazu gekommen, die Unterlagen, die sie von Huber senior erhalten hatte, vollständig zu analysieren. Als Ben ihr und Trendler erklärte, dass sie das Hotel nicht verlassen durften, bis er grünes Licht gab, zog sie sich mit ihrem Laptop in ihr Zimmer zurück.

Durch das Fenster blickte sie auf das ein Stück entfernte *Reid's Palace*. Hatte Claudius ihr nicht bei ihrem letzten Telefongespräch erklärt, Marilyn und er würden dort Zimmer beziehen? Es sieht diesem Miststück ähnlich, das teuerste Hotel zu nehmen, dachte sie. Die Firma ihres Mannes war zwar restlos pleite, doch Marilyn musste trotzdem die große Dame spielen.

Einen Augenblick schwankte sie, ob sie im *Reid's* anrufen und fragen sollte, ob Claudius noch da war. Doch warum sollte sie? Seit Wochen umsorgte Claudius seine Ex wie eine Glucke und fand nicht einmal fünf Minuten Zeit, um am Telefon mit ihr zu reden. Selbst guter Sex, zumal dieser nur in längeren Abständen zwischen seinen Geschäftsreisen möglich war, machte dies nicht wett. Mena musste sich eingestehen, dass die Anziehung, die er auf sie ausgeübt hatte, erloschen war. Daher verbannte sie Claudius aus ihren Gedanken, schaltete ihren Laptop an und machte sich auf die Suche nach den Banditen.

Mena war darin so vertieft, dass sie, als einige Zeit später an die Tür geklopft wurde, erschrocken zusammenzuckte. »Wer ist da?«, fragte sie und kämpfte einen Augenblick lang mit der Angst, es könnte ein Mörder sein, den der noch unbekannte Hintermann der Verbrecher geschickt hatte.

»Ich bin es, Ben!«, erklang Huber juniors Stimme. »Ich wollte fragen, ob Sie Lust zu einem gemeinsamen Abendessen haben.«

»Eigentlich wollte ich mir ein Sandwich aufs Zimmer bringen lassen«, antwortete Mena und hörte Ben leise lachen.

»Keine Sorge! Trendler geht es nicht gut, und deswegen hat er sich hingelegt.«

»Also gut! Ich will nur noch diesen Suchlauf beenden und die Ergebnisse sichern.« Menas Finger flitzten über die Tastatur, und wenig später war sie fertig. An diesem Tag hätte sie gerne etwas anderes angezogen als ihre schon mehrfach getragenen Jeans und das ebenfalls nicht mehr frische T-Shirt. Ihr Ersatzkleid hatte inzwischen jedoch einen Fleck, und so musste Huber junior sie eben so nehmen, wie sie war. Mit diesem Gedanken verließ sie ihr Zimmer und bedauerte, dass es nur mit einer codierten Karte zu öffnen war und es keinen Schlüssel mehr gab.

»Kann man die Türen eigentlich ohne die Zutrittskarte öffnen?«, fragte sie.

»Es gibt Leute, die das können. Ich würde es auch schaffen«, antwortete Ben, der draußen gewartet hatte.

Mena verzog das Gesicht. »Das gefällt mir nicht, denn dann können die Banditen es auch.«

»Das ist anzunehmen!« Ben überlegte kurz und klopfte dann auf seine linke Seite. »Ich habe meine Pistole dabei. Wenn sich einer der Kerle sehen lässt, kann er einiges erleben!«

»Ich mag keine Schießerei!«, erklärte Mena. »Zu oft kommen Unbeteiligte dabei zu Schaden.«

»Keine Sorge! Ich schieße nicht daneben.« Ben grinste, als bereite der Gedanke ihm Spaß.

Mena schüttelte den Kopf. »Was ist, wenn einer hinter Ihrem Rücken steht und schießt? Dann können Sie überhaupt nichts tun!«

Bens Grinsen wurde womöglich noch breiter. »Wir sind hier nicht im Wilden Westen und sind auch nicht Wild Bill Hickok und Calamity Jane. Jemand, der offen einen Mord versucht, weiß, dass er von dieser Insel nicht mehr herunterkommt, es sei denn, er könnte sich wegbeamen wie bei Star Trek.«

»Ich hoffe, Sie haben recht!« Mena atmete tief durch und folgte Ben zum Lift. Dabei dachte sie, dass sie wieder etwas mehr über ihn erfahren hatte. Huber junior mochte anscheinend Western und Science-Fiction-Serien. Sie hatte sich für beides noch nie interessiert.

9.7

Wegen der langen Suche kamen Görges und Jonas erst kurz nach Einbruch der Nacht nach Funchal zurück. Da sie Ralf Longerich nicht gefunden hatten, hoffte Görges, dass dieser ertrunken war, und richtete seine Gedanken bereits auf das nächste Opfer. Da er nicht damit rechnete, von irgendjemand erkannt zu werden, betrat er das Hotel und fragte an der Rezeption nach dem Zimmer von Dr. Trendler.

Die junge Dame, mit der er sprach, hatte keine Anweisung erhalten, Trendlers Zimmernummer zu verschweigen, und teilte sie ihm daher mit.

»Besten Dank!«, sagte Görges und überlegte, was er tun sollte. Am besten sah er sich erst einmal um. Daher folgte er dem Schild in das Hotelrestaurant, setzte sich dort in eine Ecke und bestellte sich ein Bier und ein Steak. Noch während er dem Ober die Speisenkarte zurückreichte, entdeckte er Mena und Ben auf der anderen Seite des Restaurants.

Görges stand auf, tat so, als müsse er zur Toilette gehen, und blieb in der Deckung eines berankten Gitters in Menas und Bens Nähe stehen, um zu lauschen.

»Ich bin froh, wenn wir wieder in Deutschland sind und die

Verantwortung für Trendler los sind. Der Kerl treibt mich noch in den Wahnsinn«, sagte Mena gerade.

»Jetzt liegt er erst mal oben in seinem Bett und schläft. Damit haben wir unsere Ruhe. Mögen Sie noch etwas Rotwein?«, fragte Ben.

»Nein, danke! Ein Glas Wein mit Wasser vermischt reicht mir. Ich hätte lieber einen Kaffee.«

»Ich bestelle gleich einen!«

Da Ben sich während des Sprechens umdrehte, um nach dem Ober zu sehen, ging Görges rasch weiter. Trendler befand sich also allein in seinem Zimmer und schlief, während seine Begleitung sicher noch eine halbe Stunde im Restaurant bleiben würde. War das die Chance?, fragte er sich. Ein Gefühl riet ihm, zu warten und den Zeitpunkt zum Zuschlagen genau abzupassen. Andererseits wusste er nicht, ob er noch einmal die Gelegenheit dazu erhielt. Mittag hatte ihm deutlich erklärt, dass Trendler aus dem Weg geschafft werden musste.

Mit entschlossener Miene ging Görges los. An das Bier und das Essen, das der Ober bald auf seinen Tisch stellen würde, verschwendete er keinen Gedanken mehr. Um nicht von zu vielen gesehen zu werden, stieg er die Treppe zur Tiefgarage hinab und nahm von dort aus den Lift. Er erreichte das Stockwerk mit Trendlers Zimmer, ohne dass der Fahrstuhl unterwegs anhielt, verließ ihn und stand keine zehn Sekunden später vor Trendlers Tür.

Das elektronische Schloss knackte Görges mit ein paar Handgriffen und der Kundenkarte eines Supermarkts. Nach einem letzten Blick, der ihm verriet, dass ihn niemand beobachtet hatte, trat er ins Zimmer und schloss leise die Tür. Die Vorhänge waren zugezogen, so dass es etwas dauerte, bis seine Augen sich an das Zwielicht gewöhnt hatten. Dann entdeckte er Trendler. Dieser lag auf dem Rücken und schlief, schien seinem Mienenspiel nach aber wild zu träumen.

Mit einem zufriedenen Grinsen nahm Görges das Sofakissen, trat neben das Bett und presste es dem Schlafenden mit aller Kraft auf das Gesicht. Trendler erwachte, bekam keine Luft mehr und schlug ziellos mit den Fäusten um sich. Zwar traf er Görges ein-, zweimal, doch der presste das Kissen weiterhin fest auf Mund und Nase seines Opfers.

9.8

Mena hätte nicht zu sagen vermocht, weshalb sie mit einem Mal unruhig wurde. Aus den Augenwinkeln hatte sie die Umrisse einer Person wahrgenommen, die ebenso schnell wieder verschwunden waren. Jetzt sah sie, wie der Ober ein Glas Bier und einen Teller zu einem leeren Tisch trug und hinstellte. Kurz zuvor hatte dort ein Mann gesessen, auf den sie jedoch nicht geachtet hatte. Als sie sich jetzt an sein Gesicht erinnerte, zuckte sie zusammen.

»Görges! Er war eben hier! Ich muss nach oben, um nach Trendler zu schauen.« Mena sprang auf und eilte los.

»He, was soll das?«, rief Ben ihr nach, dann aber begriff er, was sie gesagt hatte, und es hielt ihn ebenfalls nichts mehr auf seinem Stuhl. Der Kellner sah so aus, als wolle er ihn aufhalten. Daher warf er ihm einen zusammengefalteten Zehneuroschein hin. »Wir kommen gleich wieder!«, rief er noch und rannte hinter Mena her.

Er erreichte sie gerade noch, als sie in den Lift einstieg und die fünfte Etage drückte. »Wenn das jetzt falscher Alarm war, wird mein Rindfleisch kalt«, beschwerte er sich.

»Das wird es auch, wenn es kein falscher Alarm war«, antwortete Mena und zählte in Gedanken die Stockwerke mit.

Kaum hielt der Aufzug in der fünften Etage, sprang sie hinaus und rannte so knapp an einer Touristin vorbei, dass diese erschrocken zurückprallte.

»Entschuldigung!«, rief Mena noch und spurtete los. Nach wenigen Sekunden erreichte sie Trendlers Tür. Von außen war nichts zu sehen, und als sie daran rüttelte, fand sie sie verschlossen. Bei dem erstickten Geräusch, das aus dem Raum herausdrang, stellte es ihr jedoch die Nackenhaare auf.

»Da ist was!«, flüsterte sie Ben zu. »Machen Sie die Tür auf!«

»Jetzt nur nicht hysterisch werden!«, brummte Ben. Da entdeckte er einen leichten Kratzer an dem elektronischen Schloss. Er war frisch und genau an der Stelle, an der man es knacken konnte. Bereit, alles auf eine Karte zu setzen, nahm er Anlauf und rammte die Tür mit der Schulter auf.

Noch während er vom Schwung getrieben ins Zimmer taumelte, sah er Görges. Dieser presste noch immer das Kissen auf Trendlers Gesicht, drehte sich nun aber um und fluchte.

Rasch zog Ben seine Pistole und richtete sie auf den Banditen. »Los, Hände hoch und bis an die Wand zurücktreten!«, befahl er.

Görges gehorchte mit knirschenden Zähnen, behielt aber einen Zipfel des Sofakissens in der Hand. Als Ben auf Trendler schaute und der Lauf seiner Pistole ein paar Zentimeter herumschwenkte, schlug Görges mit dem Kissen zu. Ben versuchte noch auszuweichen, doch dafür war es in dem Zimmer zu eng, und er prallte hart gegen das Bett. Es gelang ihm zwar, die Pistole festzuhalten. Doch nun sprang Görges ihn an und trat ihm in den Unterleib. Gleichzeitig packte er Bens rechte Hand, hieb diese gegen die Bettumrandung und schlug ihm die Pistole aus der Hand.

Während Ben keuchend zurücktaumelte, hob Görges die Waffe auf und zielte auf ihn. Dann fiel sein Blick auf Trendler, der stöhnend nach Luft schnappte. Der Kerl ist zäh, fuhr es ihm durch den Kopf. Im Augenblick war dies jedoch zweitrangig, denn nun ging es um die eigene Haut. Er bedrohte Ben, der langsam wieder klar denken konnte, mit der Waffe, entdeckte dann Mena und grinste. »Kommen Sie her zu mir, sonst erschieße ich diesen Trottel mit seiner eigenen Pistole!«

»Tun Sie's nicht!«, stöhnte Ben, bei dem zu dem körperlichen Schmerz noch die Wut kam, so leicht übertölpelt worden zu sein.

»Ich würde es nicht riskieren!«, erklärte Görges und krümmte den Finger.

Mena ahnte, dass er schießen würde, und ging auf ihn zu.

»So ist's brav!«, lobte Görges sie grinsend und legte ihr den linken Arm um den Hals. Um sie einzuschüchtern, presste er die Mündung der Pistole gegen ihre Schläfe.

»Jetzt können wir uns endlich vernünftig unterhalten«, meinte er.

»Hier gibt es nichts zu unterhalten«, stieß Ben hervor.

»Ich sehe das anders!«, antwortete Görges. »Ich mache Ihnen einen Vorschlag und hoffe in Ihrem Interesse, dass Sie darauf eingehen. Sie werden mit dieser traurigen Gestalt«, er wies mit dem Kinn auf den reglosen Trendler, »brav hier in diesem Zimmer bleiben, während ich mit Ihrer Freundin von hier verschwinde. Ich schätze, dass im nächsten Flieger irgendwohin nach Afrika noch zwei Plätze für uns frei sind. Ich rufe Sie an, wenn wir angekommen sind. In dem Augenblick können Sie das Zimmer wieder verlassen. Tun Sie es vorher oder versuchen Sie, mir die Bullen auf den Hals zu hetzen, wird Ihre Freundin es bereuen!«

»Sie können die Pistole nicht mit an Bord eines Flugzeugs nehmen, ebenso wenig ein Messer«, erklärte Ben um einiges ruhiger. »Sie sind in dem Augenblick geliefert, in dem Frau Dr. Reglin einer Stewardess erklärt, dass sie von Ihnen entführt worden ist.«

»Ich glaube kaum, dass sie das sagt. Sie wird im Gegenteil am

Flughafen und im Flugzeug sehr müde sein.« Görges grinste, denn einige der kleinen Fläschchen, die er als angebliche Medikamente und Körperpflegemittel in seinem Hotelzimmer stehen hatte, waren für solche Aktionen gedacht.

»Sie werden Frau Dr. Reglin nicht mitnehmen!« Doch Bens Stimme verriet, dass er nicht bereit war, ein Risiko einzugehen.

Mena wurde klar, dass sie sich etwas einfallen lassen musste. Kurz entschlossen stieß sie stöhnend die Luft aus, täuschte eine Ohnmacht vor und hing wie ein nasser Sack in Görges' linkem Arm.

»He, Schwester! So geht das nicht«, rief dieser und forderte Ben auf, bis an die gegenüberliegende Wand zurückzuweichen. Er schleifte Mena bis zur Tür des kleinen Badezimmers und wollte eben eintreten. Da stemmte sie sich mit einem heftigen Ruck gegen seinen Griff und biss ihn mit aller Kraft in den linken Arm.

Görges schrie auf und wollte ihr den Griff der Pistole über den Schädel schlagen. Doch da war Ben mit einem Hechtsprung bei ihm, packte seinen rechten Arm und schlug ihn gegen den Rahmen der Badezimmertür. Die Pistole flog im hohen Bogen davon und knallte gegen die Zimmertür. Bevor Görges sie packen konnte, bückte Mena sich und richtete die Mündung auf ihn.

»Es wäre nett, wenn Sie die Hände heben würden. Tun Sie es nicht, werde ich schießen!« Sie lächelte, doch Görges begriff, dass es ihr todernst war.

»Verdammt!«, schrie er auf und streckte die Arme über den Kopf.

»So ist es brav!«, sagte Mena fast im selben schnurrenden Tonfall wie kurz zuvor Görges und reichte die Pistole an Ben weiter.

»Lassen Sie sich das Ding nicht wieder abnehmen!«, riet sie ihm noch und trat zu Trendler. Sie legte ihre rechte Hand auf seine Halsschlagader und atmete auf, als sie seinen langsamen, aber steten Pulsschlag spürte.

»Wie es aussieht, wird er es überstehen«, sagte sie erleichtert.

Der Lärm durch das Aufbrechen der Tür und durch den Kampf war nicht unbemerkt geblieben. Immer mehr Hotelgäste liefen draußen auf dem Flur zusammen, wagten aber angesichts der Pistole, die Ben in der Hand hielt, nicht hereinzukommen. Mena hörte in mindestens einem halben Dutzend Stimmen die Aufforderung, die Polizei zu holen, und sah eine der Sprecherinnen lächelnd an.

»Tun Sie das bitte! Wir brauchen auch einen Notarzt! Dieser Mann hier hat versucht, Herrn Dr. Trendler im Schlaf zu ermorden! Er muss hinter Schloss und Riegel gebracht werden.«

Görges knirschte mit den Zähnen, denn er hatte gehofft, in dem Trubel entkommen zu können. Schließlich konnte Mena Reglins Begleiter nicht mitten in die Menge schießen. Doch wie es aussah, war der Mann kein Amateur. Er befahl ihm, in seiner Ecke zu bleiben, und zog, als zwei Uniformierte erschienen, einen Ausweis aus der Tasche.

»Ich bin Benjamin Huber von der Kripo München und habe diesen Mann daran gehindert, Herrn Dr. Trendler zu ermorden. Es handelt sich um Michael Görges, der in Deutschland bereits einiges auf dem Kerbholz hat«, stellte Ben sich den Polizisten auf Englisch vor.

»Sie sind der Polizist aus Deutschland!«, antwortete einer der Beamten. »Der von Ihnen gesuchte Kevin Jünger wurde mittlerweile gefunden. Ein Fischer hatte ihn vor einer Stunde im Netz und hat ihn sofort an Land geschafft. Jünger konnte einwandfrei identifiziert werden. Man hat ihm mit einem stumpfen Gegenstand den Schädel eingeschlagen und ihn dann ins Wasser geworfen.«

Bei diesen Worten musterte Ben Görges scharf und nahm wahr, wie dieser zusammenzuckte. Anscheinend hatte der Mann etwas mit dem Tod von Kevin Jünger zu tun. Jetzt erinnerte er sich an den Mann, den er in Görges' Begleitung gesehen hatte, und sprach den Polizisten darauf an.

»Bis jetzt haben wir noch keine Spur von ihm«, bekannte der Beamte.

Görges hoffte, dass dies auch so bleiben würde und Jonas eine Chance bekam, ihm zu helfen. Auf dieser dicht bewohnten Insel konnten die Sicherheitsmaßnahmen nicht so scharf sein, dass sich nicht eine Gelegenheit zur Flucht ergeben würde.

9.9

Kurz nach der Polizei kam der Arzt. Er untersuchte Trendler und riet ihnen, den Patienten ins Hospital zu bringen.

»Dann veranlassen Sie das!«, forderte Mena ihn auf und atmete erst einmal tief durch. »Mein Bedarf an Aufregung ist für heute gedeckt. Dabei habe ich noch gar nicht zu Abend gegessen.«

»Unser Essen steht noch unten im Restaurant und dürfte inzwischen vollkommen kalt geworden sein«, warf Ben bissig ein. Ihn ärgerte es fürchterlich, dass er sich vor Mena blamiert hatte. Hätte sie nicht so viel Geistesgegenwart bewiesen, wäre Görges mit ihr als Geisel entkommen.

»Ich begleite Trendler zur Klinik! Sie können sich inzwischen ein wenig ausruhen«, schlug er Mena vor. Diese schüttelte den Kopf.

»Es sah am Hafen so aus, als hätte Görges einen Komplizen. Solange der frei herumläuft, will ich nicht allein im Hotel bleiben. Wie leicht so ein Computerschloss zu knacken ist, hat man eben gesehen!«

Ben nickte grimmig. »Sie sollten wirklich nicht allein bleiben. Allerdings muss Görges sicher verwahrt werden.« Er wandte sich an einen der einheimischen Polizisten und erklärte diesem auf

Englisch, dass der Gefangene gefährlich wäre. Der Mann hörte ihm aufmerksam zu und lächelte.

»Keine Sorge, Senhor! Der Mann entwischt uns nicht. Er hat immerhin einen Mordversuch unternommen!«

»Vielleicht nicht nur einen Versuch. Ich habe ihn in Verdacht, Kevin Jünger umgebracht zu haben.« Ben hatte zwar keinen Beweis dafür, aber er war sicher, dass es so gewesen sein musste.

»Wir werden den Mann verhören und nach entsprechenden Spuren suchen«, versprach der Polizist.

Unterdessen erschienen weitere Uniformierte und nahmen Görges in die Mitte. Dieser begriff, dass es vielleicht doch nicht so einfach sein würde, hier freizukommen. Wenn Jonas klug war, würde er die Männer auf der Polizeiwache beobachten und zusehen, ob einer davon bestechlich war. Geld dafür lag genug in seinem Koffer.

Während Görges abgeführt wurde, betteten zwei Sanitäter des Malteserordens Trendler auf eine Trage und brachten ihn hinaus. Der Chemiker war noch immer bewusstlos, und Mena machte sich zunehmend Sorgen.

»Ich hoffe, ich war nicht zu voreilig, als ich vorhin sagte, dass Trendler durchkommen wird«, sagte sie zu Ben.

»Das wäre bedauerlich, denn er ist derzeit der einzige Zeuge, der beweisen kann, dass Kokain im großen Umfang geschmuggelt wird.«

»Ich würde sagen, der letzte lebende Zeuge!« Mena dachte an Dr. Stadler und dessen drei Lagerarbeiter, die bereits umgebracht worden waren. Trendler war zum zweiten Mal einem Mordanschlag entkommen, und sie hoffte, dass es ihnen nun gelingen würde, die Bande auszuheben.

Als sie dies zu Ben sagte, lachte dieser leise auf. »Sie wissen gar nicht, wie sehr ich mir dies wünsche. Damit würden einige der Herrschaften, die in den gefragten Münchner Clubs verkehren, das Arschflattern bekommen! Tut mir leid, ich wollte nicht ordinär werden«, setzte er mit einem schiefen Lächeln hinzu.

»Bei solchen Leuten kann man manchmal nicht anders. Würden sie die Finger von Kokain und anderen Drogen lassen, müssten wir uns nicht mit Verbrechern wie Görges oder Jünger herumschlagen«, antwortete Mena aufgebracht.

»Da haben Sie recht! Es tut mir leid, dass Sie in Gefahr geraten sind. Ich hätte besser aufpassen müssen«, sagte Ben.

»Ja, Superman! Aber jetzt kommen Sie, sonst fährt der Krankenwagen ohne uns los!« Mena wollte das Zimmer schon verlassen, erinnerte sich dann aber an die aufgebrochene Tür und suchte rasch Trendlers Habseligkeiten zusammen, um sie in ihrem Zimmer in Sicherheit zu bringen.

»Jetzt erwischen wir den Krankenwagen jedenfalls nicht mehr«, wandte Ben ein.

Mena drehte sich kurz zu ihm um. »Herr Dr. Trendler wäre sicher wenig begeistert, wenn er aus dem Krankenhaus entlassen wird und feststellen muss, dass seine Sachen Flügel bekommen haben.«

»Okay! Sie haben schon wieder recht«, stöhnte Ben und sah sich dann dem Manager des Hotels gegenüber, der wissen wollte, was sich hier abgespielt hatte.

9.10

Im Augsburger Institut für zeitgeschichtliche Forschungen arbeiteten Isabelle Scherzle und Frithjof Kathen fieberhaft daran, mehr über die Kokainschmuggler herauszufinden. Professor Claaßen stand im steten Kontakt zu Huber senior in München. Auch an diesem Vormittag führte er wieder ein längeres Telefongespräch mit Bens Vater und erfuhr dabei, dass es auf Madeira gelungen war, Mike Görges wegen Mordversuchs hinter Gittern zu bringen.

»Ben meinte übrigens, dass laut deiner Wissenschaftlerin ein sehr fähiger Kopf hinter dieser Bande stecken muss. Allerdings ist dieser bislang noch nicht in Erscheinung getreten«, fuhr Huber senior fort.

»Wenn Mena das sagt, dann glaube ich es auch«, antwortete Claaßen.

»Wir hoffen, dass Görges reden wird. Er hat verlangt, seinen Anwalt anrufen zu dürfen, und eigenartigerweise handelt es sich hier um Reinhart Mittag, der meistens als Pflichtverteidiger eingesetzt wird und …«

»Wie lange wird Mena noch wegbleiben?«, fragte Claaßen, der Mena lieber hinter ihrem Computer im Institut als auf Madeira gesehen hätte.

»Ben hofft, dass sie innerhalb von vierundzwanzig Stunden ausreisen können. Er muss nur noch einen Krankentransport für Dr. Trendler organisieren. Der will nämlich nicht allein auf der Insel zurückbleiben. Verdenken kann man es dem Mann nicht. Schließlich wurden innerhalb weniger Tage zwei Mordanschläge auf ihn verübt.« Huber senior lachte leise, doch es klang nicht gerade fröhlich.

»Mir wäre es lieb, wenn Mena bald zurückkäme. Meine restlichen Leute bemühen sich nach Kräften, aber Mena können sie nicht ersetzen«, antwortete Claaßen seufzend. »Informiere mich, wenn sich etwas Neues ergibt!«

»Das ist selbstverständlich! Aber vielleicht bekommt ihr etwas heraus, was uns weiterhilft.« Huber hoffte es, denn diese Sache ließ sich mit kriminalistischen Mitteln allein nicht lösen.

»Wir tun, was wir können«, versprach Claaßen und verabschiedete sich. Nachdem er aufgelegt hatte, nahm er den Zettel mit seinen Notizen und ging zu Frithjof hinüber. Dieser saß mit angespannter Miene und vor Müdigkeit kleinen Augen vor seinem Bildschirm und scrollte gerade eine Liste durch.

»Hier sind die neuesten Informationen, die ich von Huber senior erhalten habe«, sagte Claaßen und legte Frithjof den Zettel auf den Tisch.

Dieser schnappte ihn sich und las ihn durch. »Görges erwischt! Ich werde zusehen, was ich über den Mann herausfinde«, erklärte Frithjof, sah dann den Hinweis auf die graue Eminenz im Hintergrund und nickte unwillkürlich.

»So etwas habe ich mir auch schon gedacht! All die Männer, mit denen wir es bis jetzt zu tun hatten, wären nicht in der Lage gewesen, ein Netzwerk dieser Art aufzubauen. Dazu braucht man die entsprechenden Kontakte ins Ausland und ein fundiertes Wissen über die internen Strukturen der deutschen Polizei. Ich habe den Verdacht, es könnte ein Expolizist dahinterstecken – oder gar einer, der noch dabei ist.«

Noch während er es sagte, ließ Frithjof die Finger über die Tastatur flitzen und zeigte auf eine Bildschirmseite, die sich langsam aufbaute. »Erinnern Sie sich noch an den Container, den wir aus Südamerika kommen ließen, um seinen Weg nachzuverfolgen?«

Der abrupte Themenwechsel verwirrte Claaßen. »Ja!«, sagte er nur.

»Wir haben die Suchroutinen aktiv gelassen. Gestern Abend kam die Meldung, dass wieder ein Container unterwegs wäre. Der Absender ist eine Firma in Bolivien, die Fracht besteht angeblich aus feinster Alpakawolle, und sie ist für die Firma Breitle bestimmt. Ich habe das Gewicht des Containerinhalts herausgefunden und mit dem Gewicht normaler Alpakawolle verglichen. Die Differenz ist beträchtlich!«

Claaßen starrte auf den Bildschirm, sah es nun selbst und rieb sich mit der rechten Hand die Schläfe. »Könnte die Wolle wieder mit dieser Kokainlauge getränkt sein?«

»Das nehme ich an!«, antwortete Frithjof stolz. »Außerdem

habe ich herausgefunden, dass die normale Belegschaft der Firma Breitle nichts mit diesen Wollsendungen zu tun hat. Die angebliche Waschanlage wird durch fremde Kräfte betrieben, und zu den Leuten hat bis vor wenigen Tagen ein Mann mit dem Namen Jens Tanzbär gehört!«

Jetzt riss es Claaßen herum. »Ist das wahr?«

»Allerdings! Auch ein Kevin Jünger war darunter.« Frithjofs Augen leuchteten. Die Arbeit, die er und vor allem Mena sich zu Beginn gemacht hatten und die oft genug ins Leere gelaufen war, brachte nun überraschende Ergebnisse.

Claaßen nickte beeindruckt. »Gut gemacht!«

»Da musst du Mena loben! Ich habe ihr nur geholfen«, gab Frithjof ehrlich zu.

»Trotzdem gut gemacht!« Claaßen klopfte ihm auf die Schulter und sagte sich, dass er seinem Freund Huber einiges berichten konnte. Bevor er Frithjofs Arbeitszimmer verließ, wandte er sich an der Tür noch einmal um.

»Du solltest jetzt nach Hause fahren und dich ausschlafen. Es schaut so aus, als hättest du das dringend nötig!«

»Ich berechne nur noch die letzten Informationen, die wir von Mena erhalten haben. Dann mache ich Feierabend!« Mit einem Auge schielte Frithjof dabei auf die Meldung, dass der fragliche Container noch am Nachmittag des gleichen Tages an die Firma Breitle geliefert werden sollte.

9.11

Der Gedanke an den neuen Container ließ Frithjof nicht mehr los. Daher verließ er das Institut am frühen Nachmittag und fuhr nach Kissing. Als er in das Gewerbegebiet einbog, dachte er daran, dass es ihm inzwischen gelungen war, mehr über die

Investmentfirma herauszubekommen, die Breitles Firma übernommen hatte. Und im nächsten Moment hätte er beinahe das Steuer verrissen, denn ihm war eingefallen, wer die für Deutschland bestimmten Vertreter der Three Isles Investment Group waren. Es handelte sich um niemand anders als die Rechtsanwälte Manuel Feierabend und Reinhart Mittag! Ausgerechnet Letzterer war der Anwalt, mit dem Görges Kontakt aufgenommen hatte. Außerdem hatte Mittag bereits Claus Wenske und Jens Tanzbär vor Gericht verteidigt.

»Jetzt verrenne dich nicht!«, mahnte Frithjof sich.

Doch der Gedanke ließ sich nicht mehr vertreiben. Frithjof war daher froh, als der Firmenkomplex Breitle vor ihm auftauchte. Als er daran vorbeifuhr, wurde dort gerade ein Container abgeladen. Außer dem Fahrer des Lkw waren fünf Männer zu sehen.

Frithjof bog in die nächste Einfahrt ein und stellte sein Auto dort auf dem Parkplatz ab. Es handelte sich um einen Sanitärhandel mit Kundenverkehr, so dass er ohne Probleme in die Ausstellungsräume gelangte. Im obersten Stockwerk suchte er nach einem Fenster, von dem aus Breitles Firma gut zu überschauen war. Ausgerechnet von der Toilette aus hatte er den besten Blick auf den Lagerplatz mit der Wollwaschanlage. Er schloss sich ein, öffnete das Fenster und verwendete den Zoom seiner Handykamera als Fernglas.

Der Container wurde direkt neben dem abweisenden Gebäude abgeladen. Doch er wurde nicht sofort geöffnet, denn die Männer warteten offensichtlich auf den Fahrer eines schweren Motorrads amerikanischer Bauweise, das gerade auf das Firmengelände einbog. Dieser trug Jeans, eine Jacke mit einem bunten Westernaufdruck und einen Helm, auf dem ein Indianerkopf aufgemalt war. Nun stieg der Mann ab und ging auf die wartenden Männer zu. Was er sagte, konnte Frithjof auf diese

Entfernung nicht verstehen, und zu seinem Leidwesen nahm der Motorradfahrer seinen Helm nicht ab, so dass er nur dessen ausgefallenes Outfit fotografieren konnte.

Nach einer Viertelstunde fuhr der Motorradfahrer wieder. Dann erst holten die fünf Arbeiter in fieberhafter Eile Paletten aus dem Container und schafften sie in die Wollwaschanlage. Dem Dampf nach, der kurz darauf aufstieg, wurde auch drinnen mit Hochdruck gearbeitet.

Plötzlich rüttelte jemand an der Toilettentür und fragte mit gepresster Stimme: »Brauchst du noch lang?«

»Nein, ich bin fertig!« Frithjof wollte die Toilette verlassen, erinnerte sich aber noch früh genug daran, die Spülung zu betätigen, und öffnete dann die Tür. Der andere drängte so hastig hinein, dass er ihn fast einquetschte.

»Ihnen pressiert es aber arg!«, spottete er und kehrte in den Ausstellungsraum zurück.

Als er einen Angestellten sah, trat er auf ihn zu. »Was ist das da drüben eigentlich für ein Werk? Das dampft ja wie ein alter Waschkessel!«, fragte er ihn.

»Keine Ahnung, was die da machen«, antwortete der Mann mit einem Achselzucken.

»Ist das oft so?«, fragte Frithjof weiter.

»Nein, höchstens ein- oder zweimal im Monat. Für mein Gefühl hat der Breitle, dem hat die Firma drüben gehört, sich mit dieser Anlage übernommen. Aber was kann ich für Sie tun?«

Da Frithjof derzeit nicht einmal einen Siphon für einen Wasserhahn brauchte, hob er bedauernd die Hände. »Danke! Ich hab schon nachgeschaut. Das, was ich gebraucht hätte, ist leider nicht da.«

Mit diesen Worten drehte er sich um und ging. Kurz darauf erreichte er sein Auto, stieg ein und fuhr erneut an der Firma Breitle vorbei. Der große Lkw lud eben den leeren Container auf und verließ das Gelände wieder. Stattdessen erschien ein kleinerer Lkw und wartete vor der Wollwaschanlage. Frithjof sah, wie einige Kisten aus dem Gebäude getragen und eingeladen wurden, dann verschwand das Firmengelände wieder hinter ihm. Ein weiteres Mal daran vorbeizufahren wagte er nicht. Daher kehrte er nach Augsburg zurück, hielt trotz des Halteverbotsschilds direkt vor dem Institut und eilte hinein.

Professor Claaßen kam gerade aus der Küche und schüttelte verwundert den Kopf. »Solltest du nicht zu Hause sein und dich ausruhen?«

»Herr Professor!«, rief Frithjof und vergaß dabei ganz, dass Claaßen ihm wie allen anderen im Institut das Du angeboten hatte. »Die Schmugglerbande kocht in Breitles Firma gerade wieder Kokain. Wenn die Polizei sich beeilt, kann sie die Bande auf frischer Tat ertappen!«

»Woher …«, begann Claaßen, brach ab und schüttelte den Kopf. »Du warst wieder auf einer deiner Außenrecherchen?«

Frithjof nickte. »Ja, und da habe ich es gesehen. Ich habe auch Fotos gemacht. Ich spiele sie rasch auf meinen Computer und schicke sie Herrn Huber senior zu.«

»Mach das! Ich rufe ihn inzwischen an!« Claaßen kehrte in sein Arbeitszimmer zurück und nahm den Telefonhörer zur Hand. Dabei dachte er, dass er wahrlich außerordentliches Personal hatte!

9.12

Mena betrat das Flughafenterminal von Madeira mit zwiespältigen Gefühlen. Eben hatte sie mit Claaßen und Frithjof telefoniert und die neuen Entwicklungen erfahren. Anstatt auf den Abflug zu warten, hätte sie sich lieber in eine stille Ecke verzogen und ihren Laptop ausgepackt. Gerade als sie es tun wollte, entdeckte sie Claudius, Marilyn und Noreen.

Die drei standen etwa zwanzig Schritte von ihr entfernt vor dem Business-Class-Schalter einer amerikanischen Fluggesellschaft. Claudius sprach beruhigend auf seine Exfrau ein, die wie ein nasser Mehlsack an seinem Arm hing. Neugierig trat sie näher und spitzte die Ohren.

»Ich bin doch nicht lange fort!«, sagte Claudius gerade.

Marilyns Schwangerschaft war nun nicht mehr zu übersehen, sie atmete gepresst und hatte weiße Flecken im Gesicht. Wie ein bettelnder Hund sah sie zu ihrem Exmann auf. »Wenn es halt nicht anders geht … Ich werde im Hotel auf dich warten!«

»Ich warte auch auf dich, Papa«, versicherte Noreen.

»Pass auf deine Mutter auf!« Claudius beugte sich zu seiner Tochter herab und gab ihr einen Kuss.

»Das mache ich!«, sagte Noreen, drehte sich um und entdeckte Mena. Mit einer entschlossenen Bewegung kehrte die Kleine ihr den Rücken und drängte sich an ihren Vater.

»Ich muss jetzt zur Sicherheitsschleuse«, sagte Claudius und schob Marilyn in diese Richtung. Mena sah noch, wie diese ihn umarmte und küsste, dann wandte auch sie sich ab und kehrte zu ihrem Eincheckschalter zurück. Ein paar Passagiere wollten sie nicht zu Ben und dem im Rollstuhl sitzenden Franz Trendler durchlassen. Bevor sie etwas sagen konnte, griff Ben ein.

»Lassen Sie meine Freundin durch! Sonst dauert es noch länger, bis Sie einchecken können.«

Daraufhin machten die Wartenden ihr Platz. Mena trat erleichtert neben Ben, legte ihren Pass vor und erhielt ihr Ticket. Zwei Sanitäter des Malteserordens kümmerten sich um Trendler und brachten ihn zur Sicherheitsschleuse. Während sie und Ben ihnen folgen, machte Mena sich auf den unausweichlichen Kampf mit den Sicherheitsleuten bereit. Doch da zeigte

Ben ein Schreiben vor, und sie wurden anstandslos durchgewinkt.

»He, was soll das? Wieso werden die nicht kontrolliert?«, rief ein Mann von hinten.

Ben drehte sich lächelnd zu ihm um. »Seien Sie doch froh! So kommen Sie schneller voran.«

Dann wandte er sich an Mena. »Die Maschine ist bereits gelandet und wird gerade gereinigt. Sobald das erledigt ist, können wir als Erste an Bord!«

Mena nickte und freute sich auf den Augenblick, an dem Ben und sie Franz Trendler am Münchner Flughafen in die Obhut der Rotkreuzsanitäter übergeben konnten, die ihn ins Klinikum Großhadern bringen sollten. Ihrer Ansicht nach hätte er den Flug nach München auch als Premium-Economy-Passagier durchstehen können. Stattdessen wurde er auf eine Liege gebettet und nahm dadurch vier normale Sitzplätze ein. Sie und Ben durften sich auf die beiden freien Gangplätze neben ihm quetschen. Das war alles andere als bequem, denn Trendlers Bett drückte gegen ihren linken Oberarm, während ihre rechte Schulter ein Stück in den Gang hineinragte. Und dafür, dachte sie, hatte sie den Aufpreis für Premium Economy bezahlt.

Der Flug dauerte vier Stunden, und da Trendler durch die Schmerzmittel müde wurde, hatte Mena Zeit nachzudenken. Ihre Gedanken drehten sich nicht nur um die mörderische Bande, mit der sie es zu tun hatte, sondern auch um Claudius. Wie konnte er nur so dumm sein, sich von seiner Exehefrau wieder einfangen zu lassen? Sie sah noch ein, wenn er Marilyn half, die Hinterlassenschaften ihres zweiten Mannes zu ordnen, denn die waren chaotisch genug. Aber ihr auch noch ein angenehmes Leben auf Teneriffa und jetzt auf Madeira zu ermöglichen ging für Mena über das normale Maß der Verpflichtung hinaus.

Claudius wird sich entscheiden müssen, sagte sie sich. Entweder kommt es zwischen uns wieder ins Lot, oder aber er kann bei seiner Exfrau bleiben. Sie schloss die Augen, hörte dann, wie die Stewardessen mit ihrem Wägelchen kamen, um Zigaretten und Parfüms zu verkaufen, und leistete sich einen neuen Duft. Danach versuchte sie sich zu entspannen und döste sogar ein.

9.13

Reinhart Mittag begriff, dass die Situation aus dem Ruder zu laufen drohte. Mike Görges' Verhaftung auf Madeira stellte nur einen von einer ganzen Reihe von Rückschlägen dar, die er in der letzten Zeit hatte hinnehmen müssen. Begonnen hatte sein Pech mit dem verwechselten Container.

»Ich hätte damals gleich Nägel mit Köpfen machen müssen«, murmelte er leise vor sich hin. »So aber habe ich Stadler und Trendler die Chance gelassen, andere über den Inhalt dieses Containers zu informieren.«

Zum ersten Mal, seit er die Sache begonnen hatte, bekam er es mit der Angst zu tun. »Was soll ich machen?«, fragte er sich und rief die geheimen Dateien mit den Kontoständen in Übersee auf. Feierabend und er hatten bis jetzt etwas mehr als zwanzig Millionen Euro beiseitegeschafft. Das war eine Menge Geld, doch durch zwei geteilt erhielt jeder nur gut zehn Millionen. Eine ähnliche Summe würde durch den letzten Kokaintransport noch ins Haus schneien. Mittag amüsierte sich ein wenig über das Wortspiel schneien und Kokain, wurde aber gleich wieder ernst.

So wie bisher konnte es nicht weitergehen. Görges hätte niemals verhaftet werden dürfen. Noch schlechter war, dass Franz Trendler und Mena Reglin noch lebten. Was die herausgefunden hatten, wusste nun auch die Kriminalpolizei.

Mittag überlegte, wer außer Görges ihn noch an die Kripo verraten konnte. Jens Tanzbär und Nadine Laumann jedenfalls nicht mehr, ebenso wenig Claus Wenske. Wenn die Informationen stimmten, die er aus Madeira erhalten hatte, stellte auch Kevin Jünger keine Gefahr mehr für ihn dar.

Die Männer, die am Vortag in Breitles Wollwaschanlage gearbeitet hatten, kannten ihn nur als den Amerikafreak Tobias Meyer. Er glaubte nicht, dass Tanzbär oder Jünger die beiden aus ihrer Bande, die noch zum Arbeitsteam gehörten, darüber informiert hatten, dass Tobias Meyer eigentlich der Anwalt Reinhart Mittag war. Die drei anderen, die mitgeholfen hatten, stammten aus Wandlingers Truppe und wussten noch weniger.

Aber Wandlinger selbst konnte ihn auffliegen lassen. Spätestens wenn der Bandenchef erfuhr, dass die meisten seiner angeblichen Befehle von ihm verfälscht worden waren, würde er alles tun, um es ihm heimzuzahlen. Zwar saß Wandlinger in Untersuchungshaft und würde nicht vor zehn, fünfzehn Jahren wieder aus dem Gefängnis herauskommen. Trotzdem blieb er ebenso gefährlich wie sein Kumpan Görges, der allein schon für seine Dummheit, sich auf frischer Tat ertappen zu lassen, eine Strafe verdient hatte.

»Wenn Wandlinger und Görges aus dem Weg geräumt wären, könnte ich besser schlafen!« Mit einem Mal richtete Mittag sich wie unter einem Schlag auf. Er verließ sein Arbeitszimmer und stieg in die Kellerräume seiner Villa hinab. In der hintersten Kammer, die nur durch einen Wandschrank betreten werden konnte, hatte er einige Sachen aufbewahrt, auf die er entweder durch Zufall oder gezielt gestoßen war. Aus einem kleinen Schrank holte er zwei winzige Phiolen heraus. Die Aufschrift war in Kyrillisch, und ihre rote Farbe signalisierte Gefahr.

Mittag kannte das Gift nicht, das sich in diesen Phiolen befand, hatte aber von dem, der es ihm gegeben hatte, gehört, dass es auf verschiedene Weisen wirkte und angeblich absolut tödlich sein sollte. Auch hatte man ihm versichert, dass es mit den Mitteln, über die die Polizei verfügte, nicht aufgespürt werden konnte. Durfte er sich auf diese Versprechungen verlassen? Doch was blieb ihm anderes übrig? Mit einer abwehrenden Bewegung fegte er alle Bedenken beiseite, nahm eine kleine Spritze mit extrem dünner Nadel mit und stieg wieder nach oben.

Sein Partner Feierabend befand sich wegen des Erbschaftsstreites, der sich schon seit mehreren Wochen hinzog, erneut in Mühldorf. Der Umstand spielte Mittag in die Karten, denn so konnte er ungehindert seinen Plan ausführen. In einem Nebenzimmer hatte er kleine Geschenke gelagert, die er seinen Mandanten mitbrachte. Darunter waren auch Zigaretten der Marke, die Jonny Wandlinger gerne rauchte. Mittag steckte zwei Packungen ein und ging in sein Arbeitszimmer. Dort zog er den Inhalt einer Phiole in die Spritze und stach dann ganz vorsichtig von unten zwei Zentimeter tief in die erste Zigarettenschachtel. Dabei achtete er darauf, genau die Zigarette in der Ecke zu treffen. Vorsichtig spritzte er das Gift ein und zog anschließend die Nadel wieder heraus. Als er die Stelle betrachtete, war das winzige Loch kaum zu sehen. Er half mit einem Hauch von Kleber nach, es zu schließen, und wiederholte den ganzen Vorgang mit der zweiten Zigarettenschachtel.

Danach atmete er tief durch. Seine Talente lagen wohl doch mehr in der Planung als bei der Ausführung solcher Aktionen. Eine der beiden präparierten Zigarettenschachteln packte er mit zwei Tafeln Schokolade, etwas Kaugummi und ein paar Bonbons in einen kleinen Karton und adressierte ihn an Michael Görges im Gefängnis von Funchal. Damit die Sendung diesen erreichte, bevor er auf das portugiesische Festland verlegt wurde, brachte er das Päckchen umgehend zur Post, gab es als Eilsendung auf und amüsierte sich im Stillen darüber, dass er Jonny Wandlingers Name und dessen Adresse im Untersuchungsgefängnis angegeben hatte. Görges würde glauben, dass sein Kumpan ihm das Präsent geschickt hatte, und sich ohne Bedenken über den Inhalt hermachen.

9.14

Den zweiten Teil seines Plans führte Mittag noch am selben Tag aus. Er wählte einen der Anzüge aus, die er als Anwalt trug, legte die zweite präparierte Zigarettenschachtel in seinen Aktenkoffer und fuhr mit dem alten Mittelklassewagen nach Augsburg ins Untersuchungsgefängnis.

Die Beamten im Gefängnis kannten ihn und warfen nur einen beiläufigen Blick in seinen Aktenkoffer. »Die Zigaretten sind für Wandlinger. Wie Sie sehen, ist die Packung noch unangebrochen!«, erklärte Mittag ihnen.

»Eigentlich sollten wir die Zigaretten beschlagnahmen, weil das Rauchen doch so ungesund ist«, meinte einer der Wärter grinsend.

Einen Augenblick lang befürchtete Mittag, der Mann würde die Zigaretten kassieren und selbst rauchen. Dann würde der Beamte rasch merken, wie ungesund das Rauchen in diesem Fall wirklich war. Die Beamten ließen ihn jedoch eintreten, und fünf Minuten später saß er im Kontaktraum, während von der anderen Seite Johann Wandlinger hereingeführt wurde.

»Sieht man Sie auch mal wieder?«, fragte der Bandenchef bissig.

»Ich war beschäftigt! Unter anderem damit, wie ich Ihren Aufenthalt hinter Gittern um ein ganzes Stück verkürzen kann«, antwortete Mittag gelassen.

»Glauben Sie, Sie haben Erfolg damit?«, fragte Wandlinger angespannt.

Mittag nickte. »Davon gehe ich aus.«

Insgeheim dachte er, dass dies nicht einmal gelogen war, denn wenn sein Giftanschlag gelang, würde Wandlinger nicht mehr lange in Untersuchungshaft sitzen.

»Ich hätte nichts dagegen!«, meinte Wandlinger grinsend. »Wissen Sie, die Kost ist hier gewöhnungsbedürftig und die Freiheit arg eingeschränkt. Ich darf auch nur zu bestimmten Zeiten rauchen!«

Als wäre dies ein Signal gewesen, schob Mittag dem Bandenchef die Packung Zigaretten hin. Wandlinger schnappte danach und steckte sie ein.

»Kann ich brauchen! Die alten sind alle, und hier kommt man nicht so leicht an neue.«

»Dann freut es mich doppelt, dass ich daran gedacht habe«, sagte Mittag und fand, dass er nun den eifrigen Anwalt spielen musste. Er zog seinen Notizblock aus dem Aktenkoffer, schlug ihn auf, schüttelte dann den Kopf.

»Ich habe meine Schreibstifte zu Hause vergessen. Geben Sie mir den Ihren! Ich bringe Ihnen einen neuen mit.«

Ohne zu zögern, streckte Wandlinger ihm den Spezialstift hin, mit dem er etliche kurze Mitteilungen an Mittag geschrieben hatte. Der Anwalt nahm ihn lächelnd entgegen. Damit war auch dieses Beweisstück wieder in seiner Hand. Wäre es bei Wandlinger geblieben, wäre es der Polizei womöglich nicht entgangen, dass es eben kein einfacher Kugelschreiber war.

Mittag stellte einige Fragen, notierte sich mehrere Punkte, die Wandlinger ihm nannte und die diesen entlasten sollten. Nach einer halben Stunde kam einer der Wärter herein.

»Ich glaube, es ist jetzt für heute genug!«

»Ich bin so weit fertig!« Mittag schloss seinen Aktenkoffer und nickte Wandlinger kurz zu. »Ich melde mich, sobald ich mehr weiß. Auf Wiedersehen!«

»Auf Wiedersehen!« Wandlinger sah dem Anwalt nach, bis er verschwunden war, und wandte sich dann an den Vollzugsbeamten.

»Ich tät jetzt gern rauchen!«

»Eigentlich heißt das bitte, aber ich will nicht so sein. Zehn Minuten können Sie draußen auf dem Gefängnishof qualmen. Dann geht's wieder in Ihr Appartement!« Der Wärter öffnete die Tür und ließ Wandlinger vorausgehen. Der Bandenchef dachte sich, dass er den anderen leicht in seine Gewalt bringen und als Geisel nehmen könnte. Doch was würde es ihm bringen? Er gab sich selbst die Antwort: Nichts! Die Bullen würden ihn noch hier im Gefängnis erwischen, und dann war es mit so kleinen Annehmlichkeiten, wie im Gefängnishof rauchen zu dürfen, vorbei.

Wandlinger blieb daher brav, bat den Wärter draußen um Feuer und ging dann langsam über den Hof. Die erste Zigarette nach einigen Tagen schmeckte nach mehr. Zudem war der Tabak beinahe noch würziger als sonst, und er steckte die nächste an der ersten an. Zufrieden, weil sein Anwalt ihm Hoffnung hatte machen können, sog Wandlinger den Rauch in die Lunge und spürte, wie das Nikotin zu wirken begann. Er wurde wieder ruhiger und fand das Leben nicht mehr so schlimm wie noch vor wenigen Minuten.

Als der Vollzugsbeamte ihm zurief, dass Zeit sei, wieder in die Zelle zurückzukehren, nickte er und ging erneut voraus. In der Zelle angekommen hörte er, wie von draußen zugeschlossen wurde. Er seufzte tief, denn er sehnte sich danach, wieder selbst entscheiden zu können, wann und wohin er ging.

Plötzlich wurde ihm schummrig, und er setzte sich auf sein Bett. In seinem Kopf dröhnte es wie ein alter Dieselmotor, und er öffnete den Mund, um zu schreien. Doch kein Laut kam über seine Lippen. Im nächsten Moment sank er rücklings nieder und blieb steif und starr liegen. Der Vollzugsbeamte, der wenig später mit dem Abendessen kam, entdeckte den leblosen Körper und schlug Alarm.

9.15

Mike Görges' Kumpan Jonas hatte vor dem Hotel Schmiere gestanden und wurde von dem Aufgebot an Polizei und Malteserorden völlig überrascht. Um nicht aufzufallen, verzog er sich in eine dunkle Ecke und beobachtete von dort aus, was weiter geschah. Zuerst glaubte er, Görges hätte Trendler und Mena Reglin erwischt und würde bald um eine Ecke kommen, um mit ihm zusammen zu verschwinden.

Doch Görges blieb aus. Einige Zeit später beobachtete Jonas, wie dieser von mehreren Polizisten aus dem Hotel geführt und in einen Streifenwagen gesteckt wurde. Görges' Hände waren mit Handschellen auf dem Rücken gefesselt.

Als Nächstes schoben Sanitäter eine auf Räder gesetzte Trage aus dem Hoteleingang und verstauten sie in ihrem Krankenwagen. Den Gesten der Leute nach lebte die Person auf der Trage noch. Als dann auch noch Mena Reglin zusammen mit dem Kerl, den Görges für deren Liebhaber gehalten hatte, aus dem Hotel kam, war Jonas endgültig klar, dass einiges schiefgelaufen sein musste.

Da er im Augenblick nichts tun konnte, kehrte er in sein Hotel zurück und verzog sich in sein Zimmer. Dort brütete er zunächst über eine Möglichkeit nach, wie er Görges befreien konnte. Dabei wurde ihm rasch klar, dass er selbst nicht sicher war. Auch wenn sein Anführer den Mund hielt, hatten genügend Zeugen sie zusammen gesehen. Außerdem waren sie gemeinsam eingereist. Sobald die Polizei sich die Flugdaten vorlegen ließ, würde sie ihn finden.

Jonas beschloss, das Hotel zu verlassen und sich eine andere Bleibe zu suchen. Rasch packte er seine Sachen, sagte sich dann aber, dass die Bullen Görges' Koffer nicht in die Finger bekommen durften. Der Koffer besaß zwar ein Zahlenschloss, doch Jonas hatte gesehen, wie Görges ihn geöffnet hatte, und schaffte es nun selbst. Der Ersatzunterwäsche und den Hemden gönnte er keinen zweiten Blick, doch ein großes Kuvert zog seinen Blick förmlich an. Er öffnete es und sog bei dem dicken Bündel mit Fünfhunderteuroscheinen aufgeregt die Luft ein. Als er sie zählte, waren es mehr als hunderttausend Euro. So viel Geld hatte er bei Görges nicht erwartet.

Verwirrt ließ er den Koffer stehen, holte sich ein Bier aus der Minibar und dachte nach. Da er seinem Kumpan nicht helfen konnte, sollte wenigstens dessen Geld nicht der Polizei in die Hände fallen. Er nahm das Geldkuvert an sich und wollte es in seinen Koffer stecken. Dann aber schüttelte er den Kopf. Wenn er das Hotel mit dem Koffer verließ, ohne vorher zu bezahlen, würde es auffallen. Bezahlen aber konnte er nicht, weil die Rezeptionisten ihn an die Polizei verraten würden.

Mit einem leisen Fluch steckte er das Geld, seinen Pass und seine wichtigsten Utensilien in einen Beutel, zog seine Jacke an und verließ das Zimmer. Jonas kam ungesehen aus dem Hotel, rief draußen ein Taxi und ließ sich zum Flughafen fahren. Dort wartete er auf die nächste Maschine, die noch einen freien Platz für ihn bot, und schied mit dem Gefühl von Madeira, zwar Görges im Stich gelassen, dafür aber wenigstens die eigene Haut gerettet zu haben. Außerdem besaß er ein hübsches Sümmchen für einen Neuanfang in einer Gegend, in der ihm kein Polizist an den Karren pinkeln würde.

10

10.1

Am Flughafen München wurden Mena und Ben von Huber senior abgeholt. Dieser hatte mehrere Sanitäter im Schlepptau, die sich sofort um Dr. Trendler kümmerten und diesen wegbrachten. Erst danach wandte Bens Vater sich Mena und seinem Sohn zu.

»Ihr habt ja einiges erlebt!«

»Das kannst du laut sagen, Vater! Ich bin froh, dass Frau Dr. Reglin bei mir war, denn ich hätte die Sache beinahe versaut«, gab Ben ehrlich zu.

Sein Vater hob kurz die Augenbrauen. »So? Aber sagt mal, seid ihr trotz allem, was ihr zusammen erlebt hat, noch immer per Sie?«

»Wenn man es so nimmt, ja«, erklärte Mena. »Aber das liegt an Ihrem Sohn! Immer korrekt, wie ein Beamter halt sein muss.«

Bei dieser Charakterisierung musste Huber lachen. »Das hört sich nicht gerade nach dem Benjamin an, den ich kenne. Aber jetzt könnt ihr einander ja wohl duzen, oder? Wo wollt ihr eigentlich hin? Sie sicher nach Augsburg?«

Die Frage war an Mena gerichtet, und diese nickte. »Das wäre nett! Ich möchte so schnell wie möglich wieder an meinen Computer. Es gibt ein paar Sachen, die ich dringend überprüfen muss.«

»Ben, du kannst mein Auto haben und Frau Dr. Reglin nach Augsburg bringen. Ich nehme die S-Bahn.«

»Dann wünsche ich dir viel Glück, Vater, und vor allem keine

Signalstörungen und ähnliche Dinge, die das S-Bahn-Fahren hier in München zum Abenteuer machen.« Ben begleitete diese Worte mit einem Lachen und nahm den Autoschlüssel entgegen.

»Komm, Mena!«, sagte er und fand, dass sich das viel besser anhörte, als das steife »Kommen Sie, Frau Dr. Reglin«.

Er wollte ihren Koffer packen, doch Mena schob ihn zur Seite. »Das Ding hat vier Räder und lässt sich spielend leicht rollen. Das schaffe ich auch allein!«

»Wie war das mit überkorrekt?«, spottete Ben und ging nach draußen.

Mena schob den Koffer hinter ihm her, ließ aber zu, dass Ben diesen in den Kofferraum des Wagens hob. Auf dem Weg nach Augsburg hingen beide ihren Gedanken nach. Schließlich sprachen sie doch noch über Mike Görges und den Anwalt, den dieser als Verteidiger haben wollte. Mena nahm ihren Laptop auf den Schoß und spürte Reinhart Mittag nach.

»Seltsam«, sagte sie nach einer Weile. »Als Vertreter der Three Isles Investment Group hätte der Anwalt es nicht mehr nötig, den Pflichtverteidiger für solche Schurken wie Görges oder auch Johann Wandlinger zu spielen.«

»Wandlinger? Der ist doch eng mit Görges verbandelt! Sitzt aber, wie ich gehört habe, derzeit in Untersuchungshaft.«

10.2

In Augsburg fuhren die beiden sofort zum Institut. Mena grüßte Claaßen und ihre Kollegen so, als wäre sie nur kurz weg gewesen, und setzte sich an ihren Computer. Daher blieb es Ben überlassen, den anderen zu erzählen, was sie unterwegs erlebt hatten.

Als er mit der Hoffnung schloss, dass die Kokain-Geschichte

bald aufgeklärt sei, verschwand einer seiner Zuhörer nach dem anderen, um an Menas Zimmertür dem Klacken ihrer Tastatur zu lauschen.

Ben öffnete schließlich die Tür und trat ein. »Hast du schon etwas herausgebracht?«

»Neugiersnase!«, spottete Mena.

»Bin ich als Kripobeamter von Berufs wegen!«, antwortete Ben grinsend.

»Also gut! Ich habe diesem Anwalt Reinhart Mittag ein wenig nachgespürt und dabei ein Spezialprogramm benützt, bei dem ich dich als Kripobeamten bitte wegzuhören. Es handelt sich um Susanne Fehse-Biskops Spionageprogramm, mit dem sie auch fremde Computer manipulieren konnte. Ich habe es noch ein wenig verbessert.«

»Das habe ich nicht gehört«, sagte Ben grinsend. »Aber was ist mit Mittag?«

»Wie schon vermutet ist Reinhart Mittag mitnichten der arme, kleine Rechtsanwalt, der sich als Pflichtverteidiger durchschlagen muss. Er hat die volle Verfügungsgewalt über die gesamte Three Isles Investment Group. Diese hat zwar Breitles Unternehmen aufgekauft, sich aber sonst noch nirgends beteiligt. Dabei liegen auf ihren Konten bei verschiedenen Banken auf karibischen Inseln über zwanzig Millionen Euro. Außer Reinhart Mittag und seinem Partner Manuel Feierabend hat niemand Zugriff auf dieses Geld.«

»Das ist ja …« Professor Claaßen verschlug es die Sprache.

»Aber wieso sind unsere Steuerbehörden nicht dahintergekommen?«, fragte Ben.

»Wahrscheinlich gab es keine Daten-CD aus den entsprechenden Banken zu kaufen«, erwiderte Mena bissig. »Bevor du auch nur daran denkst: Ich werde nicht nach Steuersündern suchen! Das sollen gefälligst die Finanzbehörden tun. Aber weiter zu Mittag! Er besitzt eine Villa am Starnberger See, beste Lage, geerbt. Nicht geerbt hat er die zwei Sportwagen und zwei Motorräder, die auf seinem Namen für angebliche Kunden angemeldet sind. Ich habe mir die Villa bei Google Earth angesehen. In die Garagen passen mindestens fünf große Autos und noch ein paar Motorräder. Apropos Motorräder: Eines davon ist eine Gold Wing, wie Frithjof sie gesehen hat, und sie besitzt das gleiche Kennzeichen.«

»Damit haben wir ihn!«, rief Ben begeistert.

Mena hob abwehrend die Hand. »Um es frei nach Agatha Christies Poirot zu sagen: Wir haben keine stichhaltigen Beweise! Dennoch muss es so gewesen sein.«

»Die Sache mit dem Motorrad ist auf jeden Fall heiß genug, um sie verfolgen zu können. Wir haben Frithjofs Aussage …«

»Ich habe ein paar Fotos gemacht. Wartet, ich hole sie schnell«, unterbrach Frithjof Ben und verschwand. Als er zurückkehrte, hatte er mehrere Fotoausdrucke bei sich.

Ben sah sie an und nickte. »Man kann das Kennzeichen eindeutig erkennen. Sollten wir es bei Mittag finden, hat er einiges zu erklären.«

»Haben Sie einen Durchsuchungsbefehl?«, fragte Claaßen.

»Nein, aber den werde ich mir schnellstens besorgen!« Ben holte sein Handy heraus und rief seinen Vater an. Dieser stöhnte, als sein Sohn ihn aufforderte, einen Durchsuchungsbefehl zu organisieren, versprach aber, sich darum zu kümmern.

»Sobald ich ihn habe, scanne ich ihn ein und schicke ihn euch als E-Mail-Anhang. Das geht schneller, als wenn ich den normalen Dienstweg nähme. Sieh aber zu, dass die Sache diskret abläuft. Mittag würde uns die Hölle heißmachen, wenn sich euer Verdacht nicht bestätigen sollte«, warnte Huber senior seinen Sohn und beendete die Verbindung.

Ben starrte noch einen Augenblick auf sein Handy und steckte es dann mit einer kurzen Grimasse weg.

»Keine offizielle Durchsuchung! Also werde ich die Sache allein durchziehen«, sagte er leise. »Mal sehen, wie die Kerle reagieren, wenn ich sie mit unseren Ergebnissen konfrontiere.«

»Ich komme mit!«, rief Mena. »Schließlich haben meine Analysen zu Mittag geführt.«

»… und meine Außenrecherche!«, rief Frithjof, der ebenso wenig zurückbleiben wollte.

»Vielleicht solltest du doch ein paar Polizisten mitnehmen, Ben. Du hast es mit einer außerordentlich skrupellosen Bande zu tun«, riet Claaßen.

Ben schüttelte den Kopf. »Ich schaffe das schon! Meinetwegen können Mena und Frithjof mitkommen. Ihr beide haltet euch aber schön im Hintergrund! Verstanden?«

»Aber natürlich!«, antwortete Mena und hoffte, dass sie nicht erneut eingreifen musste wie am Pico del Teide und auf Madeira.

10.3

Reinhart Mittag hatte ein ungutes Gefühl. Zwar war es ihm gelungen, Jonny Wandlinger auszuschalten, ohne dass er in Verdacht geraten wäre. Dennoch hatte er für den Fall der Fälle vorgebaut. Als er an diesem Tag kurz vor der Abenddämmerung ein Auto mit Münchner Nummer vor seiner Villa halten sah, spürte er instinktiv, dass es so weit war.

»Es sieht aus, als bekämen wir Besuch. Kümmerst du dich um sie? Ich muss noch ein paar Dinge erledigen«, sagte er zu Feierabend.

»Ich wollte mich eigentlich auf die Verhandlung morgen Vormittag vorbereiten«, antwortete sein Kompagnon.

»Es dauert bloß ein paar Minuten! Dann bin ich zur Stelle,

und du kannst dich zurückziehen«, versprach Mittag und verließ den Raum.

In seinem Zimmer zog er eine Motorradkombi an, öffnete seinen Wandsafe und holte eine flache Tasche heraus. Diese stopfte er unter seine Motorradjacke und zog den Reißverschluss zu. Er trug nun mehrere Hunderttausend Euro in Fünfhunderteuroscheinen bei sich. Das reichte aus, um ein Dutzend Mal in die Karibik zu kommen.

Als er sein Zimmer verließ, horchte er kurz. Die empörte Stimme seines Partners schallte aus dem Wohnzimmer heraus. Anscheinend hatte man ihn mit einigen Vorwürfen konfrontiert. Nun kann Manuel zeigen, ob er ein guter Anwalt ist, dachte er spöttisch, während er in den Keller hinabstieg.

Die Öfen der Villa wurden noch einzeln mit Heizöl beschickt, und der große Tank dafür war außerhalb des Hauses in einer festen Betonwanne untergebracht. Da weder er noch Manuel Feierabend mit einer stinkenden Ölkanne herumlaufen wollten, hatten sie eine Leitung legen lassen, mit der sie das Öl in einen kleinen Zwischentank und von dort aus weiter in die Ölöfen pumpen lassen konnten.

Mittag holte eine Zange und löste damit die Anschlüsse, die von der Pumpe zu den einzelnen Öfen weitergingen. Dann schaltete er die Pumpe ein und sah zu, wie sich das Heizöl in dünnen Strahlen auf den Boden ergoss.

»Reinhart, komm jetzt endlich! So eine Unverschämtheit! Das lassen wir uns nicht bieten«, hörte er seinen Partner rufen.

Mit einem verächtlichen Lächeln wandte Mittag sich zu der Tür, hinter der eine Treppe zur Garage hochführte. Er öffnete sie, holte aus der Garage einen Lumpen, tauchte diesen kurz ins Heizöl und zündete ihn an. Anschließend warf er ihn in die Öllache, wartete gerade so lange, bis das Öl Feuer fing, und eilte nach oben. Aus einem kleinen Wandschrank der Garage holte er einen Laptop, setzte diesen in Gang und drückte eine Tastenkombination. Von dem Augenblick waren alle Eingangstüren und sämtliche Fenster des Hauses versperrt und ließen sich nur noch mit einem Computerbefehl öffnen. Den aber kannte nicht einmal sein Partner Feierabend.

Während er seine Gold Wing startete und das Garagentor hochfahren ließ, dachte Mittag zufrieden, dass er das Geld, das sie bisher eingenommen hatten, nun nicht mehr teilen musste.

10.4

Mena musterte Manuel Feierabend und fand, dass der Mann nervös wirkte. Zwar grüßte er freundlich, wunderte sich aber offensichtlich über die späten Besucher.

»Was kann ich für Sie tun?«, fragte er.

»Uns ein paar Fragen beantworten«, erklärte Ben und schob Feierabend so weit zurück, dass Mena und Frithjof eintreten konnten.

»He! Was soll das?«, rief Feierabend verärgert.

In dem Augenblick zückte Ben seinen Ausweis. »Benjamin Huber von der Kripo München. Herr Feierabend, wir würden gerne wissen, was Sie mit der Firma Breitle in Kissing zu tun haben.«

»Gar nichts habe ich damit zu tun!«, antwortete Feierabend patzig.

»Seltsamerweise sind Sie als Bevollmächtigter der Three Isles Investment Group eingetragen, die gut zwei Drittel des Unternehmens übernommen hat!« Ben wirkte ruhig und beinahe freundlich, während sich auf Feierabends Stirn kleine Schweißperlen bildeten.

»Ich weiß nicht, wovon Sie reden!«, stieß der Anwalt hervor.

»Und jetzt wäre ich Ihnen dankbar, wenn Sie wieder gehen würden.«

»Nicht bevor Sie uns einige Fragen beantwortet haben. Wo ist Ihr Partner Mittag? Dem wollen wir auch einige Fragen stellen!« Bens Stimme klang nicht mehr ganz so freundlich.

Auch Mena mischte sich jetzt ein. »Es geht um Rauschgiftschmuggel sowie Mord und Mordversuch. Wir wissen, dass Sie zusammen mit Kevin Jünger, Ralf Longerich und Nadine Laumann nach Teneriffa geflogen sind. Im Gegensatz zu diesen haben Sie Ihren eigenen Pass benutzt. Wir haben Jünger, Longerich und Laumann trotzdem identifizieren können.«

»Sie sind doch verrückt! Solche Anschuldigungen zu stellen ist ja wohl das Letzte! Reinhart! Wo bist du? Komm endlich! So eine Unverschämtheit! Das lassen wir uns nicht bieten!« Feierabend drehte sich um und hoffte, dass Mittag kommen und ihm helfen würde. Doch im Haus blieb alles still.

»Wir sollten aufpassen, dass Mittag sich nicht aus dem Staub machen kann«, sagte Frithjof und ging ein paar Schritte den Flur entlang. Dann schnupperte er.

»Riecht das nicht nach Rauch?«

Nun bemerkte Mena es auch. »Da muss Heizöl brennen. Es kommt von unten!« Sie eilte die Treppe hinab, öffnete eine Tür und prallte zurück. Vor ihr brannte ein Kellerraum lichterloh.

»Was ist los?«, rief Frithjof von oben.

»Der Keller steht in Flammen! Ruft die Feuerwehr! Wir müssen sofort das Haus verlassen.« Noch während Mena es sagte, schoss sie nach oben und prallte gegen Ben, der die Treppe hinabwollte.

»Vielleicht können wir es löschen!« Er schob sich an ihr vorbei und stieg weiter nach unten. Als er jedoch den brennenden Keller sah, stürmte er wieder nach oben.

»Dort tritt Heizöl aus. Gibt es irgendeine Möglichkeit, die

Leitung abzusperren?«, fragte er Feierabend, der völlig verwirrt im Flur stand.

»Das Hauptventil ist draußen im Tankraum. Wahrscheinlich ist Reinhart schon dort, um es zu schließen«, antwortete der Anwalt.

»Das Schwein fährt eben mit seinem Motorrad davon!« Frithjof stand am Fenster und zeigte aufgeregt nach draußen, wo Mittag eben hinter einer Kurve verschwand.

»Wir müssen hier raus!«, rief Mena und eilte zur Eingangstür. Doch diese widerstand allen Versuchen, sie zu öffnen.

»Sie ist versperrt! Lauft zur Hintertür!«, stieß sie erregt hervor.

Feierabend wurde bleich. »Reinhart muss die Zentralverriegelung eingeschaltet haben! Die betrifft sämtliche Eingangstüren und Fenster! Aber ...«

»Wie kann man diese Zentralverriegelung öffnen?«, unterbrach ihn Mena.

»Dafür haben wir keine Zeit. Wir schlagen ein Fenster ein!« Ben packte einen Stuhl und hämmerte ihn gegen die Fensterscheibe. Diese hielt jedoch stand.

»Verdammt!«, schrie er und schlug ein zweites Mal zu.

»Das sind Panzerglasscheiben. Reinhart hat sie ebenso wie die Zentralverriegelung als Diebstahlschutz einbauen lassen«, erklärte Feierabend mit zitternder Stimme.

»Aber wir müssen irgendwie hier raus!«, brüllte Ben ihn an.

»Sei still! Was ist mit dem Computer? Mit welchem kann man die Zentralverriegelung steuern?«, fragte Mena.

Feierabend wies auf eine Tür. »Dort ist Reinharts Arbeitszimmer, und da steht sein PC. Aber ich kenne das Passwort nicht. Bei Gott, der Schuft kann uns doch nicht einfach hier verbrennen lassen!«

»Wenn die Feuerwehr nicht in kürzester Zeit kommt, werden wir hier geröstet«, antwortete Ben und betätigte den Notruf.

Während er der nächstgelegenen Feuerwehrzentrale erklärte, dass es hier brannte, rannte Mena in Mittags Arbeitszimmer. Zu ihrer Erleichterung lief der Computer noch. Das ersparte ihr, ihn hochfahren zu müssen. Doch mit welchem Programm wurde die Zentralverriegelung gesteuert?

Mittlerweile brannte es bereits unter der Kellertreppe. Die Luft wurde immer schlechter, und der ätzende Rauch verbrennenden Heizöls zog wie ein giftiger Nebel durch das Haus. Ben versuchte noch immer, ein Fenster einzuschlagen, während Frithjof ausprobierte, ob sich das Fenster in der Toilette öffnen ließ. Doch auch das saß absolut fest.

»Wir werden alle umkommen!«, flüsterte Feierabend mit bleicher Miene.

»Vielleicht kommt die Feuerwehr früh genug und kann ein Fenster aufbrechen«, antwortete Ben, glaubte aber selbst nicht daran.

Mena war es inzwischen gelungen, bis zu dem Steuerprogramm der Verriegelung einzudringen. Doch nun wurde das Passwort verlangt, und sie hatte nicht die geringste Ahnung, wie es hieß.

»Mach schnell!«, rief Frithjof. »Es brennt schon im Flur!«

Die Hitze stieg, und das Atmen wurde immer schwerer.

Wie lange noch, bis wir bewusstlos werden?, fragte Mena sich, während sie ebenso verzweifelt wie vergebens eine Tastenkombination nach der anderen eintippte, die ihr gerade in den Sinn kam.

Ben brachte ihr ein angefeuchtetes Handtuch. »Binde es dir vor den Mund«, riet er und blieb neben ihr stehen. »Wie es aussieht, erwischt es uns!« Es klang gleichmütig, und so regte Mena sich fürchterlich auf.

»Wenn du meinst, du kannst es besser, dann setz dich gefälligst selbst vor diesen elenden Kasten!«

»Ich meine gar nichts, außer dass ich jetzt lieber mit Skiern auf weißem Schnee stehen würde als in diesem Haus, in dem es bald heißer sein wird als in der Hölle.«

»Schnee!« Das Wort schoss Mena wie ein Alarmsignal durch den Kopf. Das war doch die Umschreibung von Kokain! Konnte Mittag so verrückt gewesen sein? Sie tippte das Wort ein, drückte die Entertaste und hörte ein schnappendes Geräusch am Fenster.

Wie ein Blitz war Ben dort, drückte den Hebel und konnte das Fenster öffnen. »Mena, du bist wirklich ein Genie!«, schrie er und wandte sich dann den anderen zu. »Los, raus hier!«

Frithjof packte Feierabend und versetzte ihm einen Stoß. »Marsch hinaus!«

Während der Anwalt gehorchte, eilte Ben zu Mena, die wie erstarrt vor dem Bildschirm saß und kaum glauben konnte, dass es ihr gelungen war, Mittags Code zu knacken. Plötzlich schnellte sie hoch und eilte zum Fenster.

»Wir müssen ein ganzes Stück von der Villa weg. Wenn die Ölleitung heiß wird, dürfte der Tank explodieren!«

»Danke für die Warnung!« Ben half ihr hinaus. Nach einem letzten Blick auf das Feuer, das auf das Erdgeschoss übergegriffen hatte, verließ auch er die Villa und rannte zu seinem Auto.

»Los, einsteigen! Wir müssen wegfahren! Mena meint, der Tank könnte explodieren.«

»Dann nichts wie rein in den Karren!« Frithjof konnte schon wieder grinsen. Doch auch Ben und Mena war die Erleichterung anzumerken, mit heiler Haut davonzukommen. Mena zog ihr Handy und rief die Feuerwehr an und beschwor sie, wegen des Tanks vorsichtig zu sein.

Als Ben seinen Wagen in sicherem Abstand wieder anhielt, meldete sich Feierabend zu Wort. Er war kalkbleich, schwitzte und zitterte gleichzeitig am ganzen Körper.

»Dieses Schwein hätte mich einfach verbrennen lassen! Aber nicht mit mir, sage ich! Wenn Sie wollen, stehe ich Ihnen als Kronzeuge zur Verfügung.«

Ben überlegte kurz und nickte. »Das würde die Sache vereinfachen. Ich sehe gerade, dass die Feuerwehr kommt. Kümmerst du dich um sie, Frithjof? Ich sorge inzwischen dafür, dass die Fahndung nach Reinhart Mittag mit allen Mitteln aufgenommen wird, die uns zur Verfügung stehen.«

10.5

Reinhart Mittag fuhr durch die beginnende Nacht Richtung Süden. Spätestens um Mitternacht würde er den Brenner überqueren und am nächsten Morgen mit einem der ersten Flugzeuge, die von Mailand aus abflogen, Deutschland und Europa Ade sagen.

Durch seine Planungen abgelenkt bemerkte er erst im letzten Moment, dass der Scheinwerferkegel eines entgegenkommenden Autos zur Seite wanderte und der Wagen sich quer zur Fahrbahn stellte. Im Licht des eigenen Scheinwerfers war die Aufschrift Polizei deutlich zu erkennen. Ein Polizist und eine Polizistin stiegen aus und winkten ihm mit Leuchtstäben anzuhalten.

»Scheiße!«, entfuhr es ihm. Gezwungenermaßen bremste er ab. Kurz bevor er die Beamten erreichte, gab er wieder Gas, schoss auf die Polizistin zu und rammte sie. Die junge Frau flog durch die Luft und prallte gegen die Felswand, die an dieser Stelle die Straße begrenzte.

Mittag zog sein Motorrad um den Streifenwagen herum und beschleunigte abrupt. Dabei geriet er aufs Bankett. Das Hinterrad drehte durch, und die Gold Wing kippte. Mit aller Kraft versuchte Mittag, die Maschine abzufangen, doch er stürzte aus dem Sattel. Im gleichen Moment fiel das Motorrad auf ihn und klemmte ihn ein. Noch während er sich gegen das Gewicht stemmte, packte der Polizist seinen rechten Arm und fesselte ihn mit Handschellen an die Radgabel der Gold Wing. Reinhart Mittag begriff, dass er das Spiel verloren hatte.

10.6

Zwei Wochen später saßen Mena, Ben, Irmbert Claaßen, Isabelle und Frithjof am Esszimmertisch von Menas Schwester, während diese zusammen mit ihrem Ehemann Hans den Tisch deckte.

»Die Penne habe ich nach einem alten apulischen Rezept gekocht, das mir eine Bäuerin auf dem Wochenmarkt von Manfredonia verraten hat«, erklärte Toni stolz.

Mena schnupperte kurz. »Riecht köstlich«, meinte sie. »Wenn sie so schmecken, hast du dich wieder einmal selbst übertroffen!«

»Jetzt tu nicht so, als wenn ich nicht kochen könnte!«, beschwerte sich ihre Zwillingsschwester.

»Das ist der große Unterschied zwischen uns beiden. Du kannst es, und ich kann es nicht!« Mena lachte fröhlich. Auch wenn sie gerne einmal gut aß, so war sie im Allgemeinen nicht heikel. In ihrem Job musste oft ein Sandwich das Mittagessen und ein paar Spiegeleier das Abendessen ersetzen.

»Es schmeckt ausgezeichnet! Das kann ich euch versprechen. Toni hat mich eben in der Küche als Laborratte verwendet«, warf Menas Schwager augenzwinkernd ein.

»Als was?«, fragte Toni verwirrt.

»Ich habe damit angedeutet, dass ich probieren durfte!« Hans küsste seine Frau und entwaffnete sie damit wieder einmal.

»Wie ist es eigentlich mit diesen Kokainschmugglern weitergegangen?«, fragte er, während er die Gläser der Gäste füllte.

Ben Huber fühlte sich angesprochen und begann zu berichten. »Reinhart Mittag und Manuel Feierabend müssen sich wegen einer ganzen Reihe von Verbrechen verantworten. Ein paar Ermittlungen stehen jedoch noch aus. So ist Michael Görges auf Madeira unter den gleichen Symptomen gestorben wie einige Tage vorher Johann Wandlinger in der Augsburger Haftanstalt. Der Staatsanwalt lässt Wandlingers Leiche exhumieren, damit sie untersucht werden kann. Doch auch so ist Mittag eine lebenslange Haft sicher. Feierabend hat einen Deal mit dem Staatsanwalt gemacht und wird mit drei bis fünf Jahren davonkommen. Das sei ihm vergönnt, denn er hat uns die Sache sehr erleichtert. Außerdem war er eher ein Mitläufer. Die treibende Kraft war Mittag. Natürlich war Feierabend an dem Geld interessiert, das sie durch den Kokainschmuggel verdienten. Aber ich glaube ihm, dass er die Morde nicht gewollt hat. Er hat sie allerdings hingenommen, und dafür muss er geradestehen.«

»Ich würde sagen, er muss dafür sitzen«, warf Isabelle ein.

»Das wird er auch«, meinte Ben. »Übrigens haben wir auch die Geschäfte der Firma Breitle unter die Lupe genommen und dabei einen Kunstschmuggel großen Ausmaßes entdeckt. Der Kunsthändler Rüdiger Niebold wird seine schmucke Villa über der Mosel mit Sicherheit nicht wiedersehen, denn der Zoll hat sie vorsorglich beschlagnahmen lassen. Außerdem hat er das Finanzamt am Hals sowie Dutzende Kunden, die ihm Betrug vorwerfen, weil die Behörden ihre von ihm gekauften Kunstwerke einkassiert haben. Es sind einige Stücke dabei, für die in ihren Ursprungsländern Ausfuhrverbot besteht.«

Niebolds Kunstschmuggel interessierte die Zuhörer weniger, und so brachte Frithjof das Gespräch auf Reinhart Mittag und dessen Verbrechen zurück.

»Reden wir von etwas anderem!«, bat Isabelle. »Bei der Sache läuft es mir immer noch kalt den Rücken herunter.«

»Mir läuft es ebenfalls kalt über den Rücken, wenn ich daran denke«, sagte Mena nachdenklich. »Wenn Ben mich nicht auf den richtigen Gedanken gebracht hätte, wären wir erstickt und verbrannt, bevor die Feuerwehr eingetroffen wäre.«

»Du hast es geschafft, und das allein zählt!« Ben sah Mena dabei so bewundernd an, dass Toni und Hans einen kurzen Blick miteinander wechselten.

»Was machst du? Kehrst du wieder an deine Dienststelle in München zurück?«, fragte Toni.

Ben schüttelte den Kopf. »Nein. Ich werde bald befördert, und für meinen neuen Rang ist in München keine Dienststelle frei. Mein Vater meinte, ich sollte es hier in Augsburg versuchen. Wenn ich die Aussicht hätte, öfter von dir eingeladen zu werden, wäre das ein starkes Lockmittel. Deine Penne schmecken wirklich ausgezeichnet, ebenso der Wein!«

»Den habe ich ausgesucht«, erklärte Hans grinsend und schenkte Ben nach. »Was das Eingeladenwerden angeht – ich hätte nichts dagegen! Du etwa, Toni?«

Seine Frau schüttelte den Kopf. »Ich habe auch nichts dagegen. Außerdem …« Toni brach ab und musterte verstohlen ihre Schwester. Zu ihrer Erleichterung wirkte Mena ganz entspannt. »Außerdem würde ich mich freuen, wenn es hier in Augsburg Kriminalbeamte gäbe, auf die man sich verlassen kann. Mena hat ja letztens schlechte Erfahrungen mit der Polizei gemacht«, setzte Toni den Satz etwas anders als geplant fort.

Mit einem angespannten Lächeln wandte sie sich an ihre Schwester. »Kannst du mir kurz in der Küche helfen?«

»Gerne!« Mena tupfte sich den Mund mit der Serviette ab und stand auf.

»Ich glaube, ich komme auch mit«, erklärte Hans und folgte den beiden in die Küche.

Da dort alles in Ordnung war, sah Mena ihre Schwester und ihren Schwager auffordernd an. »Also raus mit der Sprache. Ich sehe euch doch an, dass irgendwas los ist. Hoffentlich nichts mit eurem Baby!«

Toni strich sich lächelnd über ihren vorgewölbten Bauch. »Nein, mit ihm ist alles in Ordnung. Es ist nur so: Hans hat einen Anruf von Claudius bekommen.« Sie hatte eine heftige Reaktion ihrer Schwester erwartet, wurde aber enttäuscht.

»Ach ja? Hat er das?«, sagte Mena nur.

»Ich bin dabei ziemlich mit ihm aneinandergeraten«, berichtete Hans. »Er sagte, dass es ihm leidtue, aber aus euch zwei könne nichts werden.«

»Es geht um Marilyn, nicht wahr?«, fragte Mena.

Hans nickte bedrückt. »Ja! Claudius meinte, sie wäre ganz allein und würde ihn brauchen, während du …«

»… während ich fest auf meinen Beinen stehe und mit allem selbst fertigwerden kann! So hat es doch sicher geklungen, nicht wahr?« Nun klang Mena doch verärgert.

»Nicht ganz mit diesen Worten, aber in diesem Sinn«, sagte Hans.

»Es tut mir so leid!« Toni fasste Menas Hand und kämpfte sichtlich mit den Tränen.

Nach einer kaum merklichen Pause zuckte Mena mit den Achseln. »Wenn er meint! Allerdings hätte ich erwartet, dass er es mir selbst sagt und sich nicht hinter Hans versteckt.«

»Es tut mir so leid«, wiederholte Toni und begann nun doch zu weinen.

»Mir nicht!«, antwortete Mena resolut. »Irgendwie wusste ich von Anfang an, dass Claudius und ich nicht richtig zusammenpassen. Er braucht eine Frau, die parat steht, wenn er von seinen

Geschäftsreisen zurückkommt, und die bei seinen Einladungen als Gastgeberinnen glänzt. Beides ist nichts für mich. Ich führe mein eigenes Leben und komme bestens damit zurecht. Ein Frauchen, so wie Claudius es haben möchte, wäre ich nie geworden.«

»Aber dass er ausgerechnet zu Marilyn zurückkehrt!«, erwiderte ihre Schwester kopfschüttelnd.

»Nichts stärkt das Ego eines Mannes mehr als eine Frau, die schutzlos zu sein scheint. Außerdem verbindet die beiden ihre Tochter. Die spielt auch lieber Prinzesschen am Hofe ihrer Mutter, anstatt von mir mit einem Bogen Papier und ein paar Buntstiften in eine Ecke gesetzt zu werden.«

Mena horchte in sich hinein, ob die Entwicklung ihr wehtat. Doch im Grunde war es nur die logische Konsequenz dessen, was sie am Flughafen von Madeira erlebt hatte. Eines aber enttäuschte sie wirklich: Sie hätte Claudius für mutig genug gehalten, ihr seine Entscheidung selbst mitzuteilen. Dass er sich stattdessen hinter ihrem Schwager versteckte, bewies ihr, wie wenig er gelernt hatte, mit einer selbstbewussten Frau wie ihr zurechtzukommen.

»Gott sei Dank, dass er sich von Marilyn hat einfangen lassen!«, rief sie, und es war ihr ernst damit.

»Aber was machen wir jetzt mit dir?«, sagte Toni in einem Ton, als würde ihre Schwester sich überlegen, ins Wasser zu gehen.

»Versucht nicht, mich zu verkuppeln! Das ist bis jetzt immer schiefgegangen. Außerdem bin ich nicht ganz ohne Chancen. Dr. Trendler hat mich nämlich aus Dank für seine Rettung zum Abendessen eingeladen. Ich könnte ihn morgen anrufen. Mittlerweile müsste er aus der Klinik entlassen worden sein.«

»Trendler? Der ist nach allem, was ich von dir gehört habe, ein Jammerlappen ohnegleichen!«, rief Toni aus. »Warum versuchst du nicht, den lieben Ben einzufangen? Der ist sicher keine so treulose Socke wie Claudius!«

»Ben? Oh Gott!« Noch während Mena es sagte, fand sie, dass es sicher interessant wäre, Huber junior näher kennenzulernen. Sie nahm die Schüssel mit dem Nachtisch an sich, damit es nicht so aussah, als wären sie nur zum Reden in die Küche gegangen, und funkelte ihre Zwillingsschwester auffordernd an.

»Wir sollten wieder zu deinen Gästen zurückkehren. Schließlich haben wir einiges zu feiern. Ich werde bald Tante und …«

»Du bist also nicht traurig, dass sich Claudius als derartig treulos erwiesen hat?«, fragte Toni noch immer etwas besorgt.

Mena blieb an der Tür kurz stehen und sah sie an. »Claudius hat sich für Marilyn entschieden und muss mit ihr glücklich werden. Mir hingegen steht die Welt offen. Darauf sollten wir trinken!«

»Das tue ich gerne!« Hans öffnete eine weitere Flasche Wein, denn er wusste, die würden sie noch brauchen.

Unterdessen trug Mena die Mascarpone ins Esszimmer und stellte sie auf den Tisch. »Lasst in euren Mägen noch ein wenig Platz dafür. Ich kann euch sagen, sie schmeckt wunderbar! Vorher aber sollten wir auf den glücklichen Ausgang unseres Abenteuers trinken!«

»Hier ist der Wein!« Noch während er es sagte, schenkte Hans allen nach.

»Auf uns!«, rief Mena lachend. »Und darauf, dass es in nächster Zeit etwas ruhiger zugeht.«

»Auf uns«, antworteten die anderen und stießen miteinander an.